晓松奇谈
〔人文卷〕
XiaoSongQiTan

高晓松 作品

湖南文艺出版社　博集天卷

图书在版编目（CIP）数据

晓松奇谈.人文卷/高晓松著.— 长沙：湖南文艺出版社，2017.3
ISBN 978-7-5404-7906-0

Ⅰ.①晓… Ⅱ.①高… Ⅲ.①随笔—作品集—中国—当代 Ⅳ.① I267.1

中国版本图书馆 CIP 数据核字（2016）第 312284 号

© 中南博集天卷文化传媒有限公司。本书版权受法律保护。未经权利人许可，任何人不得以任何方式使用本书包括正文、插图、封面、版式等任何部分内容，违者将受到法律制裁。

上架建议：文化 | 随笔

XIAOSONG QITAN · RENWEN JUAN
晓松奇谈·人文卷

| 作　　者： | 高晓松 |
|---|---|
| 出 版 人： | 曾赛丰 |
| 责任编辑： | 薛　健　刘诗哲 |
| 监　　制： | 蔡明菲　潘　良 |
| 特约监制： | 龚　宇　闫　虹　王晓晖　王湘君 |
| 特约编审： | 阎京生　尹　约 |
| 特约顾问： | 陈　潇　王晓燕 |
| 特约策划： | 邢越超　张思北 |
| 特约编辑： | 尹　晶　周　岚　邹米茜　明　方　谷明月 |
| 制作团队： | 齐浩凯　万薇薇　陈　龙　金美呈　杨利威　许永光 |
| 营销支持： | 刘菲菲　李　群　张锦涵 |
| 封面设计： | SilenTide |
| 版式设计： | 李　洁 |
| 版权支持： | 爱奇艺 |
| 出版发行： | 湖南文艺出版社 |
|  | （长沙市雨花区东二环一段 508 号　邮编：410014） |
| 网　　址： | www.hnwy.net |
| 印　　刷： | 三河市鑫金马印装有限公司 |
| 经　　销： | 新华书店 |
| 开　　本： | 787mm×1092mm　1/16 |
| 字　　数： | 300 千字 |
| 印　　张： | 20 |
| 版　　次： | 2017 年 3 月第 1 版 |
| 印　　次： | 2019 年 6 月第 6 次印刷 |
| 书　　号： | ISBN 978-7-5404-7906-0 |
| 定　　价： | 45.00 元 |

若有质量问题，请致电质量监督电话：010-59096394
团购电话：010-59320018

# 目 录

## 一、乱世佳人 / 001
1. 民国女神的结局 / 001
2. 性格决定命运 / 009
3. 黄金时代的阳光女神 / 015
4. 民国时代的"作女" / 023

## 二、黄金大劫案 / 030
1. 神秘的第七人 / 030
2. 真相大白 / 040
3. 用导弹发快递 / 047

## 三、张勋和他的北洋 / 053
1. 从默默无闻到一战成名 / 053
2. 有道德没文明 / 062
3. 唯一的一次全民选举 / 070
4. 袁世凯与洪宪帝制 / 078

5. 黎元洪的发迹史 / 084

6. 复辟舞台的搭建 / 092

7. 复辟闹剧 / 098

8. 讨逆之战 / 106

9. 张勋的晚年生活 / 113

● 四、禅让 / 118

1. 禅让的全套"礼节" / 118

2. 华夏第一帝国的覆灭 / 131

3. 纯种汉人去哪儿了 / 143

4. 天龙八部的由来 / 154

● 五、胜利的阴影下 / 162

1. 最善待战俘的两个国家 / 162

2. 莱茵河畔的百万亡灵 / 174

3. 反人类与非人类 / 181

4. 感性与理性的民族 / 188

5. 我真的是内奸吗？ / 200

6. 团结与被遗忘 / 208

7. 何处是故乡 / 216

8. 两面派与沉默派 / 225

9. 种族灭绝式的复仇 / 235

10. 犹太人复国 / 241

11. 阴影后的反思 / 251

- **回答网友提问 / 261**

    问题一：齐奥塞斯库夫妇为什么招人恨？/ 261

    问题二：塔利班的事情怎么解决？阿富汗的未来走势如何？/ 268

    问题三：如何看待贾玲就恶搞花木兰事件的道歉？/ 272

    问题四：聊一聊关于"特赦"的话题 / 280

    问题五：好莱坞电影也和中国电影一样，需要大量的配音员吗？/ 286

    问题六：大名校生干吗要进娱乐圈？/ 300

    问题七：如果没有李自成和清兵，明朝能不能像西方一样过渡到君主立宪和现代文明社会？/ 301

    问题八：黄健翔和卡戴珊的官司打赢了吗？/ 302

    问题九：希拉里如果上台，会对中国采取怎样的立场？/ 303

    问题十：是否赞成开放二胎政策？/ 304

# 一 乱世佳人

## 1. 民国女神的结局

今天这个话题非常有意思——民国时代的国民女神。

民国时代的上海娱乐业，是仅次于美国好莱坞的世界第二强大的娱乐王国，20世纪30年代可以算得上它的黄金年代。据考，从老上海时期留下来的歌居然有六七千首之多，而且，那些歌曲的旋律比现在的许多口水歌要好听得多。大家想一想，六七千首好听的歌曲版权，那是一个很庞大的产业。

不光音乐，老上海的电影当时也位列世界前茅，而且电影公司的数量应该是排在世界第一的，20世纪30年代全中国有一百多家电影公司，而且这些电影公司很多都在上海。上海当时号称"东方巴黎"，能把日本的东京甩出几条街。

电影业强大的老上海，诞生了好几家巨型电影公司。当时上海举办了第一次影后评选，最后得到第一名的是代表明星公司出战的胡蝶，胡蝶的票数是遥遥领先于第二名的；得到第三名的是代表联华公司出战的阮玲玉；除了这两家之外，当时上海还有一家巨型电影公司，叫作天一影片公司。

现在大家听到这三家电影公司的名字，可能感觉有些陌生，我可以拿这三家公司跟今天的电影公司做一下类比，这样就比较好理解了：明星公司有点像今天的华谊兄弟，都是老牌的民营电影公司，根正苗红，专做正剧、长篇，是质量非常有保证的老牌电影公司，稳坐电影行业的第一把交椅，所以代表明星公司参赛的胡蝶毫无疑问地得到影后评选的第一名。联华公司很像今天的万达影业，联华公司是中国第一家既有制片厂又有院线的公司，自产自销，而且因为有院线，它可以拍一些文艺片，所以阮玲玉在联华公司拍了很多高质量的文艺片，而且我觉得阮玲玉拍的电影，质量比胡蝶拍的要高。天一公司的特色是不太注重电影的质量，就是大规模地拍，什么片子都来，主要是各种古装的神鬼怪风格，和今天的光线传媒很像。当然了，光线传媒也拍了不少好电影，但它目前的战略很像当年的天一公司，就是大规模地投资拍摄，难免会拍出很多烂片，鄙人2015年的电影《同桌的你》也是光线投拍的，不知道应该算是好电影还是烂片。以上就是当时上海最大的三家电影公司的概况，经它们之手捧出来的明星也是一打一打的。

有一次，我和上海电影制片厂的一位老厂长吃饭聊天，他跟我讲了两个和民国时代的大美女有关的小故事，前面的故事比较有意思，后面的故事有点悲惨，正是因为听了这两段小故事，我才萌生了要回顾一下民国时代那些国民女神的想法，而且不仅要回顾她们人生中最风光的时代，更要看看她们的人生最终都是什么样的结局。

第一个故事的大美女，我不方便提她的名字，因为让她的家属听到了不太好，总之她是一位民国时的女神级的女明星。新中国成立后，她在上影厂当演员，因为她是民国时期最受欢迎的那种风格，所以在革命电影中她的形象不是很受欢迎。我们的革命电影喜欢张瑞芳那样的女性形象，但这位女明星的形象比较适合演资本家的大小姐，所以她在上影厂不太吃香，慢慢就被"打入了冷宫"。因为拍不到电影，收入和待遇就比较差，生病了也看不起，晚年的时候她住在那种小小的演员宿舍的阁楼里面，生活得十分凄惨。但她毕竟曾经是著名的影星，等到她病入膏肓的时候，厂长还是带着人前去慰问她。当时，老太太躺在简陋的阁楼里，有气无力地对客人说："能给我一支烟吗？"大家都惊呆了，没想到女神竟然是抽烟的。有人给她点了支烟，老太太抽烟前还是一个普通得不能再普通的病人，一口烟吸下肚，立马容光焕发，从她的眼中立刻浮现出了昔日女神的光辉，就见她娴熟而缓慢地吐出一个大烟圈，十分得意地说："你们知不知道，当年有多少人想跟我睡觉？"去看望她的人全都不知道该怎么回答。她已经垂垂老矣，依然对民国时叱咤风云的自己记忆犹新，可见在她眼里，那是一个多么美好的黄金年代，但看到她凄凉的晚景，还是令人不禁感到了无限的唏嘘，她的结局，其实就是很多民国时女神命运的缩影。

第二个故事是赵丹临终前，亲口讲给前去慰问的老厂长听的，故事的女主人公是周璇。新中国成立以后，周璇先是跑去了香港，但是她在香港混得极其悲惨，因为香港的电影业跟上海是不一样的。香港电影业基本都是被黑社会把持的，周璇到了香港以后，被黑社会的大哥和大佬搞得一塌糊涂，最后她实在熬不下去了，写信给赵丹，求赵丹去接一下她，她要回上海。当时香港跟深圳之间还比较容易往来，赵丹接到信后，立即赶到了深圳河边，接回了他已经完全不认识的周璇，当时周璇已经好几个月没有洗过澡了，所有的衣服都已经黏在了一起，一层层地贴在身上。赵丹看到周璇后立刻就崩溃了，他完全无法想象，那么美艳照人的周璇，在香港怎么会变成这副样子，而且周璇那时候已经精神恍惚了，显然是受到了非人的刺激。她根本就不敢脱衣服，而且她当时还挺着大肚子，根本不知道她怀的是谁的孩子，她自己也不愿意讲这孩子的事。最后赵丹把她带到宾馆，要给她洗澡，他是用颤抖的手，拿着剪子把周璇身上的衣服剪下来的，因为已经完全黏到一起了。

赵丹和周璇之间是很纯洁的友情，包括赵丹的夫人黄宗英，都跟周璇有着深厚的友情。总之，我听完赵丹从香港把周璇接回来的细节，真是感觉非常伤感。1949年，很多大人物去了台湾，发生了很多悲伤的离别故事，但在上海，也有一大堆演艺界明星，他们也经历了这个伤感的1949年。而且在那个时代，这些明星经历的事情远远不止一个1949年，他们经历了北伐，经历了改朝换代，经历了日本人的入侵，逃难，流离失所，刚刚回到上海，能熬到最后的人寥寥无几。大家想想，能度过这么艰难的岁月熬到最后的人，那得是有怎样坚毅的性格！反正周璇是没熬到最后。

周璇是民国时期上海的首席大天后，她不但是歌坛天后，也是影坛天后，这样的人才今天已经没有了。而且在当时的年代，把所有的女明星都摆在一起来比较，周璇的外貌也能排上第一，我觉得她比胡蝶和阮玲玉都漂亮，咱们今天的歌坛没有那么漂亮的，甚至影坛都没有像周璇那么明艳照人的明星。可惜红颜薄命，周璇的结局实在是不太好。当然主要是因为她自身的性格，从小的苦难和颠沛流离，导致她的个性十分脆弱，为人处世也比较懦弱，无法承受那么多屈辱和苦难。周璇从香港回来后，孩子生下来后就直接被抱走了，而且大家还要给孩子验血，想搞清楚这孩子的父亲究竟是谁，导致周璇的精神受到很大的刺激。在精神病院住了几年之后，等她的精神状况恢复了一些，又让她去演了一部电影，结果电影里演到一个剧情，女主人公要带着孩子去验血，周璇再次受到了刺激，尖叫着逃出片场，从此她的精神病就再也没有好过。1957年她就去世了，一代天后早早陨落了。

除了在香港的那一段之外，周璇生命里的最后几年其实也是一个谜，我听很多人（包括上影厂的那位老厂长在内）都说过，我自己也看了很多资料，周璇后来又跟一个画画的生过一个孩子，但也有人说那人是趁着她生病的时候把她诱奸了，还因此被抓起来判刑了，当然也有人说周璇是爱对方的，还想跟对方结婚，但是没有得到批准。呼声最高的一种说法是，有一双来自背后的黑手在暗中陷害周璇，她回到上海之后没有一件事是顺利的，孩子被抱走，结婚不被批准，财产全部被剥夺。有人说黄宗英惦记着周璇的财产，这个我是不相信的，因为我对黄宗英的为人是非常敬佩的。

黄宗英后来一直抚养着周璇生的两个孩子。赵丹在外面还有一个私生女，在赵丹去世后的葬礼上，这个私生女和她的母亲都来了，还下跪认爹，身为合法遗孀的黄宗英表现得非常大度，还认下来这个孩子。所以说黄宗英贪图周璇的财产，我觉得不太可能，一定是有人在背后搞周璇。所以周璇到了1957年，其实就是被活活逼死的。当然了，周璇这么早就死了，其实也未必就是一件坏事。

当时在上海的歌坛，还有和周璇并登天后宝座的另一位歌后——李香兰。上海当时曾经选过歌后，第一名毫无疑问当然是周璇，第三名就是李香兰。《夜来香》这首歌就是给李香兰度身定做的，她最后的结局跟周璇完全不同，可以说是非常有福气的一个人。李香兰其实是日本人，只不过出生于伪满洲国。当时，伪满洲国里有非常多的日本人，李香兰的爸爸是在铁路工作的日本人，她生长在抚顺，最后在伪满洲国的电影公司成了名，因为关东军捧她。她的日本名字叫山口淑子，因为有一位姓李的中国养父，所以中文名字叫李香兰。

李香兰完全是在中国出生和长大的，后来在北平读书，在伪满洲国成名后南下上海，跟上海的超级大歌星周璇平分歌坛的天下。1945年的时候，李香兰的歌唱事业达到了顶峰，开了自己的演唱会。然而紧接着日本战败了，她被抓了起来，本来要以汉奸罪枪毙她，结果李香兰说，她不是汉奸，她叫山口淑子，她其实是个日本人，她替日本人唱歌、表演和拍电影，这没有什么过错。李香兰在上海当明星的时候，根本没有人知道她的日本人身份，当时她说自己是日本人，大家都不相信，让她拿出证据来，李香兰出示了大量的证据，最终被无罪释放，毕竟她没杀过人，也算不上战犯。

大家都知道，日本战败后从东北遣返了上百万的日侨，李香兰就随着这些日侨一起，被遣返回了日本。山口淑子回了日本之后继续大放光彩，不但继续演电影，继续当明星，年纪稍微大了一点之后还彻底转型，49岁的时候当上了电视台的主持人，后来还参加了日本国会参议员的竞选，竟然还被选上了，一连连任了18年，成为日本国会最资深的参议员之一，甚至当过国会参议院外交委员会的委员长，为中日友好做出了很多的贡献。她后来多次访问中国，退休之后还写过长文，批驳小泉参拜靖国神社。李香兰在长文中说，我在中国出生，在中国长大，特别了解中国人民，小泉的行为是对中国人民极大的伤害。李香兰最后活到90多岁，当她去世的时候，大家问我国的外交部发言人洪磊，对李香兰的去世有什么看法。洪磊表示，李香兰女士战后支持和参与中日友好事业，为此做出积极贡献。我们对她的逝世表示哀悼。

李香兰在中国还有一位感情最好的姐妹，也特别长寿，那就是川岛芳子。川岛芳子长得也非常漂亮，但她的身世跟李香兰刚好是相反的。李香兰是个日本人，但在中国出生和长大，因为有一位中国养父，所以取了一个中国名字；而川岛芳子是一个中国人，但因为她有一个日本的养父，所以取了一个日本名字。所以川岛芳子被枪毙了，因为她为日本人做事，最后被定为汉奸。川岛芳子真正的出身其实是很显赫的，她是清末的亲王家的格格，是正牌的格格，本姓爱新觉罗，所以她的中国名字是姓金的，因为爱新觉罗的后人很多都改姓了金。接受审判的时候，川岛芳子也表达了自己的委屈，她说："其实我不是汉奸，我虽然是中国人，但我不是汉人，我是满族贵族的格格，我姓爱新觉罗，是你们汉人推翻了我们的大清王朝，我只是为我大清王朝复辟。而且我也不是为日本人做事，我是为'满洲国'做事，'满洲国'是什么？'满洲国'就是我的亲戚溥仪的，我只是为了我们自己家做事而已。"但是没有人接受川岛芳子的解释，不管她如何自居，她都是中国人，最后她被执行了枪决。

不过民间流传最后被枪毙的那位，实际上并不是川岛芳子本人，而只是一个倒霉的替身，不知道是从哪儿找来的一个可怜的农妇。川岛芳子被枪决的时候有照片存证，因为子弹是直接打在脸上的，所以从照片上看不出容貌，但用现代科技的骨骼测算方法来看，照片上那具尸体绝不是川岛芳子的身材。大家应该知道，一辈子干活儿的人和从来不干活儿的人，他们的骨骼和肌肉是不一样的，照片上的那具尸体一看就是个干了一辈子粗活儿的妇女，而川岛芳子是出生于王府的格格，从来没有干过活儿。据说，真正的川岛芳子跑到吉林的农村，隐姓埋名地度过了下半生，还非常长寿。后来她的孩子以及她的邻居回忆这位老妇人的时候，有很多有趣的蛛丝马迹，比如一位东北的老妇人，居然能识字看书，看书的时候还用镊子翻页，这是只有在王府长大的格格才有的习惯。

还有一位国民女神的命运跟川岛芳子很相似，最后沦落到东北的沈阳，那就是小凤仙。小凤仙和蔡锷将军之间的故事，大家都非常熟悉。不过小凤仙其实是青楼的头牌，所以她不只是跟蔡锷将军一个人，王府她也进过，大帅府她也去过。青楼女子的命运都是很相似的，最好的结局无非是嫁到一个大户人家去当小妾。小凤仙离开公众的视线之后，曾经下嫁给一个东北军的旅长，共同生活多年，没有孕育子女。新中国成立后，小凤仙独自流落到东北。有一次她去看电影，在电影院里遇到了一个烧锅炉的锅炉工，这位锅炉工曾经在大帅府里当工人，目睹过出入大帅府的小凤仙昔日的风采，从那时候起他就一直仰慕小凤仙，觉得她就是自己心目中的女神,没想到"旧时王谢堂前燕,飞入寻常百姓家",这个锅炉工最后居然在沈阳的电影院里遇到了自己的女神,两个人当时刚好都是单身,虽然锅炉工膝下还有几个孩子,但他真诚地对小凤仙表示,我来照顾你的后半生吧。

新中国成立后,小凤仙不能继续当青楼的头牌了,而且当时她也已经人到中年,旧时的风采也减了一大半,迫于生计,她就嫁给了这个锅炉工。大家都知道,青楼的女子大部分都不能生育,小凤仙也没有生育能力,好在这个锅炉工本来就有子女,她嫁过去就直接当后妈,当得也不错。根据锅炉工的子女们的回忆,小凤仙不会做饭,不会做家务,特别爱漂亮,永远都穿着非常合身的旗袍,旗袍的叉子也开得很高,走路颠儿颠儿的,但是她特别会说话,特别会讨人喜欢。当然了,小凤仙曾经是名动公卿的青楼头牌,待人接物的能力肯定非常了得,所以一家人的日子过得还算不错,小凤仙和锅炉工的感情也挺好。所以,老去的女神们都可以向小凤仙学习,嫁给一个在自己最年轻漂亮的时候就崇拜自己的男人,因为不管你的年华如何老去,你在他眼中永远是那个大帅府的美丽上宾,永远是那个高不可攀的大头牌小凤仙。

有一次,梅兰芳去抗美援朝的战场上慰问劳军,回来的时候路过了沈阳,住在一家宾馆里,结果突然接到了小凤仙的来信。小凤仙应该是不太认识字的,她是请了一位略识得几个字的邻居帮她写了一封信给梅兰芳,问问梅先生,是否还记得她。梅先生当然记得小凤仙了,只是他不知道小凤仙居然沦落到这个地方来了。两人见了面,梅先生问小凤仙,我能帮你做点什么呢?小凤仙哭得泣不成声,她说,自从蔡将军离去之后,片纸也无,她的人生颠沛流离,现在流落到东北酷寒之地,为了生活,嫁给了一个锅炉工。虽然锅炉工对小凤仙非常好,但大家想想,小凤仙以前过的是什么样的日子?当初和现在真是天壤之别了。梅先生就力所能及地帮助了小凤仙，托一个沈阳的当地朋友，给小凤仙安排了一个工作。她能干什么呢？最后让她在沈阳市直机关幼儿园当阿姨。

可惜，小凤仙只当了一年的幼儿园老师，就患上了阿尔茨海默病，身体每况愈下，两年后就去世了。

## 2. 性格决定命运

在20世纪30年代的上海滩，胡蝶和阮玲玉毫无疑问是最红的两位女明星，但她们二人的人生际遇和结局却迥然不同。

阮玲玉的故事大家都非常熟悉，各种电影拍过不少，张曼玉就曾经演过阮玲玉。我个人觉得，阮玲玉的遭遇如果放到今天，她肯定不会自杀，因为今天娱乐界大家一个个为了上头条，恨不得自己炒作自己。阮玲玉实在是太要脸了，她其实不太适合娱乐行业。大家可以仔细回想一下阮玲玉的经历，她究竟遭受了多么大的压力，以至于一定要用自杀来解决问题？她无非就是遇到了两个渣男，又被报纸和媒体非议了几句，若是达到今天一些女明星在网上被骂的程度，估计她都要自杀一万次了，而且就算放到当时的时代背景中，阮玲玉的遭遇也不见得比胡蝶惨，但胡蝶撑住了，阮玲玉没有。在黄金时代的上海滩，不光是唱片跟电影发达，配套的八卦媒体、杂志甚至狗仔队也都极为强大，周璇婚变的时候还出了一本特刊。所以说性格决定命运，阮玲玉就是属于极为敏感和脆弱的性格，而胡蝶则是十分坚韧和乐观的性格，最后胡蝶的结局比阮玲玉要好得多。

阮玲玉遇到的第一个渣男是张家四少爷。当年，阮玲玉的母亲带着阮玲玉一起，到张家去当女佣。旧社会就是这样，女佣带着女儿，女儿稍微长大了一点，就跟张家的四少爷谈起了恋爱。因为两个人身份地位悬殊，所以不能结婚，只能在一起同居。后来阮玲玉慢慢成名了，这男的游手好闲什么也不会干，就吃阮玲玉的软饭。这样的故事拿到今天来看，其实很正常，女方是大影星，男方虽然吃吃软饭，但他毕竟曾经帮助过她。可阮玲玉不这么觉得，她觉得这样的男人没出息，而且张家四少爷还赌博。后来她就爱上了一个卖茶叶的商人，名叫唐季珊。说到卖茶叶的商人，不得不提到胡蝶，胡蝶后来嫁的丈夫也是卖茶叶的。而且不光她们俩，女艺人都特别喜欢嫁给卖茶叶的商人，从唐朝开始就有这样的传统，《琵琶行》里描写那位弹琵琶的女艺人时，写道"钿头银篦击节碎，血色罗裙翻酒污……门前冷落鞍马稀，老大嫁作商人妇。商人重利轻别离，前月浮梁买茶去"，意思就是这位女艺人最后嫁给了卖茶叶的商人。当然了，虽然都找了卖茶叶的商人，但胡蝶就比阮玲玉要聪明得多。

　　阮玲玉找的这位卖茶叶的唐季珊是一位大富商。说起来，阮玲玉自己身为大影星，她缺钱吗？当然不缺，她根本没有必要找这种花花公子大老板，找一个老实巴交本本分分的男人不是很好吗？而阮玲玉太缺乏安全感，她本身是女佣的女儿出身，一辈子都有那种挥之不去的自卑感，就算她赚再多的钱，也总觉得不够，所以她必须找一个大亨来做后盾。当然唐季珊后来也做电影了，但他没打算娶阮玲玉，这和现在的情况很像，女明星要想嫁入豪门，还是有一定的难度的。没嫁入豪门也就算了，更倒霉的是张家四少爷和唐季珊这二位还闹起来了，因为张家四少爷向唐大老板要钱，唐大老板不给，两人就要对簿公堂。阮玲玉实在丢不起这个人。在当时那个年代，不论是在东方还是西方，主仆之间通奸都是有伤风化的。最让阮玲玉难以忍受的是，张家四少爷和唐季珊闹上了法庭，居然要让她去出庭，当众承认自己跟四少爷主仆通奸。这样的事对于一个女明星来说，简直是奇耻大辱。就在要出庭的前一天晚上，阮玲玉还参加了宴会。那晚她谈笑自若，还要与大家一醉方休。当晚回到家中后，阮玲玉就服药自尽了，次日身亡。

而这位唐季珊先生也简直恶劣至极，早在阮玲玉自杀的好几个月前，他就已经跟阮玲玉的闺密同居了，这件事对阮玲玉肯定也造成了很大的伤害。但大老板嘛，灯红酒绿、纸醉金迷也不是什么稀罕事，可气的是唐季珊让阮玲玉的闺密模仿阮玲玉的字迹，伪造了一份遗书，刊登到了报纸上，这份遗书也就是流传至今的那句很有名的话"人言可畏"。唐季珊的目的就是想让公众相信，阮玲玉的死完全应该归咎于舆论的压力。但事实上，阮玲玉真正的遗书不是这么写的，而是专门写了唐季珊如何一次又一次地打她，虐待她，唐季珊当然害怕这样的真相流露出去，影响他在上流社会的形象。所以，阮玲玉不仅活着的时候饱受屈辱，死了之后也冤而不瞑目。

现在也有一些人说，导致阮玲玉自杀还有一个很重要的现实原因，那就是默片时代的结束，有声电影的产生。阮玲玉其实是不会讲普通话的，是默片时代的大明星。阮玲玉号称"中国的嘉宝"，因为嘉宝也有同样的问题，嘉宝的声音不好听，当有声电影时代到来的时候，阮玲玉自身在事业上也面临着很大的压力。但不管是感情上的压力、舆论上的压力，还是事业上的压力，选择怎样的命运，最终还是女人自己的性格造成的。

胡蝶的经历其实比阮玲玉更惨，但胡蝶的出身还是不错的，性格也比阮玲玉阳光很多，而且胡蝶非常聪明。追求她的人当然非常多，但她不想嫁入豪门，因为豪门的少爷太花心，豪门的老爷爱打人，她好好的一代影后，何必去受那种气？所以她最后就找了一个在洋行里卖茶叶的普普通通的小职员，两个人结婚了，生活得还挺好。

说起那个年代的女明星的遭遇，其实都挺惨的，因为战争带来无可避免的颠沛流离。大家纵观西方的历史，很少看到有连续几十年经历各种各样的战争、各种各样的运动的。那一代人真是太倒霉了，今天你还是光鲜靓丽的头牌大影后，明天日本鬼子来了，你就不得不跑到香港去了；过两年香港又被日本人占领了，日本人到了香港一看，影后胡蝶在这儿呢，让她来演个电影吧，叫《胡蝶游东京》。胡蝶当即以自己已经息影，而且怀有身孕的理由拒绝了日本人。胡蝶跟梅兰芳一样，还是很有气节的，梅兰芳蓄须明志，拒绝给日本人唱戏。但是拒绝了日本人之后，胡蝶也就无法继续在香港待下去了。1942年，胡蝶带着两个年幼的儿女，从香港跟随东江游击队一起，用了几十天的时间，翻山越岭，一路跑到广西。最后当她跑到重庆的时候，当影后多年的全部家当，大概有30箱珠宝，全部在半路被劫走了。为了找回这些财产，胡蝶千不该万不该地做了一个错误的决定，她去找戴笠了。

　　当时，不管是敌占区、解放区还是国统区，戴笠都能自由出入，胡蝶找到戴笠，希望他能帮忙追回自己的30箱珠宝。戴笠是个什么样的人呢？早在他还是一个不起眼的小军官的时候，就一天到晚地泡在电影院里，看影后胡蝶拍的电影，胡蝶就是戴笠心目中的女神。没想到今天女神主动跑到他面前，求他帮忙，戴笠太高兴了，更重要的是戴笠当时还是单身。于是他就兴冲冲地从各地搞回来大量的珠宝，送到胡蝶面前，说你看，我把你丢失的珠宝都找回来了。在战争年代，到处都是兵荒马乱，丢失的东西怎么可能全都找回来？那些珠宝当然都是戴笠自己到处搜罗的。胡蝶也不知是没看出来，还是揣着明白装糊涂，总之她收下了这些珠宝，麻烦就来了。戴笠的东西可不是随便能拿的，他把珠宝给了胡蝶之后，就对她说，你老公以前在上海的洋行卖茶叶，现在他没有工作了，我给他安排一份工作吧，让他去云南弄茶叶吧！于是，戴笠给胡蝶的老公安排了一个特派员的头衔，直接送到云南去卖茶叶了，等胡蝶的老公从云南回来的时候，就彻底找不到胡蝶了。

戴笠专门在山里头修了栋别墅，让胡蝶住了进去。现在有人说是戴笠软禁了胡蝶，但也有人说胡蝶其实也算自愿跟戴笠在一起。因为戴笠特别爱胡蝶，他不只是要跟胡蝶短暂地玩玩，不像唐季珊对阮玲玉那样，戴笠是正儿八经地想要娶胡蝶，是一个狂热的影迷发自内心对女神的爱慕，而且戴笠给胡蝶修的别墅前面，还特意配了一条路，可见胡蝶是有出入的自由的。所以我本人是不相信戴笠软禁了胡蝶的。等到战争结束后，胡蝶还曾经跟她的老公见面长谈了一次，告知了戴笠要明媒正娶她的消息，她老公也同意了，毕竟他只是一个茶行的小职员，没有能力跟戴笠比。为了胡蝶，戴笠甚至将自己的未来人生都做了调整，他不想继续做军统了，而是想做一个比较正经又光荣的职业，这样才能配得上一代影后胡蝶。所以他积极主动地争取，成为蒋介石内定的海军总司令，结果就是为了当海军总司令，戴笠坐飞机去青岛与美国第七舰队司令商议美国海军经青岛港运送援助国府物资事宜，回来的时候飞机撞了山，一命呜呼。

胡蝶和她老公之间峰回路转，俩人刚刚长谈完，决定让胡蝶改嫁戴笠，现在戴笠死了，胡蝶以后的生活又没人管了，胡蝶的老公也挺开明，就继续跟胡蝶在一起生活了，而且两个人还挺幸福。新中国成立后，胡蝶跟着老公和儿子一起去了香港，等到她老公去世之后，她又跟着儿女去了加拿大定居。一直到寿终正寝的时候，胡蝶都是一个非常乐观而且健康的女人。

时代是没有办法选择的，际遇也是没有办法逃避的，但在面对苦难和不幸的时候，真正起决定性作用的，其实恰恰是个人的性格。胡蝶和戴笠之间发生的事，对胡蝶的名誉造成的伤害，其实是比阮玲玉更大的，当时世人骂胡蝶比骂阮玲玉厉害多了，因为胡蝶是整个上海滩上最知名的女明星。胡蝶对此都是一笑而过。

唯一让胡蝶一直到晚年提起来都觉得有些愤愤不平的是，有人说在九一八事变后，整个东北的丢失都是胡蝶造成的，这个严重的指责，豁达、开朗的胡蝶拒绝接受。这到底是怎么回事呢？在当时的八卦舆论中，像胡蝶这样级别的大影后，当然和很多名流都会有点关系，比如传说中胡蝶跟张学良好过，还有人说胡蝶跟杜月笙也有过一段情。传说胡蝶认识张学良的时候，她还没有结婚，而且九一八那天晚上，她确实是人在北平的。根据张学良的家人回忆，那天晚上，大帅的姨太太曾经长叹着说，张学良看了一出戏，家乡就沦落了，因为那天晚上，张学良似乎是跟影后胡蝶一起去看戏了。这件事传着传着，就变成了是胡蝶把整个东北给丢了。这个指责对于胡蝶来说实在是太冤枉了，但中国人的舆论风向一向如此，特别喜欢把男人没出息犯下的错误赖到女人头上。只要获得了胜利和成功，那就都是男人的功绩；只要失败或是国家灭亡了，那都是因为红颜祸水。从夏商周开始，亡国的罪魁祸首都是女人，妲己、褒姒、杨贵妃等，反正历史都是由男人来书写的。

广西大学当时的校长马君武先生写了《哀沈阳》的诗，在全国大为流行，正是这首诗，导致胡蝶背了一辈子亡国祸水的骂名。诗是这么写的，"赵四风流朱五狂，翩翩胡蝶最当行"，其中的赵四就是大家都知道的赵四小姐，朱五也是一位出身名门望族的北洋名媛，最后加上胡蝶，这首诗就是在点名骂张学良不抵抗，丢了东北。一时间全国人民都在骂张学良，全国人民不太知道赵四和朱五是谁，但身为上海滩第一名大影后的胡蝶可是人人皆知的，所以胡蝶身上背负的骂名比阮玲玉要严重多了，阮玲玉的名声再差，毕竟没和卖国扯上关系，胡蝶的遭遇如果放到阮玲玉身上，那真是自杀一万次都不够。但胡蝶就是能承受住这样的骂名，和戴笠之间的风流韵事也没能影响她继续活下去的勇气。通过照片可以看出，她晚年在加拿大的时候依然是风姿绰约的一代女神，就算坐到公交车上，也会有老影迷仰慕地跟着她，坐在她身后痴痴地望着她。

胡蝶最后安度晚年，活到了80多岁。

## 3. 黄金时代的阳光女神

阮玲玉认识了一位张家四少爷,胡蝶也扯上了一位张家少爷,那么我就顺便提一下另外一位张家大少爷和女佣之女之间的小小爱情故事吧。

这位女佣之女后来也成了明星,但是地位和名气跟胡蝶、阮玲玉完全没法比,这位女明星比不上一线大明星,只能演演小剧场,偶尔在电影里客串一个小角色,因此就认识了一些电影圈里的人。曾经有一张著名的照片叫"六和塔下",站在六和塔下的几个人,就是著名的赵丹和他当时的女朋友,以及这位女佣之女——名叫蓝苹的女演员和她的影评人丈夫唐纳。蓝苹这个名字大家可能有点陌生,但她后来的名字大家肯定熟悉,因为她后来改名叫了江青。

坊间有一种说法,江青和康生在去延安之前就已相识。传说江青的出身跟阮玲玉一模一样,家里十分穷困,父亲早亡,跟着母亲去张家大院里当女佣,但阮玲玉母女做工的张家大院在江苏,江青母女做工的张家大院在山东诸城,主人还是山东诸城的首富;阮玲玉遇到的是张家四少爷张达民,江青遇到的是张家大少爷。十几岁的江青更是非常好看的,张家大少爷也是风流倜傥,而且他学习特别好,在当时中国最好的大学之一齐鲁大学念书,每年都回家看一看,大家小时候常看的巴金老先生的《家》《春》《秋》里,讲的都是少爷和女佣的爱情,江青和张家大少爷之间的爱情也是这样萌生的,这也是江青的初恋。

之后,张家大少爷把江青带到了济南,将她送到了戏剧学校去学戏剧,不久后，张家大少爷就离开了济南，去上海参加革命了。初恋总是会给人带来世界观上的巨大影响，受到张家大少爷的影响，江青心中也滋生了革命的火种。后来她在戏剧学校的校长家里遇到了校长的一位亲戚，叫俞启威，俞启威是一名北大的学生，北大学生的特点就是有革命思想，十分慷慨激昂，而且俞启威长得也很帅，正好这时候张家大少爷也失联了，后来，江青就跟了俞启威。

俞启威革命胜利后改名为黄敬，还当上了天津市委书记。俞启威和江青在一起后，就带着她一起革命，革命不是请客吃饭，总是难免可能被捕，后来俞启威被捕了，江青也被捕了，在敌人的威逼下，写了写脱党声明，被放出来之后，俞启威下落不明，江青只好自己继续革命。为了生活，江青先在上海演戏，这期间曾经在蒋介石的"献机祝寿"晚会上，演了一出话剧，这件事也成了江青的一个罪证。但我觉得这件事没什么值得诟病的，她身为一个女演员，不过是为了穿衣吃饭而演一出戏而已，是很正常的事情，而且在她心中，始终燃烧着熊熊的革命火种。

江青后来去了延安，结果在延安遇到了阔别已久的张家大少爷，而且张家大少爷已经身居我党高位，负责整个延安我党最高层全部秘密工作——情报工作的保卫工作，名字也为了革命而改了，叫作康生。康生一看蓝苹来了延安，感觉非常高兴，直接把她带到了主席跟前，江青现场给主席唱了一出《打渔杀家》，主席非常喜欢这位上海来的女明星。后来的各位开国元勋，当时都还是二八团的干部，他们的原配妻子大多数都在长征路上失散了，所以规定28岁的团级以上干部，可以娶一个上海或者北平来的洋学生，所以大家都流行娶一位洋学生。女明星自然是要比洋学生更高一个档次了。在康生的极力撮合下，主席决定迎娶江青，但主席身为我党最高领导人，他的结婚大事是要政治局投票同意才能执行的，除了延安的政治局之外，新四军的政治局也要投票。

然而世界上没有不透风的墙,在新四军总部有一个跟江青很熟的人,这人叫杨帆,他于1937年到上海,在文化界从事文化救亡工作,并发展了许多左翼的作家和演员等。杨帆说他认识蓝苹,她当年被捕之后背叛过我党,还写下了自白书和脱党书等,虽然江青没有做过具体的坏事,没有供出我们的同志,但那也只是因为她不认识什么同志,而写自白书这件事已经是一个很大的污点了,这样的人不能嫁给主席。杨帆还特意写了一份很长的报告,不仅痛斥了蓝苹被捕时对党的背叛,还特别提到了她曾经在蒋介石献机祝寿晚会上表演过话剧《求婚》,其实上海戏剧界的党支部就曾经专门开会讨论过,要不要争取蓝苹同志加入,但最后大家觉得她的意志不够坚定,没有吸收她,没想到她竟然直接跑到延安来了。这份长报告由杨帆执笔、新四军的最高领导人项英签字,以绝密电报的形式发往延安,杨帆还在电报最后特别郑重地写了一句"此人不宜与主席结婚"。

结果,这封电报居然落到了康生手里,因为康生刚好是负责我党领导人的机密保卫工作的,康生当然直接就把电报扣下了。不过他也没闲着,立即派出了保卫局的人去调查了江青,并保证她是没有问题的,一直是支持我党的忠诚的同志,反正没有人知道康生就是张家大少爷。最后,江青嫁给了主席,杨帆也因此倒了大霉。新中国成立以后,杨帆当上了上海市公安局局长,有一天他正在吃饭,突然有人来找他,说让他去开会,杨帆一到会场就被抓起来了。

杨帆被关押在监狱里很多年,一直到改革开放才得到平反释放。平反之前杨帆曾有一段时间神志不清,完全不认自己的亲人,还说自己的老婆是江青派来的。杨帆写的那封电报,在康生手里一直放了30多年。

据说,康生临死前不知道哪根筋不对,把电报交了出来。当时他跟周总理都住在北京医院,他住在周总理的楼上。一天,康生向来探病的王海容、唐闻生讲述此事,要求二人向毛主席汇报。周总理看完电报之后哭笑不得,这都已经是1975年了,你到现在才想起来告密,你早干吗去了?所以这件事最终也没能爆发出来。

总之,阮玲玉和江青遇到的两位张家少爷,差距还是非常大的。张家四少爷疯狂地折腾阮玲玉,败坏阮玲玉的名声,最终把阮玲玉逼死了;而张家大少爷还是很有情有义的,帮助江青铺设了一条上升之路,助她一路平步青云。

提到江青,也不得不提一提她曾经的一位室友。江青刚到上海的时候,还是一个正在学习演戏的小学员,当时跟她同住在一间宿舍里的,是另一位女神,我个人觉得这位女神长得要比江青好看得多,她叫黎莉莉。

黎莉莉是整个民国电影黄金时代里,最健康、身材最好、穿得也是最少的一位女神。阮玲玉是属于那种病恹恹的美女,因为中国人民自古以来的审美,都是喜欢病病恹恹的那种柔弱女性,胡蝶比阮玲玉阳光一点,但也是比较柔弱的,直到黎莉莉出现,才开创了女性形象健康阳光之先河。

其实整个中华民国的电影史,就是一部中国女性解放史,甚至在古代唱戏的时候,女性都不能上台,女性的角色都要由男性来演,比如唱旦角的梅兰芳。民国时期,随着电影工业的蓬勃兴起,女性的形象直接出现在大银幕上,对于很多保守的人来说,这简直是大逆不道的行为。所以刚开始登上大银幕的女性,都有一种去就义的感觉,因为在普通老百姓心目中,银幕上的女性跟青楼的妓女没什么区别,你不就是去卖笑吗?但随着时代的发展,人们的思想也在不断地进步,一代又一代的女演员,越来越解放,越来越勇敢,她们冲上银幕,冲上歌坛,让人们慢慢接受,她们不是青楼的卖笑女子,她们是光荣的大明星,是女神。

黎莉莉就是这些女性中的一员,她也是第一个以健康的体育运动的形象出现在大银幕上的女明星,她主演的电影连名字都很阳光,比如《体育皇后》等,她在电影里都是穿泳装上阵的。黎莉莉不仅长得非常漂亮,她的个性也非常阳光和开朗。她回忆江青的时候也很有意思，她说，当年她们俩挤在一间小小的屋子里，黎莉莉经常批评江青，江青还跟她道歉。后来到了"文革"的时候，黎莉莉遭到了很残酷的迫害，她的老公被活生生逼死了。黎莉莉的老公是一位电影技术方面的天才，他立志把拍摄用胶片国产化。在结婚这件事上，黎莉莉跟胡蝶一样，都很明智，面对着不计其数的追求者，黎莉莉最后选择了一个电影厂的普通技术人员，这个人姓罗，最后在"文革"中，罗先生在垃圾堆中自杀身亡。

我本人和黎莉莉及罗先生一家，有着很深的渊源。黎莉莉的女儿——罗阿姨是我在电影方面的启蒙老师，罗阿姨是儿童电影制片厂的老导演，她的两个女儿，也就是黎莉莉的两个外孙女长得也都非常漂亮，小女儿还跟我是高中同学，而且我们俩还有过一点小暧昧，当然没有真正地谈过恋爱，只是我们俩的感情非常好，当时我组建诗社，她是诗社里的骨干成员。她现在是一名非常出色的医学博士，她的姐姐也是一位著名的影星，长得漂亮极了，叫作潘婕。

潘婕的个性也跟她的外婆黎莉莉一样，开朗又阳光。记得1994年的时候，我在上海电影制片厂的一个电影剧组里作曲，那部电影是黄磊主演的，潘婕刚好就在隔壁的剧组拍一部电视剧，而且还是一部抗日剧。潘婕特别活泼，没事就到我们的电影剧组里串门。我们的电影导演叫傅东育。潘婕当时身为一名电视剧演员，对电影的大银幕自然是充满了向往的，所以她每次一收工就跑到我们这儿来问，你们导演在哪儿呢？我们告诉她，这是我们傅导演，潘婕也不理人家，还问，我问你们导演在哪儿，不是问副导演。于是这么一来二去好几次，她才终于明白，我们的正导演姓傅。她也不难为情，一本正经地跟傅导演说，导演，我要跟你控诉，我拍的那部电视剧太烂了！他们让我演一个女特务，我都干了什么呢？我先跟国民党的干部睡觉，后来又跟共产党的干部睡觉，甚至还跟日本鬼子睡觉，最后居然被打死了。这个编剧太无耻了，我好歹也是个受过严格训练的女特务，好歹也让我为国家做一点贡献再死吧？太不像话了，我不演了，我要来你们剧组里演电影！总之，潘婕是这种直爽又乐天的性格，跟她的外婆一脉相承。

　　黎莉莉在黄金时代的上海滩当然是很有名的，但她的父亲其实比她还有名。黎莉莉的父亲叫钱壮飞，是中共特工三杰之首，比李克农和潘汉年的地位都要高，而且还打入了中统内部，是中统局局长徐恩曾的机要秘书。最不可思议的是，钱壮飞在当特工之前，居然曾经在北京电影制片厂当过导演。黎莉莉原本也不姓黎，而是姓钱，她的哥哥叫钱江，也是著名的导演，大家如今看到的八部样板戏里，至少有六部都是钱江导演的，"文革"期间黎莉莉受到了很残酷的迫害，但钱江没有被迫害。总之，黎莉莉是出身于电影世家的，她从小就在电影里演过戏，后来党需要钱壮飞的时候，他就从导演摇身一变成了特工，打入中统内部，彻底挽救了党中央。

　　康生的前任顾顺章的叛变，处于我党历史上很重要的时刻。叛变的过程还挺有意思，顾顺章送张国焘去鄂豫皖苏区，送到以后，顾顺章就顺路跑到武汉去了，因为他有一个情人在武汉。结果他到了武汉，莫名其妙地化名为华广奇，跑到汉口的新市场游艺场的舞台上去变魔术玩。刚好我党长江局的书记叛变了，被国民党中统局押在街上走，一下子把正在变魔术的顾顺章认出来了，负责我党全体特工的工作，这下中统局可遇到了大鱼，一下子就把顾顺章逮捕了。逮捕顾顺章的是中统局在武汉的头儿，叫蔡孟坚，顾顺章拒绝跟蔡孟坚聊天，因为他觉得自己是中共的最高领导人，武汉分部的头儿不配跟他对话，于是武汉绥靖公署主任何成浚就给中统南京总部发了封电报，说顾顺章只愿意跟蒋介石直接对话。

　　结果，这封电报刚好落到了钱壮飞手里。钱壮飞是中统局长徐恩曾的机要秘书，徐恩曾这几天正好去上海打高尔夫球了。钱壮飞拿到电报后，心里大呼不妙，顾顺章一旦叛变，自己的身份也会暴露。事情太紧急了，钱壮飞谁也来不及通知了，直接让自己的女婿赶快到上海去通知党中央，自己也不要这份工作了，甚至连最心腹的手下也不方便直接去通知，只能到人家楼下去撒尿，和邻居吵架，进而引起对方的警觉。幸好顾顺章是在武汉被捕的，如果他是在南京被捕的，直接面见了蒋介石，党中央就彻底完蛋了，因为顾顺章知道党中央安插在国民党的所有特工的名字、联络方式和住处。

正是因为钱壮飞的及时通报，全党的特工及时地全部转移，后来周恩来和康生亲自带人到了顾顺章的家里，在顾顺章家的一个镜框里，发现了他写给蒋介石的一封信。因为顾顺章这个人曾经经历了太多的党内斗争，尤其是王明他们回来之后，党内爆发了残酷的斗争，互相出卖情报给国民党等等。最后龙华监狱要枪毙我党的很多高级领导人的时候，顾顺章曾经向王明请示过，想要把那些人救出来，但王明拒绝了，因为王明觉得那些人该死。顾顺章对此无法接受，他一直担心，万一哪天自己也沦落到那一步，被人挂上"该死"的头衔该怎么办？所以顾顺章就写了这封给蒋介石的密信，叮嘱他老婆，如果有一天他在党内斗争中被害，她就把这封信交给蒋介石。

而顾顺章在武汉的时候，一开始还没意识到自己大势已去，直到他准备登上去南京的船的时候，才突然问蔡孟坚，你那封电报发给谁了？蔡孟坚说发给我们的领导徐恩曾了，顾顺章当即捶胸顿足，大呼完蛋了。就是因为他不屑跟蔡孟坚说话，所以忘记了叮嘱蔡孟坚，徐恩曾的机要秘书钱壮飞是我党的大特工，而且还是顾顺章亲手安排的。最终，国民党没能彻底摧毁中共，只逮到了一个总书记向忠发。其实康生他们也通知了向忠发，告知了顾顺章叛变的事，让向忠发不要出门，好好躲在阁楼里。向忠发倒是可以不出门，但他的姘头要出门。向忠发的姘头是一个青楼女子，特别喜欢做衣服，做了衣服就得去取，顾顺章就派人盯着裁缝店，等了好多天，终于等到了这位姘头，最后就跟着这位姘头顺藤摸瓜地抓到了向忠发。逮住了向忠发其实也没什么用，他虽然是我党的总书记，但那时应共产国际的要求，总书记必须得是工人阶级，所以就把瞿秋白等知识分子都推到一边，让向忠发挂名当总书记，其实他根本不知道我党的什么机密，最后向忠发直接就被枪毙了。

黎莉莉的妈妈也是中共地下党员，她很小就知道自己的父母都是做什么的，经常在家门口负责放哨。黎莉莉从小就认识李克农、潘汉年和陈赓这些大人物。黎莉莉和陈赓之间还有一段非常有趣的缘分。黎莉莉小时候曾经救过陈赓的命，黎莉莉放哨的时候发现敌人来了，立即通知了陈赓逃跑。但陈赓一生中唯一一次被国民党逮捕，也是因为黎莉莉。当黎莉莉成名之后，陈赓打算去给这位故人之女捧捧场，去看黎莉莉的演出，结果他走在大街上被我党的叛徒认出来了。新中国成立以后，陈赓碰到黎莉莉的时候还说，咱俩太有缘分了，当年你曾经救过我一命，后来我为了看你的演出而被捕了。幸好陈赓被捕之后逃过了一死。

黎莉莉的成长经历也是充满波折的，因为父母的特工身份，她从小就被扔在孤儿院和教会的寄宿学校。因为钱壮飞曾经是一名文艺工作者，所以后来就把黎莉莉送给了一个名叫黎锦晖的人。黎锦晖开了一个歌舞团，去南洋演出，黎莉莉就跟着歌舞团一起去了南洋。黎莉莉天生就机灵，人也漂亮，能说会道，在团里特别受欢迎，团长也很喜欢她。等到歌舞团从南洋演出归来，大家都回家了，团长发现唯独黎莉莉没有回家，因为她没有家可回，她的爸爸妈妈已经下落不明了。黎锦晖十分同情黎莉莉的遭遇，收了她当干女儿，于是黎莉莉改姓了黎，后来一个人孤苦伶仃地在上海滩发展，直到当上了"体育皇后"，并嫁给了一个普普通通的男人。虽然在"文革"中，黎莉莉被江青折腾得半死，但她天性十分乐观，坚强地活了下来，一直到2005年去世。电影学院的学生都认识黎莉莉，她活了九十多岁，去世前说的最后一句话，是跟医护人员说，你们的服务态度真好。

胡蝶和黎莉莉都是属于坚韧而乐观的个性，而阮玲玉和上官云珠性格相对脆弱，她们的结局也正是她们个性的写照。

## 4. 民国时代的"作女"

除了歌星和影星，还有两位女神不得不提，一位是女作家，另一位是民国大名媛，长得都非常漂亮，也都非常能作。

汤唯主演的《黄金年代》大家应该都看过了，里面讲的这位，就是民国时期的女神——女作家萧红。萧红和同时期的林徽因当然是不能比的，林徽因是海归界的大女神，萧红只是一个中学学历的女作家。

其实人生的际遇是很难总结的，我很难说清楚民国时代究竟是个什么样的年代，大家应该怎么做出选择，才能熬到最后。那是一个无比风起云涌的年代，每个人都在大时代中颠沛流离，就算你咬紧牙关，都不一定撑到最后，所以如果您还自己作死，那就真的无药可救了。萧红这个人实在是太能作了，当然了，她是那个时代的新女性，思想极其开放和进步，她和萧军之间的炽热爱情，是在她还怀着孕的情况下爆发的。我觉得萧红应该是民国时代的左翼人士，萧红几乎是左翼人士里最能"作"的一个。

民国时代的这些女神，长得当然都是非常漂亮的，但她们的个人际遇，很大程度上都取决于她们自身的性格，从她们每个人临死前说的话，就能充分看出人与人之间个性上的巨大差异。有的人临死前是特别坦然的，比如胡蝶临死之前说，蝴蝶要飞走了；阮玲玉临死之前写了长篇的遗书，痛斥自己遭受的各种凌辱，恨不得做鬼也要报仇，等等；萧红也是，她临死前,身体都已经插管子了,还是充满怨恨地写到,自己一生被侮辱,被歧视,被抛弃,等等。其实在那个年代,每个人的命运都很悲苦,大量的人颠沛流离,林徽因也颠沛流离,抗战的时候,林徽因还跑到李庄待了五年,住的地方连电都没有,但林徽因从来没有抱怨,也没有因此而做出什么作死的行为来。

萧红最后是怎么死的呢?她简直是倒霉至极,刚好她生病住院的时候,日军已攻陷香港,萧红住到玛丽医院里后,日军征用了玛丽医院,萧红被转到附近的法国医院,结果日军又把法国医院占领了,没办法,萧红只能被放到一所小学的简陋医疗点,其实她得的病根本就不至于死,但最后因为缺乏及时的医疗,悲惨地死了。

萧红是左翼的代表人物,但作的人不光是左翼,右翼也有很能作的,那就是接下来要出场的第二位"作女"——陆小曼。

陆小曼长得是真漂亮,而且非常有才。陆小曼的画,以今天的欣赏眼光来看,我都觉得非常不错,可以称为才华横溢。偶尔有人会问我,陆小曼和林徽因谁更有才华?以我个人的观点,陆小曼要比林徽因有才华。林徽因写的诗,我真没觉得有多好,论文笔,林徽因和陆小曼可以说是不分伯仲。林徽因是大海归,英文是极好的。但陆小曼不仅会英文,还精通法文,陆小曼当年是在北京的法国学校读的书,她家里的条件也是极其好,是大的富家女,虽然赶不上林徽因他们家,但琴棋书画也都是样样精通的。

像陆小曼这样要美貌有美貌,要才华有才华,要家世有家世的女人,在那样一个风起云涌的年代,她肯定要做出一番事情来,于是她就作起来了,她家里天天开派对。我看过很多民国时代的人留下来的回忆录,大家交朋识友都是在陆小曼的派对上,比如刘海粟回忆说,我在陆小曼家里的派对上认识了徐悲鸿。

当时,凡是海归的艺术家,都聚集在陆小曼家的派对上;凡是海归的大学者,都聚集在林徽因家的派对上;那些既不是艺术家也不是学者、档次稍微低了一些的，就都聚集在冰心家的派对上。所以冰心也许是出于嫉妒吧，还专门写了篇文章骂林徽因，叫《我们太太的客厅》，林徽因当然不会跟冰心一般见识。有关林徽因的故事这里不多提，因为我们家和她们家是世交，有关林徽因的剧本我早已经写好了，准备拍成电影，大家可以在电影中细细感受林徽因的故事。

　　回到陆小曼身上，这陆小曼作到什么程度？她结过两次婚，嫁的两个丈夫都是堪称人中龙凤级别的男人，都是当时最好的青年，但她还是不满意。她的第一任丈夫是王赓，王赓当年回国的时候，是全北京上流社会的丈母娘一起猛扑的对象，因为王赓又年轻又帅，而且又是世家子弟，又是清华大学毕业的高才生，又在美国最好的大学普林斯顿学过文学，然后在西点军校学军事。不仅如此，年纪轻轻他就当上了巴黎和会时期中国代表团的武官，还身兼首席翻译。这样一位文武双全的乘龙快婿，陆小曼她妈比陆小曼本人还着急，王赓跟陆小曼刚认识没超过一个月，就在陆小曼的母亲的极力撮合下，结婚了。

　　能嫁给王赓这样的大好青年，应该说是上辈子积了德的事。但陆小曼完全不满足，她这辈子不追求幸福，就追求作，她和徐志摩作到一起了。大家都知道，徐志摩跟林徽因有过一段"绯闻"，但林徽因非常聪明，我作可以跟你作，嫁不能嫁你这样的人。

　　徐志摩也是"作"界的翘楚级人物，他是中国历史上第一个根据民法登报文明离婚的人，不仅要登报离婚，还要找见证人，金岳霖见证了徐志摩离婚。最能作的男人徐志摩，遇到了最能作的女人陆小曼，顿时天雷勾动地火，一发而不可收拾。滑稽的是，当年王赓跟陆小曼结婚的时候，徐志摩还是傧相，最后这位傧相用英文给王赓写信说，我爱上了你老婆，我要过自由的人生，追求我的爱，得之我幸失之我命之类的。王赓收到徐志摩的来信后，也用英文回了一封信，随便，你们俩想怎么作都可以，我同意离婚。王赓非常大度而绅士地和陆小曼离婚了，结果徐志摩和陆小曼还觉得不过瘾，他们俩结婚的时候还要邀请王赓来当傧相，但王赓没有去，因为王赓不是艺术家，他没有兴趣跟这二位一起作。

抗战期间，王赓去了开罗做驻开罗的代表团团长，因为他是军队高级将领中少有的海归，最后很不幸地死在了任上。

和陆小曼一样，徐志摩也曾经有过一次婚姻，他的前妻是大世家闺秀张幼仪。张幼仪家其实比徐志摩家要有名望，但没有林徽因和梁思成家牛，而且张家满门都是大才子，比如张君劢这样的大学者等，但张幼仪这个姑娘就不作，人家就是一个非常正常的好姑娘，最后过了一辈子的幸福生活。

徐志摩是在张幼仪怀着他的第二个孩子的时候，跟她提出离婚的，当然那次离婚不是为了后来的陆小曼，而是为了林徽因。张幼仪没有作也没有闹，同意了离婚。她回国后先是当了教授，接着又去做银行，因为张家就有银行，张幼仪做银行做得非常好，后来自己也创办了公司，总之是一名事业非常成功的女性。最重要的是张幼仪一直像对待自己的父母一样，悉心地侍奉着徐志摩的父母，也抚养了徐志摩的孩子。这样一个好女人，最后就能平安度过那些岁月。新中国成立后，张幼仪出国了，嫁一个老老实实的男人，平安而顺意地度过了一生。

因为徐志摩要跟张幼仪离婚的事，徐志摩的父母对徐志摩深恶痛绝，他们就爱前儿媳妇张幼仪。后来徐志摩要娶陆小曼，徐志摩他爸居然给张幼仪发了一封电报说，这门婚事，你同意我就同意，你若是不同意，我就坚决不同意。张幼仪说我同意徐志摩娶陆小曼，但我有一个条件，要让徐志摩的老师梁启超来当主婚人。徐志摩当时为了要娶陆小曼，已经陷入了失心风的地步，一口答应了下来。结果，就发生了最为可笑的事情，在徐志摩和陆小曼的婚礼上，主婚人梁启超破口大骂这对新婚夫妇，场面非常尴尬。

徐家虽然没有张幼仪、林徽因和梁启超家那么牛，但也是很有钱的，然而因为徐志摩非要跟张幼仪离婚，徐家人痛恨徐志摩，从此断了他的经济来源，徐志摩没办法，只能到处去兼职。徐志摩能干什么？写诗能卖几个钱？他只能去做教授，而且是同时兼了很多份教授的职位。徐志摩当教授一个月能赚1000多块，毛主席当年在北大当图书管理员的时候，一个月才挣8块，但8块已经够养家糊口了，一个普通工人才挣3块，一个上尉军官也就挣10块，一个大教授能挣200~400块，2000块就能买一座四合院。即便是这样，徐志摩赚的钱依然是每个月都被陆小曼挥霍一空。最后徐志摩没办法，甚至去给熟人当房屋中介，赚一点中介费。徐志摩自己住店都住不起，他每次去北京出差只能住到胡适他们家，而且为了省机票钱，永远都蹭免费的邮政机或货机，飞机上没有别的乘客，只有坐在一堆信中间。

陆小曼完全是个挥霍无度的女人，徐志摩一个月赚1000多块都不够她的开销。她身边永远环绕着一大群人，司机、男仆、女仆、厨师，等等，而且陆小曼每天都开派对，灯红酒绿，纸醉金迷。最夸张的是她还抽大烟。徐志摩非但不觉得陆小曼能作，他还觉得特别幸福，不停地给陆小曼写信说，小心肝，小宝贝，猜猜我给你买来了什么样的布料？但是我要跟你说一句话，摩摩的口袋已经被你掏空了。好肉麻！徐志摩简直是把口袋和心都掏给了陆小曼。

大好青年王赓陆小曼不稀罕，名满天下的才子徐志摩她也不满足，居然在家里养了一个小白脸，这个小白脸叫翁瑞午，他最大的特长就是会按摩。陆小曼抽大烟也是翁瑞午引导的，因为陆小曼浑身总是疼，翁瑞午就给她按摩，还游说她抽大烟，这样可以减轻疼痛。其实陆小曼哪儿有什么病痛？都是天天开派对累的。陆小曼虽然不演戏也不唱歌，但她比大明星还有名，是民国时代最有名的交际花，再加上她本身出身也好，不是小凤仙那样的青楼女子，所以她和翁瑞午的事搞得上海满城风雨，报纸上都刊登出了这段绯闻。

徐志摩死后发生的事，就更加耐人寻味了。邮差把徐志摩死讯的电报送给陆小曼，陆小曼竟然拒绝接收，因为她不相信，她说不可能，这电报是假的。邮差没办法，只好把电报送到了徐志摩的前妻张幼仪手里，张幼仪马上镇静地开始处理，带着孩子去认尸，通知诸位亲朋好友，筹备葬礼，等等。最后，徐志摩的葬礼完全是张幼仪一手操办的，所以张幼仪这样的女性真是打着灯笼都难找。

而林徽因那边是什么反应呢？徐志摩是在济南摔死的，沈从文当时在青岛大学教书，所以他是第一个赶到现场的。紧接着得到消息的人是胡适，胡适把消息发布出去后，梁思成和金岳霖立马开车出发赶往现场。林徽因没有跟着一起去，但她嘱咐梁思成和金岳霖，你们俩在现场给我捡一块飞机皮回来吧。最后梁思成和金岳霖真的给林徽因捡回一块飞机皮，林徽因一直到死都把这块飞机皮挂在床头，用来纪念徐志摩。

当年，徐志摩为了林徽因而跟张幼仪离婚，最后徐志摩的大女神林徽因只捡了一块飞机皮。而徐志摩后来的女神陆小曼，干脆连飞机皮都不要，什么都不管，徐志摩一死，陆小曼毫不犹豫地就跟翁瑞午在一起了。翁瑞午本身是有家室的，于是陆小曼还跟他定了一个令人啼笑皆非的"约法三章"，她让翁瑞午不许抛弃发妻，她也坚决不跟翁瑞午结婚，两个人就这么住在一起，一直到一九五几年翁瑞午去世。

我看过一本上海的一个画家写的回忆录，这位画家当年就是找陆小曼学画的。那个时候陆小曼已经50多岁了，嘴里只剩下一两颗牙，由于常年抽大烟，她的皮肤蜡黄，整个人老得不行，跟翁瑞午挤在一间小小的屋子里，过着穷困潦倒的生活。陆小曼教学生画画的时候，翁瑞午就在旁边游手好闲地看着，以及不停地满口跑火车似的吹牛，说他当年认识多少了不起的大人物，一副典型的上海弄堂里的瘪三形象。甚至他还厚颜无耻地说陆小曼还有另一个名字，叫"陆海空"，因为她的三个男人，王赓是陆军，他翁瑞午曾经当过海军的一个小官，徐志摩死于空难。对于翁瑞午的满口胡言乱语，陆小曼完全没有反应，到了那个时候，陆小曼已经活得云淡风轻了，对一切都无所谓了。但由此可以看出，陆小曼和翁瑞午之间应该是没有什么爱情的，两个人就是在一块住着。

后来有一天，这个学画画的学生去陆小曼家，发现翁先生不见了，陆小曼很平静地告知，翁先生在床上躺着呢，他快不行了，不用去看他。没过多久，翁瑞午就死了，陆小曼完全没有流露出任何悲伤。其实徐志摩去世之后，风韵犹存的陆小曼依然是有很多人追求的，但她再也没有接受任何人，也没再干任何事，除了把徐志摩遗留下来的手稿整理了一番，做了一本《遗文编就答君心》。我看了这本东西，看来看去，就觉得陆小曼应该也不爱徐志摩，在她的一生中，唯一爱过的人应该就是她自己，林徽因应该也是更爱自己的，真正懂得去爱别人的，是张幼仪。

我其实很想知道在最后的那些年里，陆小曼心中究竟是怎么想的，她为什么没有再接受其他青年才俊的追求，又为何选择从社交圈中隐退。后来身为徐志摩最好的朋友的胡适，曾经写信骂翁瑞午是"自负风雅的俗子"，让陆小曼离开他，但对于这些信，陆小曼完全没有任何回应。翁瑞午当然是自负风雅的俗子，因为他是上海的文人。鲁迅先生就曾经发过这样的牢骚，说北平的大教授们拿着400块的薪水，当然可以讽刺我们上海这些蜗居在亭子间写报尾的文人。没有人知道陆小曼最后那些年的心路历程，她当年为了能嫁给徐志摩，打掉了腹中的王赓的孩子，因而留下了很严重的妇科疾病，所以她一生没有孩子。翁瑞午能赢得陆小曼的欢心，正是因为他能用按摩的方式减轻陆小曼在身体上以及妇科疾病方面的痛苦。最终，陆小曼孤独终老。

总之，那些作的人，最后肯定不会作出什么好下场，懂得爱别人的人，总是能幸福而喜乐地安度晚年。

## 二 黄金大劫案

### 1. 神秘的第七人

"黄金大劫案"这个故事跟快递有关,但我不讲快递的历史,因为那是一个非常枯燥的话题,应该由某交通大学的硕士当作课题论文去研究,比如《论快递的演变》等,我不是老师,所以不讲课,我只讲故事。

和快递有关的故事,大家最熟悉的应该就是"一骑红尘妃子笑,无人知是荔枝来",这两句诗讲的是从剑南(四川)往长安送荔枝给杨贵妃的故事,其实从剑南往长安快马加鞭地"快递"东西,这件事从汉朝开始就有了,不是因为杨贵妃爱吃荔枝,才开了这个先河。皇家要吃海鱼,一向是从沿海打捞,做成干鱼(鲍鱼)或腌海错,包好了,用驿马快递送到长安,包括南方的水果,历来的宫廷都这么送。

而"黄金大劫案"这个故事里要快递的东西,其重要性堪比给皇家送海鲜和水果,这个故事很有意思,它送的东西符合最高级的快递的所有要素。最高级的快递是什么呢？在古代，最高级的快递是奏折、诏书，等等。奏折和诏书的内容都非常重要，是十万火急的快递，必须快马加鞭地送达。而且每一封奏折和诏书都有不同的密封方式，高级的官员写的奏折要封五下，小一点的官员写的奏折也得封三下，还有如何配上印符，如何交接奏折等，这些环节都牵扯很多机密。一旦秘密泄漏，就要被执行绞刑，比规定的日子晚送达一天就要杖八十，一般人被打八十杖基本上半条命就没了，所以晚两天基本就等于是死罪了。

我们这个故事里要送的快递，就是这种十万火急的快递，是从中央苏区往上海的党中央送黄金。1927年年底到1933年年初，我们的党中央一直在上海，而中央苏区是以瑞金为中心的赣南、闽西两块苏维埃区域组成的。因为顾顺章等人的叛变，上海的党中央被破坏了好多次，最后实在待不下去了。从1933年年初开始，临时中央的领导人便相继离开上海转移到瑞金。

在上海生活的开销当然是非常大的，中央的这些领导偶尔还要去莫斯科开会，维持党中央的日常运转也需要大量的经费，比如营救同志、治疗伤员、锄奸、发展党员，等等。最重要的是，大家在上海都不能以真实身份示人，要伪装一个身份，很多人需要伪装成体面的商人，而且还有很多人隐蔽在书寓里，因为巡捕房从来不去书寓这种地方抓捕。书寓是什么地方？北京最高档次的青楼叫清吟小班，上海滩最高档次的青楼就叫书寓。

大家想想，上海滩的十里洋场，那是最纸醉金迷的地方，书寓的花销是非常大的，即便是伪装成商人，要维持外表的体面也需要大量的金钱。那么，这么多人潜伏在上海，钱从哪儿来？共产国际有时候能给一点钱，但也是有一顿没一顿的，因为共产国际是国民党的敌对组织，它在中国的大部分地区都是被封锁的，不可能从苏联直接汇钱到上海，所以共产国际送钱也得派交通员，除此之外就只能靠中央苏区给钱了。

当时除了毛主席这边的中央苏区，海陆丰还有一个小苏区，如果从海陆丰送，上船直接就到上海了。但中央苏区就比较远了，中央苏区在瑞金，而江西和福建交界的这些地方，一路上都有国民党的层层封锁，不像海路那么容易走，所以从中央苏区送出来的金条，时而能送到上海，时而送不到。

我们要先讲的就是金条没有送到上海的一次，这一次没送到的金条数额是最大的，过程也是最好玩的，所以叫作"黄金大劫案"。

事情发生在1931年，那是上海的党中央最困难的一年，叛徒层出不穷。一会儿顾顺章叛变了，一会儿向忠发叛变了，从负责管钱的总书记到常委都有叛变，党中央面临着无米下炊的境况，急切地向中央苏区下命令，毛委员，赶快给我们送金条来。毛主席一看中央下命令了，情况非常严重，赶紧筹措了一大堆金戒指、金项链等，熔成了非常漂亮的金条，一根金条有10两重，一共12根，还专门为这12根金条做了一个铜箱子，锁得严严实实的。

黄金有了，那么接下来的问题就是该如何把黄金快递到上海。这些金条对于上海的党中央是极为重要的，运输不仅要极为快速，运送的过程也必须极为缜密。缜密到什么程度呢？从瑞金到上海，整条运输通道被分成了七段，每一段选出的交通员都是最熟悉该路段的人，他们知道哪里有敌人、哪里有警察、哪里有土匪，也知道住在哪家旅店最安全。最重要的是，这七名交通员都不知道铜箱子里面装的是什么东西。

其次，七名交通员每人手里都有三样东西：第一样东西是一颗大棋子的1/7，先由林伯渠同志用毛笔在一颗大棋子上写了一个"快"字，然后把这颗特制的大棋子煮成别人无法模仿的老棋子，最后将它切成七块，七名交通员各拿一块；第二样和第三样东西是一把锁跟一把钥匙，但这把锁和钥匙不是一套的，七名交通员交接铜箱子的时候，下线必须用手里的钥匙打开上线手中的锁头，然后两个人手里的棋子也能对到一起，将铜箱子交接给下线的交通员后,上线的交通员就带着自己的棋子返回苏区去交差。就这样,通过七次复杂的交接,最后就能安全地把金条送到上海的党中央。

缜密的计划有了,苏区就把金条交给了第一个交通员,开始了这次极为重要的快递金条行动。上海的党中央也开始了焦急的等待,然而等来等去,三个月过去了,一直等到年底,也没等到金条。中央苏区这边也觉得不对劲了,因为前面的六名交通员都已经带着棋子回来了,第七名交通员却迟迟没有回来,他不回来就意味着金条没能送到上海。

上海的党中央震怒,根据他们的统计,因为没能收到这笔金条,导致有九名应该被营救的同志没有营救成功,被敌人杀害了,还有四名需要治疗的伤员没有得到治疗,不治而亡了。锄奸也没有办法锄,新党员也没法发展,什么都做不了,甚至连同志们的房租都交不起。总之,党中央严厉地批评了苏区,担任苏区一把手的毛泽东也非常生气,当即下令让苏区保卫局的局长邓发去彻查这件事。丢了120两金条,这是极为严重的大事。这么多金条即便是在苏区也能买好多武器的,如果给中央,肯定能干更多更重要的大事,怎么不明不白地就没有了呢?

邓发费了挺大力气去调查,可是查来查去,实在无从查起,因为金条不是在苏区丢的,而是在国民党的地界上丢的,怎么查?难道去警察局说,你们帮我调查一个事,我们党的地下秘密经费被人拿走了?这是不可能的事,警察局根本不会配合你。上海的党中央更没法查这件事,因为他们自己也被国民党追得东躲西藏。最后,上海的党中央越来越不行了,几乎无法立足,于是就在1933年全部转移到了中央苏区。毛泽东当时的职位虽然只是一名委员,但在党中央转移之前,他一直是中央苏区最高的领导,比他更高的领导都在上海。

总而言之,这12根金条虽然没有找到,但这件事毛泽东却记在了心里,一直记了 18 年，到了 1949 年，10 月 1 日中华人民共和国刚刚成立，毛泽东 11 月就下令重新彻查这起案子，一定要搞清楚 12 根金条的下落。当初的七名交通员，前六名都完成了各自的任务，带着 1/7 的棋子返回了苏区，这说明从苏区到上海之间的前六段路都没问题，问题肯定出在最后一段路，最后一段路是从松江到上海。

松江现在已经属于上海了，但当时还属于苏南行署，不过苏南行署的警力不行，还是上海的侦查员多，而且有经验，所以查案子的任务落到上海市政府的肩上。为此，上海市政府专门成立了"悬办"，全称是"历史悬案办公室"，"悬办"一共分为五个组，分别负责调查军统和中统等，彻查"黄金大劫案"的任务由第三个组的四名老侦查员负责。

四名老侦查员得到的关于"黄金大劫案"的卷宗，一共只有两页纸，纸上介绍了快递黄金的细节，比如黄金装在铜箱子里、一共有七名交通员、每人手里有一块棋子、一枚钥匙和一把锁头。两页纸能写多少东西？就这么点内容。四个人一筹莫展，这可怎么办？线索太少了，从哪儿开始查起呢？想了半天，他们终于有了一个主意，既然那枚棋子上的"快"字是由林伯渠写的，那就先见见林伯渠吧。

林伯渠当时在苏区的职务相当于财政部长，到了 1949 年年底的时候，他已经是中央政府的秘书长，四名侦查员拿着介绍信，见到了林伯渠。既然是毛主席亲自督办的案子，林伯渠也非常重视，他说，这件事我也一直记在心里，我们这次一定要把它查个水落石出。于是，林伯渠告诉四名侦查员，他写完了棋子上的字之后，把棋子给的第一个人是高自立的警卫员。高自立跟我（作者）一个姓，其实他之前在苏区的地位是很高的，已经是三军团的政委，如果正常发展下去就是元帅。因为三军团的司令是彭德怀，政委就是高自立，一军团的司令是林彪，政委是聂荣臻，其他人后来都成了大帅，但高自立后来越发展越不好，到了新中国成立以后，只当上了热河的财政局长。

得到了第一个线索，四名侦查员马不停蹄地赶到热河，找到高自立，问他还能不能想起当时身边的警卫员。高自立的记性还挺好，他告诉侦查员，他的警卫员名叫某某某，现在正在广西军区当副师长。侦查员又马不停蹄地赶到广西，见到了这位副师长，根据副师长的回忆，当年他拿到棋子之后，就直接交给了第一名交通员，那名交通员现在已经当上了某某县的县委副书记。

自从把棋子交给交通员之后，所有的人之间就都是上级对下级的单线联系了，大家相互之间都不知道彼此的名字，但至少还是能说出一些特征的。总之，四名侦查员就顺藤摸瓜，将运送黄金的前六名交通员都找到了。关键是找到这六个人也没有用，因为这六个人都已经顺利地开过锁、交回棋子、完成任务了，肯定是清白的，重点是要找到第七个人。

第七个人怎么找呢？要先问第六名交通员，因为他是跟第七个人做过面对面的交接的，第六名交通员倒没有混上什么师长、县长，而是在一家竹行里用竹子编东西维生。为什么呢？因为"黄金大劫案"发生之后，他就再也没有接到过党的任何指示和任务，因为当时的地下工作者全部都是单线联系，估计是他的上级突然牺牲了，所以他也就被人遗忘了。

在战争年代，有千千万万这样的地下工作者。开国大典上，我们只看到了站在天安门城楼上的那些功成名就的人，却没有看到千千万万冒着生命危险为党工作的地下工作者。他们中的很多人，因为上线牺牲了，甚至都不知道该如何跟组织取得联系，就算他自己去政府，说自己是老革命，但根据我党的规定，脱党10年以上就不能算作有功劳了。现在距离1931年都相隔18年了，他最后一次执行任务是18年前，也就是说他已经脱党18年了，一切都随着上线的牺牲而变得死无对证，光荣的身份永远都无法得到承认。

· 035 ·

四名侦查员找到了这位在竹行里编竹子的第六名交通员——刘师傅，让他回忆一下 18 年前在松江将黄金交接给第七名交通员的经过。这位编竹子维生的 40 多岁的刘师傅，当年，他到了松江以后，就住进了汉源旅馆，在那儿等下线的交通员。没过多久，果然来了一个穿着黑衣服、黑裤子、戴着黑帽子，两只手还揣在袖子里的人，那人进了旅馆就问掌柜的，有没有一个说杭州口音的客人。刘师傅就是说杭州口音的，他负责的路段也正是从杭州到松江，掌柜的指了指刘师傅，两个人就算接上了头。

刘师傅和第七名交通员俩人一起进了客房，先对暗语，然后把手里的棋子对上，钥匙也打开了锁头。所有规定的程序完成后，刘师傅把铜箱子交接给了第七名交通员，两人除了对暗语之外，没有说过一句多余的话。交接完毕，刘师傅就返回交差了，这就是整个交接过程。

听完刘师傅的回忆，四名侦查员面面相觑，因为关于第七名侦查员的描述太抽象了，只知道对方穿着一身黑衣服，上哪儿去找这个人呢？侦查员只好跟刘师傅说，你再好好回想回想，看看还有什么细节能提供给我们的。刘师傅虽然编了那么多年竹子，但记忆力还不错，想了一会儿，一拍脑袋说：对方从钱包里往出拿棋子的时候，露出了一张蓝色的单子，那单子就跟我住的那家汉源旅馆的入住单是一模一样的。如今我们住旅馆，要把一天的入住费都付了人家才让你入住，但在 1931 年的时候，只要先付 10% 的订金就可以了，店家会给你开一张押金的单子，当时在松江的旅馆，押金单通常都是蓝色的。

侦查员们大喜过望，看来第七名交通员也是在松江住店的，这回可以继续往下查了。于是几个侦查员就把当年在松江开旅馆的所有老板都集合了起来，因为这是中央的毛主席亲自督办的案件，所以所有人都得积极配合调查，而且 1931 年的时候松江一共也就五家旅馆，很容易就把五个老板都找来了。大家都把陈年的账本翻出来，查查 1931 年 12 月 6 日那天都有谁住过旅馆，这是很好查的，因为那时候的人流量不像现在这么大，如今的松江每天可能至少有八万人要住旅馆，而80多年前的松江是一个很小的小城镇。五家老板查来查去，发现那天一共就有三个人来住店，除了刘师傅以外，另外两名住客是一对老夫妇，从外貌特征上来看，不可能是第七名交通员。

第七位交通员来跟刘师傅交接的时候，两只手抄着口袋，随身也没带任何背包，钱包里还有入住单，按理说他应该是住在松江的旅馆里啊。而且这个人也肯定不是本地人，如果是本地人的话，旅馆的老板和伙计肯定都认识他，因为凡是在中国的小镇或农村，住在里面的人都互相认识。刘师傅记得很清楚，当那个人走进旅馆的时候，老板和伙计都不认识他，那就说明他一定是外地人。更重要的一点是，当时松江每天到了黄昏时分，是要关城门的，刘师傅和第七名交通员交接的时候，城门肯定是已经关闭了的，也就是说，这个人拿到了金条之后，是绝对出不去松江城的，当天晚上肯定要有一个地方歇脚。

调查线索又断了，四名侦查员只能继续在松江找线索，他们发动了整个松江的公安局，把所有的街道主任、街道大妈全都集中了起来，让广大人民群众一起来回想一下，1931年12月6日晚上，谁家有客人或者陌生人留宿过。整个松江城的人民都开始回忆起来。18年前的12月6日，是旧历的10月27日，既不是过年，也不是过节，谁家都没有什么客人来。在那个没有网络也没有电话的时代，人与人之间的关系是非常亲密的，邻里之间都处得像一家人一样，谁家有事隔壁都知道得一清二楚，所以如果有人要在家里藏着人，不被人知道是很困难的。

最终，还是没能找到有嫌疑的人。没办法，四名侦查员只能放弃在松江的调查，打算回上海去复命。就在四个人准备离开之前，其中的一个侦查员突然想起来，在松江的警备团里，有一位营长是他当年的老战友。当然了，这四名侦查员都是军人出身，当年的警务人员都曾经是军队里的老兵，新中国成立之后转入了公安系统。总之，其中一个侦查员在临走之前，去会了会昔日的老战友，他的营长老战友十分热情，坚持要请上海派来的侦查组吃顿饭，喝点酒。

案子没破成，四名侦查员的心情多少是有点沮丧的，喝点酒消消愁也不错，于是四个人就去了。营长在桌子上摆出了四道菜，还很热情地把炒菜的厨师请了出来，给四名侦查员介绍说，以前有好几位司令员来我们这里视察，都是吃这位大厨炒的菜。大家一听这位大厨还给司令员做过菜，都感觉十分荣幸，还邀请厨师坐下来跟大家一起吃饭。

大家坐在一起喝酒，总要聊聊天，聊着聊着就聊到了四名侦查员这次前来侦办的"黄金大劫案"，侦查员们愁容不展地抱怨道，这案子太难了，他们查了这么多天，一点线索都没有。其实查不到也并不奇怪，因为给党中央送黄金这么重要的行动，18年前派出的七名交通员肯定都是最优秀的地下党员，这些人的潜伏经验一定都是极强的，所以他们的行动肯定都是非常隐蔽的，如果那么容易就被查出来，就不配当地下党人了。我们能想到查松江的五家旅馆，对方肯定也能想到，所以他那天晚上一定是隐藏在一个我们想不到的地方。

没想到，那位大厨听完四位侦查员的话，居然给他们提供了一个重要的线索。大厨说，当年松江县虽然只有五家旅馆，但驻松江的保安团自己有一家招待所，这家招待所不对外开放，只有当保安团开会的时候，周围的保安队长都来到松江，晚上城门一关，他们来不及回去，就会住在这家招待所里。里面差不多有50个床位，要住进这里面，必须有保安团连长以上级别的人做担保，还要有营长签字才行。你们要不要去那儿找找？

四个侦查员眼前一亮，太好了，幸亏今天走之前来吃了一顿饭，竟然吃出这么重要的一个线索。因为保安团内部有招待所的事，一般老百姓根

· 038 ·

本不可能知道，这位大厨因为厨艺好，经常被保安团团长叫去做菜，所以才知道那里面能住人。

于是，四名侦查员赶紧让松江公安局把保安团招待所的档案调了出来，翻到1931年12月6日那天的入住记录一看，当天招待所里的确有人入住，而且就只住了一个人，叫作梁某某。因为此人不过是个小角色，所以我就不提他的名字了，姑且就称呼他为梁师傅吧。担保梁师傅入住招待所的人，也写明了担保的理由，说梁师傅是从上海来的一名中医师傅——所谓的中医师傅不是中医师，而是药师傅，是专门在后店配药和煎药的人——他当天是来松江采购药材的，所以要在这里住一天。

终于找到这第七名交通员了，大家十分振奋，根据担保函上的详细资料，得知这位梁师傅是在上海的某某药行工作。四名侦查员马不停蹄地赶往上海，直扑那家药行，虽然药行已经倒闭了，但侦查员们找到了药行的魏老板，魏老板告诉大家，那家倒闭的药行，是他的父亲传下来的，那位梁师傅，从他爸爸开始就跟着魏家一起干，是店里店外的一把好手，但18年前的冬天，梁师傅突然毫无缘故地就失踪了，从此再也没有出现过。

当年，魏老板派梁师傅去松江进货，以前进货也都是梁师傅去，所以魏老板还特意给他写了介绍信，让梁师傅到了松江之后，去找一位连长给他做担保住招待所。梁师傅从松江进完货，第二天早晨九点钟还正常到药行里上班来了，他坐在店里，神情很平静地喝了一口茶之后，突然跟魏老板说，他感觉有点不太舒服，可能是出差太累了，想回家休息一会儿，下午下班之前他肯定回来，毕竟店里里里外外都少不了梁师傅帮忙。结果到了下午下班的时候，梁师傅也没有回来上班。魏老板心肠还不错，他担心梁师傅是不是病得太严重了，还派了一个小厮去梁师傅家里探望。梁师傅住的地方离药行不远，小厮到了那儿一看，门是上锁的，问了周围的邻居，大家都说梁师傅从本月1日开始就没回过家，这门一直都是锁着的。魏老板很错愕，还连夜查了药行里的账目，但店里既没有丢钱，也没有丢东西，魏老板至今都百思不得其解，这梁师傅也没有卷款，也没有偷药，为什么突然不打招呼就没了呢？

侦查员一听，太好了，这是他们最希望得到的消息，因为这位梁师傅如果还在药行工作，那应该就不是他们要找的人了。而且，这位梁师傅失踪的时间，刚好就是刘师傅把金条交接给第七名交通员的第二天。

## 2. 真相大白

毫无疑问，梁师傅就是第七名交通员，而且，黄金之所以失窃，定然是这位梁师傅从中做了手脚，一箱子黄金全都被梁师傅独占了，但他为什么要这么做呢？

四名侦查员问这位药行的魏老板，梁师傅是什么地方的人？他家还有什么亲戚吗？魏老板回答,他是嘉定人，但是从来没看见过他家亲戚来上海，梁师傅在上海是一个人住的，不知道他老家在嘉定的什么地方。

于是，四名侦查员又马不停蹄地赶到了嘉定，去把嘉定的各种乡绅、老地主全都找出来询问，而且这一次不是漫无目的地撒网，而是有目标地询问。因为已经知道了梁师傅是配药的，他的配药手艺非常好，肯定是学过很多年的，所以侦查员还把嘉定当地做药材生意的人全都找了出来，询问大家认不认识一位姓梁的药工。最后有一个老药工说，这个姓梁的是我教出来的徒弟，他从我这儿出师之后才去的上海，他家就住在某某河边上，但你们不用去他家找了，因为他自从很多年前离开家以后，就再也没回来过，本来他的老婆还给他生了三个孩子，他离开后，他老婆就一个人带着孩子艰难地生活着，结果在1941年日本人来的时候，突然有一天，他老婆带着三个孩子一夜间就不见了。

听到这里，侦查员忍不住啧啧称叹，这位梁师傅好厉害，他1931年背叛了党，偷走了黄金，居然能自己潜逃了十年，又在1941年的时候回到嘉定，把老婆和孩子全都转移走了。因为梁师傅家住在河边，家门口就有台阶直通河道，出门直接坐船就能走了，一点线索都不会留下，该怎么继续找呢？幸好，有人告诉侦查员，梁师傅的老婆在镇上有一个姆妈，前些年这位姆妈去世，他老婆回来奔过丧。这是一条重大线索，侦查员赶紧去联系这位姆妈家里的其他亲属，他们曾经在姆妈的葬礼上，跟梁师傅的老婆一起吃过饭，吃饭的时候还跟她聊过天，她说她现在不做中药了，在浦东开了一家修表的铺子。原本，梁师傅的老婆的嘴是很紧的，她知道自己的丈夫是中共的地下党员，轻易不跟别人乱说，但那次回老家参加葬礼，可能在饭桌上多喝了两杯，所以多说了几句。

最后，四名侦查员来到浦东，在一家钟表店的门口，将这位已经改姓"申"的梁师傅当场抓住了，这位梁师傅偷了12根金条之后，足足隐姓埋名地躲藏了十年才敢回家偷偷把老婆和孩子接走，随后一家人在浦东开了一家小修表店，战战兢兢地又生活了八年。

侦查员觉得非常奇怪，梁师傅当年可是偷了120两黄金，他有了那么多的钱，怎么不让自己过上好一点的日子呢？一家小修表店才能赚几个钱，那么多钱都花到哪儿去了？这位梁师傅也不含糊，他是一名有着丰富经验的老地下党员，早就料到会有这么一天，东西都准备好了，就在他家砌好的砖墙的第几块砖后面。

侦查员挖出那块砖，发现后面放的并不是失窃的金条，而是一封信，信里头写的什么呢？这就得把时间倒回18年前：

· 041 ·

1931年12月6日，梁师傅从刘师傅手中拿到了金条。当时南方有游击队，陆路查得比较严，本地人从松江回上海都选择坐船。梁师傅为了安全起见，也选择了坐船，一路都很顺利，他在上海的曹家渡码头下了船。接下来，只要他把铜箱子带去交给自己的上级，这次的任务就算完成了，但梁师傅还是不敢掉以轻心，他非常谨慎地拎着箱子。因为离上级指定的交接地点比较远，所以他得雇一辆黄包车。梁师傅是个很有经验的老地下工作者，他还是很会看人的，特意挑选了一个看起来很本分的年轻车夫。

年轻的车夫拉着车子，一路走得也算顺利，当经过曹家渡桥的上坡时，车夫有点拉不动了，这时候跑过来两个人，来到车子后面帮忙推车。这两个人可不是学雷锋，在老上海，有很多小瘪三每天都蹲在上坡路的地方，专门等着达官贵人的洋车上不去了，他们就凑上去帮忙推，达官贵人一高兴就赏他们点钱。所以，突然冒出来两个帮忙推车的小瘪三，梁师傅也没太在意，没想到他一个没警觉，一块蘸了蒙汗药的湿毛巾就从后面蒙到他脸上了，他当场就昏过去了，等他醒过来以后，发现自己正躺在曹家渡大旅社里睡觉呢，他随身的行李和钱包都没丢，唯独那只铜箱子不见了！

旅社里的伙计还跟梁师傅说，你也喝得太醉了，你的两位朋友把你搀来的时候，你已经睡得一点知觉都没有了。梁师傅心说坏了，他一定是遇到贼了。当时上海有一种人，叫作白相人，他们不会杀人，只是会用迷药把人弄晕了，然后把你送到一个旅社，给你开一间房，仔仔细细地给你搜一遍身，把你身上值钱的东西全都拿走。

梁师傅明白自己是遇到飞来横祸了，想来想去，这都是杀头的大祸。上级交代任务给他的时候，已经说得非常清楚了，箱子在人在，箱子不在人也不用在了，虽然上级没有告诉梁师傅那铜箱子里装的是什么东西，但那么小的一个箱子，提起来居然有八斤多重，那里面装的还能是什么东西？

连傻子都能猜出来那里面装的是黄金，而梁师傅还是一名老地下党员，他很明白，那铜箱子里装的是党中央的活动经费，是救命钱。他现在居然把这箱子弄丢了，这是必死无疑的大罪啊。梁师傅刚刚睡醒，脑子还挺清楚，对旅社的伙计说，把你们曹家渡大旅社的老板给叫来。伙计说，我们老板今天不上班。梁师傅严厉地说，我告诉你，我这里出大事了，如果你们老板今天不来，明天不仅这家旅社会被夷为平地，你们老板也要有杀身之祸。

伙计一看梁师傅不像是闹着玩的，赶紧把旅社老板找来了。梁师傅对老板说，我就不告诉你我的身份了，总之，我在你们店里丢了一箱子黄金，如果这箱子黄金找不回来，我活不了，你也活不了，这店里所有的人都活不了，你们跑到哪儿去，都能把你们抓回来。旅社老板是老江湖，虽然梁师傅说一半藏一半，但他还是理解了一大半，当场也吓蒙了，问梁师傅，你特意把我叫来，是想让我干什么呢？

梁师傅对旅社的老板说，你给我写个证明书吧，你就如实写，哪年哪月哪日的几点钟，我不省人事，被几个人拖进了你的旅社，开了哪间房间，睡了多久，把我拖进来的那几个人长什么样子，他们陪我进房间待了多长时间，你都清清楚楚地写下来。旅社老板一想，反正那黄金也不是我偷的，是外面的小流氓偷的，我只是负责写个证明，又不能因此定我的罪，所以就赶紧写了证明书，还盖上了旅社的印章。梁师傅拿着这封证明书，装作没事的样子回到药行里坐了一会儿，越想越担心，觉得自己还是应该逃跑，于是直接跟魏老板告了个假，开始了长达18年的逃亡。

可是，梁师傅能往哪儿跑呢？嘉定老家是不能回的，因为药行老板知道自己是嘉定人，所以他就施展出一名出色的地下工作者的潜伏能力，在上海浦东过上了隐姓埋名的生活。药工肯定是不能再做了，干脆改行去修手表了，他也挺心灵手巧的，养活自己和一家人都没什么问题。

梁师傅把整件事情都交代完了，接下来，侦查员就要去证实梁师傅说的一切是不是真的。按照梁师傅的交代，他们很快就把曹家渡大旅社的老板和伙计都找到了。梁师傅还挺谨慎的，他当年让老板和伙计写完证明信之后，还跟他们设计了一个暗号，说将来只有能对上暗号的人来找你们，你们才能把丢失一箱黄金的事告诉给对方，否则就不要跟任何人说起这件事。这个暗号是"你七"，"你七"其实是上海话的"二七"的意思，因为梁师傅被蒙晕的那天是旧历的10月27日。

所以，当侦查员向曹家渡大旅社的老板和伙计询问黄金失窃的事的时候，这两个人咬紧牙关坚决不说，直到侦查员说出"你七"的时候，两人才原原本本地把事情交代了一遍，过程就和信里写的一模一样。侦查员经过反复的讨论和思考，认为梁师傅应该没有撒谎，因为一个人偷了那么多的黄金，总不可能不花吧，而且梁师傅这18年来躲躲藏藏，其间还有十年是和老婆孩子分散的，每天过着这种不能见光的日子，就算守着那么大一堆金子又有什么意义呢？

虽然几乎可以确认，梁师傅没有偷那些金子，但金子毕竟是在他手里丢的，他又潜逃了这么多年，总不可能把他放了，所以就先把梁师傅关押起来，四名侦查员再去着手调查偷走黄金的真凶，也就是蒙晕梁师傅的那两个瘪三。

忙了半天，现在几乎等于要从头查起，但是大家想想，为了这十根失窃的金条，当年毛泽东被党中央痛批，受了莫大的委屈，这是多么重大的案子。于是，几位侦查员再次行动起来，把18年前在曹家渡周围工作的所有警察，还有旁边法租界里的巡捕，都找了出来，给大家讲述"黄金大劫案"的故事，让大家都努力回忆一下，18年前在曹家渡有没有抓过专门靠蒙汗药作案的小贼，或者是跟黄金有关的案子。大家回忆了半天，想起了很多靠蒙汗药作案的小贼，但涉及黄金的案子却一件没有。

案情又陷入了搁浅状态。这时，"悬办"那边发来的消息，告诉这第三组的四名侦查员，其他几个组都已经破案了，只有你们组还没有一点头绪，没有办法向党中央和毛主席交代，大家都焦虑得睡不着觉。就在这个时候，也不知道怎么就这么巧，有一位刚刚被召集来回忆18年前往事的老巡捕，前来提供了一个有关"黄金大劫案"的重要线索。

这位老巡捕当然自己没有接触过"黄金大劫案"，他是因为一些乱七八糟的事受到牵连，被关进了提篮桥监狱。他在监狱里闲着没事跟狱友们聊天，无意中提到了"黄金大劫案"的事，结果他刚说完，突然有个年轻人凑上来说，如果我能提供线索，政府能不能算我戴罪立功，给我保释或者减刑？这个年轻人是因为强奸罪被判了十年。老巡捕一听年轻人这口气，显然是知道点内幕啊，老巡捕也不是一般人，一番哄骗，就从年轻人嘴里把事情都套了出来。

这个年轻人是个富家子弟，姓冯，就叫他小冯吧，小冯他爸爸是修理摩托车的，家里还挺有钱，原本家里有一辆不错的黄包车，后来因为他爸爸发了点财，买了一辆二手汽车，这辆黄包车就没用了，交给了小冯玩。小冯他妈妈家那边有一个远房表哥，家里比较穷，游手好闲的没事干，经常来小冯家蹭吃蹭喝。有一天，这表哥突然对小冯说，你能不能把你的黄包车借我两天？你们家现在有汽车了，黄包车也不太用，我生活得挺困难的，想借你的黄包车出去拉几天，赚点钱，省得老上你们家来蹭吃蹭喝的。

小冯记得比较清楚，他这表哥借黄包车的那几天，差不多就是18年前冬天黄金失窃的时候，而且他表哥正式拉黄包车之前，还联系了几次，让小冯去当客人，小冯看见跟他表哥一起拉车的，还有两个年轻人，算上他表哥，刚好是三个人，"黄金大劫案"里把梁师傅迷晕的人，不也正好是三个吗？

老巡捕听完小冯的话，怎么想都觉得很靠谱，而且梁师傅当年被迷晕的整个过程，这些老侦查员、老警员和老巡捕都仔仔细细地分析过了，基本可以断定不是帮会作案，因为帮会有帮会的规矩，帮会有帮会的做派，迷晕梁师傅的那三个小流氓，显然不是帮会的人，就是几个单独出来的小赤佬。

最重要的是，这位小冯的表哥，从借到了黄包车以后，也不知怎么回事，日子就越过越好了，现在在上海开了两家店，非常有钱。侦查员立即把小冯的表哥抓了起来，带到梁师傅面前，梁师傅一眼就认出来了，小冯的表哥就是当年在曹家渡拉他的黄包车夫！

当年，这三个人平分了箱子里的120两金条，每人分了40两。通过审问小冯的表哥，另外两名帮手的名字也落实了，于是继续抓捕，先抓到了一个，而且在这个人家里直接就搜出了没有花完的金条。第三个人就比较有意思了，这位兄台一开始是跟着小冯的表哥这种小赤佬自己瞎闯，后来闯着闯着闯出了一点小名气，就参加了杜月笙的青帮，抗日期间又参加了青帮抗日，也就是锄奸队。他在参加锄奸队之前，把金条留给了他的母亲，结果他自己在锄奸的过程中为国牺牲了。最后找到了这个人的母亲，老人家居然把金条原封不动地交出来了，说是儿子上前线之前留给她的。

最后，偷金条的这两个小赤佬都被判处了死刑，那肯定是要判处死刑的，偷了党中央的救命钱，为此有那么多同志的营救和伤病被耽误了，冤屈地死去了，后果是极其严重的。

梁师傅最后被判了刑。你身为一名地下工作者，党这么信任你，你却让这么重要的黄金在你手里丢了，还导致了一系列很严重的后果，那么多同志死去了，毛泽东被冤枉了，王明和博古最后在上海混不下去、跑到苏区去可能都和这些黄金没送到有关，所以，死罪可免，活罪难逃。但事实上，梁师傅被关了几个月就放出去了，因为大家觉得他也挺惨的，是一位为了我党的地下事业辛辛苦苦工作了多年的好同志，因为黄金的事情，隐姓埋名了18年，老婆和孩子也都跟着他受了那么多的苦。提供重要线索的小冯，直接就从提篮桥监狱被无罪释放了，因为他立了大功。

至此，一个惊心动魄的和快递有关的故事讲完了。

## 3. 用导弹发快递

讲完了中国的快递故事，再讲一个外国的快递故事，但在讲故事之前，我要先指出百度百科中的一个错误，而且大畅销书《货币战争》中也出现了这个错。

在《货币战争》中写到，罗斯柴尔德家族派人在滑铁卢战场上看着，见拿破仑败局已定，快信传递员立刻将这一信息传递。罗斯柴尔德收到信息后策马直奔伦敦的股票交易所，购进了大量的公债，因为只有他知道英国将赢得这场战争的胜利，而公债的价格马上就要大涨了。百度百科中写的就更可笑了，内容完全是自相矛盾的，当然一开始还是很诗意的，说第二天清晨，一只皇家信鸽衔着报捷信飞进了伦敦的白金汉宫，后面又写了罗斯柴尔德家族怎么快马加鞭而来。

当然，从生物学的角度来看，也是没有信鸽能飞到那么远的地方的，今天大家看到信鸽能飞得很远，那是因为人类闲着没事干的时候，不断地训练它们，一代又一代，最终才有今天的飞行距离。所以我认为那时皇家没有信鸽，那都是现在的人胡写的。

实际上，滑铁卢战役的消息，既不是皇家传递的，也不是罗斯柴尔德家族传递的。当时，全英国都在屏息以待，因为所有人都知道打仗了，但是这仗要怎么打？打赢了还是打输了？输了之后应该怎么办？该卖股票就卖股票，该怎么着就怎么着。如果赢了，大英帝国的基业就彻底奠定了，因为当时只有拿破仑一个敌人。

当时，英国伦敦的报纸要比现在还多，光日报就有八九种，早报有七八种，晚报也有很多种，非日报类的还有十几种。英国人爱看报纸，今天英国人每到了早餐的时候，也还是要看上厚厚的一沓报纸。那个时候还没有职业战地记者，那是1815年发生的事，一般认为，差不多要等40年以后，直到克里米亚战争的时候，世界上才有了第一拨职业战地记者和战地护士。当时，全英国所有的报纸都在焦急地等待着，想知道战争到底是胜利了还是失败了。

而第一个将消息带回来的人，是一个往返英吉利海峡的游船船主，因为他往返海峡，所以在比利时听说，好像是英军打赢了，因为拿破仑向后退了。但这位船主听说的其实不是滑铁卢战役，滑铁卢战役是1815年6月18日发生的。如果大家想了解滑铁卢战役的详情，可以去看伟大的维克多·雨果写的《悲惨世界》。总之，滑铁卢战役堪称人类历史上决定性的灭国级的战役之一，虽然时间最短，战线最短，参与人数也不是很多。在这之前，拿破仑已经败过一次了，1814年被打败后被流放到厄尔巴岛去了，1815年又回来了，全法国又跟着他一起打，一直打到滑铁卢，法军在向滑铁卢进军的时候，沿途被英军阻击，之后拿破仑绕路走了。这个消息由英军传出去，刚好就被这位往返英吉利海峡的船主听到了，于是他就把胜利的好消息带回了伦敦。

全英国的报纸都疯狂了，太好了，我们大英帝国赢了，所有的报纸都开始刊登号外，报纸的销量全部翻了十几倍。当日全伦敦沸腾，狂欢。然而好景不长，胜利的消息刚来没多久，紧接着又有消息传回来了。这次带消息回来的人是一名议员，他去比利时旅行，遇到了威灵顿公爵，听说英国根本就没有胜利，因为决战还没开始打呢，英国只是阻击了法国一下，于是拿破仑绕了路。

其实正确的时间顺序是，6月19日由游船船主带回来的所谓的胜利消息，说的是14日的事情，但滑铁卢战役是在18日打的，而这位议员带回来的是17日的消息，所有的消息都比实际滞后了三天。

刚刚陷入狂欢中的英国人民顿时觉得好失望，报纸都刊登了胜利的消息，怎么突然就被否定了？大家先别狂欢了，还是继续等确切的消息吧。

于是，真正的第一个胜利的消息传回来了。但是带回正确消息的人，历史上根本就没有留下他的名字，只隐约知道他的名字可能是字母"C"开头的，因为报纸上都称他为"C先生"。这位C先生是真正的从比利时得到准确的胜利消息的人，一得到消息，他就以最猛烈的速度返回英国，但他回到伦敦之后，由于他既不是有钱的船主，也不是认识威灵顿公爵的议员，他就是个无名小卒，只能在街头巷尾到处跟大家说，英国赢了，我们真的赢了。

但到了这个时候，报纸反而不敢写了，就像《狼来了》那个故事里讲的一样，大家都被糊弄了两次，变得谨慎起来了，而且这次传消息回来的还是一个普通人，报纸更不敢轻易采信了，所以尽管这位C先生到处散播消息，媒体还是没有什么动静。直到三天后的6月21日晚上11点的时候，才终于等来了第一只来自官方的"信鸽"——威灵顿的一位副官。

打了胜仗之后，威灵顿并没有马上写战报，为什么呢？因为他很伤心。英国贵族总是喜欢标榜自己有一种悲天悯人的大情怀，威灵顿本人就有一句名言叫"只有失败才比胜利的忧伤更难过"。让威灵顿悲伤的另外一个重要原因是，滑铁卢战役确实是打得特别惨烈，威灵顿的大部分副官、亲兵，以及最亲信的中将全都战死了，所以他没有写战报，打赢了以后他直接回到布鲁塞尔喝了一夜的闷酒,一直忧伤到第二天,也就是19日中午,威灵顿酒醒了,才终于写了一封战报。

这封战报里没有使用任何一个和"胜利"有关的字眼,这就是纯种的英国贵族,他如实地把战役的整个过程描述了一遍,没有欢呼,没有庆祝,充满了悲伤气息。写完后,威灵顿让自己的一个副官把信送回英国。为什么不使用信鸽呢?因为在英国的军事传统中——其实不光是英国,其他国家也是——凡是战争胜利后负责去传送捷报的人,都会官升两级,因为你给我们的国家带来了好消息。威灵顿专门找了一个好多年都没能得到机会升职的老上尉,这个老上尉刚刚被威灵顿升为上校,由他去送捷报,也可以顺便让他升升官。于是威灵顿公爵大人就继续忧伤去了。

这位老上尉快马加鞭往英国赶,还高高竖起了英国国旗,这面旗帜最重要,因为它能证明大英帝国胜利了。结果那天刚好遇到海上有大风浪,把老上尉乘坐的这艘船给吹得偏离了航线,最后不得不在距离伦敦120多英里的港口登陆,以至于第一批知道真正的胜利消息的人,其实是一座小渔村的村民。大家簇拥着这名老上尉,一路狂奔了七小时,最终赶到伦敦,来到白金汉宫。一路上,胜利的消息迅速扩散,跟随在老上尉身后的人越来越多。最后,在全部的王公大臣、贵族、平民和记者的欢呼声和包围之下,老上尉拿着英国国旗,光荣地走到摄政王面前,正式报告胜利的消息。全场当即高声合唱英国的国歌,所有人都激情澎湃地唱起"上帝保佑吾王"。所以,18日英国打赢了滑铁卢战役,但直到21日晚上11点多,胜利的消息才真正地传到伦敦的白金汉宫。

请百度百科尽快修正错误,什么皇家的信鸽飞到白金汉宫,什么罗斯柴尔德家族快马加鞭,这些内容不仅前后矛盾,而且也和真实情况相去甚远。

总之,不论是运输实物,还是传送消息,速度都是最重要的因素。所以像DHL(敦豪全球速递)这样的快递公司,都已经有了自己的汽车和飞机等运输工具，而且未来的快递肯定会比现在更快，现在亚马逊已经准备开始在美国用无人机送货了，可惜这种运输方式在中国的可操作性不太强。因为美国人家家都有院子，而且基本都是很大的庭院，无人机可以在院子里降落，把东西放下。但中国很少有人住独栋的屋子，大家都住在楼房里，让无人机从小小的窗户里飞进去，这事的难度还是挺大的，所以中国离无人机运送快递那天还比较远。

接下来我再补充一个比无人机还先进的快递——用导弹发快递。

在美国，科技产业的发展永远排在最前面，其实美国人在20世纪50年代的时候就已经想到，是不是可以用巡航导弹去送快递呢？那多快啊！于是到了1959年的时候，美国人竟然真的试验了一次，在一艘潜艇上发射出了一枚"快递导弹"。那时候美国的潜艇跟现在还不一样，现在的巡航导弹体积又小，射程又远，瞄准度也十分精确，而且还能从水底垂直发射。但20世纪50年代时的巡航导弹，其实就相当于一架无人驾驶的飞机，外形很像米格-15或F-86型战斗机，虽然体积不至于特别大，但是有两个翅膀，不过那已经是当时非常先进的巡航导弹了。一艘大型潜艇后面只能携带两颗这样的巡航导弹，还得专门弄两个大箱子装载，而且也不能从水底垂直发射，得浮到水面上发射。

当时刚好是美国和苏联搞冷战的时期，大家都搞了一大堆武器，反正也用不上，所以就用这巡航导弹发发快递玩吧。每一枚巡航导弹内部都有一个能承载很大重量的战斗部，美国人在一枚导弹的战斗部内装了3000封信，那都是非常珍贵的信件，比如写给美国总统艾森豪威尔的信。今天在美国，还有很多收藏爱好者，用高价收集这3000封信，这些信的首日封上盖的邮戳都是特制的，叫作"导弹邮件"。这枚装着3000封信的"邮件导弹"是从佛罗里达外海发射而出的，准确地抵达了目的地，用降落伞降下来，人们用无比隆重的方式打开了这份"导弹快递"，将3000封信送到收信人手中。因为这是人类历史上第一次用导弹来送信。

其实后来大家想了一下，这枚巡航导弹跟飞机也没有太大的区别，因为导弹的外形就跟飞机一样，而且也不能点对点地发送，因为导弹太大了，直接瞄准一个位置打的话，那就跟轰炸差不多了。而且导弹里面装了3000封信，把这些信拿出来之后，还是要做分拣，然后再靠快递员一一去送信，所以实际上跟飞机运输的流程差不多。我觉得就是美国人自娱自乐地瞎玩一下，这件事对未来最大的影响，就是给收集邮票和邮戳的爱好者，增添了一个好玩的东西。

这就是人类历史上第一次，也是最后一次用巡航导弹送快递的故事。

# 三 张勋和他的北洋

## 1. 从默默无闻到一战成名

我曾经在"妄人列传"系列里,讲了很多妄人的故事,现在我想新开一个系列,叫作"奇葩列传",专门讲一讲历史上的一些奇葩人物的故事。

"妄人"和"奇葩"这二者最大的区别在于,妄人都是大人物,比如切·格瓦拉、康有为、蒙巴顿等,这些大人物曾经在历史的舞台上比画了一番,只不过没比画好,最终虚妄了,所以就成了妄人。为什么妄人这个系列没能进行下去呢?因为每当讲起大人物的时候,总是难免牵扯到一些不该提的事情,有些敏感。而奇葩是比妄人要小很多型号的人,其实奇葩本身并不具备多大的能量,他们只是像跳梁的小丑一般,糊里糊涂地跳上了历史的舞台,在上边比画了两下,所以我们管他们叫奇葩。

我打算放在第一个来讲的奇葩是张勋,因为他真的是一个非常奇葩的人。

不论是在中国大陆的历史课本里，还是在台湾省的历史课本中，不管历史书本身有多薄，肯定会有半页纸是和张勋有关的，所以张勋确确实实是跳上了历史的舞台，但由于他的型号实在是不够大，所以他比画了两下就销声匿迹了。不过张勋这个人真的很有意思，他费了很大的力气才跳上了历史舞台，结果一幕戏还没演完呢，就被人给轰下去了，然而他还是或多或少地改变了一些历史的进程，而且张勋还起到了一个很重要的作用。虽然我说奇葩都是轻量级的小人物，但大家千万不要小看了小人物，一只蝴蝶扇一扇翅膀，都能引起天气的剧变，有时候一个小人物跳出来蹦跶两下，结果被各种大人物别有用心地利用一番，进而所引发的蝴蝶效应，也会是影响相当巨大的。

一提到张勋，大家肯定都不陌生，有关张勋复辟的历史，是历史课本中必提的。张勋复辟在很大程度上改变了中华民国的历史，或者更进一步说，是改变了中华民国前半期的历史。因为中华民国实际上是分成了两个阶段，两个阶段的国旗都长得不一样，国歌也不一样，前半段是挂着五色旗的中华民国，也就是北洋时代，后半段是挂着青天白日满地红旗的中华民国，也就是国民政府时代。所以整个北洋时代的历史，其实以张勋蹦上来表演作为契机，分成前后两段，之前的这一段，叫作"大家努力地办共和，大家努力地争中国的未来，大家努力地摸着石头过河，大家努力地争法理"。在这一段里，大家还没有真正地兵戎相见，没有在北京放枪放炮，也没有打内战。小的摩擦还是有一点的，比如南方的蔡锷，还有后来的护国运动，这些事情虽然在历史课本里占据一页的篇幅，但以中国当时大的历史进程角度来看，其实都是很小的事情。真正让大家开始兵戎相见，直皖战争，直奉战争，第二次直奉战争，等等，把中国拖向混乱，将全国人民、全中国的知识分子、仁人志士，包括军阀在内的所有人共同努力了六年的成果全部付诸东流的原因，其实就是张勋。或者说，张勋他就是一个药引子、导火索，因为他本身并没有那么大的能量，是大家利用了他，让他跳上历史的舞台蹦跶了两下，结果改变了中国的命运。

俗话说，三岁看老，当我们讲述一个人的故事时，总是习惯于从他的小时候讲起。当我们讲司马迁和司马光这样大师级的人物时，当然要谈他们的伟大作品，但也会经常讲一讲他们小时候发生的事。那么，既然现在要讲奇葩张勋的故事，自然也要从他小时候的经历讲起。

张勋这个人的经历，实际上就是一个非常典型的清末民初的军阀的经历，这些人中很少有达官贵人的子弟，或是三公六卿的后代。其中一个重要原因是公卿都是满族人，到了民国时代，满族人就成了遗老遗少，既没有什么权力，也没有什么力量了。晚清和民国时代的汉人军阀，都不是什么达官贵人出身，首先，汉人能混成达官贵人的概率就比较低；其次，能混上达官贵人的人，其后代也没必要去当兵。中国自古就是重文轻武、重文轻商的，李鸿章和曾国藩这样的大人物的后代，很少有去前线打仗的。于是，第一代北洋军阀，从袁世凯到后来的冯玉祥、阎锡山等人，绝大多数都是草莽出身，张勋也不例外。张勋小时候家境特别贫苦，8岁的时候就死了娘，12岁又死了爹。总之他从小就命硬，先克妈又克爹，甚至在他亲妈死后，他爹还给他找过一个后妈，结果张勋把他的后妈都克死了。

张勋从小就特别顽劣，他的后妈教训了他，他就跑到伯母家去告状。因为他的爸爸已经死了，是他的后妈在抚养他。张家的宗族的力量还是很强大的，张勋这一告状，大家把他的后妈叫到祠堂里痛斥了一顿，这位后妈非常愤慨，一怒之下投井自尽了。张勋就这样成了孤儿，不得不自求生路。他十几岁的时候就到大户人家去，给人家放牛放马，因为他比较能干，所以慢慢当上了小厮，跟在少爷身边，后来又混成了书童。就这么混啊混，一直混到25岁了，还在给少爷当书童。在当时那个年代，从文的人25岁已经可以中举人或进士了，从武的人25岁也可以在前线战场上得军功了，所以张勋可以称为"小器晚成"。

张勋 26 岁时才由人荐往南昌府衙内,死了一个旗牌兵。而这时附近的清节堂里有位李姓老太太给长官们和公馆的少爷先生们洗衣服、做针线活儿等。慢慢地,老太太和张勋熟悉起来,老太太非常喜欢张勋,主动将与她相依为命的外孙女曹琴许配给张勋。因为曹姑娘才 13 岁,还不能立即过门,要等到她满 16 岁才正式过门,但是定亲这件事对张勋产生了很大的影响。人就是如此,男人一旦有了家眷,就立刻有了一种神圣的责任感,他从此就不再是一个人了,不能再瞎混日子了,得好好努努力,让一家老小过上好日子。

在清末的时候,好男儿能干吗呢?去从军。当然了,还有比从军更好的路,那就是参加科举,但张勋大字不识几个,只是他爸爸在世的时候,让他上了几天的私塾,距离参加科举的水平差太远了,所以他只能去从军。好在那个时候在中国去从军,是不愁没仗可打的,因为国内有捻军、太平军,等等。张勋甚至连太平军都见过。他是 1854 年出生的,那正是太平军闹得最凶的时候。差不多在张勋六七岁的时候,太平军路过他们家,张勋虽然躲起来了,但是他的爷爷被太平军给杀了,他的大爷爷跟太平军争辩了两句,也被砍了好几刀,随后重伤不治而亡,所以张勋从小就对太平军和革命者这类人,充满了仇恨。等到张勋当兵的时候,太平军已经没有了,但捻军还是有的。张勋的从军经历还是比较光荣的,他先到广西从军,当时正值中法战争,张勋立马上了前线,最后还跟随了著名的爱国将领冯子材,冯子材领导的镇南关大捷的部队中,就有张勋的身影。

军阀也好,军头也好,不管后来腐化成什么样子,但他们最初在军队里的时候,由于都是贫苦百姓出身,没有背景,只有背影,要想建功立业,只能靠英勇和忠诚。张勋也属于这类人,每次打仗的时候他都冲锋在前,为人也非常忠厚老实,大家都觉得这个孩子不错,所以他就一路升官。适逢当时的中国正处于多事之秋，各种各样的仗永远都打不完，张勋打完了镇南关大捷之后，又被调到了北方继续打仗，甲午战争的时候，张勋又跟随义军英勇抗敌。大家都知道，义军在甲午战争的时候还是比较强的，整个甲午战争期间，只有义军是没有被打崩溃的。张勋身为光荣的义军中的一员，后来又在东北跟日本人打了两次，屡立军功，到他最后投奔北洋的袁世凯的时候，已经是个三品的参将了。

不过，靠军功升上来的三品，跟文官的三品是无法相比的，文官升到三品就能直接面见皇上了，可军功升的三品基本没什么大用，只要你跟随的那支部队一解散，你就什么都不是了。于是张勋以三品参将的身份投奔向袁世凯的时候，袁世凯正在小站练兵，张勋就成了袁世凯手下的一个营长，而且还不是主力营长。小站练兵一共只有几千人，其中的主力营长后来都成了北洋军阀里的大军阀，比如冯国璋、段祺瑞等，他们都是步兵营长。而张勋不是北洋的嫡系，所以当不上主力营长。什么叫北洋嫡系？就是从李鸿章创办的北洋武备学堂、北洋水师学堂等学堂毕业的人，他们就是北洋嫡系，冯国璋和段祺瑞都是从北洋武备学堂毕业的军校生，属于北洋的正根嫡系。张勋出身草莽，一路南征北战，虽然他算是早期投奔小站的人，在北洋军阀里能算上早期的老臣，但他不是北洋的真正嫡系。

除此之外，张勋不受重用还有另外一个原因，那就是他的年纪实在是有点大。大家算一算，他投奔袁世凯的小站、当上营长的时候，都已经41岁了，和他同级甚至比他级别还高的人，基本上才二三十岁，张勋比袁世凯还大五岁，袁世凯是整个北洋系的大佬。所以在北洋系里，大家每当喝酒的时候都尊称张勋一声老大哥，张勋自己也以老大哥自居，但在大家心里，其实根本没把张勋当老大哥，就是把他当成一个土包子，总之他的身份非常尴尬。有趣的是，在张勋未来复辟的时候，将要出现的一个重要的大角色——黎元洪，反倒是北洋最开始的水师学堂毕业的，但黎元洪专门跟北洋嫡系的段祺瑞对着干。黎元洪这个人也很有意思，他从北洋水师学堂毕业后，跑到军舰上去当大车，他服务的军舰就是"广甲"号，"广甲"号先在广东水师服役，后来又参加了北洋水师，结果甲午海战的时候被击沉了，其实不是被击沉的，而是逃跑的时候自己触礁沉没的，黎元洪后来被救了起来，投奔了张之洞，后随他到湖北参与编练新军。总之，他转了一大圈之后，居然成了北洋的大对头。

很多人可能不太清楚，"北洋"二字到底是怎么定义的。我索性就在这里解释一下，好让大家知道所谓的"北洋系"统治了中国那么多年，究竟是怎么回事。鸦片战争之后，我们开始对外通商，负责管理通商口岸的大臣，就被命名为某某大臣。一开始还不叫"北洋大臣"，但是后来发现出了很大的问题，比如天津教案等，大家意识到，这些通商大臣如果只管通商，不管地方上的事情话，协调起来比较困难。因为外国人复杂极了，有商人，有传教士，还有教堂，等等，通商大臣如果不能管理地方上的事情，他的权力就太小了，导致当他得罪了外国人的时候，地方官也不会配合他，外国人又要跑过来打我们，问题愈演愈烈。在晚清的时候，洋人太重要了，于是在第二次鸦片战争之后，同治年间，朝廷干脆就把通商大臣提拔起来了，直接改成北洋通商大臣，由直隶总督兼任，这回就叫作"北洋大臣"了。所谓的"北洋"，其实就是在北方处理洋人事务的意思，与之对应的还有南边的"南洋"。

"北洋大臣"负责管理一切通商事宜，还同时由直隶总督兼任，所以晚清的时候，直隶总督兼北洋大臣成了权倾朝野的最大的官。都有谁担任过直隶总督兼北洋大臣呢？大名鼎鼎的李鸿章。整个北洋实际上就是李鸿章办起来的，甚至有一种说法，有些历史学家干脆直接说，甲午战争其实不是中日之间的战争，而是李鸿章跟日本人之间的战争，因为甲午战争的时候，日本人打的主要就是李鸿章的北洋水师、李鸿章的淮军以及由淮军训练出的新军，等等。李鸿章的下一任是荣禄，再下一任就是袁世凯。袁世凯的权力之大,要管到直隶,管到山东,管到奉天,也就是辽宁,所以袁世凯担任直隶总督兼北洋大臣的时候,各种北洋的附属产物都兴起了,如果说是李鸿章奠定了北洋水师学堂、北洋武备学堂和北洋水师,袁世凯则奠定了北洋的新军、北洋大学等。

所以,张勋投奔了袁世凯之后,他心里就一直觉得,世界上最牛的官衔就是直隶总督兼北洋大臣,这也是后来张勋复辟失败的一个重要伏笔,因为他觉得袁世凯的这个官衔简直太重要了,太令他向往了,所以他忠心耿耿地跟着袁世凯干,越干越大。如果说张勋这个人有什么优点的话,那么最值得一提的就是,他有着中国传统军人的那种忠孝节义的道德,当然这也是整个北洋系统所有军人都有的特色,包括后来被骂成"三一八惨案"的罪魁祸首的段祺瑞,以及吴佩孚,他们都有忠孝节义的道德观念,因为那是中国的传统军人所受的最基本的教育。正因为张勋的忠诚和勇敢,所以尽管他不是北洋的嫡系,袁世凯还是比较喜欢他的,张勋被提拔得很快,被派到了南方去升官。

北洋系从小站练兵开始,逐渐变成了北洋三镇、北洋六镇,都由袁世凯嫡系的北洋系军校生掌管。当然了,北洋系里也有很多像张勋一样的非嫡系人才,还有从捻军里起来的姜桂题等,袁世凯是怎么安排这些非嫡系的人才的呢?把他们派到外围去提拔,比如安徽和江苏的前线,张勋被派到南方去带领武卫右军。管理武卫右军这个名号张勋非常满意,他后来一直保持着这个名号。武卫右军的意义究竟有多重要呢?在李鸿章逝世之后,甲午战争失败以后,荣禄当上了直隶总督兼北洋大臣。紧接着八国联军就要来了,荣禄把整个中国北方的主力部队,整编成了五支部队,其中小站练兵的袁世凯的北洋新军,就叫作武卫右军。八国联军一来,除了武卫右军负责在山东剿义和团、没能上前线以外,其他四支的武卫前军、中军、后军和左军全部被派往前线,全部覆灭,包括聂士成和董福祥等将领,全部阵亡。最后中国北方最重要的军队，只剩下了袁世凯的这一支北洋新军，所以袁世凯才能够迅速地权倾朝野，成为最有实力和权力的人，结果袁世凯把这支最重要、最光荣的部队的首领头衔给了张勋。

随后，辛亥革命爆发了，当时张勋正好驻守在南方。大家应该都知道，辛亥革命的火烧到全国之后，绝大多数地方的清朝官员都是一剪子把自己的辫子剪了，直接从巡抚变成了都督，或者从总督变成了都督。或者从新军的协统变成了都督，黎元洪就是从新军的协统摇身一变成了武昌起义的大领袖，阎锡山从新军的一个小军官摇身一变成了山西的都督，还把山西的巡抚陆钟琦给打死了，很不幸，这位陆钟琦就是我外婆的爷爷，这已经算是整个辛亥革命里为数不多的流血事件了。辛亥革命其实就硬碰硬地打了两仗，其中一仗是北洋三杰之一的冯国璋领导的。

所谓的"北洋三杰"，又被称为"龙、虎、狗"，"龙"是王士珍，"虎"是段祺瑞，"狗"是冯国璋。其实这三杰都不太能打仗，或者应该这么说，今天回头看一看，整个北洋军里面都没有什么杰出的将领，北洋军的第二代里还出了个比较能打的吴佩孚，第一代里包括"龙、虎、狗"在内，都没什么能打仗的。我觉得别说"龙、虎、狗"了，他们连蛇都称不上，都缩头缩尾的。这三个人里唯一还算打了一次漂亮仗的，就是冯国璋在辛亥革命时打下了武汉二镇。冯国璋带领的是北洋军最精锐的第四镇全部及第二镇和第六镇各一个混成协，"镇"就是师，北洋六镇其实就是六个师，"协"就是旅，黎元洪就是驻守在武昌的一个旅的协统，也就是旅长，所以冯国璋打武汉二镇的时候，是以绝对优势的兵力和火力，打下了汉口和汉阳，随后就不往前继续打了，因为就开始南北议和了。

最惨烈的是革命军进攻南京的这第二仗，这也是让张勋彻底成名的一仗，因为张勋就是驻守在南京的将领。辛亥革命的时候，凡是革命军进攻的地方，驻守各地的官员都要事先跟革命军聊一聊，至少也相互通个电，因为辛亥革命的口号是"驱除鞑虏，恢复中华"，所以有些满族的官员没法再变成都督了，干脆就收拾收拾东西，在革命军到来之前跑路了。在南京，两江总督没跑，张勋也坚定地留了下来，他在南京率军与革命军血战，而且自己亲自挥舞着大刀，亲自指挥城防，亲自登城督战。南京跟武汉不一样，武汉是北洋军占据绝对的优势，而南京压根没有北洋军的主力，北洋军的主力都去了武汉的前线，张勋手里只有3000多人吧，而且这3000多人也不是北洋军的嫡系，应该说连新军的主力部队都称不上，而围攻南京的是新军的第九镇。

当时，全国新军里最精锐的有八九个师，其中袁世凯手下的第一师到第六师，是最精锐的北洋六镇，还有武汉地区的第八镇和第二十一混成协、真正组建好的只有北洋六镇、武汉的第八镇、南京的第九镇和南方的另外一个镇，只有这九个镇是真正组建好的，本来想请德国人来当顾问进行训练。小站时期袁世凯就请了德国人来帮忙练兵，训练新军。当时德国人计划帮中国训练出36个镇，但到了辛亥革命的时候，只组建完成了九个镇，其余的都还只有一个协，比如黎元洪担任旅长的第二十一协，实际上就是还没组建完成的第十一镇。按理说每一个镇应该有两个协，第十一镇应该有第二十一协和第二十二协两个协，但第二十二协还完全没有。结果不论是武昌的第八镇，还是南京的第九镇，新军里基本上都是革命党，北洋军里虽然也有革命党，但远没有南方的长江流域这么严重，北洋军里的少量革命党很容易就被清除了。东北也有很多革命党，但张作霖这些人也很能折腾，所以东北的革命也没干起来。

真正的由革命党掌握的新军，最重要的就是武汉的一镇一协，以及南京的第九镇，清朝的大员们当然知道这几支新军里有好多革命党。清朝对于新军的管理特别有意思，对于第八镇和第九镇这些革命党比较多的新军，清朝也训练他们，也给他们武器，但是基本不给他们子弹。像张勋带领的这些巡防营的旧军，虽然武器和装备没有新军好，但是子弹充裕。其实张勋的武器也还不错，有毛瑟步枪，也有克虏伯炮。于是，当辛亥革命爆发的时候，全国各地的新军都面临着没有子弹的窘境，不论是武昌起义还是其他起义，革命军每到一个地方，最先要攻克的就是军械库。正是因为如此，张勋才能在毫无人数和武器优势的情况下，坚持守卫了南京长达二十来天，甚至打到一半的时候，革命军里的很多人都觉得攻不下南京了，因为张勋太凶猛了。

虽然南京打不下来，但辛亥革命的整体形势实在是太好了，原本各省的代表想要聚在南京，后来大家索性都跑到武昌去开会了，先定下了中华民国的政府组织法，也就是初步的宪法，然后选拔各种人才等。选到一半的时候，突然得到了南京光复的消息，于是各省的代表赶紧跑到南京去继续开会。孙中山也回来了，黎元洪也跑来了，这才有了后来的南京临时约法，还有中国的宪法起草和独立宣言，也都是在南京颁布的。

然而张勋虽然被革命军打败了，但他在临走前，还是干了一件非常了不得的事，他居然是全建制撤退的。所以，张勋在打仗方面还是非常厉害的。虽然第一代北洋统帅都不太能打仗，但是矬子里拔将军的话，还算能打仗的只有两个人，那就是冯国璋和张勋。

## 2. 有道德没文明

大家可以通过以下事实，来慢慢体会一下张勋在北洋系的地位。

张勋在守卫南京的时候，就已经被升为从一品的武官了，因为当时清朝没有办法，谁还效忠于它，谁还能替它打仗，它就赶紧升谁的官。张勋不是北洋嫡系，手底下不光没有多少兵力，连一个镇和一个协也没有，只有一些旧式的巡防营，后来他在北洋军里打了南京守卫战，这才一战成名，地位提高了一点。

张勋是一个比较一根筋的人，他守在了徐州之后，发现他的主子袁世凯对待朝廷的态度有点不对劲。一开始他还在那儿又是反对议和又是通电抗议，后来袁世凯跟他说，张勋你别闹了，我根本就没想要效忠清廷，你在徐州老实待着，到时候我肯定会封你的官，只要你听我的，我就给你好处，张勋这才反应过来，原来袁世凯不是想要效忠清廷到底的。紧接着就是辛亥革命之后，段祺瑞在前线率领46位北洋军将领集体通电，要求清帝退位，然后就是袁世凯进宫逼宫。张勋也跟所有人一样，通电共和，并接受了"定武上将军"的封赏。所有跟随袁世凯的人都得到了封赏，有人被封了将军，有人被封了上将。所有新建立的王朝，第一件要做的事都是封赏，这是大多数人都明白的道理，可惜，亲自参与了袁世凯复辟的张勋，并没有学会这个道理，他后来自己复辟的时候闹了很多的笑话，当然这就是后话了。

袁世凯复辟之后，张勋就乖乖地在徐州待着了。最可笑的是，袁世凯还把张勋封为安徽督军。按理说，安徽督军应该待在安徽，张勋为什么没有去安徽呢？因为光封官是没有用的，实力也很重要，你手底下好歹得有一个镇，或者至少得有一个协，民国之后就叫一个师和一个旅了。当时的每一个督军最起码还得兼一个师长的头衔，因为民国以后，大家都失去了法统，失去了过去的三纲五常等，一时间大家都不知道该怎么管理自己的势力范围，所有督军必须自己就是师长，才能镇住自己管辖的省，让自己在这个省里有话语权。张勋虽然被封为安徽督军，但安徽本身已经有一个军头在那儿了，而且那位军头手中的兵力还比张勋大，这位军头叫倪嗣冲。幸运的是，倪嗣冲跟张勋之间关系比较好，张勋一想，反正有倪嗣冲在安徽，他的兵力比我多，跟我感情还挺好，我就不用去安徽了，好好在徐州待着吧。

徐州是属于江苏省的，那么江苏又是谁的地盘呢？当时，北洋三杰之一的冯国璋坐镇南京，所以南京周围的这几个省基本都听冯国璋的。冯国璋说，没关系，反正江苏最穷的地方就是苏北，老大哥张勋既然不想去安徽，那就在苏北的徐州待着吧，甚至你还可以自己找个地方就食。于是张勋果然就在徐州附近占了一块叫海州的地方，所谓的海州也就是现在的连云港。总之，张勋的地盘很小，在北洋各大军头中，张勋连前十几名都排不进去，当时的北洋军头占据了十几个省，都是由军头担任各省的督军，而张勋只是其中最不起眼的一个小军阀，仅在苏北占了两座没人要的小城，根本养活不了他手里的军队。其实张勋手里也没多少军队，大概不到一万人吧，养不起怎么办呢？张勋就跟倪嗣冲说，你看，我好歹也是安徽督军，但是安徽现在被你占了，你是安徽省长，也就相当于巡抚吧，所以你帮我养点军队吧。倪嗣冲也挺够义气，说好吧，你把你的一部分军队放到安徽北边的几个县里，我帮你养着。

民国初年真的很有意思，其实这些军阀之间的关系特别像《三国演义》里的人，咱俩感情好的时候，我就帮你养点兵，咱俩感情不好了，该翻脸就翻脸。大家不妨回想一下《三国演义》里的故事，一会儿陶谦帮着刘备养一会儿兵，一会儿吕布帮着刘备养一会儿兵，一会儿刘备又帮着吕布养一会儿兵，一会儿我占徐州，你占小沛，一会儿你到徐州，我到小沛。民国初年的情况也是这样，大家都有军队，自己养不起兵了，就找个跟自己关系比较好的人替自己养一养。基本上在中国，从古到今大家玩的都是这一套游戏，游戏规则大家也都很熟悉。总之，张勋就在徐州待着，外面的世界，人们在轰轰烈烈地办共和，一会儿国会选举，一会儿各个党派相互竞选，这些国家大事都和张勋没有关系了，他就一门心思地忠诚于前清，一门心思地在自己家里穿着清朝的官服，留着清朝的辫子，似乎已经跟整个世界脱节了。如果不是因为后来的机缘巧合，张勋这位原本就称不上什么大人物的人,基本上从此就可以从历史中销声匿迹了。

在那样一个轰轰烈烈向前进的时代里,像张勋这样的彻头彻尾的保皇派,其实是非常不合时宜的。张勋对清朝充满了深厚的感情,不仅仅是因为他从小就受到旧式军人的教育,更重要的是张勋本人跟光绪皇帝和慈禧太后这两个人之间,有着面对面贴身接触的感情。当时八国联军打进北京之后,慈禧带着光绪皇帝两个人就跑了。说是西狩去了,其实就是一路要饭吃窝头,甚至有时候连窝头都吃不上,一直跑到西安。在西安流亡的一年里,北京这边签订了《辛丑条约》,不平等条约签署完毕之后,皇帝和太后才圣驾回銮,从西安返回北京,这么重要的人物回到北京,由谁来负责接驾和护驾呢?袁世凯选择了张勋,因为张勋是个不折不扣的旧军人,保护圣驾这种事让他干最合适了。

于是,张勋担任了慈禧太后和光绪皇帝回銮的护驾工作总指挥官,一路上,张勋鞍前马后地跟在慈禧太后身边。那个时候,皇族也没有大的排场了,大家本来就是仓皇出逃,回去的时候也是灰溜溜的,只有张勋一路上还虔诚地对待太后和皇帝,伺候吃,伺候穿,殷勤又体贴,所以慈禧太后很喜欢张勋,光绪皇帝也很赏识张勋。张勋顺利地保护圣驾回到了北京的紫禁城,袁世凯干脆又说,张勋你护驾表现不错,以后干脆就负责紫禁城的护卫工作吧,于是张勋直接成了紫禁城护卫的总指挥,而且他极为忠诚,每天亲率士兵巡视,晚上就睡在紫禁城的城门。慈禧太后对张勋也很好,晋升他为二品总兵等,对于张勋这样的大老粗来说,他一辈子追求的就是这种皇恩浩荡的感觉。

后来,光绪皇帝和慈禧太后在两天内先后去世,张勋悲伤至极,又哭又闹,慈禧和光绪出殡典礼的保安工作也由张勋负责,而且他一直护卫着慈禧太后的棺椁到了东陵,最后还陪着几位太妃守灵。大家想想看,从回銮的护卫,到紫禁城的护卫,到皇帝、太后驾崩后的葬礼的护卫,以及最后去东陵安葬守灵的护卫，全都由张勋一人包揽，可见这个人对清朝的忠诚之心和感情有多深厚。以至于张勋可能都忘了自己其实是一个汉人了，就算当时整个中国都在剪辫子，张勋也不管，他就要留辫子，而且他不光自己留辫子，他手底下的军队也全都得留辫子，所以张勋的外号就叫"辫帅"。当时的军阀头头们都有一个外号，比如胡子出身的张作霖叫"胡帅"。张勋率领的"辫子军"绝对称得上当时的中国一景，因为除了一些顽固的遗老遗少，整个中国都已经没什么人还留辫子了。

坚持留辫子的遗老遗少里，有康有为，还有王国维，但他们都没什么能力，虽然留着辫子，但整天只能躲在青岛和天津的租界里。结果在一片办共和、搞民主、立宪法的热烈风潮中，突然出现了一位忠勇的孤臣遗子张勋，他在徐州附近盘踞着两座小城，坚决不剪辫子，誓死捍卫清朝的遗风，一时间，全中国不肯剪辫子的遗老遗少都跑到徐州去巴结张勋。在这之前，谁也看不上张勋，因为这些遗老遗少曾经都是清廷的一品大员、大学士、大翰林，张勋充其量只是朝廷的一个护卫，虽然他的军衔很高，但在重文轻武的社会环境下，没人把张勋当回事。如今清朝没有了，张勋成了宝贝了，遗老遗少们天天往徐州跑，争相歌颂张勋。要知道，这些遗老遗少的文采都是极好的，包括清华的四大导师之一、国学巨匠王国维，也写了各种各样的文章和诗歌赞美张勋的忠勇。

于是张勋就开始飘飘然起来了，有一种自己深孚众望的感觉。但如果张勋只是自我感觉良好，其实也不会走上复辟的道路。但历史就是这么有意思，当一个人开始膨胀的时候，客观上肯定会再出现一些推动力量，进一步将某些大事最终促成。如果张勋只是在徐州自己留留辫子，顶多也就是像《天龙八部》里的慕容复一样，给大家发发糖，让大家管自己叫陛下，掀不起什么大风浪。但偏巧这个时候北京发生了严重的府院之争，给张勋最终的复辟搭建了舞台。

在讲张勋复辟的舞台之前，为了让大家更多地了解张勋的为人，我先讲几个和张勋的身世有关的有趣小段子。先从张勋的名字入手，张勋，这个名字听起来其实算不上高雅，但其实张勋他们家连这种名字也没能起出来，张勋一开始名叫"张和"，最搞笑的是他的乳名，叫"顺生者"。这三个字我怎么看都觉得很别扭，因为不像是普通话能叫出来的乳名，反倒是像江西口音里的土话，我估计应该不是"顺生者"，而是"顺生仔"之类的，理由也很简单，张勋肯定是顺产出生的。旧社会生孩子不容易，不是孩子夭折就是产妇难产而死，所以顺产是值得庆祝的大喜事，就这么得到了乳名"顺生"。

之前提到过，张勋一直混到26岁，才有人给他提了一个亲，也就是他的正房大老婆曹氏，曹氏跟张勋定亲的时候才13岁，16岁的时候正式过门嫁给张勋，当时张勋已经29岁了，还是没什么出息。后来张勋去当兵打仗，但因为军衔太低，随军不能带着家眷，其实现在我们解放军的部队里也是这样的规定，只有营级以上的干部才能随军带着家属。所以张勋在外面打了十几年的仗，曹氏就在家清贫地守了十几年，曹氏曾经给张勋生了一个儿子，但刚出生没多久就夭折了。一直到十几年后，张勋跑到袁世凯的小站当上了营长，才把曹氏接到身边生活在一起。张勋对曹氏是非常好的，因为他是一个有着忠孝节义道德的人，他一生对曹氏"以母视之"，张勋很小的时候妈妈就去世了，所以他就把曹氏当成自己的母亲一样去对待，张家的所有大事小情，甚至包括张勋纳妾的事宜，都要征求曹氏的意见。

北洋军阀里有很多不纳妾的军阀，比如段祺瑞和吴佩孚，但大多数的军头都是草莽出身，一朝得势，娶妻纳妾那是不遑多让的。张勋也不例外，他有一妻十妾，但在所有的妻妾中，张勋最尊重的还是他的原配曹氏，家里的一切钱财和权力，都交给曹氏来管理，而且每年都要隆重地办"两寿"，所谓的"两寿"就是张勋老爷本人的寿辰和夫人曹氏的寿辰，妾再受宠爱，正房原配的地位是绝对不可撼动的。

说到张勋的小妾，还有一个非常有意思的小故事。张勋在南京守城的时候，革命军即将攻城，在到处一片兵荒马乱的情况下，张勋还是要跑到苏州去，娶来了一个名叫小毛子的小妾，估计这位小毛子就是一个非常漂亮的青楼女子。张勋非常宠爱小毛子，没想到在最后突围出城的时候，大老婆曹氏带着家眷走了，小毛子跟着张勋一路，但跑到下关的时候，张勋带兵渡江逃跑，小毛子却被革命军逮住了。革命军为了攻入南京，跟张勋血战了很多天，死伤惨重，所以他们是非常痛恨张勋的，如今虽然没能抓到张勋，但抓到了他最心爱的小妾，所以革命军里的大领袖陈其美大喜过望地说，太好了，把小毛子关到笼子里，拉到街上卖票展览，每张票四角钱，赚来票钱充当革命军的军费。

张勋听说了革命军要拿自己的小妾卖钱，立马急了，赶紧跟革命军取得联络，说咱们虽然打了很多天的血战，但也都是为了效忠各自的主子，没有必要结下私仇，你们还是把我的家眷还给我吧。革命军的人商量了一下，觉得张勋说的也很有道理，同意了把小毛子还给他。张勋也很仗义。当时他是沿着津浦路，从浦口退到了徐州，徐州是当时最最重要的铁路枢纽，是津浦路跟陇海路的交叉点，具有很重要的战略地位。张勋退到了徐州之后，把津浦路上收集来的十四个机车头，以及八十几节车厢全都送给了革命军，就为了感谢对方把自己的小妾完好归还，这些机车跟车厢后来对革命军起到了很大的作用。所以张勋虽然是个大老粗，却是非常讲究的，对原配夫人好，对小妾也好，最重要的是，他对自己的家乡也非常好。

当然了，各个军阀对自己的家乡都有着深厚的感情，当他们发达了之后，都给家乡捐钱捐物，但几乎没有哪个军阀，对自己家乡的热爱和付出能超过张勋。张勋当上了督军后，虽然没有掌握一个省的真正督军那么有钱，但也算是发达了，他出生的那个村里，每家每户全部都由张勋出钱盖上了大瓦房，不仅如此，张勋老家所在的奉新县，所有考上大学的学生的学费，全部由张勋来出。当时北京城里最漂亮、最现代化的洋建筑之一，叫作江西会馆，就是由张勋出资建造的，里面有唱戏的戏台，还自备了发电机。除了江西会馆之外，张勋还建了五家奉新会馆，因为草莽出身的军阀张勋爱看戏。钱多了，张勋出手也就越来越阔气了，一开始他只资助江西奉新县出来的大学生，后来所有从江西到北京来读大学的学生的学费，全都由他来出，每名学生一个月有八块大洋的"助学金"。

八块大洋是什么概念？当时毛主席在北京大学当图书管理员，辛辛苦苦工作一个月才挣八块大洋，可惜毛主席不是江西人，否则他根本不用这么辛苦，因为江西的大学生每个月什么都不用干，就能从张勋那里领到八块大洋。被张勋资助的这些江西籍的大学生里，后来出了很多我党早期的领导人，比如方志敏、张国焘、许德珩等。张勋也不管这些学生的政治倾向，只要你是从江西来的，他就给你钱，因为张勋挚爱他的故乡。

既然提到了张勋的忠孝礼义，我就顺便总结一下北洋的军头。在北洋系的军阀里，从袁世凯开始，除了极个别人之外，所有人都可以用六个字来总结，那就是"有道德没文明"。所谓的"有道德"，是指到了最后留下来的那些人，段祺瑞也好，吴佩孚也好，当日本鬼子来了的时候，北洋系的军头没有一个去当汉奸的，去当汉奸的绝大多数都是革命军出身的那些人，北洋系的军阀即便被革命军北伐给打趴了，他们宁愿去天津当寓公，也坚决不给日本人当汉奸，这就是他们奉行的忠孝道德；"没文明"指的是，北洋军头对于民主、共和、宪政这些东西，是完全抵触的，而且没有任何认识，他们永远觉得权力、军队和力量才是最重要的，个人道德和名声也是最重要的，但是对于这个国家的文明进程，尤其是现代文明的程度，他们其实是没有什么概念的。张勋就是这些人里最典型的代表，他非常地有道德，但他的道德就是每天留着辫子，做梦都想着回到清朝，完全不懂现代文明为何物。

## 3. 唯一的一次全民选举

讲完了张勋的为人，接下来回到正题，张勋复辟的舞台是谁给他搭建的？

从辛亥革命开始，大家推翻了清朝，就着手办共和，到了张勋1917年复辟的时候，共和已经办了六年，这时候出现了一个很严重的大问题，那就是府院之争，"府"就是总统府，"院"就是国务院。所谓的"府院之争"，就是在争到底是总统的权力大，还是总理的权力大？总统和总理到底谁说了算？就为了这一件事，大家闹得一塌糊涂。

不过，当时的闹，大家还规规矩矩地只是在辩法理，大家把宪法拿出来，从里面找依据，这本宪法其实就是临时约法，结果发现宪法本身就写得有问题。说到宪法的问题，我就要回过头去讲一下民国是怎么办起来的，共和是怎么办起来的了。我们的民国和共和，不像俄国的十月革命和法国的大革命，我们的革命没有彻底地取得成功，而是有点像英国，是妥协的结果，因为是妥协而成，所以就导致了写宪法的时候出现了极为仓促的情况。当时，驻守南京的张勋终于被打跑了，各省的代表赶紧从武汉来到了南京，就有点像美国独立时的各州的代表。

南京变成了南方最大的中心，成立了临时参议院。临时参议院是干什么的呢？它有点相当于美国写独立宣言的立宪委员会，是一个写宪法的委员会。临时参议院成立前，各省代表会制定了《中华民国临时政府组织大纲》，其实当时我们根本还没有政府，应该叫作"政治组织大纲"，但我们当时刚刚开始办共和，脑子还不太清楚，而且这个东西虽然叫"临时政府组织大纲"，但实际上写的是对整个国家怎么办共和这件事的基本法。

这份《临时政府组织大纲》是一份总统制的大纲，有点像美国的宪法，美国就是总统的权力很大，甚至美国都没有总理，美国的国务卿不能叫总理，国务卿相当于总理大臣或外交部长，主管外交。起草完了之后，紧接着就南北议和了。孙中山总统对《中华民国临时政府组织大纲》是非常满意的，因为规定了总统的权力非常大，他革命了这么多年，终于当上了大总统，如果权力都是虚的，他当然不愿意了。可是，当制定了这份大纲之后，孙先生发现他还是统一不了中国。

因为光靠武昌的第八镇、第二十一协，以及南京的第九镇，是没有办法统一全中国的，主力部队的北洋六镇都在袁世凯手里，所以大家还得进行南北议和，进行妥协，而且妥协之前还得痛打你一顿。冯国璋先攻下了汉口和汉阳，正准备进兵武昌的时候，袁世凯突然喊停，说慢慢打，不着急。为什么呢？我先把你打疼了，让你知道你不是我的对手，你要想完成革命理想，还得靠我。于是袁世凯对孙中山说，咱们南北议和吧？大家都同意，谁能让清帝退位，就让谁来担任中华民国的第一个大总统。袁世凯一听到这话，立刻就来精神了，于是他就去逼清帝退位了。但是，清帝一退位，袁世凯要当大总统，他立即就要把参议院搬到北京去。

一开始的时候，大家还是想守住一个底线的，让袁世凯无论如何要离开北京，到南京的临时参议院来就任大总统，包括孙中山也亲口说，袁世凯你不来南京，我就不把大总统职位交接给你。因为袁世凯的北洋六镇都在北方，如果他本人也留在北京，那肯定会变成独裁政府，所以大家坚持让袁世凯到南京来就职，袁世凯也坚持不去南京。两边僵持不下，孙先生说，袁世凯不来南京我就不交权；参议院说，我们不去北京；

各省代表也不去北京，大家都说这不符合法理。由此可见，在那个年代，大家都还是很讲法理的，袁世凯也是很讲理的，他不像后来的北洋军头，一言不合就开打，袁世凯不打，他想从法理上解决这个问题，要怎么做才能让对方来北京呢？结果，袁世凯想出了一个有点耍流氓性质的办法。

在讲袁世凯这个耍流氓的办法之前，我要再一次提醒大家，在张勋复辟之前，大家都还是讲法理的，最后也就是像袁世凯这样耍两下流氓，但即便是耍流氓，也是为了让自己的行为符合法理而被逼出来的下策。袁世凯是怎么耍流氓呢？他鼓动他手底下的一个大老粗，让他在北京闹点事，让孙中山那边看看，北京离不开袁世凯，袁世凯一离开北京，北京就要乱。这个大老粗叫曹锟，曹锟跟张勋一样，也是草莽出身，而且曹锟后来干出来的事也跟张勋差不多。

曹锟是北洋六镇的主力统制，也就是北洋的主力师长，而且他特别听袁世凯的话，袁世凯让他闹事，他就真的干起来了，结果北京城就倒了一下霉。曹锟纵兵在北京城里抢劫，虽说北洋军的军纪还算不错，远比张勋的"辫子军"军纪好，但既然长官发话让士兵抢劫，再好的军纪也都没用了。曹锟手下的士兵在北京的大栅栏和前门一带演起了抢劫，一开始还是演的，演着演着就成真的了，不仅真的开了枪，抢了一堆的店铺，还烧了几家店铺，甚至也有极个别的强奸事件发生。曹锟这么一闹，袁世凯就对南京说，北京不稳，我没有办法南下。

没办法，最后还是南方妥协了。其实孙中山怎么可能不明白袁世凯是在耍流氓？但他没有办法，他跟袁世凯耗不起，只好去了北京，到了北京之后才发现，这份《临时政府组织大纲》里，总统的权力太大了，这样一来，袁世凯肯定是要走向独裁的。所以，孙中山二月把大总统的位子交接给袁世凯的时候，并没有把这份"基本大法"给他，只给了袁世凯临时总统的印章。直到三月，南京的临时参议院通过了一份《中华民国临时约法》，仓促地规定说，虽然总统有很大的权力，但责任内阁也有很大的权力，但两者之间的权力界定十分模糊，至于总统到底能不能罢免总理，以及大家如何弹劾总统，《临时约法》都没有写，只是勉强地把大总统的权力给硬拉了下来。

然后跟袁世凯说，你现在已经是大总统了，但我们要交给你一份《临时约法》，几个月前的那个《临时政府组织大纲》就作废了，刚过几个月，我们的宪法就改了，改成目前这个限制大总统权力的宪法。好在双方都有所妥协，袁世凯能留在北京就心满意足了，也欣然接受了《临时约法》，到了这个时候，南京的参议院才正式搬到了北京。参议院到了北京之后，大家彼此之间都还算客气，其实也不是客气，而是那个时候大家心中确实都怀着一种把中国建设得更好的理想。每个人都希望自己的国家能昂扬向上，袁世凯也一样，他也希望中国好，也希望自己能名垂青史，没有人天生的理想就是要给国家添乱。中国从鸦片战争开始，就一直被人打，大家都把原因归结为我们的制度出了问题，因为外国的制度好，所以他们的国家才能强盛，我们中国想要变得强盛，也要学习外国的制度。袁世凯也希望中国能富国强兵。

袁世凯的北洋政府统治的前期两方还是处于蜜月期的，参议院提出的各种意见和建议，袁世凯基本都没有否定过，于是参议院通过了一系列的选举法，通过了国会的组织章程以及国会的选举办法，等等，这一套东西基本上都是在学习美国的两院制。美国的两院制就是为了促进各个州之间的平等，也考虑到了人口数量的加权，所以美国不管是大州还是小州，每个州都有两位参议员，众议员的数量则是按照各个州的人口来确定，现在美国差不多是每 70 万人口选 1 名众议员，虽然最初的时候美国还没有这么多的人口，但也是按人口来决定众议员的数量。这样一来，大州和小州的参议员都是平等的，但人口多的州，就会相应地有较多的众议员，因为参议院是代表各州的，而众议院是代表人民的，这就是美国基本宪法的立法原则。

因为没有经过选举，所以中国当时的第一个参议院是临时参议院，临时参议院的组成完全参考美国，由各省直接派代表。当时中国有22个省，不管省的大小，每个省都派出10名参议员，而且每一个省的10名参议员的地位是平等的。美国的众议员有一个加权，当一个州的人口少于70万，不足一个选区的基数时，也给它至少一个众议员的权利，所以在美国，即便是最小的州，也有3票选举人票，那就是2名参议员加上1名众议员。我们的众议员选举方式也完全参照美国，按照每80万人为一个选区来进行分配和选举，也就是每80万人就可以有一名众议员，如果省的人口特别少，也至少保证该省有10名众议员，也就是说，每个省都至少有10名参议员、10名众议员。此外还有内外蒙古、西藏和青海，参议员的人数不同于省。

为什么我们当时会完全照搬美国的制度呢？其实很简单，当时大量的精英分子都是留美归来的，孙中山先生本人就曾经留过美，大家都很希望能学习欧美。日本的制度也不错，但我们和日本有仇，而且日本的二元制也不好学，因为日本是个有皇帝的国家，而中国当时已经推翻皇权。总之，对于临时参议院提出的各项举措，袁世凯完全都没有意见。在1916年复辟之前的五年，包括袁世凯在内，所有人都在一起积极地努力地办共和，没有人暗中作梗，也没有人耍流氓，袁世凯除了想要留在北京而指使曹锟抢了一次劫之外，没有干涉过选举法，也没有干涉过选举的过程，所以也导致南方的革命党国民党成为第一大党。大家都真心真意地想要携手把这个国家办好，然而这样辛苦了五年，却因为张勋复辟而功亏一篑，实在是值得长叹一声。

从辛亥革命到1949年中华人民共和国成立，这期间发生了很多值得回味和纪念的事情，比如第一次、也是最后一次全中国人民都参加了投票的民主选举，这次选举使得民国第二年诞生了民选国会，这是真真正正的第一次全中国人民的选举。后来的安福国会，就已经受到张勋复辟的影响了，全国好多的省根本就没有参加选举，因为好多省根本就是独立的。再后来到国民党的时候，局面就更混乱了，国民党最开始上台的时候，首先东北就不是我们的了。后来国民党在一九四几年抗战后选举的时候，边区和解放区又没参加，所以民国元年的这次民选国会，是唯一的一次全国人民都参加的选举。

当然了，所谓的"全国人民"，其实也只是西方的说法，实际上应该叫"有产者投票权"，投票者虽然来自全国，但是是有门槛限制的，在那个时候，全世界的投票都是有门槛限制的。我们在1912年开始投票选举的时候，全世界所有国家的女性都没有选举权。所以，我们也仿照美国和西方，为这次选举设置了四道门槛，其中前两道门槛是有关财产的，我觉得还是比较合理的。第一道门槛叫作"当年纳过两块大洋的税的人"，意思就是，你要是想参加投票，你首先得是纳税人，而且两块大洋在那个年代是相当多的，这个门槛一下子就把大部分的人都排除在外了；第二道门槛是，如果你不是纳税人，也不是完全就没有投票权了，假如你有500块银圆的固定资产或不动产，也是可以参与投票的，这道门槛是为了照顾家里没有劳动力、但是有继承遗产的人，这些人虽然没有纳税，但是也算是富二代或公子哥；第三道门槛是拥有小学毕业文凭的人；由于当时中国的新式小学还没有那么普及，所以又加了第四道门槛，那就是拥有相当于小学学历的人。

总之，以上四道门槛，你只要能占上一样，就可以参加投票，这已经比当时西方的投票权要改善很多了。在西方，你要想参加投票，财产绝对是硬性的指标，只要你没有符合规定的财产，你就肯定不能投票，而我们的民初国会，除了财产这一个指标外，还加了一条学历和等同学历的指标。

这样一来，全中国一共登记出了四千八百多万的合格选民，当时中国全国一共只有四亿五千万人。"四亿"这个数字还是非常精确的，因为"庚子赔款"就是按照中国的人口数来确定赔款数额的，约每个人赔一两，所以最后赔款额为四亿五千万两。也就是说，参加民初国会选举的选民数，已经达到当时全中国人口的10%，这对于一个刚刚开始办共和和民主的国家来说，已经是非常好的成绩了，甚至比英国和美国最开始搞全民投票选举时的情况都要好，英国刚开始办立宪选举的时候，符合规定的财产门槛的选民只有不足全国人口的2%，美国也远远不到10%。

10%已经是非常具有代表性的投票了，而且所有竞选者也都是真的在竞选，投票的人也是真的在投票。国民党当然是最强的，在宋教仁的带领下卖命竞选，还有黎元洪领头的共和党，梁启超领导的民主党，这两个党的名字都跟美国一样，还有由大乡绅张謇组织和领导的统一党。张謇绝对是民国时期的一位牛人，他是江苏省首富，同时也是清末的状元。张謇虽然是民间人士，却积极参与共和，清帝退位时的退位诏书就是张謇起草的。以上是参选的主要四个大党，还有其他的一些小党派，大家都非常认真地竞选和投票。当然了，过程中难免会混杂一些贿选和桩脚等不良竞争事件。

有关民初国会选举过程中出现的贿选，我查阅了很多相关的资料，发现大部分贿选都属于同一种情况，由大族的族长负责统一卖掉族内的全部选票。中国的乡间基本上都是宗法社会，比如张家屯，里面住的应该大部分是姓张的人家，而这些人都听族内最有威望的元老的话，不论外面的世界搞什么民主，在这些大姓家族占多数的乡间，发言权还是掌握在大姓的族长手中的。所以在民初国会选举的时候，很多大姓的族长就在祠堂里，把全村的人都集合起来，呼吁所有有投票权的人都把票统一起来卖掉，然后将卖来的银两用于修建本村的学堂。在那个没有网络、信息也极度不畅通的年代，村民们其实不太认得那些候选人都是谁，因为既没有什么电视辩论赛，也没有什么竞选广播，不像今天美国大选这样，竞选者到媒体上胡说八道一通，不管能不能拉来选票，至少跟选民混个脸熟。总之，大部分村民也就是得到了一个消息，说自己手里莫名其妙有了一票选举权，你本来就不知道该选谁，刚好这个时候村里最有权威的族长说，有人要买咱们的票，换了钱统一用在村子的建设上，村民们当然一呼百应。所以大量的乡间选票，都通过这样的方式统一卖了出去，尤其是南方的村子，基本都是这么操作的。

选民把手里的选票卖掉以后，某某人通过竞选成功上台了。但选民很快就发现了一个问题，他们收了钱选出来的这个人，他上台之后就把老百姓的地都给卖了，或者是颁布了其他政策，伤害了老百姓的利益，甚至他造成的伤害，比当初老百姓卖来的那点选票钱还要多。那么下一届选举的时候，选民手中的选票，就不会再像之前一样轻易地卖出了，那下一届选举的时候该怎么操作呢？很简单，选民手里的票，不能再用钱去买了，而要用政策去买，你要承诺，如果选民把手里的票给了你，你上台之后就要推出相关的政策，去保护选民的利益，比如医疗、养老等政策，这些政策虽然不是现金，但从本质上来讲也是钱，而且对于选民来说，这样的钱更有价值和保障性。

美国的选举选的是什么？难道参选美国总统的人是为了所谓的理想吗？难道他的竞选词里要描述出一幅人类未来的宏伟蓝图吗？当然不是，他要给选民切实的利益，选民才会把手中的票投给他，他的竞选词里要说，如果他当选了，他就要减税，要给人民养老金，要给人民医保，其实大家想想，他承诺的这些，从某种意义来说其实不就是在贿赂选民吗？不就是贿选吗？虽然他付出的不是赤裸裸的现金，但这些东西说到底不还是钱吗？他推出的这些政策，减税也好，医保也好，养老金也好，其实无外乎经济利益，还是在用钱和选民进行交易。所以，贿选并不绝对是坏事，选民第一次收了你的钱，第二次他们就醒悟过来了，钱不是恒久的，更好的政策才更重要，次数多了，不论是竞选者和选民，大家就都慢慢地更了解该怎么办选举，也更了解该怎么办共和，大家完全不必担心一开始的所谓贿选和混乱，只要坚持办下去就一定会越来越好。如果中国从民初国会选举之后，真的能一届届地继续办下去，共和是能办成的，可惜六年的办共和积累，被张勋的一朝复辟给毁了。当然这也不能完全赖在张勋的头上，毕竟他不是妄人，改变不了历史的大进程，只是被别有用心的人利用了一遭。

## 4. 袁世凯与洪宪帝制

从辛亥革命到1949年新中国成立，民初国会是唯一的一次全民参与的民主选举，北洋时期之后再没有过这样的选举了。民国政府时期，因为没有统一全国，所以也没有过全民参与的选举，包括蒋介石的第一个国大，叫作万年国大，其实也是土豪劣绅的国大。但说这期间完全再没有过民主选举，其实也不准确，因为后来还是有过民主选举的，只不过是发生在边区而已。而且边区的民主选举比民初国会更进了一步，不管你有没有财产，不管你是男还是女，也不管你有没有固定资产，是不是小学或等同小学学历，甚至你是文盲也没关系，只要你是人民，你就享有投票权，或者说是"投豆权"，因为边区是用豆子来投票的。

美国的参议院和众议院的这一套选举办法，实际上是非常合理的，但我们边区办的民主选举并没有完全仿照美国，而是打破了一切藩篱，采用了所有选民一人投一票的方式。然而，这种选举方式从一开始就遇到了问题，虽然赋予了选民投票的自由，但最初的时候，各个村的村民还是不约而同地把手里的豆子投给了本村的地主。在抗战时期，我们实行的是统一战线政策，没有打土豪和地主，不像红军时期。所谓的土豪和地主，其实就是乡绅吧，他们中的大多数人其实并不坏，在乡里办小学、办祠堂，在村民中颇有威望，村民们早就习惯了听从乡绅的领导，所以即便有了自由选举的权利，还是把豆子投给乡绅。不过这种问题很快就被解决了，因为人们逐渐意识到自己真的有权利了，不一定非得把豆子投给乡绅，为了改变村子里落后的状况，首先就要先让乡绅下台，让其他更有能力的人上台，所以到了第二届和第三届选举的时候，就出现了更多有意思的现象。

人民的民主选举意识不断增强，边区的选举制度也在不断改善。最开始是竞选者背对着选民，不能让参选的人看到谁选了自己，谁没选自己，以防止打击报复。所以投票的时候，在每个候选人背后放一个碗，选民想要选谁，就把豆子投到谁的碗里。但豆子掉到碗里是有声音的，而且候选人和选民都是同一个村子的村民，大家彼此之间都很熟，候选人虽然背对着碗，但用余光还是能扫到选民的，然后他只要竖起耳朵听听有没有豆子落碗的声音，就知道这个村民有没有选自己了。所以这种所谓的"不记名投票"，基本上形同虚设。怎么解决这种问题呢？我们纯朴的劳动人民也是非常聪明的，大家在经过每一个候选人身后的时候，都把手里的豆子丢进碗里，让候选人听见声音，然后再悄无声息地把豆子拿出来，这样一来，就神不知鬼不觉了。

慢慢地，大家开始不再把豆子投给乡绅和地主了，而是投给了各村的八路军干部。那个年代的八路军干部又清廉，又能干，经常帮孤寡老人挑水，还反对妇女缠足，提倡自由婚姻，给村民办了很多的好事，深得人民的爱戴。

人民就抱着试试看的心理把手里的豆子投给了八路军干部，没想到还真行，大家都不选乡绅，乡绅居然真的就下台了。人民发现自己真的有权利了，所以最后在边区就发生了大量八路军干部当选、乡绅落选的情况。为了扼制这种情况，不得不专门出台了一个"三三制"，从延安到各地边区都要执行。"三三制"是什么意思呢？就是选举出来的人员一定要分配好名额，要保持三成的地主和乡绅，因为这些人对我们稳定基层有很大的作用，他们得用手里的钱协助我们办小学、办祠堂等；还要有三成的党员干部；另外，还得有三成的民主人士。所有的选举结果都要严格符合"三三制"的规定。

在当时的时代环境下，"三三制"的出台是非常有意思的，人民当然是坚定地要选共产党员来领导自己的，但共产党却坚持要执行"三三制"，党员干部只能占据被选上台的1/3的名额，这样一来，其实就打破了"一人一票"的初衷，其实又朝着美国的参议院和众议院选举模式靠拢过去了。这也充分说明，只要是真心地搞民主选举，不论一开始采取了什么方式和办法，最终都还是要向着加权指数选举的方向走去的。所以我一定要对边区办的投豆子选举夸赞两句，因为这种选举是非常民主的，也是非常有意思的，选票的结果和"三三制"的出台，都充分证明了共产党确实获得了人民的大力拥戴和支持。

民初国会选举完成后，全国上下都非常振奋，虽然各省都选出了不少军人出身的议员，由督军去担任每一个省的选举监督委员会的头儿，但这种情况并不是人为干涉的结果，而且当时十几个省的督军都是北洋军头，居然能选出国民党为国会两院的第一个大党，这说明袁世凯确实没有干涉这次选举，各省的军头也没有干涉选举，大家都是一心一意地在办共和。所以，最后选出的国会两院的人员比例，我认为算得上非常合理的。国民党虽然被选为参众两院的第一大党，但它的选票并没有超过半数，对于一个刚刚开始办共和的国家来说，这个票数还是非常不错的。

在民初国会里，国民党虽然是第一大党，但是由于它的选票在参众两院都没有超过半数，所以它必须要联合其他小党才能超过半数，然后才能组阁，这正好给全国人民表演了一遍办共和的过程。可就在一切都形势大好的时候，宋教仁领导的国民党和袁世凯之间出现了非常严重的分歧。在当时那个时代，中国并没有做过特别科学的人口普查，所以在选众议员的时候，每80万人分配一个名额，事实上很难准确地核查出每一个名额之后到底有没有80万人。好在清末的时候，各个省已经办了咨议局，咨议局的人员也是按照人口来选的，所以，众议员的数量就在咨议局的数额基础上再除以三，最终全国选出了几百位众议员。

而且，我自己也思考出来一个选举法，用于解决因人口数量不明而导致的不公平问题：整个第一轮的4000多万选民投票的时候，先朝着总获选人数量的30~50倍那么多的人去选，就是大家都可以去参加竞选，我可以选我爸爸，你可以选你爷爷，张家村的人可以选姓张的人，李家村可以选姓李的，总之，最后选出来的候选人，要是实际需要的数量的30~50倍；第二轮投票，由初选上来的候选人进行相互投票，只要是进入了第二轮的候选人，手中都有一票，大家可以选别人，也可以选自己。这个方法很有儒家的风范，也很符合中国的国情。大家都本着中庸之道，初选的时候范围可以大一点，多选一些人上来，别让那么多人为了去争稀少的几个名额而去搞相互暗杀。随后的第二轮投票，就不让老百姓参与了，免得大家陷入混乱和械斗，通过初选的人都到省城来，咱们坐在一起相互选，接着再让选上来的人到国会里去继续选。

以上这套办法，有效地避免了自由选举可能会引发的混乱，听起来是非常有智慧的，执行起来也是非常完美的。可惜到了中央之后问题就来了，由宋教仁领导的国会第一大党国民党认为，责任内阁的权力应该高于总统。

直到这个时候，袁世凯才彻底明白过来，原来共和是这么玩的，大家玩来玩去，最后这个国家要跟他袁世凯没关系了。他袁世凯为了能把国家办好，费了那么大的力气，中国的警署是袁世凯办的，中国的铁路是袁世凯督办的，中国的新军大多是袁世凯办的，还有他对北洋大学的重视，等等。为了办共和，袁世凯还逼着清帝退位。他有着北洋六镇的赫赫军威，是直隶总督兼北洋大臣，完全有能力权倾朝野，但他为了能让这个国家变得更好而妥协了，接受了南北议和，也接受了国会的各种共和举措，连孙中山先生都说他袁世凯是共和的最大功臣，结果国会搞来搞去，要把内阁的权力凌驾在总统之上。

袁世凯一开始还试图跟宋教仁商量，希望大家能各退一步，起码内阁和总统能各自拥有一半的权力，没想到宋教仁领导的革命党非常幼稚，幼稚到毫不妥协，不仅不妥协，他们还在报纸上公然挑衅。袁世凯担任总统的时候，舆论还是非常自由的，既没有控制媒体，也没有限制报纸，所有的媒体都是想写什么就写什么。于是宋教仁就到处接受采访，在报纸和媒体上发表各种各样的言论，今天说他马上就要组阁，明天又去谈谈他打算要怎么组阁，后天又激情澎湃地说，他准备让谁来担任部长，甚至连各行省的省长他也要染指。总之，宋教仁每天都在报纸上畅谈自己的政治理想和政策。袁世凯看到这些东西，心里当然极度郁闷，他好歹也是大总统，坐了这个国家的第一把交椅，你宋教仁当然可以有自己的政治理想，但你好歹也跟大总统商量一下再去到处公开宣扬吧？大总统虽然不太懂怎么办共和，但他至少比宋教仁有治国经验，因为袁世凯当过许多省的巡抚，当过直隶总督，还在朝鲜当过外交官，当年孙中山先生到了北京之后，曾经跟袁世凯两人促膝长谈了一天，最后连孙中山都在日记里盛赞袁世凯非常有治国之才，还说袁世凯非常了解中国。

袁世凯对外交、内政、军事和经济等方面都非常有经验，在很多方面甚至比孙中山都要厉害，比如孙中山曾经在跟袁世凯聊天的时候说，你去当大总统，我来当铁路督办。袁世凯说，我完全支持你，不过你打算修多少铁路呢？孙中山说，我打算几年内修出十万英里的铁路。袁世凯一听孙中山这么说，心都凉了一大半，为什么呢？因为袁世凯是真正修过铁路的人，孙中山一说出"十万英里"这个数字，袁世凯就知道他对修铁路这件事完全是一窍不通。十万英里铁路是什么概念？中国至今都没能修出十万英里的铁路。

结果，就是这样一群完全没有治国经验，也不懂经济的人，现在天天在报纸上畅谈政治理想，还想将自己的权力凌驾在袁世凯之上。宋教仁太激进了，迫不及待地想要甩开袁世凯，因为他觉得大总统只要负责盖章就可以了，别的事情都由责任内阁来管就行了。其实南北议和就是一个妥协的结果，袁世凯一路妥协，支持办共和，想好好地搞三权分立，结果他现在被宋教仁逼到了墙角，已经无法继续妥协下去了。袁世凯的心情肯定是非常气愤的，在他眼里，要解决越来越猖狂的宋教仁，连小手指头都不用动，眼睫毛眨两下就可以了，于是就发生了刺杀宋教仁的血案。

宋教仁一死，情况就急转直下了，国会开始闹，国民党的议员也闹，后面发生的事情，我们的历史课本里都讲了。袁世凯确实做了许多不应该做的事，很多事情，一旦动了第一次手，就再也没有办法停下来了，于是就出现了各种各样的公民请愿团。这些请愿团包围国会，要求改变国体，强烈要求袁世凯称帝，导致袁世凯最终走上了不归路，因为他觉得，与其让这些没有治国经验的人去管理这个国家，去办所谓的共和，不如把权力收回到他自己手里算了。

西方只有共和与君主立宪两条路，中国既然学美国搞共和没能学好，那么就去学英国。包括英国、日本和德国在内，世界上大多数国家都是君主立宪国家，真正的共和国只有美国和法国等少数几个国家，我们中华民国是全亚洲第一大共和国，而且我们是全世界唯一一个以和平的方式让皇帝退位的，没有血流成河，真的是非常光荣，如果继续这么办下去，全世界的共和国都会以中国为标杆，结果我们却放弃了共和，走向了君主立宪，而且也没能走下去。因为经过六年的努力，办共和在中国已经是大势所趋，就算袁世凯基本能控制住国家和军队，还有善后的借款在手，经济实力也很强，但他想要完全推翻六年的共和心血，倒行逆施，让自己当上皇帝，还是非常困难的。

所以后来各方面实力都远远不如袁世凯的张勋也想要复辟，那简直就是痴人说梦了。

## 5. 黎元洪的发迹史

不论是从个人的能力还是实力来看，袁世凯都是一个很厉害的妄人，跟袁世凯相比，张勋只是个奇葩。

袁世凯的皇帝之路之所以会失败，最重要的原因就是他过于自信了，他过于相信自己的力量，以至于忽略了去把控媒体，也没有完全控制住国会，最终导致了四面楚歌，成为舆论的众矢之的。张勋先是跟着众人一起劝进袁世凯，因为劝进有功，而被封了个爵位，但张勋并不是袁世凯最宠信的人，袁世凯担任大总统的时候，只封了一位"亲王"，那就是副总统黎元洪，张勋之所以能进北京，主要就是受到黎元洪的邀请。

黎元洪是北洋水师学堂毕业的，北洋水师学堂都是由英国的海军军官来教课，所以黎元洪能说一口流利的英文。现在有很多人喜欢为民国的历史翻案，说在甲午海战中，黎元洪所在的"广甲"号其实没有逃跑，而是在海战中被击沉的，还说黎元洪是沉船之后自己游泳回来的。事实上是这样的，在甲午海战中，黎元洪所在的"广甲"号被编在一役，而且还是一役里唯一的一艘国产军舰，其他的"济远"号、"镇远"号、"定远"号、"经远"号等，都是欧洲产的军舰。当时，"广甲"号只是跟在"济远"号之后的一艘小军舰，结果方伯谦带领的"济远"号率先逃跑了，"广甲"号不知道"济远"号是逃跑了，还以为它是加速前进呢，于是就跟上去了，一路跟到了大连，撞到礁石上沉没了。幸运的是，黎元洪在上船前自己买了一身救生衣，"广甲"号虽然沉没了，但黎元洪游出来了，由此也能看出，黎元洪的性格还是很谨慎的。不过，黎元洪虽然活下来了，但北洋水师全军覆没了，他无处可去，就投奔到了张之洞帐下。

张之洞当时是署理两江总督，权倾长江，坐镇在南京，是中国南方的中流砥柱，号称"北方李鸿章，南方张之洞"，中国如果没有这个人，估计早就变成土耳其了。黎元洪到了张之洞手下能干什么呢？黎元洪毛遂自荐，说自己当过海军，也当过陆军，还懂英文。张之洞刚好在南方办新军，就让黎元洪去当了翻译。实际上在后来的北洋政府里，不论是总理级别的人，还是总统级别的人，真正懂点外语的人只有黎元洪。就这样，黎元洪在张之洞手下从翻译开始做起，他确实非常能干和好学，他的海军知识是跟英国人学的，陆军知识是在日本学习的，也出访过很多次，深得张之洞的赏识。

黎元洪在武汉亲力亲为地办新军，一办就是十几年，所以当时的新军除了北洋六镇以外，最精锐的就是黎元洪在武昌训练的这一支。民间也有人管黎元洪训练的新军叫"南洋军"，因为黎元洪在武昌把新军训练得风生水起，还兴办小军校，这些小军校虽然没有北洋的军校那么正规，但也吸引了从南方过来的大量学生。通过军校，黎元洪在南方各地的新军里都培植出自己的势力，而且他对革命党采取了非常容忍的姿态。当然了，那时候革命党的势力确实是太大了，连清朝都感觉到自己快要不行了。

张学良在自己的回忆录里写过这么一段，民国的时候，肃亲王善耆在天津私邸去世，汪精卫跑去悼念，张学良就问汪精卫，当年你刺杀摄政王的时候，肃亲王不就是审问你的人吗？你怎么现在还跑去给他送葬？汪精卫回答，虽然肃亲王曾经审问过我，但他这个人还是挺好的。当年，他说凌迟我就能凌迟我，说处死我就能处死我，却没有那么做。肃亲王本人没有那么顽固不化，他颇有点洋人思想，在法庭上还跟汪精卫聊了起来，他说，他很理解革命党人，我们清政府确实没把这个国家管理好，但是即便革命党人当了政，也是管理不好这个国家的。等到肃亲王去世的时候，汪精卫也正好失势，不禁觉得肃亲王当年说的话真有前瞻性，如今革命党真的胜利，也办了共和，果然没能把国家办好。

其实当时大多数人的想法都跟肃亲王一样，黎元洪也是如此，如果他发现自己的部队里出现了革命党，解决方案基本上就是找来谈谈心，礼送出境，所以，革命党人对黎元洪的好感度是很高的。而且在武汉的新军里，除了第八镇的统制之外，黎元洪的级别是最高的，不过那位统制大字不识一个，所有的实权都掌控在黎元洪的手里，他在新军中的地位是众望所归的。在这里，我一定要纠正一个讹传，在很多的历史书里，把黎元洪写成了一个什么本事都没有的人，只是因为起义军里的最大官职是一个连长，革命军的领导者都不在，孙中山先生在外国，黄兴同志也不在，实在找不到人了，才把黎元洪从床底下揪出来，把抖成筛糠的黎元洪推上了湖北都督的位置，事实当然不是这样，黎元洪不是草包，他也没有躲到床底下，更没有抖成筛糠。

关于要不要当湖北都督这件事，黎元洪是深思熟虑地想了很久的。当然了，他确实不是自己主动去当都督的。起义发生后，黎元洪就躲到了他的一个哥们家里，结果革命军在大街上发现了黎元洪家的管家，那管家扛着一大堆东西在街上乱跑，就逮住他询问，是不是偷了公家的财产要逃跑。管家被逼无奈，只好如实回答，他没有偷东西，是黎旅长在前面的那栋屋子里住，让我给他送点吃的过去，革命军这才找到了黎元洪，去请他出来当都督。黎元洪是自己从一个帐子后面走出来的，而且非常镇定地说，既然找到我了，我就跟你们去吧。

可能有人忍不住要问了，既然大家都公推黎元洪当都督了，他为什么还要躲起来三天两夜呢？黎元洪连上"广甲"号都自备一身救生衣，像他这么谨慎的人，面对这么大的事，当然需要仔细思考一番才能下决定。这三天两夜，黎元洪不吃饭也不说话，就坐在那儿想，自己能不能当都督，如果当了都督，他该怎么做。黎元洪不是革命党人，他不能单凭一时冲动就"引刀成一快，不负少年头"，直到第三天他开口说话的时候，那就代表他终于想清楚该怎么做了，所以他跟革命党人说，我可以当都督，但接下来该怎么做，你们都得听我的。

那么黎元洪究竟想要怎么当都督呢？其实他每天就做两件事——发电报和汇款。黎元洪想得很清楚，他只有鼓动更多的省马上独立，才能形成巨大的势力，因为他太知道北洋六镇有多厉害了。于是，黎元洪每天上午就给各个省的巡抚、布政使和提督发电报，只要这些人愿意宣布自己所在的省独立，黎元洪立即下午就给他们汇钱。当时，在武汉的武昌城内的湖北省藩库有存款，总计四千万余元，结果这些钱就都变成黎元洪的活动经费了，只要接到电报的省宣布独立，独立所需的军饷等开支黎元洪下午就汇款过去。在黎元洪的大力鼓动下，还真的有几个省宣布独立了，所以说，如果没有黎元洪在武昌主持，接下来的共和能办成什么样，还真不好说。连孙中山先生都夸奖黎元洪，说他是民国的首功，以至于后来在南京选临时政府的第一个临时大总统的时候，一共有17个省的代表参加投票，孙中山以16票当选了临时大总统，当选临时副总统的黎元洪居然得到了全票。

随后在北京交完权以后，国会在北方重新选举，大总统从孙中山换成了袁世凯，而副总统依然是黎元洪。

以上种种都说明了黎元洪这个人并不像历史书里写的那么无能，至于说他像小丑一样被革命军从床底下拎出来，被逼着当上都督，那就更荒唐了。黎元洪是一个非常有想法的人，而且一开始的时候，黎元洪是拒绝去北京当副总统的，他希望能继续留在武昌，因为武昌是他的根据地，最后是段祺瑞到武昌把黎元洪"绑"到了北京。而最有意思的是，孙中山先生和黎元洪虽然身为南京临时政府选出来的正副总统，但这两个人一生只见过两次面。

孙中山跟黎元洪的第一次见面是在清朝的时候，当时黎元洪从北洋水师学堂毕业，到了广东水师，在"广甲"号上当副轮机长。有一次，黎元洪手下的一个士兵生病了，他下船去请医生，结果请来了一位名叫孙逸仙的医生，也就是孙中山先生。这就是黎元洪和孙中山的第一次见面，非常富有戏剧性，他们一个是"广甲"号的副轮机长，一个是医生，谁也想不到，这两个人将来会成为正副总统。从第一次见面之后，两人再未见过面。后来两人被选为中华民国第一届临时正副总统，因为孙先生在南京，而黎元洪在武昌，两个人也没有见过面。后来袁世凯在北京就任大总统后，黎元洪也去了北京，不过孙中山只去了一次北京，跟袁世凯见了一面之后就又回到了南方，一会儿护国，一会儿又护法、二次革命，等等。总之，孙中山和黎元洪就再也没有见过面。直到北洋政府最后的时候，当时已经是张作霖和冯玉祥控制北京政府了，才又致电邀请孙先生北上。于是一九二五年的时候，孙中山去北京，路过天津的时候，跟黎元洪见了第二次面。孙中山先生在北京去世后，黎元洪还在天津的家里设了灵堂，来祭奠孙先生，不过那时候黎元洪已经失势了。

黎元洪刚被选为副总统的时候，勉为其难地离开了他辛勤耕耘了十几年的武汉，结果他到了北京一看，很快就明白了自己的处境，他虽然美其名曰副总统，但其实就是光绪帝，而袁世凯则是慈禧太后。为什么这么说呢？戊戌变法失败之后，慈禧太后一直把光绪帝囚禁在南海瀛台。黎元洪在北京见到袁世凯之后，袁世凯也安排他住到了瀛台。黎元洪也是经历过大风大浪的人了，非常善于审时度势，一看自己被安排到了瀛台，立即什么都明白了，所有的事都跟他没关系了，他就乖乖地在瀛台待着就行了。

于是，黎元洪就老老实实地在瀛台待着，什么事也不干，什么事也不管。结果有一天，突然来了一个人，对黎元洪说，洪宪帝制马上就要实行了，袁世凯要称帝了，他在全国只封了一位亲王，那就是你黎元洪，除了黎元洪之外，他人顶多就被封了个公，比如张勋等人。以袁世凯的立场来看，他封黎元洪为唯一的亲王，那是对黎元洪莫大的器重，但黎元洪可不这么认为。黎元洪的心思是相当缜密的，为人也是极为谨慎的，袁世凯把他弄到北京来，让他待在瀛台当摆设，他就毫无怨言地乖乖当摆设，但现在袁世凯要称帝了，让他去当亲王，这可就不行了。黎元洪很清楚，袁世凯称帝这件事是肯定要失败的，他可不想把自己跟袁世凯卷在一起，所以黎元洪坚决不肯接受这个亲王的头衔，他把自己关在屋子里，谁来敲门也不开，袁世凯派来的人已经把亲王的袍子和王冠都拿来了，黎元洪就是死活不开门。

为了让黎元洪就范，袁世凯派出了大量的说客，包括跟黎元洪一起参加武昌起义的孙武，也被派去游说黎元洪，都没用，黎元洪谁都不见，也不肯开门，坚决不肯成为袁世凯称帝的同谋。这样一来，黎元洪在全国人民心中博得了极好的印象。而且，黎元洪也不是一个人在战斗，像他一样以消极的态度反对袁世凯称帝的人太多了。段祺瑞也在这个时候离开了北京，冯国璋也待在南京不表态，事情发展到这一步，已经大大超出了袁世凯的预料，他没想到连段祺瑞和冯国璋都不支持自己。

然而就在袁世凯众叛亲离的时候，只有一个人还傻乎乎地支持袁世凯称帝，那个人就是奇葩张勋。张勋像跳梁小丑一样在徐州发通电，支持袁世凯称帝，最终，袁世凯大势已去，灰溜溜地下台了，不久之后一命呜呼。袁世凯死得是非常郁闷的，他做梦都没想到，自己苦心经营了这么多年的北洋系居然会背叛自己，一直被自己视为亲信的段祺瑞和冯国璋居然会不支持自己。袁世凯临死前拿出了一个匣子，匣子里面是他的遗嘱，遗嘱的主要内容就是在他死后接替他的人选。大家打开了匣子，发现袁世凯在遗嘱中列了三位继承人人选，排第一的是黎元洪，排第二的是徐世昌，排第三的是段祺瑞。

这份遗嘱真的太耐人寻味了，因为袁世凯最后还是想把自己的基业留给这些背叛了自己的人，而不是留给自己的儿子。当然了，袁世凯的几个儿子也的确太不争气了。在袁世凯打算称帝的时候，全国的报纸每天都在抨击袁世凯，结果袁世凯的儿子为了将来能当太子，居然自己编了一份报纸，在上面讴歌袁世凯，然后把这报纸拿给袁世凯看，说父亲你看，大家都在劝进。袁世凯完全对这份假报纸信以为真，以为全国人民都热切拥护自己称帝。直到后来有一天，袁世凯的女儿的女仆上街去买油炸蚕豆，袁世凯的女儿一看包蚕豆的报纸，才发现全国都在骂袁世凯，袁世凯这才知道，自己居然被自己的儿子给骗了。最后，这位政治家还是良心发现，没有把这个国家留给自己的儿子，而是留给了黎元洪和段祺瑞等人，因为袁世凯相信这些人能把这个国家管理好。

在当时的北洋整个系统里，除了袁世凯之外，地位第二高的人就是徐世昌，甚至在相当长的时间里，徐世昌的地位比袁世凯还要高。徐世昌曾经是翰林，后来投笔从戎，到小站去投奔了袁世凯。大家都知道，小站里都是一群草莽出身的丘八，连袁世凯自己也不是科举出身，所以是翰林出身的徐世昌一手帮助袁世凯，一起把持整个北洋系统，袁世凯管武，徐世昌管文。后来清朝倒行逆施的时候，袁世凯失势了，被贬回了河南彰德（安阳）渲上村，而徐世昌依然稳坐副大学士的位置，相当于副宰相，是汉人里面最高的官阶，比袁世凯的官位还要高。

除了徐世昌，北洋系里地位最高的人就是段祺瑞了。段祺瑞担任北洋武备学堂的教育长，北洋后来的所有军校的校长和教务长也都是段祺瑞，他在北洋系里门生满天下，非常有威望。所以，在袁世凯死后，最有资格和能力接手北洋系的人就是段祺瑞，冯国璋和王士珍都接不了。但袁世凯既没有把自己的儿子排在继承人名单里，也没有优先在北洋系里选择继承人，而是把一直跟他作对的黎元洪排在了第一位，因为黎元洪确实是很有才干的，所以袁世凯的这份遗嘱还是非常理性和靠谱的。

就这样，黎元洪当上了大总统。黎元洪一上任就发现了一个大问题，那就是他根本没法召开国会，袁世凯当政的时候已经把国会解散了。其实准确来说，袁世凯并不是解散了国会，而是从法理上把国会的第一大党国民党定为了非法党派。因为在南方发生军事行动以后，有四个身为国民党人的省都督拥兵反抗袁世凯，发动了二次革命，于是，袁世凯依据法理说，国民党现在已经是叛乱党了。这个法理在全世界都说得通，一个党派在国会里搞议会斗争，那是合法合理的，但如果你兴兵抗议，那就是叛乱了，如今国民党四个省的都督在南方兴兵，那就代表国民党是叛乱党，是非法的党派了。国民党是第一大党，它在国会中拥有最多的席位，它被定为非法党之后，国会肯定就开不下去了，因为没有那么多合法的议员了。

这样一来，民初国会在袁世凯当上大总统之后就基本瘫痪了，议员一部分跑到了广东，另一部分跑去了上海等地。没有国会了怎么办呢？袁世凯又自己弄了一个参议院，重新制定了一部宪法，叫作《中华民国约法》，毫无疑问，这是一部总统极端集权的宪法。听起来非常可笑，不过才办了短短几年的共和，居然就已经出台了三部宪法了，第一部是"总统权力最大"法，紧接着孙先生把总统的位置交接给袁世凯，又起草了一部"总统没权力"

的《中华民国临时约法》，最后袁世凯上台，又自己搞出来一部"总统权力更大"的《中华民国约法》。

现在袁世凯死了，黎元洪上台了，段祺瑞也回来了。段祺瑞因为反对袁世凯称帝，得到了一众北洋都督的支持，现在成为最重要的一支力量，打算再造共和，而黎元洪也有着拒绝接受亲王封号的功劳，还是副总统，也成了重要的力量。

## 6. 复辟舞台的搭建

黎元洪和段祺瑞坐在了一起，开始讨论该如何继续管理这个国家的问题。两人要讨论的第一个问题，就是到底该采用哪部宪法。最后，两个人都同意用孙先生后来起草的那部《临时约法》，但两个人的理由却是不同的。

黎元洪是要继续当大总统的，因为他是袁世凯的副总统，按照法理，如果大总统死了，副总统要继任的。但在袁世凯自己搞的那部宪法里，有关副总统的继任是这么规定的——副总统只能继任33天，33天后要进行全国大选，重新选举总统；而在《临时约法》里，孙先生规定，如果总统死了，副总统继任，并且一直继任到下一届国会开会，再选举新的总统。所以，身为副总统的黎元洪当然希望能采用孙先生的《临时约法》了，这样他就能多当几年总统，虽然《民国约法》中的总统权力更大，但毕竟只能当33天。

段祺瑞也想要采用《临时约法》，因为《临时约法》就是为了限制袁世凯而制定的宪法，它规定了责任内阁的权力很大。袁世凯死后，总统的位置固然是要归黎元洪的，但总理的位置就非段祺瑞莫属了，其实早在袁世凯还在位的时候，段祺瑞就已经当过总理了，只是因为后来袁世凯要称帝，段祺瑞跑了。

总之，在宪法的采用问题上，黎元洪和段祺瑞一拍即合，采用了《临时约法》，不过，《临时约法》虽然对两人都有利，但也埋下了府院之争的祸根，因为它毕竟没有写清楚总统跟责任内阁的权力和权限，新的大总统黎元洪和总理段祺瑞只能摸着石头过河，小心翼翼地试探着对方。没想到这两个人相互摸索和合作得还不错。因为段祺瑞是个很聪明的人，他亲眼看到他大哥袁世凯因为不想办共和而违背了民意，最后众叛亲离一命呜呼，段祺瑞绝不能让自己重蹈袁世凯的覆辙，所以他觉得自己应该表现得更尊重人民的意愿，而且段祺瑞也很想名留千古，于是他提出了再造共和，黎元洪也没什么意见。于是，民初国会重新开张了，议员也都回到了北京，开始选举。

重新开张的民初国会选举，其实就是由段祺瑞的责任内阁负责提名，黎元洪负责盖章，看起来有点像法国的二元制政府，责任内阁的权力虽然很大，但因为章在总统手里，所以总统还是有点权力的。对于责任内阁的提议，黎元洪基本上都能同意一半，或者一大半，然后他也发言几句，体现一下自己的存在感，如果责任内阁提名的都是北洋系的人，黎元洪就会说，不行，我也得提名几个革命党的人，因为我们得跟南方保持团结，否则在南方的孙先生不会同意的。对于黎元洪的意见，段祺瑞也都表示同意，因为段祺瑞觉得，可能人家先进的西方国家也是这么玩的，大家各退一步，各自做一点妥协，提名一些国民党人，再提名一些革命党人，让各方势力都维系平衡。

值得一提的是，黎元洪和段祺瑞虽然在大问题上合作得非常不错，表现得都非常大度，却在一件小事上发生了一次争执，而且还闹得不可开交。

段祺瑞手下有一个特别亲信的幕僚，名叫徐树铮，徐树铮是一个极其傲慢的人，他只相信枪杆子的力量，对于共和相当不屑。段祺瑞本人当然是极力想要办共和的，但他手下的人不一定都能理解共和，而且段祺瑞确实离不开徐树铮，大事小情都得问问徐树铮的意见。后来，段祺瑞想任命徐树铮，按照程序，需要黎元洪来盖章，没想到黎元洪死活不肯盖章，因为徐树铮曾经在公开场合辱骂过黎元洪。黎元洪虽然一直小心地维系着和段祺瑞的关系，但在徐树铮这件事上，却史无前例地摆出了强硬的姿态。段祺瑞也很坚持，因为徐树铮是他手下最重要的幕僚。就这样，两个人各持己见，谁也不愿意妥协，一时间陷入了骑虎难下的境地。

　　后来是如何解决徐树铮这个烫手山芋的呢？说来也巧。因为徐树铮这个人实在是太傲慢了，他连大总统黎元洪都敢骂，更别提国会里的其他人了。就在黎元洪和段祺瑞闹得不可开交的时候，徐树铮居然又跟国民党的内务部长打起来了，因为徐树铮老是在国务院里指手画脚，导致国民党的内务部长无法忍受了，站起来对他说，你还不是国务委员呢，充其量也就是总理的秘书，国务院的事情由我们这些国务委员来管理，你给我闭嘴。徐树铮哪儿受得了这个气，两个人当场就掐起来了，闹到有他没我、有我没他的地步。最后段祺瑞没办法，只好去找黎元洪说，反正我也受不了你们家这位内务部长，你也受不了徐树铮，咱们府院之间也不能老这么闹下去，不然这样吧，还是各自退让一步，让他们两个人全都辞职吧。最后，府院还是各退一步，打了个平手。

　　类似的事情在今天的民主国家里也时有发生，执政党和在野党之间，或是执政党和国会之间，经常要做双方的妥协，这是办共和的过程中经常会发生的事，其实没有什么大不了的，因为府院双方都想继续彼此合作，把共和办下去。但接下来就发生了一件真正的大事——第一次世界大战。

　　其实"一战"早就爆发了，日本也早已经占据了青岛，但那都跟我们没什么太大的关系，我们只不过就是在一旁看着列强相互打架而已，因为人家没有来欺负我们，我们也不敢得罪列强，更何况战局也非常不明朗，看不出来谁会输谁能赢。说起来，第一次世界大战一直打到最后半年，都看不出输赢。"一战"是一次极其奇怪的战争，它爆发的时候没有人看得出来，它结束的时候也没有人看得出来，所以大家都没把"一战"当回事，更没有人想到要去参战。

结果到了1917年的时候，美国突然参战了。美国人爱热闹，它一参战，就想拉着大家都去参战，于是美国跑来跟段祺瑞说，你们中国来参战吧，如果你们参战，美国就可以给你们好处，比如取消"庚子赔款"，放弃治外法权，修改海关税则，提高进口关税。段祺瑞一想，外争国权，内修内政，这不是天大的双重好事吗？第一，中国去宣战，美国就不管我们要"庚子赔款"的钱了，治外法权也不要了。第二，还有一件隐秘的好事，那就是日本把青岛给占领了，法理依据是日本向德国宣战了，日本跟德国处于战争状态了，所以原本归德国占据的青岛就归日本了，可德国根据什么法理拥有的青岛呢？那就是我们跟德国签的条约，把青岛租借给了德国。那么，如果我们向德国宣战的话，我们和德国签订过的一切条约就都作废了，青岛也就不是德国的了，日本接收青岛也就不合法理了。

这么看来，宣战对我们来说是有百利而无一害的。于是段祺瑞就找到黎元洪说，咱们加入协约国，向德奥宣战吧。黎元洪当场大惊失色，坚决不同意宣战，因为中国当时所有的陆军，尤其是从小站练兵训练出来的北洋军队，都是在德国军官的指导下成长起来的，连装备都是德国的毛瑟枪和克虏伯炮，可以说，中国的北洋军就是德国人训练出来的军队，他们对于德国和普鲁士军人有着无限的崇拜，他们都相信德国绝对输不了。所以黎元洪坚决不同意向德国宣战，在黎元洪的鼓动下，国会也反对宣战，一大堆的知识分子也不同意宣战，比如梁启超等，大家都说，如果段祺瑞向德国宣战，中国肯定会亡国。

各省的督军也都开始鼓噪起来，反对宣战，但督军的想法和知识分子又有所不同。段祺瑞虽然是北洋系的大佬，但他长期身居高位，已经不直接带兵了，手上其实一个兵也没有，兵都在各省的督军手上，而且每一名督军还都兼着至少一个师的师长，所以督军们觉得，段祺瑞口口声声要宣战，但他手上却没有兵，一旦宣战了，那不就得让督军们去打仗吗？难道要让这些由德国军官亲手训练出来的军队，去欧洲战场上和德国人打吗？这事绝对不行。

于是，段祺瑞就在北京召开了一个督军大会，把各省的督军都召集来，跟大家说了一件很机密的事情，那就是日本许给段祺瑞的好处。日本当然是很早就向德国宣战了，而且也在战争中损失巨大，不过现在美国也参战了，整个战局由美国来带头了。日本本来是不希望中国宣战的，因为宣战是有红利的，日本想要独吞亚洲的宣战利益，结果现在美国一直鼓动中国宣战，日本也就听从美国的意见，希望中国参战，而且日本给中国开出的条件比美国的还好，美国只承诺取消"庚子赔款"和放弃治外法权等，日本则直接提出，如果中国参战，日本就帮中国训练参战军队，还无偿给中国提供贷款和武器。段祺瑞还进一步向各省的督军承诺，一旦宣战，他不光提供军饷和武器，还给每个省扩充一个师的兵力。

既给钱，还给武器，又帮忙练兵，还给扩充兵力，在这么大的好处的诱惑下，各省的督军顿时不再反对宣战了，他们回到各省，纷纷向全国发表通电，支持宣战，民国时代是一个通电政治的时代，大家有事没事都爱用通电来表明自己的立场。督军们这一通电，府院之争也就越发地僵持不下了。其实早在这之前，黎元洪就已经被迫让了步，跟德国断交了，但断交归断交，直接向德国宣战就是另一回事了。宣战是总统的特权，只要总统不开口，宣战就不合法理，美国的宪法也是这么规定的，只有总统才有权力代表国家对外宣战。总之，黎元洪坚持不肯宣战，段祺瑞说你不宣战拉倒，我直接越过你，由国会来代表国家宣战，而且国会已经被说服得差不多了，再加上我们的《临时约法》里，对宣战权力这件事写得也不是很清楚，可以钻这个空子。

如果国会单方面向德国宣了战，总统也就没法阻拦了，没想到这个时候段祺瑞的手下办坏了一件事。后来日本人侵华的时候，段祺瑞宁可到天津去当寓公，也不肯向日本人妥协，日本人想让他组成华北汉奸政府，他就跑到上海去。可就是这么有道德的一个人，却不懂文明。有道德没文明，这也是几乎所有北洋军头的最大特点，段祺瑞手下的人也跟他一样，基本上是些大老粗，根本不懂得"文明"二字对议会的重要性，要搞定议会，让议会同意宣战，不能靠耍流氓和蛮力，而应该去耐心游说。

结果到了议会要投票决定是否宣战的那一天，段祺瑞手下又把袁世凯称帝那一套伎俩拿出来了，搞了好多公民请愿团，来表达渴望宣战的心情。段祺瑞还不知道这是自己手下的人组织的，他还挺高兴，以为真的有公民请愿团来支持自己。要知道，这些所谓的"请愿团"，其实就是花钱买来的便衣警察、地痞和流氓，这些人一时没控制住，就把前去维持秩序的国会议员给打了，而且还冲进了国会，闹得一塌糊涂，导致国会的议员们震怒，他们本来已经差不多接受了宣战的提议，这回坚决反对宣战了，段祺瑞又没有袁世凯那么强势，不敢把国会议员囚禁起来强迫他们支持自己。最后，段祺瑞弄巧成拙，碰了一鼻子灰，不仅没能得到国会的支持，反倒因为组织地痞和流氓殴打国会议员，而被黎元洪抓到了小辫子。

府院之争达到了高潮，段祺瑞和黎元洪之间的合作彻底破裂，两人形同水火。黎元洪以大总统的身份下令，解除了段祺瑞的总理职务，段祺瑞一怒之下跑回了天津，也发了一个通电，表示总统若要按照《临时约法》来解除他的总理职务，需要有总理的副署的签字，因为段祺瑞没有副署，所以黎元洪没有资格解除他的总理职务，是非法操作。段祺瑞这边的通电一发出来，国务委员们立即纷纷辞职，结果导致整个内阁里一个国务委员都没有了，黎元洪成了光杆总统，赶紧拉着国会一起呼吁全国团结，等等。

直到这个时候黎元洪才意识到段祺瑞的厉害。段祺瑞和黎元洪一样，手底下并没有兵，但段祺瑞毕竟是北洋系的一把手，全国有11个省的督军都是北洋军头，段祺瑞一声令下，这11个省立马都宣布独立了。这可比孙中山先生的二次革命厉害多了，二次革命的时候，是由四位国民党的督军宣布独立，这回居然有11个之多，而且这些省不光是独立，还在天津成立了总参谋部，直接出兵了，打先锋的就是张勋的拜把子兄弟倪嗣冲，倪嗣冲从安徽发兵，部队很快就到了天津。

事情发展到这一步，黎元洪是彻底傻了，情急之下，他想出了一个下下策——电召张勋率部进京调停。

## 7. 复辟闹剧

接到黎元洪的电报，张勋也吓了一跳，像张勋这样的小人物，居然在这样关键的时刻被大总统想起来了，这幸福来得也太突然了。当时张勋手底下的兵，全部加起来也就6000多人，而段祺瑞手下有11个省的督军，每个督军手里都有至少一两个师。黎元洪在这个时候把张勋拉上了历史的舞台，虽然是被逼无奈，但也并非病急乱投医，因为张勋的人缘确实是挺好的。之前讲张勋的生平的时候提到过，他是个豪爽、仗义、忠诚又极富道德的人，大家都很喜欢张勋。

张勋的忠诚，体现在他坚持不剪辫子，吸引了很多对清朝不死心的遗老遗少的拥戴。张勋的豪爽,体现在他出手大方,既给家乡出资盖房子,又资助江西的大学生进京读书,而且只要是张勋老家奉新县的人,只要是手头拮据了,就可以到徐州去管张勋要钱。每到逢年过节的时候,开往徐州的火车上,恨不得有半火车的人都来自奉新县,这些人全都是去管张勋要钱回家过年的,而且到了徐州之后,衣食住行全部由张勋招待,张勋不仅请大家吃喝,还把北京城最好的戏班子和大师都请到徐州来表演,杨小楼、梅兰芳都受到过张勋的邀请。

所以北洋的这十几个省的军头,都很喜欢去徐州开会,因为他们只要到了徐州,就能受到张勋的盛情款待,每次的招待开销都高达几万两银子。军头们受到了张勋的热情招待,自然也感受得到张勋为人的仗义,所以大家都管张勋叫老大哥。老大哥张勋和这些军头把酒言欢的时候,也不忘了跟大家聊聊自己的抱负。张勋觉得现在这个民国办得不好,共和也办得不好,世风日下,道德沦丧,三纲五常都没有了,这都是因为中国没有皇帝造成的,我们中华民族早已经习惯了有皇帝,习惯了皇权之下的忠孝礼义,如今没了皇帝,大家都乱来,国会根本不干正事,每天都在吵架,不好好管理国家,只知道搞府院之争,再这么下去,中国就完了,只有复辟才能救中国。

关于复辟这件事,张勋还举了很多有意思的例子,他跟那些北洋的军头说,你们看,有皇帝的时候,老百姓虽然也有一些不如意的事情,可是也有上百年的好日子,也有过几十年的中兴期,现在办了六年的共和,却把中国办得民不聊生。北洋的那些军头在酒酣耳热的情况下,很自然地就被张勋牵着走了,一个个醉醺醺地说,老大哥说得对,我们都愿意听老大哥的指挥。这期间还有一个悬案,据张勋自己说,他有一条黄绸子,有13个省的督军在这条黄绸子上签了字,共同推举张勋当盟主,不过至今为止也没有人见过这条黄绸子。不管这条黄绸子是不是真的存在,各省的军头确实是在徐州先后开过三四次会,而且这会的规模也越开越大,一开始是

7个省的军头来参加，后来增加到13个省，连徐树铮都代表段祺瑞来列席会议了，因为段祺瑞也很好奇，这些军头都跑到徐州来干吗。

张勋还问徐树铮，对于自己想要复辟这件事，段祺瑞总理是什么态度，徐树铮未置可否。徐树铮虽然很傲慢，却是个很聪明的人，他凡事都能想到三四步以后，甚至比段祺瑞更聪明。其实徐树铮就是到徐州来给张勋下套的，他心说，张勋你最好去复辟，只要你一复辟，我们就来打倒你，这样我们就是三造共和的功臣了，谁还能跟我们比？所以，徐树铮对于张勋复辟的想法，给予了一种很暧昧的态度，有时候鼓励两句，有时候并不表态，给张勋造成一种默许他复辟的错觉。而就在这个时候，又有一个人来到了徐州，这个人就是田中义一。著名的"田中奏折"也是历史上的一大悬案，"田中奏折"的主要内容就是如何解决满蒙和灭亡中国。然而到现在为止，关于历史上到底有没有这么一个奏折，却始终是个谜。我看过好几个和"田中奏折"有关的剧本，但在真实的历史上，好像并没有人亲眼见证过这本奏折的存在。

总之，不管"田中奏折"是否真的存在，田中义一这位日本的高级将领来到了中国，并且跑到了徐州。田中义一的到来也给了张勋一个错误的感觉，那就是日本也是支持他复辟的，于是张勋的复辟之心就更强烈了。而且这个时候张勋整个人都已经飘飘然起来了，在他看来，徐树铮也默许他复辟，日本也支持他复辟，尤其是德国，更是强烈希望张勋赶紧复辟。因为当时德国已经陷在"一战"的泥沼中，它巴不得张勋在中国折腾起来，让中国没有精力去向德国宣战。虽然中国的军队实力不强，但架不住中国人多，一旦中国参战，就算派20万民工去前线挖战壕，也会给德国军队带来巨大的压力。所以德国特意派了人来找张勋，极力撺掇他复辟，还许诺给张勋600万的现大洋和1000多万的债券票据等好处。

张勋喜出望外，复辟是他一直的夙愿，结果现在不仅国内外都有人支持他，甚至还有人给他钱，全国人民看起来也都对共和十分不满意，似乎全世界都在呼吁他张勋赶紧复辟，张勋简直有种众望所归的感觉。这个时候，天降一封公开的电报，黎元洪邀请13省盟主张勋率兵去北京调停。

其实那13个省的军头管张勋叫一声老大哥，完全就是在逗张勋玩，但是张勋自己很在意这个称呼，到处去宣扬自己是13省督军的盟主。他有什么资格给13个省的督军当盟主？人家每一个督军都坐拥一个省，他张勋手底下只有一个徐州，外加一个连云港。但张勋此时已经被复辟的野心冲昏了头脑，偏巧黎元洪也没搞清楚状况。黎元洪一看11个省都宣布独立了，还发兵了，只有号称"13省督军盟主"的张勋没表态，再加上张勋本身又是北洋军里年纪最大的、最德高望重的老大哥，所以黎元洪向张勋发出了公开邀请的通电。

张勋接到黎元洪的电报，不禁大喜过望，顿时有一种挽救国家的使命感，当即率领"辫子军"出师，从徐州出发前往北京，不过张勋此行带的不是"辫子军"的主力，而只是一部分人马，有人说有3000人，也有人说有2000人，还有人说有6000人，总之具体人数不详。张勋临走的时候，把他手下最亲信的将领张文生叫到身边，叮嘱道，我先去北京看看情况，你留在徐州见机行事，如果我觉得可以复辟，就给你发一封电报，电报的内容就说"请送四十盆花到北京来"，你就立即派四十营的主力到北京，支持我复辟。四十个营听起来人挺多，其实一个营也就几百人而已。

张文生是张勋手下唯一的大将，是马夫出身，本身没有什么才干，不过张勋本身也就草莽行伍出身，也没在军校接受过系统的教育，行伍的人最器重的人也只能是行伍的，张文生是张勋一手提拔起来的，忠心耿耿。于是，张勋放心地出发了，一到北京，张勋就听说张作霖也支持他复辟，那就说明他得到了整个中国东北的支持。说了这么多人"支持"张勋复辟，其实只有张作霖的是真心的，因为张作霖是土匪出身，也属于有道德没文明、满肚子都是忠孝节义的人，而且他觉得自己深受清朝的恩惠，对清朝有很深的感情，更重要的一点是，张作霖和张勋还是亲家。

张作霖和张勋结为亲家这件事非常有意思。张作霖一直认为自己是北洋系的人，但论起身份，他只能算是北洋系的非嫡系的非嫡系，比非嫡系的张勋地位还低。张勋虽然不是北洋的军校出身，但他好歹从小站时期开始就在北洋系统当营长了，而张作霖只是个被北洋军收编了的胡子。张作霖对北洋系内部的情况并不是很了解，他只是听到江湖上的传闻，得知张勋号称"北洋十三省"的督军盟主，是北洋系的老大哥，所以张作霖就想要巴结张勋，主动把自己女儿的照片全都拿给张勋，让张勋挑选一个。张勋也不客气，还真挑了一个，而且还挑了一个只有六岁还是八岁的女儿，许配给了自己的大儿子。这是1917年结成的姻亲，张勋1923年就死了，1928年张作霖也被日本人炸死了。所以等到张勋的大儿子和张作霖的女儿成年完婚的时候，张勋和张作霖都已经死了。政治上的联姻向来不会考虑定亲双方的年龄。黎元洪当年刚到北京的时候，袁世凯也极力想要跟他结为亲家，当时袁世凯的女儿才八岁，定完亲之后要过很多年之后才能出嫁。

总之，张勋去北京的一路上，不断感受到全国人民对自己的支持，还有亲家张作霖的撑腰。不过，张勋进北京之前，先到天津见了一下段祺瑞，打听一下，如果自己复辟，段祺瑞会是什么态度。段祺瑞跟徐树铮不一样，段祺瑞是个很直来直去的人，他懒得跟张勋绕弯子，直接说，你要让我表态，我就告诉你，如果你敢复辟，我是肯定会打你的。可惜到了这个时候，张勋已经听不进去劝告了，他虽然没当面反驳段祺瑞，但心里肯定暗暗在想，我还不了解你段祺瑞？你这个人常年信佛吃素，而实际上就是个沽名钓誉的人，你也就是跟我一逞口舌之快，你才不会真的来打我呢，况且你段祺瑞手里也没有兵，连一个连的力量都没有，拿什么打我啊？我好歹还有好几千的"辫子军"，以及十几个省的督军兄弟的支持。

所以，张勋根本没把段祺瑞的话放在心上，他在天津就给北京的黎元洪打了一封电报，控诉民国的种种不好，办共和的种种不好，这一切不好都是因为国会太讨厌了，如果想让我张勋进京调停，第一件事，必须先把国会给我解散了。收到张勋的这封电报，黎元洪完全傻眼了，黎元洪之所以敢免除段祺瑞的总理职务，就是因为有国会的支持，现在他想要请张勋来调停，张勋居然让他解散国会，这不是断了黎元洪的后路吗？而且此时张勋的人和军队都已经到天津了，让他半路返回徐州也不可能了，这真是请神容易送神难。于是，黎元洪跟张勋说，你能不能自己一个人先到北京来，咱们俩商量商量，你的军队暂时就留在天津。张勋当然不同意，他跟黎元洪说，我的军队你不用管，我也不去北京，你赶紧先把国会解散了，否则一切免谈。

张勋的军队就停驻在天津，兵临北京城，黎元洪被逼得走投无路，只好郁闷地着手解散国会。关于解散国会的流程，《临时约法》上还真写了，总统有权解散国会，但是需要国务院总理来副署签字，如今段祺瑞不在北京，黎元洪打算再任命一个总理来做这件事，但是该任命谁呢？现在北洋军正如狼似虎地盯着北京的动静，黎元洪手底下一个兵也没有，在这种情况下，还是得找一个北洋军的长辈来当总理，才能压得住局面。想来想去，黎元洪想到了一个人，那就是李鸿章的侄子李经羲。北洋系就是李鸿章创办的，如今让李鸿章的侄子来坐镇，绝对可以服众，而且李经羲自身也很厉害，他在前清的时候坐上过云贵总督的高位，算是个前清遗老。于是黎元洪给李经羲发电报说，你来北京当总理吧！

李经羲接到消息后特别高兴，立马动身前往北京，可当他抵达了天津的时候，终于意识到形势不对，原来黎元洪抛给他的这个"橄榄枝"有诈，他这个时候去北京当总理，上任后第一件要干的事就是签字解散国会，国会都没了，总理还有什么存在的意义？所以李经羲果断地决定不去北京了，先待在天津观望形势。李经羲不肯来北京就任总理，黎元洪只好另寻他人，黎元洪找到的第二个人选是伍廷芳，黎元洪希望伍廷芳来出任总理。在段祺瑞被免职了之后，伍廷芳一直在担任临时代总理的职位，由他来出任总理也是顺理成章的事情。黎元洪还承诺，只要伍廷芳出任总理，他就让伍廷芳的儿子当财政部长，没想到伍廷芳也坚决拒绝，因为伍廷芳是革命元老，坚决不能接受国会解散，更别提副署签字了，于是，伍廷芳干脆直接辞职了。

没办法，黎元洪只能继续找人，还能找谁呢？北洋系最大的元老徐世昌。黎元洪卑躬屈膝地央求徐世昌，你来当总理吧，咱俩一起签字把国会解散了。徐世昌比李经羲和伍廷芳还生硬，他压根就不搭理黎元洪。黎元洪急得像热锅上的蚂蚁，最后想到了江朝宗。虽然这个总理实际上的职业生涯只有一天，工作内容也只有一个，那就是签字解散国会，稍微有点脑子的人都不会接这个苦差事，但江朝宗却喜出望外，因为江朝宗只是一个小提督，他做梦也想不到自己这辈子还能当总理，这简直是光宗耀祖的事啊，所以江朝宗欣然出任了中华民国的总理一职，上任后大笔一挥签了个字，国会被强行解散了。最搞笑的是，江朝宗的儿子还无比得意地到处说，我爸爸是中华民国的总理，居然还真有不懂历史的人吃这套，觉得江朝宗真厉害。

国会解散了之后，张勋就带着同在天津的李经羲到了北京，去北京之前，张勋还跟人说，李经羲是我们淮军的大佬、北洋的创始人李鸿章的侄子，我把他带到北京去当中华民国的总理，至于我张勋能当上什么官，我不在乎，他们随便封都可以。其实张勋心里的真正想法是，不管他们封我当什么官都没用了，因为我马上就要复辟了。

1917年6月14日，张勋到了北京之后，马不停蹄地独揽各种大权，通电密谋，网络党羽，忙得不亦乐乎。忙归忙，张勋的个人娱乐也没耽误，到了6月30日的晚上，张勋到江西会馆看戏。张勋的人缘是极好的，跟梅兰芳和谭鑫培的关系都非常好，这些名角每次来给张勋唱戏，张勋都出手阔绰，至少给600大洋的包银。大家应该知道，梅兰芳到了戏剧生涯最高潮的时候，唱一场戏也就800大洋。6月30日晚上的戏，原本定的是梅兰芳来唱大轴，但张勋却突然说，今天晚上让梅兰芳来唱压轴，压轴就是大轴之前的一场戏，也就是倒数第二场戏。对此张勋的解释是，他今天晚上有急事要先走，但他很想听梅先生唱一出，所以要把梅先生的戏提到前面来。

关于梅兰芳这次的大轴戏，民国时期的报纸上刊载了各种各样的小段子，当然大部分都是道听途说的演绎，目的就是挤对复辟失败的张勋，但其中有一个小段子，我觉得颇为耐人寻味。这则小段子里写到，在听梅兰芳唱大轴戏的时候，张勋坐在台下对李经羲说，我决定今天晚上就复辟，听完这场戏你就跟我进宫去。李经羲当场拒绝了张勋，他说，我是民国总理，怎么能冒天下之大不韪？要复辟你自己去吧，我不去。张勋生气地对李经羲说，不行，你必须得跟我去。李经羲推托道，我随身没有官服和官帽，去不了。张勋说，没关系，我有，咱俩分着穿，我头上的冠分给你戴。不过，张勋虽然强行拉上了李经羲，但走到半路的时候，李经羲还是趁机跑了，所以复辟这件事，李经羲最后没有背任何责任。

就这样，张勋带着王士珍和江朝宗等人，连夜闯进了北京的皇宫，对年仅十来岁的溥仪说，我们复辟了，皇帝您赶紧出来吧。溥仪事先就已经听说这件事了，但他觉得这事太不靠谱了，甚至连溥仪身边的几个太妃都不相信复辟能成功。张勋拍着胸脯说，放心，一切都包在我老张身上，不论是外国人还是中国人，我都已经沟通好了，走吧，咱们这就复辟去！于是，张勋这伙人直接把小皇帝弄上了大轿子，抬到了朝堂上。随后，张勋等人连发了八九道上谕，做了很多不可思议的事，最夸张的是张勋还想让全国人民重新留辫子，最后连溥仪和几个太妃都急了，提醒张勋说，你忘了吗？早在清朝还没有灭亡的时候，我们就下过诏书，允许老百姓剪辫子了。

所以，重新留辫子这件事只好不了了之了，这毕竟还不算是大事，等到开始封官的时候，张勋就不断闹出更大的笑话了。

## 8. 讨逆之战

以当时张勋的实力和社会地位，以及他的威望，如果要封赏的话，他估计连前二十位都排不进去，因为各省的督军和大佬都能排到张勋前头。

就算张勋复辟有功，也得采取点怀柔政策。就像辛亥革命时黎元洪那样，在武昌给各省发电报、汇钱、封官，不管是复辟还是革命，收买人心才是最重要的事。就连袁世凯称帝的时候，都知道给所有人封官，这个封为亲王，那个封为公，张勋自己也曾被袁世凯封了一个公的爵位。张勋没有什么文化，历史上的经验和教训他不知道就算了，黎元洪和袁世凯的例子都摆在他眼前，他居然什么也没学会，把小皇帝溥仪抬上朝堂后，张勋立马封自己为首席辅政大臣，他眼睛里根本就装不下别人了，除了皇帝之外，他张勋就是最大的了，然后，他又迫不及待地封自己为直隶总督兼北洋大臣。这个职位对于张勋的意义太大了，因为他心中最大的偶像李鸿章就是直隶总督兼北洋大臣，袁世凯也是，现在，终于轮到张勋自己也坐上这个位置了。

封完了自己，张勋才开始封别人。手握重兵的直隶督军曹锟，被张勋封为直隶巡抚，直隶从来就没有过巡抚，如果直隶有巡抚的话，那这个巡抚其实就是直隶总督兼北洋大臣，现在直隶总督兼北洋大臣是张勋，所以曹锟这个直隶巡抚就是个徒有虚名的摆设。曹锟是什么人？是北洋的悍将，听说了张勋要复辟的消息后，曹锟二话不说就带着自己的精锐部队来支持张勋。虽然全国的知识分子都跳出来骂张勋，但各省督军都没有表态，大家都坐拥着自己的地盘，持观望的态度，等到张勋复辟完成了，全国至少有六七个省的政府，都自觉地把象征复辟的龙旗挂了出来，表达对复辟的支持。

北京城的老百姓是最高兴的，到处都挂起了龙旗，城内的龙旗都卖脱销了，最后干脆挂起了纸做的龙旗。其实老百姓对复辟这件事也说不上有多支持，但老百姓就是喜欢看热闹，大家一边挂龙旗一边起哄，高呼皇帝万岁。前门外头的瑞蚨祥里，清朝的官服和帽子原本就卖20块钱一套，结果复辟之后，所有的清朝官服一夜间涨价，一套卖到150块或200块。老百姓都穿上清朝的衣服，非常兴奋。

在这样表面上一片大好的局势下，如果张勋能够稳住阵脚，积极收买人心，大方地分封授爵，其实复辟这件事也不是完全行不通的。只要张勋马上把被解散的国会重新召集起来，跟大家说，我不是要复辟清朝，也不是要重新把所有人都变成奴才，我只是觉得共和在中国行不通，所以我要办君主立宪，他立马就能得到国会的支持。但张勋哪儿懂得这些，他就是个大老粗，他脑袋里装的都是极其落后腐朽的那一套，恨不得比慈禧太后晚年的那些政策还要倒退。

政策和思想落后也就算了，最可笑的就是封官这件事，中国历朝历代的统治者，包括黎元洪和袁世凯都知道封官的重要性，偏偏张勋就是没学会。曹锟这么骁勇彪悍的人物，被张勋封了一个虚位，曹锟当场震怒，什么意思？你张勋当直隶总督兼北洋大臣，我曹锟当你的下属也就算了，还是个摆设一般的下属。不光曹锟震怒，全国各地被封为巡抚的督军全都震怒了，大家挂出龙旗支持复辟，家里都准备好了顶戴花翎，就等着张勋来封官授爵呢，比如湖北的督军，就等着张勋封自己为湖广总督，结果就得了个湖北巡抚的虚职，这哪里是封官，简直就是公然的侮辱。

南京那儿的冯国璋也大怒，连张勋的亲家张作霖都傻眼了。张作霖一开始还挺高兴的，心说自己的亲家得势了，东三省的总督肯定就是自己的囊中之物了，结果张勋封张作霖为奉天巡抚。奉天本来就是张作霖的，这还用张勋来封吗？历朝历代的开国大封，如果不给每个人官升两级，谁愿意改弦更张地跟着你干？这么简单的道理，张勋难道不懂吗？张勋虽然是个奇葩，但他既然能跳上历史的舞台，肯定不会完全是个草包。他当然知道封赏的重要性，但他就是舍不得分权，他熬了这么大一把年纪才有了今天的成绩，对于自己的地位无比珍惜，他要当北洋大臣兼直隶总督，其他人绝对不能跟他平起平坐，只能当小小的巡抚，否则他就觉得不爽。

不光如此，张勋本身没什么文化，起草诏书这种事他干不了，于是那些之前跑到徐州去投奔张勋的前清遗老遗少，全都拖着小辫子跟到北京来了，帮张勋起草这种诏书和上谕。小皇帝溥仪也听话，让他写什么他就写什么，那些遗老遗少全都是些脑筋守旧到极致的老顽固，他们极力游说张勋，汉人只当巡抚就行了，要封大官，咱们得把恭亲王和肃亲王请回来，还有溥仪的父亲也在世呢，太上皇也得请回来。在这些遗老遗少的鼓捣下，复辟被搞得乌烟瘴气，一塌糊涂。所有的汉人军头都震怒到极点，这复的是什么辟？大家把龙旗都挂出来了，结果一没钱，二没权，连官位也只给到形同虚设的巡抚。这还不如洪宪复辟呢，袁世凯封给大家的好歹还都是实官。总之，张勋的好人缘一扫而空，各省的军头全都翻脸了，没有人愿意继续跟着张勋了。

看到复辟复成这个样子，段祺瑞拍手叫好，立即开始行动起来。段祺瑞手里虽然没有一兵一卒，但他还有威望在，他在天津一召唤，立即有一大堆人跑到天津来投奔他，比如梁启超和林长民等重量级的人物。梁启超当过民国的司法总长和财政总长，林长民也当过司法部长。这些人彼此之间原本并没有什么关系，正是因为张勋的复辟，才让他们自动站成了一队，组成了"研究系"，"研究系"围绕和团结在段祺瑞周围，开始商量对策。

段祺瑞主动地表明自己的想法,他说,我只要能凑到160万块钱,就能誓师对抗张勋。

大家积极地给段祺瑞出谋划策,其实凑齐160万块钱并不难,只要我们向德国宣战,日本立马就能借钱给我们。于是,天津的日本银行和商社等,迅速为段祺瑞凑齐了160万块钱。段祺瑞拿着钱出山的消息一传出,京津一带的好几个师马上就投靠过来了,比如曹锟的第六师,李长泰的第八师,段祺瑞出钱,这些被张勋气炸了的人立马行动,发动了马厂誓师,所有督军一起发出通电,摘下龙旗,反对复辟,支持共和。张勋吓坏了,他没想到自己亲自封的"巡抚们"会背叛自己,更没想到日本也欺骗了自己,去支持了段祺瑞,甚至日本还发了一个声明,痛斥张勋复辟。一夜间,张勋众叛亲离,连他在京城的第十二师和第十三师也收了段祺瑞的钱,叛变了。

一向豪爽的张勋,连请人唱戏都一掷千金的张勋,在这个时候居然彻底没辙了,他手下的师,只要一出城去讨伐马厂誓师,就全被段祺瑞收买了。最搞笑的就是第八师的李长泰,李长泰的岁数比较大,又怕老婆,段祺瑞要收买他,他还挺谨慎,表示想要跟段祺瑞聊一聊。段祺瑞就跑到了第八师的师部,结果李长泰居然不敢见段祺瑞,最后是他老婆出面来和段祺瑞谈。他老婆特别厉害,直言不讳地对段祺瑞说,老段啊,我们家老李的为人你也知道,他不会争什么官位,所以熬到这把岁数才混上了师长,如果我们现在跟了你,事成之后,你是不是应该封个九门提督给我们家老李?

段祺瑞比张勋大方多了,当场就跟李长泰的老婆拍板说,没问题,九门提督就归李长泰了。九门提督是晚清时的称号,其实就是北京卫戍司令,段祺瑞心想,李长泰不就是想要个官吗?多大点事,不管是要钱还是要官,段祺瑞都给得起,因为段祺瑞知道该怎么玩政治游戏。而张勋不会玩,张勋四面楚歌,居然还挺硬气,不愿意逃跑,要死守所谓的忠孝节义,跟段祺瑞战斗到底。于是,张勋就率领着"辫子军"开打了。

张勋复辟已经闹出了很多的笑话,这一开打就更可笑了。其实从挂五色旗时代的中华民国开始,我们就压根没打过什么特别血腥的内战。大家别看各种内战的名目很多,什么讨逆、护国、护法、二次革命、直皖战争、第一次直奉战争、第二次直奉战争等,实际上每场战斗都打不死多少人。为什么呢?因为北洋军头都是"有道德没文明"的人,他们虽然不懂文明,但道德感都是极强的,大家打归打,但不能打到老死不相往来的地步,毕竟大家都是从小站练兵出来的,何必打得你死我活呢?所以这些北洋军头之间打的战斗,基本上就是双方一起朝天放枪。

当然,除了道德因素之外,我们的军事实力确实也不够好,不光内战打得不激烈,对外的战争也打得很敷衍,英法联军来了也是一样,一场战役就打死了7个英军。我们打的最大的一场战役,就是英法联军进攻北京时发生的八里桥战役,僧格林沁率领最精锐的蒙古骑兵冲锋在前,一通乱打,结果才打死了12个英法联军。八里桥战役在法国也非常有名,因为法军统帅回到法国以后,被拿破仑三世封为八里桥伯爵。总之,从晚清开始,我们的军队的战斗力就是这样,甭管打多大的战役,都打不死几个人。到了张勋跟段祺瑞开打的时候,军事实力差只是一个方面,更重要的一点是,段祺瑞完全没有要跟张勋死磕的想法。

段祺瑞对手下的军队下令说,如果"辫子军"投降,大家就不要打了,而且一定要保护好张勋的家眷,毕竟大家都是北洋的袍泽,不要闹到不可开交的地步。所以这场战斗,双方就是朝天放枪。当时的美国驻中国公使芮恩施在回忆录里详细地记录了这场"战斗",从早上开始,机枪、步枪和大炮的声音就像雨点一样,一整天下来,芮恩施估计至少发射了五千万发子弹,密集的枪炮全都朝着天上打。这么密集的炮弹,也不能完全盲目地朝天打,还是有一个大致的目标的。目标是什么呢?就是张勋在南河沿的一座宅子。

张勋的这座宅子跟讨逆军的阵地之间隔了一堵大概两米厚的墙,滑稽的是，轰炸了一整天，这堵墙上都没留下几个弹孔，因为密集的炮弹全都瞄准了宅子的上空，莫里斯在回忆录里不无讽刺地说，今天最倒霉的就是飞过南河沿上空的飞鸟，它们一个都跑不了，两方的军队不停地朝天放枪。除了张勋的宅子之外，还有另外一个战场，在先农坛，由冯玉祥率领他的第十六混成旅，从丰台赶到右安门，在右安门上借了四五十道绳梯爬上去，包围了先农坛，然后双方还是朝天放枪，两处战场都一直放枪，放到张勋这边没有子弹了，才出来投降。

鲁迅和周作人当时都在北京城内，他们两个人也用日记的方式记录了这场"战斗"，跟莫里斯记录的内容大同小异，无非就是放了十几个小时的枪。根据莫里斯的估计，这场"大战"打下来，讨逆军一共发动了六万人的部队，"辫子军"几千人，双方一共发射了几千万发子弹，最后的伤亡人数在 25 人左右。如果这真是一场激烈的战斗的话，老百姓早就吓跑了，结果全北京城的老百姓都跑出门来看热闹。著名的杨绛先生也出来看热闹了，当时她只有六岁，在他们家的一个阿姨的带领下，和一个外国友人一起跑出去看打仗，两边朝天放枪，就像放礼花似的，还挺好看的。

后来的直皖战争，是北洋的"二虎"打起来了，双方共计派出了 20 多万大军，结果也是一样，一共就打死了几百个人，直奉战争也是一样，光开枪不打仗。

张勋被打败后，就带着财产和一众家眷回天津当寓公去了。张勋复辟的时候，黎元洪表现得还是很铁骨铮铮的，坚决不向张勋妥协，逃进了日本使馆里，以至于张勋还觉得日本人背叛了他，因为日本使馆收容了黎元洪。在过去的种种关键时刻，黎元洪其实都是不含糊的，一直到了张勋复辟，他才明白自己真的大势已去了，因为张勋是他黎元洪亲自召来的，还要靠被黎元洪免除职务的段祺瑞站出来力挽狂澜，所以黎元洪也跑到天津去当寓公了。

最后，"辫子军"全部投降，溥仪也自己走了，只有张勋本人还不甘心，还在闹，扬言要以身殉了清朝，结果是两个德国人拽住了张勋，劝说他不要闹了，让他去荷兰的使馆避难，并好心地拉张勋上车。据说张勋还不肯上车，在地上打滚，居然还咬伤了一个德国人，最后被硬拖到汽车上，送到了荷兰使馆。从复辟到7月12日张勋逃进荷兰使馆，再到段祺瑞进北京城，复辟的闹剧一共演了12天。最滑稽的是，一直到了11日，整个大局都已经定了的时候，大势已去的张勋突然发了一封电报，任命他的亲家张作霖为东三省总督，令人啼笑皆非。

接下来，讨逆军热烈欢迎三造共和的大英雄段祺瑞重返北京城，没想到段祺瑞拒不进城，他说，我的总理职务已经被黎元洪公开免除了，我不能就这么不明不白地回北京，得让黎元洪亲自来请我。其实早在这之前，黎元洪就已经把段祺瑞官复原职了，只是没公开通电而已。黎元洪在逃进日本使馆以后，曾经发了一封电报，说让南京的副总统冯国璋来代理总统，并让段祺瑞官复原职，并委任段祺瑞讨伐张勋。估计发这封电报的时候，黎元洪心里一定万分懊恼，是他把段祺瑞解职的，也是他把张勋请进北京调停的，现在他居然又要去请段祺瑞讨伐张勋。现在张勋被赶走了，段祺瑞又拿起架子，非得让黎元洪亲自去请他不可。没办法，黎元洪只好硬着头皮走出日本使馆，去大营里见了段祺瑞，跟段祺瑞道歉，请段祺瑞回京。

段祺瑞这才回到北京，开始了所谓的"三造共和"。黎元洪辞职去了天津当寓公，张勋则藏在了荷兰使馆里。然而从这个时候开始，就再也没有人真心地想要好好办共和了。从1917年起，不论大事小情，大家都用兵戎相见的方式来解决，之前六年的努力全部付诸东流，段祺瑞后来在北京办的国会，我根本就不想讲了，实在是不值一提。

总之，中国的共和之路就这么结束了，断送在张勋这个奇葩和小丑手中，张勋这个小人物，居然扭转了中国的整个宪政进程。

## 9. 张勋的晚年生活

1918 年，也就是张勋复辟失败后的第二年，中国对两种人进行了大赦。

第一种人，是洪宪帝制的时候跟着袁世凯的人，比如杨度等；第二种人，就是跟着张勋搞复辟的人。张勋复辟时，梁启超和林长民等人都去了天津，加入了讨逆军，却有一个小丑心急火燎地跑到了北京，前去支持张勋，这个人就是康有为。康有为是一个坚定的保皇党，多年来流亡海外，如今终于等到了张勋复辟，他觉得自己的机会来了，大清帝国要复辟了，他康有为肯定是当仁不让的宰相人选。所以，康有为千里迢迢地找到张勋，毛遂自荐地说，张勋你是个军人，你来负责打天下，管理天下的事还得由我康有为来干，结果张勋都懒得搭理他。

康有为做的最不要脸的一件事，就是在张勋复辟失败后，他居然专门写了一篇文章，说自己曾经给张勋出了六个主意，但张勋都不听，所以才导致了复辟的失败。这六个主意写得简直可笑极了，每一个主意都挑张勋做错的地方说，这些话如果是在张勋复辟之前说，那就太厉害了，但事后说就跟马后炮一样。康有为还跑到海外，拿着一张假照片招摇撞骗，照片上是他和光绪皇帝的合影，自称光绪皇帝曾经给他写过一个血书衣带诏。张勋根本不屑搭理康有为这种没有廉耻的人，康有为还自我感觉良好，做梦都想着当宰相。最后连太妃都看不下去了，对康有为说，我们大清一朝从来就没有过没有胡子的宰相，你康有为没有胡子，所以你不能当宰相。最后，康有为连个辅政大臣都没混上，张勋给他安排了一个弼德院的副院长的位子，弼德院相当于中顾委，由徐世昌担任院长，康有为当副院长，一点实权都没有。

不管怎么说，到了1918年，洪宪帝制和张勋复辟的参与者都得到了赦免，因为大家毕竟都是北洋系的袍泽。大赦之后，张勋离开了荷兰使馆，携带着家眷和财产到了天津当寓公，一直到了这个时候，张勋才发现自己的原配夫人曹氏有多厉害。曹氏虽然不识字，但非常擅长理财，她投资了很多家银行和矿产，甚至还投资了电影公司，而且凡是她投资的产业，全都能赚很多钱，所以张勋后来在天津也过着非常优渥的生活。张勋一生都将曹氏当作母亲一般尊敬，大事小情都跟曹氏商量，可能张勋这辈子唯一一件没有听从曹氏意见的事，就是复辟。曹氏是坚决反对张勋复辟的，而且她还专门从徐州跑到北京来劝阻过张勋。

除了曹氏之外，还有另外一个人也极力劝阻过张勋复辟，这个人就是张勋最亲信的手下张文生。之前提过，张勋离开徐州前，曾叮嘱过张文生，一旦他决定要在北京复辟，就给张文生发电报，让他送四十盆花到北京，所谓的"四十盆花"其实就是暗号，真正的意思是让张文生带领四十个营的"辫子军"进京支持复辟。后来，张勋要复辟的时候，给张文生发了电报，让他送给四十盆花去北京，结果，张文生居然真的就在徐州买了四十盆花送到了北京给张勋，这是千真万确的真事，不是民国报纸道听途说编的段子，因为张文生思前想后，觉得复辟这件事太不靠谱了，他送四十个营的军队进京根本就是去陪葬。后来，张文生因为讨逆有功，当上了安徽督军。张文生是张勋一手提拔起来的，做事的风格也跟张勋一样彪悍，他把张勋留下来的那四十个营的军队，扩充成了好几百个营，扩充军队需要大量的军饷，张文生管财政厅要钱，财政厅不给，张文生就直接把财政厅长绑架了，逼省长拿钱来赎人。所以，张文生的政治生涯也很短暂，很快就被找个机会撤职了。

张勋是在1923年去世的，曹氏一直活到1944年才过世。曹氏对张勋自然是从一而终的，但张勋后来娶的唱戏的小妾就不是很忠诚了。他的一个小妾后来跟着马弁跑了，这事在民国的报纸上闹得非常轰动，因为这个小妾跑出去之后到处乱说话，说张勋有一个坏毛病，一定要躺在女人身上才能睡觉，而且女人还不能动，一动张勋就发怒，要把女人踢到床下去。张勋的个性是比较暴戾的，他所表现出来的道德，其实只是儒家宣扬的伪道德而已。张勋经常动手打人，张勋复辟后，恭亲王来找他，半高兴半嗔怪地对张勋说，复辟这么大的事，怎么能事先不跟我请示一下？他觉得在复辟这件事上，张勋这种小角色应该听自己的领导。没想到恭亲王话刚说完，张勋抬手就给了他三个耳光，怒气冲冲地说，我帮你们家干了这么大的事，你不感激我也就算了，居然还敢来斥责我。

张勋的儿女也很不省心。北洋系的军头之间经常联姻，张勋的大儿子娶了张作霖的女儿，但这个大儿子吃喝嫖赌样样沾，曾经一个晚上就输掉了一座天津租界里的大洋房；张勋的大女儿嫁给了民国时期的总理潘复的儿子，结婚之后也不守妇道，经常出入各种舞场，还养面首，搞得声名狼藉；张勋大女儿生了两个儿子，结果这两个儿子长大后全都被舆论逼疯了，因为他们受不了所有人都在说他们的母亲的风流韵事。好在张勋有一妻十妾，这些老婆一共给他生了九个儿子和五个女儿，张勋的复辟虽然失败了，但他本人还是实现了子孙满堂的人生梦想。

而且因为有了理财有方的曹氏，张勋在天津有100多处的物业，他在天津当寓公的时候，依然过着穷奢极欲的日子，每天都把燕窝熬成膏，切成小块，当零食吃，燕窝剔得非常干净，以至于他们家负责剔燕窝的保姆把眼睛都累瞎了。而且张家的厨房还发明了好多道菜，每天吃饭都开流水席，家里每天都包戏班子唱大戏。虽然张勋失势下野了，但他的排场依然很大，人缘也依然极好，张勋在天津过七十大寿的时候，全北京城的名伶都争着抢着去给他祝寿。

张勋去世之后，他的葬礼堪称整个民国历史上最盛大的一场葬礼，比袁世凯的葬礼还要隆重。因为张勋这样的人实在是太罕见了，一直到他1923年去世，依然留着辫子，他虽然奇葩，虽然干了很多愚蠢可笑的事，但这个人一生都对清朝从一而终。张勋为什么那么喜欢看戏？因为他所固守的一切，都是从戏文里学来的，戏里的人物全都是盖世英雄，从一而终，忠孝节义。在越来越道德沦丧的时代，几乎所有的人都越来越没有廉耻，世风日下，像张勋这样一生都没有改变过意志的人，的确挺难得的。张勋的送葬队伍是民国史上最盛大的，光挽联就排出两里地，连孙中山先生都送出了挽联，称颂张勋的道德高尚。总体来说，张勋这一生能以这样的方式结束，也算值得了。

黎元洪也出席了张勋的葬礼，还献上了一副他亲手书写的挽联。黎元洪后来又当了一次大总统，但又被下野了，最后也跑到天津来当寓公。而且黎元洪也很善于理财，还成了大书法家，写了无数的书法作品，在天津过着很富绰的生活。黎元洪的书法作品至今都非常值钱。

我们如今的电视剧里，把张勋描述成一个毛头小伙子，我觉得这种描述方式是不准确的。张勋是北洋系里年纪最大的，比他的主子袁世凯还年长，其实张勋的形象，应该就是他本人最爱看的戏里的盖世英雄的形象，或者说，张勋一生都在追求、希望自己能成为那样的人。最终，在他的葬礼上，他应该是终于实现了自己的理想吧。

复辟失败之后，很多晚清的遗老痛斥张勋。对于他们来说，虽然清朝没有了，但他们依然可以生活在宫里；另外，清帝退位的时候，国民政府跟他签订了优待条款，每年都给清宫400万大洋的优待费。虽然这个钱国民政府从来没有兑现过，毕竟那时候连年打仗，要养活国民政府，还要出钱搞选举等，但他们也没进宫去抢夺清帝的财产。大家想想，清宫里得有多少价值连城的宝贝？所以清朝的遗老压根不在意有没有一年400万大洋的生活费，他们需要钱的时候，只要把宫里的宝贝拿出去卖就可以了，全国人民也对被袁世凯逼迫退位的清帝颇为同情。结果现在张勋搞了复辟，清宫背负了好多骂名。

段祺瑞还是很聪明的，他在讨逆的通电中，想方设法地把清朝的遗老都洗干净了，把一切罪名都扣到了张勋一个人头上，是张勋逼迫清帝复辟的。即便这样，复辟失败后清宫还是受到了损失，而且不光是名誉上的损失，金钱上也损失巨大。清朝的皇族遗老气愤地说，他们还以为大清朝真的复辟了呢，所以他们沿着后海，沿着南池子，沿着金水河，就像开粥厂一样地到处发钱。人家开粥厂是每一个人都发一碗粥，清朝的遗老们是遇到当兵的就给十两银子。因为他们觉得天下又都是自己的了，所以要拉拢人心，到处散钱。结果复辟从头到尾就持续了12天，天下又跟清朝没关系了，遗老们发出去的钱全都白花了，亏大了。

最后，我想以稍微高一点的层次来总结一下张勋复辟。历史学家总结出一个规律，每个历史事件到了最后的时候，都不是一下子就能终结，而通常是要在一个悲剧后面再加上一场闹剧，才能彻底结束。比如明朝，如果以崇祯皇帝在煤山殉国结束，那它就是一个悲壮的结局，但崇祯殉国并不是明朝的完结，后来还出了一场闹剧——弘光小朝廷，瞎闹一通才收场。

帝制也是一样，中国几千年的帝制，如果就在袁世凯手里结束，其实也算是一个悲剧，因为袁世凯这个人真的是雄才大略。说句心里话，我觉得当时整个中国都找不到第二个像袁世凯一样的人，能真正地把中国办好。可惜袁世凯最后没办成帝制，自己殉了自己的小小野心。但帝制并没有在袁世凯手中终结，历史永远是这样，在袁世凯之后，又出现了一位不自量力的张勋，瞎折腾一通，这才让帝制在中国彻底结束。

历史总是会重演。

## 四 禅让

### 1. 禅让的全套"礼节"

汉文化里有一些十分独特的东西,我认为其中最独特的,应该就是"禅让",你可以称它为政治制度,也可以把它当作政治谋略。

拉丁文我不知道,但英文里肯定没有"禅让"这个词,除了罗马时期有过一两次类似的事情,整个西方世界里好像都没有禅让这个传统,英语中与其最接近的词应该是"abdicate",翻译成中文是"退位"的意思。

"退位"跟"禅让"还是有很大的区别的,比如英王娶了一个寡妇,大家不让他当英王了,他退位了,但是王位传给他的弟弟了,所以大英帝国是这样延续的,国王退位了,王位传给侄子、外甥等,虽然都是皇家的亲戚,但姓氏不一定是相同的。

经常有人想把西方和中国的历史放在一起,对比着来聊一聊,为什么西方的一个帝国能持续那么长的时间?比如罗马帝国、大英帝国、哈布斯堡王朝等，中国的王朝就更替得这么频繁呢？我们频繁地改朝换代，几千年里换了十几个朝代。不过，西方的"帝国"和我们的"朝代"，其实也有很大的差异。马克思的观点是最简单的，就是全人类都是一样的，都是从奴隶社会过渡到封建社会、资本主义社会、社会主义社会，最后到共产主义社会。事实上好像没那么简单。钱穆先生说过，我们中国的封建社会一直到清朝才结束，但大量的历史学家都不同意，认为我们从科举制度诞生开始，就不应该算是封建社会了。

那到底应该怎么来对比呢？今天我来提一个自己的小小观点，那就是从法理上来对比。

西方的所谓"帝国"，整个帝国持续期间，也有弑君的、搞政变的、把女王囚禁到伦敦塔里的，罗马甚至把恺撒杀了，可恺撒死了，罗马还是罗马，只是统治者改成了别人，改成屋大维。之后的罗马帝国有十几个姓氏的皇帝，按照这个角度来看，那其实就算是有很多个王朝了。可这些王朝都统称为"罗马帝国"。

大英帝国的国王在最近的一百年里，也改过两回姓，一会儿姓了德国姓，一会儿又姓了英国姓。现在叫温莎，但马上又要改了，因为这位女王的老公带进来一个姓——蒙巴顿。从温莎王朝变成了蒙巴顿-温莎王朝，你能说大英帝国就不是大英帝国了吗？当然不能，因为它是法理上传承下来的。

西方有这么几个法理：一个是上帝的法理，不管我怎么篡位，我是弑君也好，我是政变也好，就算我被囚禁了，只要最后教皇来在我头上戴上一顶皇冠，那就是毫无争议的王者，因为这是上帝给你的皇冠，是上帝给你的权杖。比如拿破仑时代，拿破仑最后都已经不太尊重教皇了，当教皇往他头上戴皇冠的时候，拿破仑直接抢过来就自己戴上了，但他还是得举办加冕仪式，因为这是法理。一个是选举，西方的选举其实充满了各种权谋，几个大公国加上几个大主教，一起来选神圣罗马帝国的皇帝，但这也符合法理。

而中国始终没有西方这样的法理，没有玉皇大帝来派一个人给你加冕，或者是道观里出来一个老道士给你戴顶皇冠，释迦牟尼也没法派一个人来给你把权杖。但是中国人自己想出了一个属于自己的"法理"——你让位给我。玉玺还是那方玉玺，乐舞还是那些乐舞，仪仗也还是那些仪仗，一切都不变，只要安排一个神圣的地方，通过祭天的方式，说你把王位让给我了，那我就在法理上继承了王位，这就是"禅让"，比起西方的法理，禅让制度更符合中国的情况。

第一，中国是一个非常广阔的国度。在中国这么大的土地上，你想要做什么大事，别说老百姓不认可你，他们都不一定认得你。欧洲的情况就简单得多，欧洲有那么多的小国，这个国家的公爵，那个国家的伯爵，大家相互之间都认识，我跟着你一起打，你赢了，我们大家都拥护你。但中国太大了，就算你在北边打到了长安，登上王座登基了，往南几千公里之外，一切都没什么改变，对于南方人民来说，就是突然来了一个新县官，说北方改朝换代了，皇帝易主了，但以后我们还得照常交税，只是缴纳的多少有了一些变化。所以老百姓肯定要问了，新皇帝是哪位啊？他是什么来历啊？凭什么当上皇帝了？

第二，中国的广大老百姓普遍都没有读过书。你想通过咬文嚼字的法理来上位，比如你说自己是依据《易经》的理论来得到王位的，老百姓根本听不懂那是什么意思。其实中国曾经试图用《易经》来建立一个合法性的体系，但这就像是你发明了一个软件，等你想去给人家安装的时候，发现根本安装不上，因为系统不兼容，发明软件的人，没有考虑到老百姓的电脑配置没那么高。

禅让制恰好解决了这两个问题，老百姓能理解这个制度，也认同这个制度。前朝皇帝老百姓肯定都认得了，他开个大坛祭天，公开宣布我把王位让给某某某了，从此以后这个国家就由某某某来管理了。这个意思非常简单明了，从岭南到漠北的老百姓都能理解。然后再把仪式搞得复杂一点，就跟宗教一样，因为越是宗教化和复杂化的仪式，老百姓就越觉得它很神圣。所以禅让制有两个最主要的特点，第一是规则简单，第二是程序复杂。

建立起了禅让制的法理之后，也就可以说，我们中国也不再是一个又一个的朝代了，而是由很多个朝代共同形成一个帝国，因为我们有法理传承，是合法地继承下来的。最终，根据禅让的法理，中国也可以算是形成了几个大帝国。

中国的第一个大帝国，也可以叫作"华夏第一帝国"，是从汉朝开始的。因为汉朝并没有得到秦朝的禅让，秦朝也没有得到周的禅让，周是被灭亡的。秦统一了六国没十几年，秦朝就被大家灭了，经过几年的流血牺牲，然后公推刘邦为王，建立了汉朝。所以说，汉朝是靠革命的方式建立的。中国历史如果要按法理来算，实际上建立一个王朝或者帝国，只有两种方式，一种叫禅让，另一种就是革命。汉朝是靠革了秦朝的命建立起来的，秦朝的建立则是革了周朝的命。

从汉朝往下，一直到南北朝的南朝陈朝结束，加起来有将近800年的时间，按照法理来说，这应该就是一个帝国。因为汉朝的汉献帝是禅让给了魏的曹丕，之后魏又禅让给了晋，晋最后到了东晋南渡的时候，又禅让给了宋，宋禅让给了齐，齐禅让给了梁，梁禅让给了陈，这些都是有严格的法律程序的，都有登坛祭天的仪式，有各种各样的繁文缛节，有诏、表等文书。按照今天的法理来看，这个帝国始终没有改变，只是国王的姓氏变了而已，就像罗马帝国变过十几个姓，大英帝国变过更多。变没变过姓不要紧，总之从法理上来讲，从汉朝一直到南朝陈朝的800年，就是我们的"华夏第一帝国",是一个完全以法理传承下来的长达800年的大帝国。

最后这个大帝国被隋所灭,彻底结束。

然后是"华夏第二帝国",从北朝的北魏开始,一直延续到宋朝灭亡。北魏统一了北方之后,北魏禅让给了北周,北周禅让给了隋,隋禅让给了唐,唐禅让给了五代的后梁,梁、唐、晋、汉、周,汉禅让给了周,这是另外一个周,叫后周,北朝前面的周叫北周。为什么取一样的名字?因为大家为了证明自己合法合理,都要试图仿古。最后后周又禅让给了宋,宋最终被蒙古人的元朝消灭。

华夏第一帝国和华夏第二帝国,都是靠禅让制传承的,是我们中国自己发明的最独特的政治制度。这两个帝国时期,其实中国人并没有"中华"这两个字的概念,这两个字形成得比较晚。所谓的"中华民族",实际上是梁启超发明的。中国自古以来是没有"中华民族"的概念的,中国的古代只有"帝国"的概念,有"皇帝"的概念,有"忠君"的概念。而且从第一和第二两个帝国之后,禅让制也就没有了,元、明、清实际上都跟禅让没有关系,它们都是靠革命或是异族和汉人之间此消彼长的方式建立的,民国时期稍微禅让了一下,从此以后就没有了。

在这个主题里,我先交代一下禅让制的基本脉络,然后谈一谈禅让这个游戏具体怎么玩。

首先,中国自古以来,永远都是三皇五帝最强最牛,一切都要向先贤学习。最早的禅让是从传说中的尧舜禹开始的,三皇五帝有没有禅让过,别说我们不知道,孔子和孟子也不知道,孔孟根本不知道我们的祖宗叫黄帝和炎帝,这都是后来的人发明的。大家看史书的时候会发现,春秋时期,人们只知道尧舜禹,并不知道尧舜禹之前还有什么人,后来汉朝制作了一个"家谱",记录了黄帝的孙子是怎么传承的,尧帝的孙子又是怎么继位的,等等，总之都是完全没有历史考证的，所谓的"炎黄子孙"，其实就是汉朝人发明的。

我们有历史资料可考的历史中，最早的禅让就是从尧舜禹开始的，大家对这段历史都耳熟能详，尧如何伟大，禅让给了舜，舜又让贤给了禹。实际上很早以前人们就知道根本不是这么一回事，司马迁就怀疑过这事，到了唐朝的时候，基本上所有人知道事情的真相了。

其实，尧还是想传给自己的儿子的，但是他的女婿舜察觉到了他的意图，所以舜把尧关起来了。唐朝的大诗人李白在一首著名的诗中写道"尧幽囚，舜野死"，写的就是这段故事。尧把自己的两个女儿——娥皇和女英都嫁给了舜，结果舜最后把尧囚禁起来，假装自己被禅让了，并且说这都是因为我的德行好。后来大禹治水有了功，大家都夸奖大禹，禹的呼声日渐高涨，舜其实也不是真心想要禅让给禹，禹也不啰唆，直接把舜流放了。大家都听说过"湘妃竹"和"潇湘泪"的故事，在尧舜禹和夏商周时代，湘江还是一片荒蛮之地呢，甚至都到了东周和春秋时期，那里也只是楚国很南的边境。舜没事跑到湘江去干吗？当然是被禹流放了，所以舜死后，他的两个老婆，也就是尧的两个女儿都在湘江殉了情，这才有了"湘妃竹"的故事，因为竹子上的斑点就像眼泪。

只是因为春秋时期的人们还不知道这些事，所以大家口耳相传说，尧舜禹的品格多高尚，让有德行的人继位。其实我猜孔子可能也怀疑了，但是他必须要坚持说尧舜禹品格高尚，因为春秋时期就出现过36次弑君，也就是自己的公国、侯国的大臣等，把自己的君主杀了，所有的有识之士都觉得不能再这样下去了，咱们得有礼，有德，有仁。所以，人们开始拼命地宣扬，我们不能再弑君了，我们要像尧舜禹一样禅让，所以春秋时曾经试过一次禅让。

应该这么说，禅让这个制度从诞生开始，在长达数千年的历史长河中，真正心甘情愿禅让的人，大概不会超过一两回。其他少数民族不算，在我们中原地区，自愿行使禅让制的人，就是燕王哙。这位燕王哙很有意思，他听了很多圣贤的故事之后，自己也特别想当圣贤，所以他手下的人就开始撺掇他，对他说，丞相子之不错，肯定能把燕国治理得更强大，您当圣贤，把王位禅让给他吧？燕王哙一听，太棒了，既然丞相有治国之才，让位给他又能成全我的圣贤梦想，这岂不是双赢吗？于是燕王哙高高兴兴地就把王位禅让给丞相子之了。

没想到子之一登基，立马就把燕王哙囚禁起来了，因为太子对此有意见，所以子之把太子也囚禁了。子之的想法是，反正我现在当上燕王了，燕国全都由我说了算，我绝对不能给你们反悔的机会。禅让一完成，子之的真面目就彻底暴露出来了，什么德啊仁啊，全都是阴谋，他也根本没有什么治国之才，最终导致天下大乱，齐国趁机伐燕，子之被杀，燕王哙早就死了，燕国几乎灭国。最后燕国人民忍受不了，国不能一日无君，咱们赶紧找一个姓姬的出来继承王位，因为燕王哙的直系就是姓姬的。哪儿还有姓姬的呢？赵国说，有一个姓姬的王子在我们这儿当人质呢，让他回国当燕王吧，于是赵国出兵，帮燕国赶走了齐国。

以上就是中原历史上唯一的一次有记录的高高兴兴的自愿禅让，结局是非常可悲可叹的。通过燕王哙禅让这件事，人们感觉禅让这件事没有传说中的那么美好。孟子就在齐国发表了慷慨激昂的文章，痛斥了燕王哙禅让的事做得不对。按照春秋时期诸子百家的思想，禅让最早是属于墨家的，叫作"贤者居之"，而孟子所在的儒家讲究的是"君君臣臣，父父子子"，弑君就是大罪。可以这么说，燕王哙的这次禅让是以失败收场的。从此以后，秦朝和汉朝都没有再进行禅让，直到西汉末年，王莽横空出世，才建立了一套全套的禅让礼节，规定后世都得按照他制定的这套规矩来。

王莽是一个很有意思的人。今天大家经常说有一些古代的人，实际上是从未来穿越回去的，因为他们做了很多十分超前的事情，比如无所不能的达·芬奇，还有中国的王莽，因为他们想出了很多在当时看来不可思议的事情。拿禅让来说，燕王哙的禅让其实并不是燕王把天下禅让给子之，只是把燕国禅让了，燕国只是河北省的一角，到了王莽禅让的时候，就是真正禅让天下了，将整个汉朝这么大的一个天下都禅让给你。王莽真正当上了皇帝以后，居然想出了一套社会主义的改革办法，比如均田等。后来从汉朝出土了一把卡尺，就是王莽曾经使用的东西。现代的人一看到这把卡尺就惊呆了，因为这玩意就跟我爸爸从小用的尺子一模一样，早在汉代的时候王莽就已经发明出这样的尺子了。

而且王莽还确立了几件事情。如果要禅让成功，咱们首先得当亲戚，因为有亲戚关系比较能说服老百姓，就算我们不是同一个姓，但至少我们是一家人，普通老百姓是不能妄想登上王位的。王莽的亲戚都是些什么人呢？第一个就是他的姑姑王政君。王莽这个人从小就被乡里的人夸奖，说他为人的道德如何之好，非常高风亮节，到处拾金不昧，天天都做捡到钱交给警察叔叔、扶老太太过马路这种事。到了西汉末年的时候，皇帝昏庸，外戚干政，政局非常混乱，到了王莽的姑姑王政君当上皇后，王政君的七八个兄弟全都鸡犬升天，当上了各种各样的大司马，唯独王莽特别倒霉，什么都没捞着，因为他爸爸死得早。不过王莽不求官，也不求职，更不去暴露自己的任何野心，他继续本本分分地当着圣人，赢取乡亲们的夸奖。

王莽真是把"圣人"二字做到了极致。在汉朝的法律里，官宦人家打死了家里的一个奴隶或下人，罚点钱就了事了，根本不用偿命。然而王莽的儿子打死了一个奴隶，王莽居然逼着他的儿子自杀谢罪。王莽说，德行对我们家来说是最重要的，你做了这么缺德的事，必须自杀。于是，他活生生把自己的儿子逼死了。王莽也因此更加声名大振，几乎全国都知道了有一个叫王莽的圣人，这个人的姑姑不仅当过皇后，后来还成了皇太后，而王莽却不争名夺利，甘当布衣，还不仗势欺人，儿子犯法也与庶民同罪。甚至连王莽的叔叔和伯伯们都无法无视王莽了，我们家出了一个名声这么好的人，怎么能放在家里不出来当官？

于是，在叔叔伯伯们的提拔下，王莽平步升云。最后，他做了一件十分重要的事情，把自己的女儿嫁给了小皇帝。王莽坐上了"皇帝的老丈人"的宝座后，终于展露出压抑已久的野心，开始权倾朝野。西汉的时候还没有科举制度，没有大量通过考试上来的官僚，也没有所谓的朝廷关联体制，世家豪门要掌握朝政非常容易，如果再和皇家有点亲戚，有外戚的身份，满门都是公卿，那就更厉害了。

王莽很容易就掌握了军队、财政等的大权，开启了后世数十次禅让都要遵循的一整套禅让程序：先把女儿嫁给皇帝，然后让皇帝封自己为某某公的职位，受到这样的殊荣，你却不能一口答应，要三辞，不行不行不行，我王莽不能忝居高位，于是文武百官齐齐上书，说求求你了王莽，你有这么好的品德，这么好的名声，你不居高位谁居高位？在众人几次三番的请求之下，王莽终于"勉为其难"地接受了职位，然后乘坐御赐车马、佩戴剑履上殿，直接溜达到皇帝面前，跟皇帝聊天了，不用跑步，也不用下跪。当然了，那个时候大家都不太流行下跪，但佩带着剑见皇帝的待遇，别人就没有了。

再过一阵子，皇帝又下诏封王莽为安汉公，在你得到的王国里，你可以采邑多少万户，真正地行使王的权力，可以任命官员，享受和皇家一样级别的礼乐，一样级别的车马。当然了，王莽还得继续推辞，不敢承受这样的皇恩浩荡。但就在他推辞的时候，天降了各种祥瑞，预兆着王莽非得接受这样的恩赐不可。这一整套的"禅让"流程，如果用电子游戏来比喻的话，王莽要闯过每一关，都要捡到与之对应的武器和装备，比如突然从南边飞来一只红鸟,那就意味着南方要跟王莽进贡了。于是,全国各地的地方官都来跟皇上报告,说他们那里出现了祥瑞之兆,反正那时候也没有照片,更没有网络,无图无真相,地方官只需要写一封竹简,说我这里出现了祥瑞,预兆着王莽要如何如何。一时间,各种祥瑞铺天盖地般降临,王莽只好再次"勉为其难"地接受了皇恩。

众人一看王莽成了王,立马加倍努力地奉承,天下有德者居之,反正现在这位小皇帝也执不了政,干脆您来当皇帝算了。王莽当即勃然大怒,我是多么德高望重、品格高尚的人,怎么能干篡位这种事呢?王莽嘴上说着坚决不行,各位官员当然心领神会,于是,各种预兆着王莽要当皇帝的祥瑞之兆如雪片般降临,最后连王莽的大儿子都看不下去了。有一天晚上,王莽正在睡觉,突然听见门外噼里啪啦一阵乱响,紧接着一阵恶臭扑进屋子里,王莽被熏醒了,出门一看,他的门上被人泼了一堆狗屎和猪血。王莽气坏了,现在整个天下都在下祥瑞,怎么突然来了凶兆?王莽虽然不断推托当皇帝,但他当时实际上已经掌控了全国的军政大权,最后派人一调查这件事,发现居然是他自己的大儿子干的。面对王莽的斥责,这位大儿子也敢作敢当,直言不讳地说,父亲,你真是太虚伪了,你从小教导我们学习儒家经典,我们王家更是以德居之,你现在摆明了就是要篡位,我就是想警醒你一下,不要做这种有悖家风的事情。王莽气坏了,他费了这么大的劲想要让自己名正言顺地登上皇帝的宝座,别人不支持我也就算了,我的亲儿子竟敢给我添乱,真是岂有此理,于是,王莽把自己的大儿子也逼死了。

为了给自己换取一个美名,不让天下人骂自己,王莽活活逼死了自己的两个儿子,连自己将来没有太子继位都无所谓。到了这个时候,王莽的野心已经昭然若揭,连他的姑姑王政君都跟他急了。在这之前,王政君多次提携和帮助过王莽,原本她觉得这个失去了父亲的侄子挺可怜的,现在终于看到了他的真面目。小皇帝也受不了王莽了,王莽不仅费尽心机地把自己的女儿扶上皇后的位置,还极力剪除小皇帝母族的力量,因为小皇帝不是王政君所生,王莽不允许小皇帝的亲生母亲入京,不让人家母子相见,所以小皇帝对王莽非常不满意。王莽发现小皇帝不听自己的话,也不啰唆,直接把小皇帝弄死了,又立了一个名叫刘婴的人当了太子,因为王莽管刘婴叫"孺子",所以这位太子又称孺子婴。

众所周知,西汉的高惠文景武昭宣,都是不错的皇帝,但到了元成哀平孺子婴,就一个不如一个了。其中孺子婴是最为倒霉的,当王莽立孺子婴为太子的时候,汉平帝其实都已经死了,所以天下其实是没有皇帝的了。王莽也不是真心要栽培孺子婴当皇帝,只是扶持了一个傀儡,为自己的登基做进一步的缓冲。最有意思的是,明明已经天下无君了,王莽却不让孺子婴登基,而是自称假皇帝,代替皇帝行使一切事务。"明事理"的文武百官就继续每天上书,强烈要求王莽登基当皇帝,因为他现在除了名义上不是皇帝之外,实际上已经拥有皇帝的一切权力了。

王莽继续玩弄他的那一套"程序",任凭天下人翘首以待,他就是一推二诿三拒绝,不肯登基当皇帝。但事实上,王莽要是不当皇帝,全天下也找不出第二个敢当皇帝的人了,而且王莽每天都已经待在皇宫里办公了。最后闹到什么程度,西汉末年全国据估计一共也就有80万识字的人,居然有40多万人联名上书,要求王莽登基当皇帝。可王莽还是摆谱,拒绝。闹到这种地步,我估计连最高明的编剧也不知道该怎么继续往下编了,群臣百官各种招数和伎俩都用遍了,因为王莽是开创了"禅让流程"的人,在他之前,根本没有任何先例,所以大家都黔驴技穷了,不知道接下来该怎么办了。

其实,文武百官着急,坐在皇宫里的王莽本人也挺着急,他也不知道下一步该干吗,因为自古以来也没有一个明确的条文可以借鉴。就在事情陷入僵持和尴尬中的时候，突然横空冒出来一个妄人，用一个无比神奇的方法解决了这个问题。后来有人怀疑这个人是王莽暗中指示的，但根据调查，这个人还真的不是王莽派的，就是一个街头的泼皮混混。

说起来简直可笑，因为就连一个街头的混混都看出王莽的野心，也知道王莽现在极其需要一个台阶下。于是，这个混混想了一个办法，他在一个铜柜里放了一个纸卷，身上穿着像僵尸一样的衣服，当天长安城刚好起了雾霾，这哥们就顶着风沙，像僵尸一样飘进了太庙，太庙的守门人不让他进门，他就高呼道，我是奉汉高祖刘邦之命前来传话的。那时候的人都迷信，赶紧毕恭毕敬地把这个混混放进了太庙，这哥们把铜柜放到汉高祖的神像下，临走前嘱咐太庙的守门，必须由王莽亲自来开启铜柜。王莽接到消息，赶紧约集文武百官前往太庙，隆重地打开了铜柜中汉高祖的口谕。

这混混不像知识分子一样说话文绉绉的，他塞在铜柜里的字条写得特别简单明了，就是以汉高祖的口吻说，我们刘家的气数已尽，现在应该把皇帝的位置让给王莽来坐，而且，我觉得以下 11 个人可以被封侯。王莽自然就不用说了，这 11 个被亲指为可以封侯的又是什么人呢？前八位刚好就是协助王莽掌控朝政的八名重臣，但后三位大家想了半天也没想起来是什么人。事实上，第九位就是这个混混自己的名字，不过，他写完了自己的名字之后，突然觉得不太对劲，八位权倾朝野的重臣加上自己一个无名小卒，这名单岂不是太明显了？不如再添两个无名小卒上去吧，于是他就随笔瞎编了两个名字，其实他自己都不知道那两个人是谁，我们权且称呼那二位被杜撰出来的人叫王甲和王乙吧。

总之，众位大臣一看，既然汉高祖刘邦都发话了，他们刘家当皇帝当够了，咱们就顺从了他老人家的意思，让王莽登基当皇帝吧。这回王莽终于也不再推托了，估计他自己也知道，要是错过了这个村，下一个店就不知道在哪儿了。于是在长安城的南郊设了一个祭坛，直到现在北京的天坛也在京城南郊，王莽正式登坛，一通鬼哭神号，对着苍天赌咒发誓，我是一个有德行的人，我打心眼里不想当皇帝，但大家非得让我当，连汉高祖都显灵逼我登基，等等。坛下的文武百官估计听得直翻白眼，大家心里肯定都在说，都到这个时候了，您就别装模作样的了，赶紧走完流程我们好回家吃饭。

遗憾的是，王莽手里拿的传国玉玺缺了一角。因为他要登基的时候，这块玉玺还在他的姑姑——太后王政君手里，王政君早已看出王莽的狼子野心，王莽派人去要玉玺，王政君死活不肯交，还痛斥王莽是乱臣贼子。她虽然是王家的女儿，但那时候的女人讲究三从四德，嫁人了就要一生忠于夫家，王政君是刘家的媳妇，无法忍受王莽篡夺了刘家的皇位，坚决不肯交出玉玺。这时候王莽已经是众望所归，早已不把他这位姑姑放在眼里了，你不交就逼你交，王政君被逼无奈，只能交出玉玺，但她实在心有不甘，所以愤怒地把玉玺摔到了地上，摔掉了一个角。

这块传国玉玺在中国历史上是非常重要的，因为它是用传说中的和氏璧打造的，就是大家耳熟能详的《完璧归赵》中的那块和氏璧。为了这块价值连城的玉石，无数人付出了鲜血的代价。从秦朝开始，和氏璧就被打造成传国玉玺，一代代地一直传到汉朝。王莽要想成为一个合法的皇帝，必须拿到这块传国玉玺。现在这块无比珍贵的玉玺被王政君摔掉了一角，王莽没办法，只能找人用一块金子镶到了玉玺上。后来大家所谓的"金镶玉"，它的来历就是这块传国玉玺。

像王政君一样嫁了人便不肯认娘家人、胳膊肘往外拐的女性，在中国古代的历史上是屡见不鲜的，比如曹丕的妹妹，嫁给了汉献帝的曹皇后。说起来，曹操也是下足了血本，据记载，他至少有七个女儿，其中的三个都许配给了汉献帝，就是为了跟汉朝皇帝拉上点亲戚，将来篡权的时候能更具有合法性。他还特意把汉献帝的皇后弄死，扶持自己的一个女儿当上了皇后。不过曹操这个人很有意思，虽然天下实际上都已经归他了，但他自己不当皇帝，而是让他的儿子曹丕当皇帝。曹丕让汉献帝禅让帝位给自己的时候，也发生了和王政君一模一样的一幕。连汉献帝本人都同意让位给曹丕了，可他的妹妹曹皇后却抵死不肯交出传国玉玺，还厉声痛斥道：你们曹家大逆不道，天不祚尔。这样恶毒的话汉献帝都不敢说。最后曹丕只能把玉玺硬抢过来。

总而言之，王莽终于篡位成功，坐上了皇帝的宝座，并建立了属于自己的新朝，可惜新朝是中国历史上很短命的朝代之一，一共只存续了15年。王莽统治末期，天下大乱，王莽死于乱军之中，新朝随之灭亡，只有王莽创立的这一套繁复而伪君子般的禅让制度，一直延续了下去。

## 2. 华夏第一帝国的覆灭

新朝被绿林军推翻之后，有着汉朝血统的刘秀在家乡乘势起兵，建立了东汉。

到了东汉末年，汉献帝禅让给曹丕的故事，《三国演义》里写得很清楚，不过汉献帝应该没有那么傻，当然了，不能用雄才伟略才形容他，但他肯定不是一个昏庸的君主，所以才能活到禅让的那一天。大家想一想，有多少人在盯着汉献帝，他只要稍微走错一步，或是稍微折腾点事出来，根本连命都保不住，就别提保不保得住皇位了。

其实汉献帝也不是一次都没折腾过，当他被曹操控制的时候，曾经搞了一出"衣带诏"的戏码。他用鲜血写了一封诏书，秘密传给董承，让董承张罗人来谋杀曹操，最后被曹操识破的时候，他居然能很好地把这件事圆回来，不仅保住了自己的命，还娶了曹操的三个女儿。

汉献帝让位给曹丕的过程，几乎是完全拷贝了王莽的那一套流程，只是没像王莽那样一连退让了几十次，惹得大家心烦，曹丕退让三次就都接受了。先是御赐九锡、车马，着剑履上殿，见到汉献帝了也不用下跪等，接着就是天降祥瑞。每次到了这种环节，南方总能冒出一个小国家来，神奇地发现了一对朱雀，预兆着曹丕应该如何如何。所以曹丕退让三次，又被继承了魏王之位，有了自己的封地，在自己的封地里行使皇帝的权力，然而祥瑞还是没完没了，最后汉献帝说，我求你了，反正你们曹家养了我这么多年，你就别这么麻烦地折腾了，我赶紧禅让给你得了。虽然曹皇后因为交玉玺的事骂了曹丕一顿，但最后汉献帝还是禅让给了曹丕。

包括王莽在内，最开始禅让成功的这两朝，虽然是用了很虚伪的方式登上皇位，但还是继承了大量的礼义仁德的美德的，再加上禅让之前，整个天下的实权其实就已经掌控在王莽和曹家人手里多年了，禅让之后他们完全能控制住局势。曹丕登基成为皇帝后，对汉献帝还是不错的，封他为山阳公，在今天的河南焦作那块地方，汉献帝依然享受着皇帝的待遇，还继续给你行天子礼，你可以继续使用天子的马车，享受天子的乐舞，甚至可以把汉朝的宗庙都移到山阳去，每年祭祀的时候也可以使用天子礼，上书给皇帝的也不用称表。在古代，臣对君上书是必须称表的，比如《出师表》，皇帝给山阳公回信也不称诏，意思就是，咱俩都是皇帝，彼此之间不使用君臣礼。汉献帝在山阳正儿八经地生活了十三四年，最后得到了善终。这就跟近代的时候民国给清皇室的待遇是一模一样的，溥仪最后在紫禁城里继续当他的皇帝。

魏朝之后的禅让，就没有这么多美德了。有一句著名的俗语叫作"司马昭之心路人皆知"，讲的就是接下来的禅让。曹魏的四代托孤辅政大臣司马懿掌握了天下的实权，但他觉得自己不能篡位，因为曹家有恩于他，他的大儿子司马师也没有篡，想把皇位留给弟弟司马昭，结果司马昭想了想说，反正全天下的权力都掌握在咱们家，也不急着篡位，慢慢玩，于是司马昭就一点点把司马家往上封，先封晋公，然后封晋王。

曹家已经延续到第四代皇帝，香火日衰，根本无力跟司马家斗了，没想到这时居然出了一个挺带劲的皇帝，叫曹髦。不知道是不是因为名字的关系，这位曹髦皇帝19岁那年，突然在皇宫就炸毛了，义愤填膺地说，我这一辈子与其给司马家当傀儡，不如豁出去跟他们拼了，就算我变成曹家的英烈，也不能让他们从我手里把传国玉玺夺走。总之，曹髦抵死不肯在自己手里把曹家的天下禅让出去，于是他亲自穿上了盔甲，大呼小叫召集了贴身的所有太监和侍卫，一共也就几百号人吧，开始讨伐司马家。

大家想想，当时满天下都已经是司马家的耳目了，曹髦的行动司马昭很快就知晓了。不过曹髦毕竟是一朝天子，就算他只带着几百号人，也没人敢杀他，而且司马家经营了这么久，就是为了不背上弑君的罪名。司马昭心想，我的爸爸，我的哥哥，拼了一生不就是为了名正言顺地得到天下吗？谋划了两代人的大业不能断送在我手里啊。不过，虽然我不能弑君，但不代表别人不可以啊。于是，司马昭让手下人暗中找了个武士，当场杀了曹髦。

皇帝曹髦被杀了，第一个扑到尸体上哭的居然也是司马家的人，是司马昭的叔叔司马孚。这位司马孚也很有意思，他从司马懿开始，就坚决反对司马家篡权，轮到两个侄子的时候，他依然坚决反对，如今看到君真的被弑了，司马孚号啕大哭，边哭还边指向司马昭，言辞凿凿地说，你必须把弑君的人杀了，否则我们司马家的名节就要毁在你的手上！司马昭被他叔叔逼得没办法，只有亲手把他自己安排的弑君者给杀了。其实全天下人都知道真相，但表面上司马昭还成了诛杀凶手的功臣。

一直到了司马家的第三代掌权的时候，剧情才有了大进展。这位第三代名叫司马炎，他说我的爷爷、大伯和爸爸都太客气了，磨蹭了两代人还没搞定这件事，我直接把一套礼节操办完了登基吧！于是曹魏的最后一任小皇帝——曹奂，乖乖地协助司马炎办了禅让的一切手续，封公封王，推辞三次，天降祥瑞。最搞笑的是，还没等司马炎推辞完三次呢，曹奂都已经搬出京城了，去了封给他的陈留，当他的陈留王去了。曹奂心里想，我还是早点走吧，万一走晚了，再闹出点什么事就不好了。

司马家对曹家也还是不错的，陈留王在自己的封地上享受的待遇和汉献帝一模一样，好好地活了37年。总之，魏晋这两朝的禅让还是充满了名士之风，篡位者本身都出身自世家大族，受过很好的教育，即使登上了皇位，也不诛杀前朝的皇帝，而且自己承诺给前朝皇帝的封赏和待遇，也都能兑现得挺好。

但从魏晋之后，后世的禅让就做不到这么好了，曹奂应该就是中国禅让史上最后一个得到善终的前朝皇帝。在我的记忆里，中原地区的王朝从魏晋之后就没有得到善终的前朝皇帝了。除此之外，魏晋篡权后还能做到十分难得的一点，就是在自己的国史上承认和尊重前朝。

新王朝建立起来以后，总要写写国史。中国的皇帝无比重视自己在后人心目中的形象，他们之所以善待前朝皇帝，很大一部分原因就是想让自己给后人留下一个美名。晋朝建立后，皇帝召集群臣，准备记录一下晋的国史，皇帝问大家，咱们晋是从哪天开始的？有些溜须拍马的人就回答，当然得从司马懿开始，因为您司马炎当了皇帝，从您往上，您的爷爷和爸爸也都得追封为皇帝，比如武帝、太祖、太宗、高祖、高宗等谥号。

皇帝听完后微微颔首，心想是这么个道理，因为我爷爷司马懿就已经奠定晋朝根基了，晋朝理所当然应是从我爷爷开始的。没想到晋朝的史官相当铁骨铮铮，毫不畏惧地跟皇帝谏言说，如果从您爷爷开始算，那咱们这个王朝就相当于篡权得来的了，因为您爷爷那时候，曹魏还有年号呢，您是用曹魏的年号，还是自己创立一套年号？如果您自己发明一套年号，不就是否定了前朝的存在吗？身为一名史官，我不能这么记录历史，我必须记录当时的真正年号，这样的国史才有价值。我建议将您登坛接受禅让的那一天，作为晋朝的纪元元年，您是晋朝的第一个皇帝，我们的历史也从元年开始记录，从那之前的依然还是曹魏。

听完史官的话，其他官员都吓傻了，心说这为史官的胆子太大了，居然让皇帝把自己的爷爷和爸爸的存在都否定了。没想到皇帝居然同意了，说史官说得很有道理，就按他说的办，我们晋朝就从我禅让登基的那一天开始，我爷爷、爸爸和叔叔他们，只给他们追封一个帝号就可以了，就不用给他们年号了。

所以大家现在回头看魏晋的国史，都是按皇帝禅让的那一天开始的，当然这些国史的正本都失传了，但能找到大量抄录的片段。然而，这两朝也就是禅让史上最后的名士之风了。

魏晋之后是南北朝。南朝这边，由于整个天下不都是它的，而且还一直处于弱势，虽然偶尔出现个祖逖北伐、淝水之战、萧道成、梁武帝等，但其实都没有形成太大的气候，在禅让这件事上也做得越来越恶劣了，甚至开始在一整套的禅让流程里，加了最极端的一项——杀前朝皇帝，这个先例一开，禅让制度就慢慢走向了不归路。因为一旦你开始杀前朝皇帝，以后所有的禅让，就再没有谦谦礼让了，所有人面临的都是你死我活，为了保住王位，所有人都要赴死一搏，因为失败就意味着死亡。

但南朝也有南朝的苦衷，它不杀前朝的皇帝也不行，之前的曹家和司马家，在篡位前就几乎掌握了天下所有的权力，根本不用杀前朝皇帝，好好养着还能让后人传诵自己的美名。而到了宋、齐、梁、陈的时候，一是北方有强敌，二是自己不稳固，所以只要禅让结束，多则几个月，少的一天都不到，就把前朝皇帝杀了。而且禅让制有一个很明显的漏洞，当你是皇帝的时候，我杀了你，我就是弑君，但现在我是皇帝，你只是我封的一个臣子，我杀你就是天经地义了。当然并没有人公开杀前朝皇帝的，都是暗中动手，比如投毒，或者活活饿死，等等。

除了杀前朝皇帝，第二个恶劣的先例也开始了，那就是书写本朝国史的时候，不再以禅让这一天作为本朝的开端，也不再使用前朝的年号了。如果继续沿用前朝的年号，那么整个帝国就有了延续性，一个个的朝代顺次传承下来，大英帝国和罗马帝国都是如此。可到了宋齐梁陈的时候，不再从禅让开始记录国史，而是从皇帝的爸爸开始算，既然已经追封了皇帝的爸爸为什么帝、什么祖、什么宗。总而言之，从此之后的新王朝就越来越不像话。

其实所有的大帝国到了晚期，都是如此，越衰落越不像话，越不像话越胡来，越胡来就越衰落。等到了陈的时候，所谓的礼义道德已经荡然无存，直接拿自己家的姓当朝代名字了。在中国历史上，从夏商周到中华人民共和国，从来没有像陈这么没有廉耻的，因为中国自古以来都要遵守古理，比如前面的朝代叫宋、齐、梁，那是因为以前就有。到了陈，开国皇帝名叫陈霸先，这名字听起来就带有一股浓浓的乡土气息，他先当了政，自立为帝，也不用费心思想什么名字，干脆直接就用自己的姓，将新朝代命名为大陈。延续了800多年的华夏第一帝国，就在陈朝彻底灭亡了。

华夏第一帝国跟罗马帝国有很多相像的地方，其实最像的就是都没有科举制度，普通老百姓没有上升的阶梯，所以权力都掌握在贵族和皇帝手中，皇帝没有绝对的权力，叫作"皇帝跟贵族共治"。整个华夏第一帝国从汉朝开始到大陈灭亡，只有极少数的皇帝拥有绝对的权力，比如汉武帝。而且这期间的皇帝也没有拿手下的大臣当奴才，因为他是皇帝，不是奴隶主，甚至也没有把三公和卿相们当作雇员，一切都还是非常清楚的，田亩税由贵族和大臣们来支配，而盐铁山林渔工商的税收归朝廷和皇帝支配。所以整个第一帝国的皇权还不是那么专制，而是跟贵族共治。

汉朝的时候封了王，后来闹出了"七王之乱"，后来就不搞这种封建分封了，而是氏族大家共治。为什么呢？因为汉朝开始用察举制来选拔官员。察举是什么意思？"察"就是上边派下来一个巡视组，东看看西看看，最后挑选出一个人，说这个人不错，让他当官吧；"举"就是从下往上进行推举，比如有人说，我们这里有一个大德之人王莽，这个人因为有德行，把自己的儿子都逼死了，我们推举他来当官。听起来，察举制是一种非常公平的选拔方式，事实上并非如此。首先，由谁来举？普通的农民和老百姓肯定不行，他们连字都不会写。其次，被挑选出来的人又是谁？肯定主要是从选官家的亲戚和朋友里先挑。

一来二去，被选拔为官的人都是那几个大家族的亲戚和朋友，逐渐就出现了世家豪门，虽然选拔上去的官爵不能世袭，但事实上基本就是世袭的性质。因为到了我儿子那一辈，还是要实行察举制，所有当官的都是我家的亲戚和朋友，选来选去还是会选我儿子。大家耳熟能详的三国时期的袁绍家，四世三公，意思就是他们家世世代代都是三公。

从法理上来讲，察举制追求的是"世家及身而终，贵族世袭亡替"，然而实际操作中，世家大族说，虽然我及身而终，但我儿子还是可以通过合法的选拔接替我的位置，我孙子也是如此。来来回回，实际掌权的都还是这些大家族的子孙。

这样一来，整个国家就会越来越腐败，因为老百姓没有上升的阶梯。

春秋战国时期就相对好很多,"布衣立谈成卿相",还有"士"这个阶层,但到了华夏第一帝国就没有了。所谓的"华夏第一帝国",其实是可以称为封建帝国的,贵族与皇帝共治。罗马也差不多,皇帝跟元老院共同掌权,跟各种各样的将领和封疆大吏共同掌权。没办法,罗马实在是太大了。但它也有过一段美好的时期,皇权的轮替很接近我们的禅让制,但罗马的皇帝不是活着的时候让位给别人,而是许诺说,虽然你不是我的亲儿子,但你有才华、名声或军功,所以我认你当干儿子,等我死后把皇位让给你。罗马的这段黄金时代叫作"五贤王时代"或者"五贤帝时代"。

罗马的禅让,是皇帝得先认你当干儿子。但中国人不喜欢把皇位传给异姓,中国的皇帝得先把自己的女儿嫁给你,最后把皇位禅让给你这个女婿。但不管怎么禅让,华夏第一帝国和罗马帝国最终都出现了同样的问题,人民没有上升阶梯,世家豪门把控权力,越来越腐朽,最后走入灭亡。而且这两个帝国还有一个更像的地方,那就是罗马帝国到了后期,差不多是公元零年的时候,差不多也是王莽篡权的时候,耶稣诞生了,基督教开始在罗马帝国内汹涌地传播。罗马帝国最后的灭亡,其实跟这个有很大的关系。当然也有一种说法是跟天气有关,当时刚好是全球变冷的一个小冰河时期。我们这边明朝灭亡的时候也有人说是因为气候变冷造成的。因为全球天气变冷,北方的民族没法生活了,快要冻死了,只能被迫南下,于是蛮族南下灭了罗马,中国北方的少数民族南下灭了明朝,建立了清朝。

但我觉得天气不是最重要的,气候变冷的时候多了,这只是一种外因,而导致一个帝国的灭亡,最重要的原因是其内部的腐朽,贵族的极权加速了腐朽。两种宗教的传播也极大地伤害了这两个帝国,罗马是受到基督教的冲击,而中国的南北朝时期,正是中国历史上佛教的最高峰。宗教一来,大家不再膜拜皇权和贵族了,人民心中最神圣的存在变成了上帝和释迦牟尼。

南北朝时期，有好几个皇帝自己都出家信佛了，最著名的有梁武帝，最后居然让政府来赎自己。因为他出家了，想要让他还俗，必须让国家捐助寺庙一亿钱，政府没办法，国不可一日无君，于是硬着头皮拿出了一亿钱给寺庙，结果寺庙的产业越来越大，建造了更多的寺庙。华夏第二帝国时期的唐朝人杜牧有诗云"南朝四百八十寺，多少楼台烟雨中"，可见到了唐朝的时候，南朝留下来的寺庙还有那么多。信奉佛教的人越来越多，问题也接踵而至，那么多人都出家当和尚去了，谁去打仗？谁去种地？谁去纳粮？所有的社会资源都被调去建造佛堂和寺庙了，日常生活怎么维持？南北朝和罗马帝国都面临着这些严重的问题。

总而言之，不管是气候原因，还是宗教的冲击，华夏第一帝国和罗马帝国都走向了灭亡。而灭亡之后，两个帝国就走向了截然不同的发展方向。在罗马帝国灭亡后，基督教统治了欧洲1000多年。这1000多年有很多名字，有人说叫"欧洲的黑暗时代"，有人说叫"中世纪"，也有人说叫"中古时代"。不管叫什么名字，从罗马灭亡开始，到文艺复兴之间的漫长时间里，欧洲并没有走向科举制，而是分散成许多小的王国和公国，但这些王国和公国都共同信奉一个上帝。

在欧洲所有的小国家里，不管你是篡权也好，禅让也好，只要得到了教皇的承认，那你就是合法的皇帝。其实很多时候，教皇明明知道你是篡权者，但他依然出于某种目的而给你戴上皇冠。于是欧洲开启了真正的封建制度，有了选举，神圣罗马帝国开始选帝，英国有了《大宪章》，大宪章就是贵族开始限制国王的权力。2015年正好是大宪章产生800周年。

实际上，南朝和罗马帝国的灭亡，最本质的原因就是世家贵族的权力太大，而皇家的权力太小。所以，不能说限制皇家权力就一定是好事。现在有一种奇怪的思潮,很多人觉得只要限制王权、限制皇权、限制专制权力,这个时代就是进步的,这种思潮是片面的。英国用《大宪章》来限制王权,包括中国南朝的世族大家限制皇权,并不等于人民限制王权,不是为了让人民当家做主,不是我们今天所说的"宪政",它的目的是让人民当世家大族的奴隶,让人民到我的领地上来当我的私产,所以人民被剥削得更厉害了。到了南朝的时候,世家大族的征税已经到了十征六,在汉朝的时候,税是很低的,文景之治期间是三十税一,到了三国时期,连年战乱,国库紧缺,但也只是十五税一,或者十税一,因为中国地大物博嘛,政府十税一就能维持下去了。

到了世家大族掌控权力的时候,他们将大量土地和人民都变成了自己的私产,雇农的纳税已经到了十纳六的地步,而且这还是在农民有牛的情况下。在南北朝时期,牛是政府最大的利器,就像今天的房子一样,你今天买了一套房子,但这房子下面的土地是国家的,这房子你也只能住70年,70年后就要收回去。南北朝时期的牛也是一样,雇农要耕地,当然自己有一头牛最好了,若自己没有牛,国家就借给你一头,帮助你耕种,但到了该归还牛的时候,如果你还不出,那就要加倍罚款,而且如果你用了国家的牛,你的税就不是十纳六了,而是十纳八。所以,世家豪门限制了皇权,对人民没有什么好处,无非就是皇帝和豪门之间相互争夺由谁来剥削人民。

皇权或王权要求的是更多的人民给我纳税,更多的人民给我服役;而豪门或贵族要求的是更多的人民给我当农奴、家奴,更多的人民给我当私产。在南朝,人民都被世家豪门征去当家丁了,国家征兵都征不到人,国家的税收也收不上来,官员也委任不了。有一首诗里写"旧时王谢堂前燕",这里面提到的王谢两家,就是南渡到南朝的最大的两个大世家。当然还有很多其他的大姓,有七八家,统称为"侨族",都是从北方跟着皇帝一起南渡过来的，皇帝必须重赏他们，否则他们就向北朝投降。怎么重赏呢？首先得给我土地，这些人到了南朝就迫不及待地一通抢地、抢人民，然后就是把持住朝廷中的大部分官员。

当时的这几家侨族和南方的大氏族之间呈现出严重的不平等局面，特别像国民党败退到台湾以后，跟着蒋介石一起去的大陆军公教人员，都严重歧视台湾本地人，台湾本地人不能当官，不能参加选举，土地也被掠夺，大陆的军公教人员，退休以后把钱存入银行，能得到18%的利息，台湾本地人的利息只有1%。东晋南渡到南朝之后，情况基本就是这样，所有侨族家的孩子，就是世家大家的孩子，二十岁就能入朝当官，而且直接从部长秘书开始做起。而南方氏族家的孩子，"扬州无仆射，荆湘无京官"，仆射就是宰相的意思，也就是说，南方氏族家的后人，永远不能当上最高的官职，而且从湖南和湖北来的人，压根就不能进京来中央政府当官。

南方的大氏族推举有才华的人来面见皇帝，希望能得到官职，皇帝完全没有办法，只能两手一摊说，对不起，选官员这事我说了不算，您去王家和谢家问问，问问他们同不同意。南方的大氏族只能硬着头皮去王家和谢家，结果人家根本不让他进门，就算皇帝给你批条了我们也不搭理你。

通婚也是一样。侨族绝对不跟南方的大氏族通婚，除非侨族开始没落了，才能勉为其难地跟南方大氏族通婚，你成了我们家的女婿，就可以"二十弱冠秘书郎"了。这跟西方很像，只有没落了的英国贵族，才会娶美国有钱人家的女儿。南北朝的时候有一场重要的战乱叫"侯景之乱"，从北朝一直乱到南朝，先在北朝叛乱，打了一通，然后又投向南朝，当时南北朝划江而治，叛乱者只要失败，只要渡江投向另一头就行了。于是，侯景从北朝投向了南朝，他跟皇帝说，他想娶一个乌衣巷里的姑娘。所谓的"乌衣巷里的姑娘"，其实就是指王家和谢家的姑娘，因为两家都住在乌衣巷。

结果皇帝跟侯景说，这两家的门第太高了，你高攀不起啊，我给你介绍一个江南大族家的女儿吧？侯景勃然大怒，他可是北朝的大将，投向南朝，他还挺谦虚，没说想娶公主，结果娶个世家的女儿都被拒绝了，皇帝还要给他介绍一个次一等门第的南方氏族女儿，真是太瞧不起人了。于是，侯景在南朝又叛乱了，侯景的叛乱极大地搅扰了南朝，皇帝信奉佛教并吃素，就是从梁武帝开始的，结果这位梁武帝被侯景活活饿死了。由此可见这王家和谢家有多厉害，因为不愿意让自家的女儿嫁给侯景这样的军人，就不惜付出皇帝被饿死的代价。

南朝的侨族特别讨厌，他们每天干什么呢？倾谈老庄之学。这些南朝的侨族不信赖儒家，因为他们觉得儒家太土了。什么叫贵族？就是只要是大多数人都会和喜欢的东西，我就坚决不能喜欢，如果你们家里都挂凡·高的画，我就不能挂，我偏要挂一幅你们都没听说过的画家的画。因为留在北方的氏族还是在继续搞儒学，所以南方的侨族看不上儒学，最后南方连政府的太学都没有了，因为太学是教儒学的，南方没有人来教这个，所有的南方世家侨族之间都在攀比老庄之学，倾谈玄学。

老庄之学是一种什么样的学说呢？它奉行不治国，不教育人民。老子说"治大国若烹小鲜"，这是什么意思呢？就是不用治国的意思，因为小鲜一碰就动了，只要不碰，放在那儿放着就行了，这样一切就师法自然了，教育人民也是同理，不用碰他们，让人民就那样就可以了。

儒家还是有一点正面的治国理论的，比如"修身齐家平天下"。而老庄的那一套玄学理论，在治国方面基本毫无用处，所以南朝的皇权被限制，就导致了人民被世家大族压迫得更悲惨，直接导致了国破家亡。所以，限制王权和皇权并非都是好事。英国的《大宪章》之后，王权被限制，人民沦为了贵族的奴隶，外境更为艰难。到了文艺复兴，甚至到了后面的工业革命前期，王权都要远比《大宪章》时代要强。王权其实并不绝对是坏事，因为它和今天所谓的专制根本是两回事。

我再举一个更贴切的例子，如果林肯和联邦政府的权力受到限制，那美国还打什么南北战争？就任由南方的奴隶主随便奴役人民不就完了吗？就是因为林肯的权力大，联邦政府敢于突破宪法，敢于跟南方的大奴隶主开战，才能把人民从奴隶主的手中解放出来。

总而言之，华夏第一帝国和罗马帝国都灭亡了，但我们华夏民族的希望之光从北方升起来了，这就是接下来的华夏第二帝国。

## 3. 纯种汉人去哪儿了

一听到华夏第二帝国的组成，很多民族主义者肯定要气得直跳脚，他们会说，你怎么能管五胡乱华叫作华夏第二帝国？

不要着急，且待我慢慢解释。我个人认为，如果五胡乱华不叫作华夏，那么真正的华夏，在陈灭亡之后就彻底灭绝了。有些民族主义者现在经常说什么"崖山之后无中国""明亡之后无华夏"，这些我都不同意，如果按照他们的观点来看，南朝之后就没有中国了，因为隋唐都至少流淌着一半少数民族的血液。

所以，我说大家都是华夏民族，而且不论是五胡还是其他的少数民族，其实都是居住在中原地区的少数民族。中国历史上的人口经历过无数次的大洗劫，其中最狠的一次就是三国时代。大家想一想，当时蜀亡时还剩90多万人，吴亡时还剩200多万人，魏国平蜀时还剩下400多万人，根据钱穆先生的考证，全国加起来也就剩下七八百万人口，今天的历史学家认为可能没有那么少，但最多也就剩下 2000 多万人，那也没有汉末人口的一半多了。而且我本人还是认为钱穆先生考证的数据更为准确，因为我看《出师表》的时候能明显感觉到，蜀国的人口绝对不会超过 100 万，不然诸葛亮不会说，咱们今天不打的话，明天连兵都要没有了。所以在三国时代，由于人口大量减少，大片的土地无人耕种，只能引入少数民族，尤其是北方的少数民族，曹操亲自从关西迁来少数民族，羌族从西部迁来，匈奴族从北部迁来，鲜卑族从东北部迁来。

说到底，少数民族的大批迁来，都是咱们汉人自己的政策，因为我们这儿的人差不多都被自己杀光了，最后不得不把人家胡人引到中原来，让胡人种地、交税。当然所有的政策，还是会把胡人和汉人分开对待，比元朝时期蒙古人歧视汉人有过之而无不及。当时在中原地区，汉人对被引来的少数民族实行了残酷的统治，不把少数民族当人，而是当奴隶。所以最后匈奴和鲜卑起义的时候，理由就是汉人奴役我们，不把我们当人，我们走投无路，只能揭竿而起。

而且汉人内部腐败，战斗力也和少数民族没法比，所以五胡乱华的时候，大多数的少数民族都来自关中地区。起义之后，建立了大量的政权，其实这也算好事，因为把士族豪门都轰到南方去了，留在北方的士族都是二等士族。为什么？因为他们没有钱和实力渡江，就像国民党跑到台湾去一样。所以，这些留在北方的二、三等士族，没有一等豪门那么不可一世。再说，少数民族建立了政权，也不是想让这个国家变得更加落后的，人家也想学习中原汉人的先进文明，所以就出现了北魏的孝文帝改革。

北魏是空前强大的，是第一个统一了北方的北朝的大朝代。北魏的孝文帝愿意改革，鲜卑的姓都改了，从拓跋改成元，独孤改成刘，所以现在姓刘的人，很可能不是真正的汉人，而很可能是姓独孤，姓元的也有可能是最初姓拓跋的鲜卑人，比如元化、元彪等，各种古怪的少数民族姓氏，都积极地向汉族靠拢，取汉制，向汉族学习。幸亏那些一等的豪门大族都逃走了，所以没人教这些少数民族学庄老玄学，并且那些一等豪门大族，逃到了南方还是在相互较量、争斗，欺负南方人。留下的二、三流氏族都奉周礼，奉儒学为正统学派，而且他们彼此之间也非常团结，并带领北方人民一起，好好地跟少数民族共处下去，既然咱们打不过少数民族，那就好好地同化他们，用周礼帮少数民族编制。其实周礼并不是周公写的，而是春秋时期的一个妄人写的，其实也不能称之为妄人，就是一个名不见经传的小人物，但是他冒充周公的名义，写下了《周礼》，这件事如今已经被确凿地考据了，《周礼》肯定不是周公写的。但《周礼》中确实记录了很多周朝的东西，比如井田制，北朝觉得井田制不错，咱们就学习这个吧。

根据现在的历史学家考证，井田制只是一种理想，我本人对此也不太相信，因为中国有这么多的丘陵地带，要整齐地划分成九块田，大家各自种1/9的公田，这个可操作性并不是很强。其实井田制最大的用意应该是"十税一"，因为九块田里有一块是用来收税的公田，1/9就跟"十税一"差不多。

总之，因为采用了井田制，北朝风气一新。当然还有另外一个重要的原因，那就是老百姓都被杀得差不多了，大豪门士族也都逃跑了，人少地多，很容易实行均田，南朝十税六，北朝十税一，北朝人民的负担大大减轻，甚至有些时候达到了十五税一，人民已经感觉非常幸福了，府兵制也一下子把农民解放了。

均田制、府兵制，后来整个华夏民族赖以生存的最重要的新鲜血液，都是从北朝延续下去的。所以，如果民族主义者坚持说北朝是少数民族建立的政权，不能算作华夏民族的话，那华夏民族到此为止也就没什么讨论的必要了。

总之，北朝率先实行改革，国富民强。当然北朝和南朝一样，都无比信奉佛教，但是北朝比南朝富有，很多寺庙都是用木头建造的，而北朝建造的寺庙的文物，到今天都是华夏文明的瑰宝。我在洛杉矶的一个朋友家里有好几个北齐时期的佛头，雕刻和做工精美，那都是价值连城的国宝。今天中国那些享誉世界的佛教石窟，其实都是南北朝时期建造或开始建造的，比如云冈石窟、龙门石窟，还有世界上最大的文化遗产之一——敦煌莫高窟。敦煌莫高窟建造了很多年，始建于东晋，当然隋唐等朝代都有扩建，比如里面的很多文书是唐朝的。而且敦煌这个地方很令人扼腕叹息。在后来的各种战乱中，这个地方被埋没了，根本没有人知道那是一个有着无数建筑奇迹的地方，因为西北人就在土里挖窟窿建房子，战争中那些窟窿很容易就被封住了。一直到清末，辉煌的敦煌才被一名道士发现。但那道士完全不知道这些佛像的意义，他就觉得这个地方风水不错，于是就在那儿建了一座道观，修建道观的过程中，毁了不少珍贵的文物。而且修道观还需要钱，敦煌石窟里存放了数十万种的古书、古画，本来都保存得极为完好，结果道士把这些东西都卖给了附近的村民，让他们烧了之后用灰泡水喝，用来包治百病，大量价值连城的稀世珍宝，就这么被烧毁了。幸亏后来来了英国人、法国人、俄国人、瑞典人（大家不要说我是卖国贼），他们以特别便宜的价格，按斤称地从道士手里买下来用车子来装的文物，带回了他们的国家。法国人拿走了大量的经书，后来他们在天津港装船的时候，顺路跑到北京去，找了几个国学大师，让他们给翻译一下这些经书到底写了什么，结果京城的这些国学大师全都傻了，这才知道西北的土地上有那么一堆洞窟，里面藏着稀世国宝。大师们赶紧向政府申请保护。最可气的是，在政府的保护令正式颁布之前，这个道士又转移了大量的文物，拿去变卖。后来俄国人来了，又弄走了几万个残片。如今，这些东西分别保存在大英博物馆、法国和俄国的博物馆里，虽然外国人把我们的东西拿走了很可恶，但总比我们自己的愚昧道士拿来烧了泡水喝强，总算是替我们保存了部分历史。

总之，北朝留下了大量灿烂的文化。但少数民族建立的帝国也有一些不仁不德的传统，北魏最强盛的时候，做了一些和奥斯曼土耳其有些像的事情，就是只要立储，立刻就把储君的母亲杀掉，因为害怕太后把持朝政或篡权。奥斯曼土耳其是苏丹一继位，立刻就把兄弟杀掉，害怕他们篡位。这就保证最有能力的儿子才能继位。后来奥斯曼土耳其的一位苏丹心太软，没有杀兄弟，而是把他们关起来。之后便形成了惯例。这些被长年囚禁的皇子一个比一个软弱，有些后来继承皇位，导致了奥斯曼帝国走向衰落。

慕容鲜卑建立了几个国家，拓跋鲜卑建立了北魏，还有鲜卑的部落，它们都有立储杀母的传统。后来北魏迁都到洛阳，接受了汉化改学儒家思想之后，大家觉得这个传统有点不太好，每次都把太子的母亲杀了，似乎不够仁孝，于是就放过了一位太子的母亲，结果导致北魏后来的外戚专权，分崩离析成东魏和西魏。东魏归了我们老高家的高欢。这应该是我们老高家第一次站上历史舞台。高欢扶持了一个傀儡皇帝孝静帝，建立了东魏，定都邺城，然后就开始搞禅让的那一套，让皇帝封自己为公为王。

高欢开启了华夏第二帝国的第一次禅让，但他没当上皇帝就死了。高欢死后，高洋继位，建立北齐，追封高欢为神武帝。北齐建立隔年，高洋以毒酒毒死了东魏的孝静皇帝。西魏那边的皇帝跑到了长安，投奔了宇文家族，宇文家族也照搬禅让的那一套流程，建立了北周，后来北周灭了北齐，又禅让给了隋，隋又禅让给了唐。以上这些朝代都是正儿八经地走了禅让的流程，唐朝到了最后又禅让给了朱温。朱温早年曾参加过黄巢起义，后来脱离了黄巢的大齐政权归了唐，自己又改名叫朱全忠，最后从唐哀帝手中夺取皇位，建都开封，建立了大梁，是为梁太祖。至此进入了五代的后梁、后唐、后晋、后汉、后周，唐朝禅让给了后梁，后晋、后汉、后周分别只是一段小插曲，加起来才十几年，最后后汉禅让给了后周。后周通过陈桥兵变，禅让给了宋。总之，从北朝开始，一直延续到宋被蒙古灭亡，从法理上来看，这期间的朝代都是靠禅让传承下来的。虽然中途因为战乱，国玺被弄丢了，但我认为国玺其实在北朝时代就已经丢了，虽然这个东西目前无法考证，但至少有书写着法理的文件，一代代地传了下来。这个延续了好几百年的帝国，我们就管它叫华夏第二帝国。

有关魏晋南北朝的事情就讲到这里。

关于华夏第一帝国和华夏第二帝国的划分，其实只是我个人的浅见，在许多前辈大师的面前，我只是班门弄斧地将我们的历史，跟西方的帝国进行对比，因为西方的大帝国也是由很多的姓和很多朝组成的。我觉得从禅让的法理角度，可以这么划分。

如果大家想了解更多有关魏晋南北朝的有趣故事，有两位前辈大师的著作可供大家参考，一位是魏晋南北朝的大专家——陈寅恪大师，另一位是钱穆大师，他也有很多关于魏晋南北朝的精彩论述。不过，虽然钱穆大师是我的大偶像，但因为他没有留过学，所以他对于西方的历史和歌颂西方历史，以及拿西方历史跟东方历史做对比这些事情比较抵触，大家看的时候要注意一下这方面的问题。

下面跟大家讲几个和禅让有关的好玩的小故事。

我们已经讲过，几乎所有通过禅让得到皇位的人，都有一个第一必备条件，那就是要先把自己的女儿嫁给前朝的皇帝，嫁不了女儿就嫁妹妹，还有嫁姑姑和姨妈的，反正除了没有把自己的妈妈嫁出去的，其他的女性亲戚都可以嫁给前朝皇帝。总之，要跟前朝皇帝攀上姻亲。

北朝出了一个特别厉害的人物，中国历史上都没有跟他一样的人，这位兄台叫独孤信，他把自己的三个女儿都嫁给了皇帝。当然，曹操也曾经把自己的三个女儿都嫁给了汉献帝，但三个女儿只有一个能当皇后，剩下的两个是当皇妃。但独孤信的三个女儿，分别当上了三朝的皇后或皇太后。这位独孤信所在的独孤家族，是没有来得及改姓刘的，姓刘的独孤家族是跟着拓跋氏到了洛阳的那一支，而独孤信这一支是留在塞北坚守的军事贵族，号称西魏的八柱国之一。柱国的等级在丞相之上，都是边镇大将、藩镇大将。

独孤信手中有一个国宝，一直传到了今天，是一枚煤精印，目前是陕西历史博物馆最重要的镇馆之宝之一。这块煤精印是一个多面体，一共有26个面，其中有14个面是正方形，大小不一，这些印面上的印文说明独孤信有多个官职。因为独孤信有三个女儿都当了皇后和皇太后，自己本身也是八柱国之一，所以他的官职特别多，又是大司马，又是刺史……出门的时候随身挂一大串官印，那肯定挺沉的，而且也有点不低调，所以他就用一块煤精做了一个印，当他想用大司马的官职时，就用大司马那一面的印，当用刺史的身份给皇帝上表的时候，就盖刺史这一面的印。

独孤信的三个女儿分别嫁给了谁呢？北周明帝、隋朝的开国皇帝隋文帝，以及唐朝的开国皇帝李渊他爸爸，前两个女儿当上了皇后，最后一个成了皇太后。隋唐时期的皇后都特别有名，比如独孤皇后、长孙皇后，光听名字就知道她们都来自少数民族，所以说，隋唐后代的皇帝，能有几分汉族的血统？独孤信的三个女儿，导致整个周隋唐之间的禅让，全都是姻亲之间的禅让，还导致了一个极为有趣也极为复杂的问题，那就是大家相互之间该怎么称呼。北周静帝要禅让给隋文帝的时候，一开始隋文帝不同意，因为他觉得自己还没到能当皇帝的地步。结果北周的皇家内部出了叛徒，内臣说，杨坚你要是不来接受皇位，那我们就自己干了。杨坚只好赶紧跑过来，跟北周静帝走那一套的禅让流程，先封为随国公，然后通过禅让成为隋文帝。那么隋文帝和李渊又是什么关系呢？李渊和隋炀帝杨广是表兄弟，因为李渊的妈妈和杨广的妈妈是亲姐妹，也就是独孤信的两个女儿。

李渊和杨广首先是表兄弟，后来李渊又把外甥女嫁给了杨广，而杨坚跟北周明帝是连襟，最后杨坚又从自己的外孙子手里禅让来了隋朝。禅让给杨坚的虽然不是他女儿亲生的，但也算是他的外孙，因为他女儿毕竟是正牌皇后。总之，这辈分是非常混乱的，但是没关系，大家为了得到和巩固权力，亲戚关系越复杂越好。而且以上这些还不是最乱的，最乱的是隋朝的隋炀帝跟李渊之间。《隋唐演义》里面把隋炀帝杨广骂得一塌糊涂，其实他执政前期还是可以的，到了后期才开始变得暴虐起来。隋炀帝和李渊是什么关系呢？李渊把自己的外甥女嫁给了杨广，杨广的女儿和两个侄女全都嫁给了李世民。李渊最后从杨广的孙子手里禅让来了唐朝。那么，杨广的孙子隋恭帝应该管李渊叫什么？这是一道错综复杂的题。

李世民的老婆是非常多的，但都不是正牌的皇后，李世民的正牌皇后是名垂青史的贤后——长孙皇后。说到长孙皇后，一些大汉沙文主义者估计要生气了，因为她不是汉人。但少数民族的皇后也可以贤良淑德嘛，胡人也可以贤良淑德嘛，而且汉人也出过不少"坏"皇后，比如吕后、武后。而少数民族出身的独孤皇后和长孙皇后，都是中国历史上有名的贤后。独孤皇后辅佐隋文帝杨坚，创下了当时世界上最盛大的朝代——隋朝。而且孤独皇后各方面都非常优秀，勤劳，朴素，汇集了中国少数民族的各种优点于一身，但她也有一个少数民族的姑娘常见的缺点，就是爱吃醋。汉人姑娘从小都受到三从四德的教育，而少数民族的姑娘不喜欢这个，她们不喜欢自己的丈夫纳妾，实在想纳妾也可以，你不能太宠幸妾。有一次杨坚背着独孤皇后偷偷宠幸了一个宫女，被独孤皇后发现了，她第二天就把那个宫女杀了。杨坚气得骑上马就冲出皇宫，口中高喊，我贵为皇帝，怎么过着这样的生活？群臣急得不行，到处寻找皇帝，最后在城外20多里地的地方找到了隋文帝，他躲在一块破石头后面哭呢。

吃醋归吃醋，隋文帝跟独孤皇后的感情还是非常好的，独孤皇后死后，隋文帝为她办了隆重的葬礼，还痛哭了好多天。但接下来皇帝就像脱缰的野马一样，开始胡闹了，比如把陈朝的宣华夫人和容华夫人都纳到自己身边当宠妃，宠幸至极。

独孤皇后这辈子虽然贤良，但还是做了一件坏事，那就是怂恿隋文帝废了太子杨勇，立了杨广为储君。杨广这个人非常擅长表演，他跟萧皇后两个人，到处表演夫妻恩爱、举案齐眉，堪称神仙眷侣。有人巴结杨广，送给他一个小妾，杨广立刻就给打出门去。杨广的这一套表演刚好中了爱吃醋的独孤皇后的下怀，她天天在隋文帝耳边说杨广的好话，说太子杨勇的坏话。再加上杨广自己也培植了大量的羽翼，不停地到处说杨广的好话，最终让杨坚下决心废了太子杨勇，杨勇最后的下场很惨，爬到东宫的树上，冲着皇宫喊冤。结果，杨广一被立为太子，立刻露出了残暴的本性。有关隋文帝杨坚的死因，到现在都是一个谜。当时，隋文帝生病，杨广来看望父亲，结果出门的时候碰见了宣华夫人。宣华夫人是南朝的绝世美人，杨家虽然是汉人，但杨广已经是少数民族的独孤氏生的了，有一半的鲜卑血统，一看到宣华夫人这样的美女，立刻把持不住了，当即就把宣华夫人抱住了，宣华夫人拼死挣脱，马上跑到杨坚面前告状。杨坚一怒之下要废太子，但是已经没有用了，杨广已经掌控了整座皇宫，当天晚上杨坚就死了，死前高呼"独孤误我"。

说起来，宣华夫人和容华夫人这两位美女也挺有意思，本是陈朝人，陈朝被灭后来到隋朝后宫，并在独孤皇后死后得宠，最后又成了隋炀帝的妃子。禅让制就有这么一个好处，不光是政权，前朝的所有东西基本上都能一起交接给下一朝，基本上就相当于现在的MBO。MBO是什么意思？

做 IT 行业的人肯定十分了解，它的意思是"管理层收购"，CEO 已经掌握了大量的公司高管和公司的股东资源等，最后 CEO 说，我们就换一个董事长，由我来当董事长，顶多再换一个 CEO，其余的一切都保持原状。禅让制下的国家也是一样，除了皇帝之外，文武百官基本上都能留任，地方官更不用变动，前朝皇帝只要把玉玺交接给下一任皇帝就可以了。这和革命夺取政权截然不同，通过革命的方式上台的皇帝，他手下还跟着一大堆的泥腿子，这些泥腿子一路上帮着他打天下，如今不仅皇帝要换，文武百官也全都得换，因为这些泥腿子都要分封受爵。所以革命上台必然会导致流血、牺牲和动荡，接下来新王朝的社会也未必比之前的更加稳定。

当然了，禅让制也会杀一些人，比如杀过前朝的皇帝，再杀几个忠于前朝皇帝的人。但在华夏第二帝国的禅让历史上，也出现过一位无比神奇的人，这位兄台历经了五朝八姓十帝，长期位居宰相或三公的高位，他叫冯道。以儒家的观点来看，这个人自然是要挨骂的，因为他不忠君。但是冯道本人不这么认为，在他看来，他就是继续当高级公务员而已，朝代替换得如此频繁，也不是他能左右的，更不是他策划的。而且他对人民也还是不错的，一有机会就跟皇帝说，不要滥杀无辜，要让老百姓多拥有一点土地，少收点税，不管跟哪个皇帝他都这么建议。在唐和宋之间的五代十国，50 多年的历史，其中有 30 多年都是由冯道来当宰相或者大司马，他先后经历后梁、后唐、后晋、后汉、后周，中间还伺候过耶律德光，因为晋是被契丹给灭掉，契丹灭了晋之后，管理了一阵子又跑了，所以他就当了耶律德光的太傅，也跑到契丹去了。按今天的观点来看，冯道本身其实算是个好人。总之，大部分的禅让，比如隋从北周禅让，基本都继承了北周的各种东西，大臣、柱国等全部留用。李渊就来自北周，他的爷爷就是北周的大柱国——李虎。所以唐朝文人写文章比较倒霉，不能写"虎"这个字，要写成"兽","骑虎难下"要写成"骑兽难下"。

《隋唐演义》里写到李世民接收了大量的隋朝重臣。总之,禅让制最大的好处就是不用流血和牺牲,大家就能把事情搞定。包括我们中华民国的成立也是如此,在整个世界近代革命史上,中华民国是最和平的一次新朝代建立,因为我们自古以来就有这个禅让的先例。其他国家都付出了很大的代价,法国杀皇帝,俄国杀皇帝,墨西哥杀皇帝,大家都得把前朝的皇帝杀了才能解决问题,因为其他国家没有禅让的传统。所以中华民国建立之前,大家翻翻历史,发现根本不用流血和牺牲,于是前线47名将领一起发通电,恳请清帝退位禅让。清帝连退位诏书都不用特意去写,因为历朝历代的禅让诏书内容都差不多,无非就是听天命、以社稷重等,只不过清帝的诏书里还多了一条,说自己把权力还给人民,而不是把权力给了某个特定的人。除此之外,完全是照着魏晋时期最好的禅让流程,建立了中华民国。清帝退位后,还可以自称皇帝,依然住在紫禁城里,继续行他的皇帝大礼,继续行他的祭祀大礼,中华民国政府还每年给这位末代皇帝溥仪400万两银子,供他花销,各种规矩完全遵循古礼。

后来在台湾,蒋介石死后,蒋经国其实也走了一遍"禅让"的流程,蒋经国不直接继位,而是推托一番,让严家淦上任,严家淦当然很清楚自己要扮演的角色,所以他把蒋介石没完成的任期做完,马上"禅让"给蒋经国。当然也可以说蒋经国是国民党"中常会"选出来的,但当时的"中常会"和现在还不一样,那时候国民党"中常会"的十几个人只是说,我们觉得蒋经国更有能力,严家淦你就禅让给他吧,这其实就跟所谓的群臣上书、40万人联名上书、众将通电是一个意思。我最近看一本党的刊物,上面也在讨论禅让制的问题,它是通过正面的方式去探讨禅让制是不是中华民族有别于西方民主制度的一个属于我们自己的民主和平移交权力的制度。但我认为,在中国历史上,真正自愿与和平禅让的人,只有战国时期的燕王哙,除此之外，没有一个人是自愿禅让的。

## 4. 天龙八部的由来

看过《隋唐演义》的人，一定对王世充这个人不陌生。

在李渊接受隋炀帝的孙子隋恭帝的禅让的时候，王世充那边也从不知道什么地方找出了一个姓杨的宗室来，将之立为"隋恭帝"，所以中国历史上有两个"隋恭帝"。当然正史只承认李渊这边这位隋恭帝，但王世充也自己搞了一次禅让，从他自立的"隋恭帝"手里接受了禅让，当了几天皇帝，结果没多久就被李世民灭了。

从王世充往后，禅让制也越来越不像话了。首先不像话的就是朱温，我特别讨厌朱温。在所有中国的农民起义领袖里，我个人最讨厌的就是吃人肉的黄巢，黄巢行军的时候随军带着几十万的百姓，每当到了要吃饭的时候，他就让手下的士兵拿大舂把百姓舂成肉泥来吃。黄巢就是这么残暴无度的人，朱温是他手下的大将，最后朱温背叛了黄巢，投降了皇帝，皇帝为了奖励朱温，赐他叫朱全忠，还让他当了节度使。在唐末，各种事情基本上都由节度使说了算，而且这个职位还是可以世袭的。最后朱温从唐朝手里禅让来了大梁，中国历史进入了五代十国时期。朱温的禅让已经非常勉强了，毕竟他是军人出身，禅让的时候恨不得照着前朝皇帝踹两脚，让他快点把皇位让给自己。

而朱温之后的两次禅让就更为可笑了，分别是郭威从后汉禅让到了后周，以及赵匡胤从后周禅让到了宋。我们不妨来看看这两次可笑的禅让的细节。首先，这两个人在禅让之前都没有权倾朝野，既没有被封公，也没有被封王，后续的赐九锡、剑履上殿也都省去了，郭威曾任枢密使，赵匡胤只不过是禁军的统帅。五代十国时期为了防备唐末节度使权力太大的问题，军制变成了禁军制，所有的军队都集中到中央来，叫作禁军，所谓的禁军统帅，又叫作殿前都检点，赵匡胤曾任这个职务。郭威和赵匡胤并不是宰相，也不像当年的曹家和司马家一样有权力，所以他们要夺取权力，速度必须要快，根本没有时间三推三让，也没有人配合他们推来让去的。

郭威本身和他的柴皇后两人跟后汉是有着血海深仇的。后汉的前一个皇帝杀了郭威家的几十口人，把脑袋都砍到筐里，送到郭威面前，郭威当场吐血昏厥，他这个人很容易昏厥。但虽然有这样的深仇大恨，郭威一开始也是不想篡权的，因为他总是想做一点儒家的事情，最后他打进汴梁城的时候，还立起了一位小皇帝，不自己主动篡权，而是想让小皇帝禅让给他，他来受禅让。赵匡胤也是用同样的方式受禅。先是北方的契丹打过来了，需要禁军出城抵抗，结果禁军出城刚走到澶州这个地方，全军停了下来。大家应该都听说过"澶渊之盟"，又叫"城下之盟"，可见澶州这个地方离汴梁城有多近，顶多也就100里。禁军不走了，因为正对着郭威的马头的地方，突然升起了一股紫烟，于是全军鼓噪，所有人都说这是祥瑞之兆，怂恿郭威当皇帝。郭威坚决拒绝，不肯篡位，甚至他干脆躲起来了，躲到一个小院子里。于是，他手下的军官们就开始爬墙，冲进去抱住郭威，逼着他当皇帝，还扯了一块黄旗给郭威裹上了，结果郭威又当场昏过去了。这些都是正史的记载。我最想不通的是像郭威这样的人，就算躲进一个小院子里，身边怎么也连个侍卫都没有？居然就被军官们裹着军旗逼上了皇位。

回到汴梁城之后，郭威还特别委屈地表示，自己不想当皇帝，都是手下的将领逼迫他的，他都昏过去好几回了。那怎么办？没办法，那就禅让吧，反正那位小皇帝也是郭威立起来的。但不管怎么说，郭威后来成了一个很好的皇帝，也算励精图治，大宋后来的江山其实就是后周给奠定起来的，而整个五代期间最好的两位皇帝，就是郭威和柴荣。郭威和柴皇后夫妻伉俪，但是诸子早亡，所以郭威就认了柴皇后的兄弟的孩子，也就是柴皇后的侄子柴荣为义子。柴荣这个人有雄才大略，对内改革内政，对外统一国家。后来的宋朝，其实就是下山摘葡萄，整个基业都是柴荣奠定好的。

　　赵匡胤的出身也很有意思，当年郭威手下的将领用皇旗裹着郭威，苦苦哀求他当皇帝的时候，其中的一位将领就是赵匡胤。对于当时的场景，赵匡胤肯定记得非常清楚，原来当皇帝不难啊，只要假装昏过去两回就可以了，我赵匡胤也有样学样地来一次吧。但柴荣在的时候，赵匡胤可不敢。赵匡胤虽然雄才大略，但比不上柴荣。即便后来赵匡胤成了皇帝，他也总说大宋的江山是赵家和柴家各占一半，赵匡胤对柴家也很好。《水浒传》里的小旋风柴进，就是柴家的后人，住在大宅子里面，生活得是非常优渥的。可惜，柴荣虽然雄才大略，但英年早逝。柴荣一死，赵匡胤终于等来了机会，于是也就照着郭威的套路演了一次，但他演得更急。郭威好歹还出了城，走到了澶州，赵匡胤觉得走到澶州那么近的地方都有点悬。他虽然是禁军统帅，但威望还没有郭威那么大，地位也没有郭威那么稳固，更重要的是现在在位的小皇帝也不是赵匡胤立起来的，朝中还有王溥这些老臣。所以当契丹又打来的时候，赵匡胤凌晨就让禁军集合，开城门，出城，刚走了40里到陈桥驿，当天晚上发生了陈桥兵变。

　　赵匡胤也没搞昏厥那一套，直接皇袍加身就回城了。当赵匡胤率领禁军杀向皇宫的时候，后周的早朝还没散呢。由此可见赵匡胤有多心急。有几个大臣还站出来想训斥赵匡胤，结果禁军众将领把剑拔出来了，王溥一看这情况，马上下殿，带头跪倒在赵匡胤面前。其他百官一看，宰相都带头了，也就纷纷认命了。所以就用了一个早上的工夫，禅让就完成了。实在是有点太不讲究了，以前传下来的那一套复杂的程序全都省略了，自己披上皇袍就登基了。而且赵匡胤当天中午就命人搭坛祭天，连第二天都等不到，生怕夜里再闹出什么变故来。于是这天下午快到黄昏的时候，坛子搭建好了，赵匡胤收拾收拾就要上坛受禅，突然一拍脑袋想起一件大事，诏书还没写呢。

没有诏书念什么呢？幸好有一个翰林，趁着大家搭坛的工夫，偷偷写了一个。因为他对禅让这套制度的标配很了解，自己又不会干体力活，所以就事先写好了偷偷藏在袖子里。当赵匡胤这里开始着急没有诏书的时候，他赶紧像献宝一样把诏书拿出来，于是这位翰林在宋朝立马得到了高升。可见当 CEO 要夺取权力的时候，有心的人一定要在关键的时候让自己发挥一点作用。就这样，赵匡胤清晨出城，当天晚上陈桥兵变，第二天早上黄袍加身，下午登坛禅让，不到两天的工夫，就建立了宋朝，一直到宋朝灭亡，华夏第二帝国也彻底结束。

南北朝时期，学术还是很兴盛的，至少当政的士族都是有文化的，哪怕他们清谈老庄玄学，那好歹也是学问，从唐末的节度使开始，中国进入了黑暗时代，五代十国是中国历史最黑暗的时期。总之，只要军人一当政，国家就会非常混乱。在华夏第一帝国和第二帝国相互交替的过程中，中国最后的贵族士族和豪门门阀这个阶层，彻底被消灭了，取而代之的是靠科举制度上来的科举官僚阶层。但我觉得这些贵族士族和豪门门阀，还是为华夏民族站好了最后一班岗，因为他们各自承担起了一个义务。南下的侨族，起到了教育南蛮的作用。东晋南渡是第一次把东吴的国土大面积向南扩张。以前汉朝和秦朝在南边建过的交趾镇，其实根本没有实行过有效的管理，只有南渡的侨族，才第一次把中华的教育带给了南方的蛮夷民族，等于完成了同化南方蛮夷的任务。而留在北方的士族则完成了同化北方胡人的任务，在北方氏族的努力下，胡人改了姓，行了周礼，实行了均田制、府兵制等。

南北方的大豪门，在退出历史舞台之前，同时同化了南北方的蛮夷，为华夏民族的统一站好了最后一班岗。所以华夏第二帝国最后统一的时候，依然还是一个中华大帝国。血统问题也不是整个华夏民族统一的障碍，因为汉人和少数民族实际上都已经融合在一起了。比如李世民的奶奶姓独孤，李世民的妈妈姓窦，他自己的老婆姓长孙，到了李世民的儿子辈，几乎只剩下了1/8的汉人血统，然而没关系，他们都是中华民族的子孙，这是没有争议的事实。

华夏第二帝国，其实也可以称为科举官僚帝国，因为这期间少数民族来了，渐渐没有贵族了，从隋朝开始通过科举来选拔人才，并由此延续了下去。科举选拔的人才很像今天的雇员，华夏第一帝国的时候，贵族豪门氏族一起分享国家的权力、人民和土地，而通过科举上来的人，得不到人民、土地和权力，他们就是皇帝的雇员。最大的好处是底层的老百姓有了上升阶梯，除了商人的后代，绝大多数的底层老百姓都可以通过科举改变命运，最终和皇帝形成雇主跟雇员的关系。所以整个华夏第二帝国，在隋唐和宋期间会如此繁荣。

在欧洲进入黑暗的中世纪时代的同时期，中国进入了非常光明昂扬的华夏第二帝国，科举官僚时代。华夏帝国延续了很多年，是中国古代最繁荣的时期。之后的元朝是少数民族来建立的，导致倒退回去了很多年。接着是朱重八带来了革命，明帝国其实继承了元帝国的一个非常不好的东西，那就是废除宰相，皇帝专政，除了皇帝之外，其他所有的人都是奴才，到了清朝就更不用说了，所有人都自称奴才了。元明清三个帝国，既不是华夏第一帝国时代的皇帝跟贵族共享权力的方式，也不是华夏第二帝国时代的皇帝是雇主、大家是雇员的公司管理模式。元明清三个帝国的共同特点，叫作空前的中央集权，皇帝的权力空前地大。

当皇权空前大的时候，就没有禅让制的生存空间了，因为没人有资格想这件事。禅让必须是我们共享权力的时候，或者我是你的 CEO 的时候，我才能禅让。到了元明清，宰相都没有了，皇帝的权威已经大到了极致，甚至到了南明的时候，永历皇帝逃到缅甸都快要饿死了，也没有一个人想起说要让他禅让。包括李定国和孙可望这些农民起义将领最后都说，要么我杀了你，要么我就忠心地辅佐你，咱们一起去抗清。要么革命，要么忠心，压根就没有禅让这一说，这就是皇权过于庞大导致的结果。也是因为皇权过于庞大，原本有光明未来的华夏第二帝国，从元明清开始急转直下，变成了极端的中央集权制。到了近代，中国进入了黑暗时代，而经历了漫长黑暗时代的欧洲，却从文艺复兴开始走向了光明。在工业革命之后，中国和西方帝国的文明又完全颠倒过来了，这种中西方的对比其实是非常有意思的。元明清之后，一直到民国的时候，我们才又文明地复兴了一次。

中国除了这几大帝国的禅让以外，还有一些受其影响的小范围的禅让，也非常值得一提。

首先就是我们佛教中的禅让。在西方建造一座教堂，里面的主教和神职人员们，都是由教会来任命的，天主教由教皇来任命。而我们中国的佛教里，没有教皇的存在，也没有什么严格的等级制度，更没有弄出一个什么禅宗老祖来任命寺庙的住持。大家如果仔细观察就会发现，我们的寺庙的方丈，基本上都是通过禅让的方式继任的，上一任方丈闭关之前，一握拳，跟众人说，我临终前给你们一个建议，我觉得某某人还不错，我的位子可以让他继续来坐。现在少林寺的释永信就是被禅让来的。我们的寺庙的继任制度，我觉得跟中国自古以来的禅让制有很大的关系。

在我们华夏的帝国里，真正心甘情愿禅让的只有燕王哙，但在我们南方的大理国，发生了很让人感动的真心禅让的故事。故事的主人公是大理国的段氏，这个段氏跟鲜卑的段氏不一样，他们是白族，也是少数民族。大家非常熟悉的段誉和段正淳，就是大理段氏。在大理段氏延续的数百年时间里，居然有十次心甘情愿的禅让，当然了，咱们所谓的禅让是指将皇位让给异姓的人，而大理段氏是禅让给了同姓的人，但即便是这种内部禅让，能够心甘情愿也是极其不容易的。在我们华夏的帝国，只有乾隆这样当了60年皇帝，自己真的不想继续当了，所以心甘情愿把皇位让给自己的孩子，大多数的皇帝都是被太子逼迫着让位的。

大理国也曾经把皇位禅让给外姓人，但后来又禅让回了段姓人手中，这十个禅让的皇帝都十分虔诚地信奉佛教，以至于只要遇到天灾，皇帝就禅让。所以大理国真的是一个非常美好的理想国。在我们华夏帝国，只要一遇到天灾，第一件事是想着要找一个替罪羊，如果实在找不到，也就是皇帝下个罪己诏，自己检讨一下，但从来没有皇帝为了这事退位的。"天龙八部"这四个字从何而来？天龙八部是佛教的八护法，包括天众（提婆）、龙众（那伽）、夜叉、乾闼婆、阿修罗、迦楼罗、紧那罗、摩睺罗迦。天龙寺就是大理国的很多皇帝出家的地方，大理国的皇帝都是真心真意地把皇位让给自己的孩子，甚至也有让给外姓人的。但禅让的时候也有一个禁忌，如果皇帝主动问你，我要不要禅让给你，你千万不能回答，因为一旦回答了就会引来杀身之祸。

秦昭王就曾经跟商鞅说过这句话，最后商鞅被车裂了，因为太子听说这件事了。所以当皇帝问你要不要禅让给你的时候，他其实不是真心在问你，而是在试探你。比如刘备临死之前问诸葛亮，君可自为成都之主？诸葛亮赶紧下跪说，我一定会尽心尽力地辅佐你的儿子的，你千万别这么试探我，我还不想死呢。孙坚临死之前也曾经跟张昭说过，不然东吴归你吧，张昭说，你放心，我肯定辅佐你儿子。刘表也曾经跟刘备说过，你刘备雄才大略，荆州干脆交给你吧，刘备赶紧大哭着说，兄弟，你千万别跟我来这个，我对你一点外心也没有。

总之，大理段氏是真心真意地禅让，其中也包括大家特别熟悉的段正淳，他最后将皇位禅让给了段誉，段誉最后选择了出家，又把皇位禅让给了他的儿子。在华夏大帝国里都没能真正执行下去的禅让，最后居然在大理这个小国得到了实现。

以上就是禅让的故事。

## 五 胜利的阴影下

2015年正好是"二战"胜利70周年,所有的地方都开始大阅兵,举办各种纪念英雄和庆祝战争胜利的活动,看起来是一个喜气洋洋的年份。

现在,我却要讲一系列有些沉重的话题,目的是希望大家不要忘记另外的一些人和一些事。这个系列,我将之命名为"胜利的阴影下"。

### 1. 最善待战俘的两个国家

距今(2015年)70年前的1945年,"二战"胜利了。

胜利固然是好事,所有的国家和人民都欢欣鼓舞,庆祝和平的到来,但很少有人去提及,为了换取这份和平,人类究竟付出了多么巨大的代价。

"二战"胜利的代价是人类历史上最为惨重的，其中包括7000万人的死亡，除此之外，还有不计其数的颠沛流离、国破家亡，甚至造成了几代人内心的伤痕，战争对人们精神和内心的摧残，是无法去估量，更无法去修复的。

然而在战争胜利的伊始，所有人的注意力只聚焦在胜利本身，大家翻开1945年的各种报纸，看看当时的媒体报道，全世界都在阅兵、庆祝胜利、授勋、讴歌英雄、分封军功……

1945年，是全世界各国阅兵仪式最多的一年，人们应该都记得莫斯科最盛大的阅兵式，至今我看到阅兵的影像资料，还觉得非常感动：参加阅兵仪式的人员有各方面军司令、团长、营长、连长、士兵等，一个又一个的方阵，全都是功勋卓著的光荣部队。

作为整个阅兵式的高潮，苏军仪仗队将缴获的德军军旗纷纷抛在列宁墓前，全场沸腾了，每一个人都深受鼓舞。扔敌军军旗，这是俄国的传统，早在1812年的时候，拿破仑入侵俄国，最后失败了，当然了，拿破仑的部队主要是被俄国的寒冷气候打败的，但也可以说是被英勇的俄国军民打败的吧。总之最后，在莫斯科大阅兵的时候，也是由老兵举着拿破仑的军旗，抛在沙皇面前。

在莫斯科，人们用阅兵来庆祝"二战"的胜利，那在敌人的首都柏林呢？也举行了阅兵——柏林大阅兵。

其实，在柏林大阅兵的时候，所谓的"胜利的阴影"就已初现端倪了，这就是冷战的阴影。

柏林大阅兵，盟军的统帅们来了，苏联来了苏军的最大统帅——朱可夫，美国来的是盟军的最高统帅——艾森豪威尔，英国来了英国大帅——蒙哥马利……不过这个时候，盟军各国之间已经开始有嫌隙了，眼看着阅兵的日子临近了，英国和美国心里开始有想法了：这柏林是苏联打下来的，英国和美国可没去打过柏林，完全是以苏军为主力，所以在这场阅兵里，肯定是苏军最风光，苏军最光荣，苏军的统帅朱可夫毫无疑问要站在最前面。

艾森豪威尔和蒙哥马利心里就不舒服了，他们在自己的国家也都是响当当的人物，怎么能站到朱可夫身后？干脆，咱俩别亲自去了，各派一个偏将去得了。于是，英国和美国各派了一个偏将站到朱可夫大帅身后，法国更不用说了，本来就是抱着凑热闹的心情去的。反正不管怎么说，美英法苏四大占领军，都出席了柏林大阅兵。

事实上，这种嫌隙早在之前德国投降的时候就出现了。"二战"之后，德国签订了两次投降书，这在世界战争史上都是绝无仅有的。第一次，德国先在西边和盟军签署了一堆投降书，美英苏法四国都有将领参加，苏联出席仪式的是苏军驻盟军最高司令部的联络官。签完之后，消息传回莫斯科，斯大林震怒，因为他看过德国的投降条约文本后给出的指示是不要签字，但由于消息延迟，莫斯科的指示迟迟未到，于是这位中将自作主张在条约上签了字。

所以，在苏联的强行要求下，各国只能重新举行一次受降仪式，德国也只好认命地再投降一回，仪式在柏林举办，这一次是由朱可夫亲自来签字，英美法也都再派人来走形式地再签署一次。

受降之后的各种阅兵仪式也是如此，西方主帅都没有参加柏林大阅兵，他们参加的是伦敦大阅兵。所谓的伦敦大阅兵，当然是最光荣的英国军队走在最前面，然后是美国军队，然后是中国军队。没错，作为盟国的重要一员，中国也参加了伦敦大阅兵，不过当时中国的陆军都在打内战呢，没空去参加阅兵，所以就让在英国接受英赠军舰（重庆号巡洋舰、灵甫号驱逐舰）的受训海军官兵参加。我们的海军官兵们，穿上漂亮的制服，跟在英国和美国的军队方阵之后，甚至排在法国的前面。不过，伦敦大阅兵苏

· 164 ·

军没有参加，东欧各国也都没有派出方阵。

在"二战"后期，不仅苏联，东欧各国都参加了打击德国的反抗战斗，政变之后的罗马尼亚，也派出了几十万军队参加战斗，保加利亚也有几十万军队参加战斗，但他们都没有收到阅兵邀请。就连当时把流亡政府驻在伦敦的波兰，也没有收到伦敦阅兵的邀请。要知道，波兰的20万自由军一直是跟着英联邦军队一起作战的，但也被西方盟国排斥在外。所以，伦敦大阅兵相当于变成了西方盟军自己的大阅兵。

美国也不遑多让，它举办了纽约大阅兵，包括82空降师等，一支又一支光荣的美军部队，包括全部由日裔美国人组成的442团。当时，哈得孙河上集中了人类有史以来最庞大的舰队，包括日本签字投降的"密苏里"号等，百万纽约人民观看了壮盛的海陆空军大阅兵。其实那会儿美国还没有空军，而是叫作陆军航空队和海军航空队，但也有上千架飞机。

中国也一样，回到南京自己庆祝，然后又收复台北，等等。

这个时候，一些冷静和清醒的人士，应该就能从媒体和人民欢呼胜利的表象下，看到另一些人准备开始报仇了，这就是我即将要谈的"胜利的阴影下"。其实这个话题是极度庞杂的，所以我简单把它划分了一下，当然不会分得很详细，否则就跟教科书一样了，我们主要还是"漫谈"。

我大致把"胜利的阴影下"的人分成了以下三类人：

第一类人叫作"等待回家的人"。这类人当然不包括战胜国那些准备衣锦还乡的军队，当时有上千万的战胜军队，等待着要复员归国，这些"二战"的老兵，回到家乡将受到热烈的欢迎，今后每年的国庆阅兵也都要走在前头，甚至连续有七个参加过"二战"的老兵当上了总统，这些人肯定不属于"胜利的阴影"。我要说的"等待回家的人"，主要是指战争中被俘虏的士兵，也就是战俘，其中包括德国战俘、日本战俘、意大利战俘，以及相当多的荷兰战俘、比利时战俘，还有法国战俘。"二战"最后，法国虽然忝居战胜国行列，但在1940年时，它曾经是签署过投降书的战败国，当时有两百多万法军被德国俘虏，当他们被释放的时候，绝对不可能像苏军和英军一样衣锦还乡，这些人在德国充当劳工，经历了九死一生的磨难，他们带着羞耻，带着愧疚，带着不安，惴惴地等待着回家，而且就算他们回到家，也无法预料等待他们的将是什么样的命运。

第二类人叫作"被驱逐出家园的人"。"二战"之后，世界格局重新划分，因为领土的变迁，上千万的人被赶出了家乡，被迫去陌生的地方开始新的生活。在"二战"时期的整个世界，所谓民族和国家的概念还是极其强大的，人们的民族主义观念非常浓烈，战争更是民族之间的较量和对决。战后，波兰有将近一半（40%左右）的土地归了苏联，原本生活在那里的上百万人都被赶了出去。被驱逐出家园的人不仅包括波兰人，还有大量生活在欧洲的德裔，比如捷克苏台德的德裔、罗马尼亚的德裔、保加利亚的德裔、荷兰的德裔、丹麦的德裔，当然也包括已经在库页岛生活了四五十年的大量日本移民，也包括在东北生活了很久的伪满洲国的日裔移民和开拓团，等等，这些人都要被轰走。你也许没法具体去算，在一个地方生活了十几年，能不能就把这个地方当作家乡，而且伪满洲国的日本人与其说是被驱逐，倒不如说是回家了，但库页岛上的日裔移民已经在那里生活了四五十年，那是整整一代人的扎根和经营，活生生地就被驱离了。同样，德国也有一大块地方补给了波兰，以及归了苏联，所以生活在那里的将近八百万德国人，也被驱逐出了家园。这些德国人已经在自己的土地上生活了几百年，他们祖祖辈辈、世世代代都生活在这里，突然战败了，家园一夜间成了波兰人和苏联人的，他们则要被赶到更加满目疮痍的德国西部，重新寻找生活的土壤。

第三类人是最惨的，叫作"无家可归的人"。"二战"胜利之后无处可去的人相当多，包括大量的犹太人，这些人有的是在集中营里活下来的，有的是在地下室里躲了很多年的，还有参加游击队的，等等。很少有人去关注这些犹太人后来去了哪里，事实上他们即便回到了家乡，也是不受欢迎的，甚至遭到了迫害，所以后来的以色列国，就是这些无家可归的犹太人重新建立的国家。虽然《圣经》上写了，以色列是犹太人的土地，但这些犹太人祖祖辈辈都是生活在欧洲的，为了民族最后的生存，他们才被迫去了以色列。还有因为仇恨而不能回家的人，比如克罗地亚人，他们在战争期间，对南斯拉夫人民、南斯拉夫游击队等，犯下了罄竹难书的罪行，这些人如果回到家，只有死路一条。还有苏联革命期间逃出来的沙俄的军人、军官，哥萨克的骑兵，还有白俄人等，他们在战争期间跟随德军回到苏联，等于跟随着德军去攻打自己的祖国，犯下了大量的罪行，他们留在苏联必死无疑。还有流亡在英国的波兰政府和20万波兰自由军，按照雅尔塔会议的决定，波兰已经归了苏联阵营，变成了共产党国家，这个资产阶级的流亡政府完全回不去了，可是他们身上还带着国玺和宪法，他们能去哪儿？该怎么继续维持？那20万波兰的自由军将流散到何处？战后，这种无家可归的故事不胜枚举。

首先是第一类人，也就是怀着羞耻和不安的心，准备回家的人，主要就是指各国的战俘。

我看过各种各样关于"二战"后的文献和资料，各战胜国对待战俘的态度截然不同，而被俘后所受到的待遇，将直接影响战俘们回家时的心情。我按照自己的看法，给各大战胜国列了个排行榜，考察因素包括哪个国家对待战俘最好，哪个国家对待战俘最不人道，等等。

其中，对待战俘的态度最好的，中国绝对算得上一个。我不知道是因为中国是礼仪之邦，还是身上缺少利器，或者是就喜欢显示自己的宽宏大量，总之，中国对日军战俘的待遇之好，称得上是各国之首。

"一战"实在是太残酷了，战后的创伤也十分巨大，所以"一战"后各国签订了《日内瓦公约》，其中包括两项协定，一是对战争中负伤人员的待遇，包括你应该怎么救助敌方的负伤人员等；另一个就是对待战俘的态度，内容包括了战俘居住的面积、居住的条件、伙食标准等，要基本等同于本国军队。

中国也签订了《日内瓦公约》，但中国战后给予战俘的待遇，绝对大大超出了协议的要求。当然这也是有情可原的，因为当时中国军队本身的待遇，是全世界参战国里最差的，除了极其少数驻印度的远征军队穿着美国制服，吃着美国罐头，开着美国坦克，从印度打到缅甸，差不多跟美军的待遇一样，绝大多数中国士兵的特色就是"穿草鞋、吃小米"。

所以当中国驻印度远征军和中国境内向外打的军队在云南会师的时候，两边军队彼此一拥抱，大家心里都不太舒服。因为远征军全都穿着质地优良的美国大皮靴，穿着美国卡其布的夹克，头上还戴着美国钢盔，耳朵上还夹着美国烟，恨不得不打仗的时候还能有美国的小说和黄色照片作为娱乐，按照美军的标准配备，士兵是有黄色照片的。

最可悲的是，中国境内负责往外打的，是卫立煌指挥的远征军，已经是国军最精锐的部队了，也大量地使用了美国武器，但士兵们脚上穿的基本还是草编的鞋，衣衫褴褛，在美军的配备前，完全是相形见绌。

因为中国的军队本身的待遇就已经是极其差了，所以我们对待日本战俘的待遇，实际上是超过了中国军队本身的待遇的，中国军队还分为八路军和国军，其中八路军对日本战俘的待遇还要更好。好到什么程度呢？吃的比八路军好，穿的比八路军好，不仅如此，八路军还给日本战俘上马列主义课，给他们组成日本反战小组，真的感动了很多日本战俘，他们组成了日本反战同盟，在前线冲着日本广播，去策反，类似的事非常多。

这里要插一点题外话，所谓的战俘，主要还是应该指在战争期间抓获的俘虏，但到 1945 年 8 月 15 日的时候，日本整个国家就投降了，当时中国大陆的全体日本军队都投降了，这时候的就不能称为"战争期间的俘虏"

了，但不管是不是战俘，不管是国军还是八路军，中国对待日本俘虏的态度都是非常好的。

当然了，我们俘虏的日军人数本身并不多，八年抗日战争中，总共俘虏了大概7000日军。另外，我们在战场上抓获到日军，很多时候都是直接打死，这完全是出于内心的民族仇恨，不仅中国人对日本有这种刻骨的民族仇恨，其实很多国家和军队都有类似的问题。在战场上，敌人打不过我们了，举手投降了，可你曾经对我的祖国和人民，甚至我的亲人犯下了滔天的罪行，我就不甘心让你投降了，因为你投降了我还得供你吃喝，我干脆直接把你打死得了，一了百了。这种情况肯定是有的，而且不在少数，但具体有多少，实在是很难统计。比如说，敌人刚举起手的那一刻我就把他打死了，其实完全可以算是在战场上消灭了敌人，因为谁也不能确认他是真投降还是假投降啊。

总而言之，除了战场上被消灭的俘虏以外，只要是活着被俘虏的日军，到了中国的战俘营，都享受到了极好的待遇。八路军对日本战俘很优待，国军虽然比八路军待遇差了点，但也是非常善待的了，毕竟要展示我天朝上国、泱泱大国以德报怨的高尚节操。

日本举国投降之后，所有被关的战俘都需要遣送回国，整个的遣送过程，中国也是做得非常好的。从距离上看，中国遣送日本战俘回国，路程要比德国战俘被遣送回国远太多了，大家不妨看看世界地图，去掉苏联之后，整个西欧加起来都没中国大，而且欧洲内陆的铁路和公路都极其发达。而当时，饱受战争摧残的中国，交通可谓极端落后。在日本全面投降之后，西边的投降日军已经深入湘西的芷江和陕西潼关一带，南边的投降日军也到了广东，除了东北的伪满洲国之外，整个关内，幅员辽阔的国土上，中国军队接收了213多万的投降日军和俘虏，其中也包括所谓的日本侨民、文职人员和开拓团，等等。除此之外，关外还有一百六十来万。

当时，中国几乎调动了全国80%的运输力量，就为了把这些日本战俘安全地、快速地、好好地遣送回日本，并且在遣返的过程中，为了喂饱这些日本战俘，国民政府足足花了100多亿元的法币（中华民国时期国民政府发行的货币）。当然，那时候已经开始通货膨胀了，一大包粮食就卖到8000元法币了，如果放到战前，100多亿元法币可是不得了了，即便是战后，那也是一笔不小的开销。整个遣返过程，都没有发生中国军队杀害日本战俘的事件，这是可以肯定的。这几百万的日本战俘，能坐火车就坐火车，能坐汽车就坐汽车，实在不行才采取步行，总之，中国竭尽全力地以人道的方式对待他们。

我看过许多日本战俘写的回忆录，其中有一个日本战俘，他记录了自己从济南步行到青岛的路上发生的一个小故事，我很受感动。身为战俘，他们都已经缴械了，身上没有任何武器，所有的行李装在大车上，但是分发的口粮得自己背在身上。就这样，所有的战俘排成队伍，背着自己的粮食，拉着行李车走在路上，两边还有国军护送，但是国军的护送队伍人数不多，也就能保护战俘们白天的安全。

大家不妨想一想，侵华日军在中国犯下的种种暴行——"三光"政策、清乡运动，各种惨无人道的清剿，被蹂躏得最惨的就是河北、河南和山东这几个地方。南京大屠杀以后，南京归了汪伪政府，情况稍微改善了一些，但山东、河北等地，因为有大量的八路军，还爆发过百团大战等抗日战役，所以每一次日本的清乡、清剿和"三光"行动，都认准了那里，当地人民对日本人有着滔天的仇恨。

所以一到了晚上宿营的时候，日本战俘的噩梦就开始了。当地老百姓一拨接着一拨，组团来偷袭战俘宿营地，没别的原因，就是仇恨，就是要报仇，老百姓的做法也很简单，就是打砸抢。逮到日本战俘就打，用手打，用农具打，用石头打，把战俘们放在大车上的行李全部抢光，随身背的口粮也统统抢光。国军的护送队伍完全不管，他们就在旁边看着，就差喊两句加油了，因为他们觉得这是日本人应该接受的惩罚，甚至他们自己也恨不得上来抢点东西。

日军投降后，向全部军队下达了严格的命令，绝对不能跟中国人再发生任何冲突，再加上战败了，民族的士气和气焰也都没了，反抗精神也没了，所以，面对愤怒的中国老百姓，日本战俘完全不反抗，他们就老老实实地坐在那儿被打，东西被抢走了也不敢站起来。

夜里被打了一顿，吃穿用的也全都被抢走了，隔天还得继续赶路，但这些日本战俘想不到的是，就在第二天早晨，当地的八路军就把乡民们抢走的行李和粮食都送回来了，完好无损地还到日本战俘手里。由此可见，八路军的军纪确实比国军要严明太多了。

还有一个日军战俘在回忆录中写到，他在遣返的路上生病了，国军竟然派医生来给他看病，看完病，医生临走前跟他说，我们都是黄种人，我们要消除仇恨，为黄种人的团结而奋斗。当然了，我严重怀疑这一段回忆的真实性，其实不论是战俘还是普通人，每个人在写回忆录的时候，都会不自觉地将事实描述得更倾向于自身和自身所在的民族的利益。

日本战俘写的回忆录里，难免有许多夸张和有倾向性的成分，但总体看下来，有一件事至少都是一样的，那就是在他们成为战俘的日子里，最善待他们的国家就是中国。

除了中国以外，美国对日军战俘也还算不错，当然美国俘虏的日军也不多。事实上，日本军人的被俘率是很低的。战时，美军消灭了几十万日军，大概只抓了七万俘虏，被俘率也就百分之几吧，因为日本士兵都有武士道精神，坚决不投降，一上战场就来自杀式的玉碎冲锋。关于日本士兵的故事太多了，比如在硫黄岛打到整支日军只剩最后一个人，从阿留申的阿图岛开始，日军为了每一个岛都玉碎，美军完全被日本人的玉碎冲锋吓傻了。

所以美军没有俘虏多少日本战俘，因为日本士兵都战死了，是最后打到菲律宾和冲绳的时候，才俘虏了一点。

一开始，美军把日军俘虏都运到美国本土去了，和德军战俘一起关在得州和新墨西哥州的战俘营，集中给他们进行民主教育洗脑。总体来说，美国给战俘提供的待遇还是很好的，但美国在占领日本期间，以占领军的身份对日本军民犯下了许多罪行，这两者综合起来看，美国对待战俘的排名就要下降了。

从整体上来看，对待战俘最好的国家，中国要是排名第一的话，我认为排名第二的应该是英国。英国对待德军的战俘是很好的，而第一个原因是德国对英军的战俘也比较好。

大家都知道，德国人的种族歧视问题是非常严重的。在德国人眼里，日耳曼人是最棒的，德军到了西欧，对待荷兰战俘是最好的，因为德军认为荷兰人也是日尔曼人，跟自己是一个种族。至于丹麦，德国人恨不得觉得丹麦人就是德国人，因为德国和丹麦之间有着复杂的历史关系，丹麦南部在相当长的时期里，就是德国领土，所以丹麦的战俘根本就不能称为俘虏，几乎就是德国人，你就直接参加德军好了。

德国对法国战俘的态度就差一点，因为法国人个头比较矮，头发颜色也比德国人深一点，但总体来说也差不了太多。从种族角度来讲，日尔曼人其实是看不起盎格鲁－撒克逊人的，但德国人对英国人还算不错。大家应该都看过很多故事发生在战俘营里的电影，比如著名的《胜利大逃亡》，战俘营里还组织战俘们踢足球，德国队对英国队，法国队对联队。

总而言之，在西欧，德国对待战俘的态度，还是很遵守《日内瓦公约》的，但在东边就太凶残了，日耳曼人看不起斯拉夫人。所谓的"斯拉夫"，英语是"Slav"，其实就是"奴隶"的词根。在日耳曼人眼中，斯拉夫人就等同于奴隶，根本就不能当成人。

回到对待战俘第二好的英国，出于对德国的投桃报李，英国对待德国战俘也很不错，除此之外还有两点原因：

第一是英国和德国之间的民族仇恨不是很大。当然了，在战争中，英国本土被摧残得挺严重，在英吉利海峡战役的几个月时间里，伦敦被炸平了一大块，考文垂被夷为平地，谢菲尔德被炸得面目全非，当时丘吉尔还发表了著名的演讲，说到"人类历史上第一次用这么少的军队，保卫了这么多的人民……"，指的就是英国空军英勇地跟德国战斗的事迹。讲述这段历史的电影也非常多。说到底，德国也就是空中远距离轰炸了一下，并没有直接蹂躏英国人民。到了1944年，各国都登陆以后，德国也就是发射了一堆导弹，那个年代的导弹精度没有今天这么高，用今天的标准来看，只能称之为火箭，有巡航V1，还有弹道V2，又轰炸了英国的部分土地。就这么两次交战，德国没有在英国登陆过，主要是它也没能力在英国登陆，英国海军比德国海军强大太多了，至少强大六到八倍。正因为德国没有到英国本土上施暴过，所以英国人对德国的报复心理没有那么大。

第二个原因更重要，英国是老牌帝国主义国家，日不落帝国，英国人自古以来就以绅士自居。虽然现在大家都觉得"绅士"是很虚伪的一个词了，但英国人不这么觉得，他们老把自己当成全世界的道德楷模，即便是对待战俘，也要表现自己的贵族和绅士气度。但也并不是所有的英军都有绅士风度，别忘了英军里面还有相当大数量的犹太旅，包括美国也是一样，这两个国家几乎可以称为犹太人在海外的大本营，生活在英国和美国的犹太人甚至比以色列的犹太人还要多。英国的犹太人还出了罗斯柴尔德家族，这可是掌握着英国经济命脉的大家族。英国军队里也有很多犹太人，甚至都组成了犹太旅，这些犹太人也没有什么绅士风度，他们到了法国和德国境内，看到了布痕瓦尔德集中营，看到了贝尔根－贝尔森集中营，看到被关押在里面的犹太人生活环境之恶劣，被折磨得何其悲惨，那种犹太人同仇敌忾的火焰一下子就烧起来了。

英军中的犹太人和犹太旅,其实是杀害了很多德国战俘的。不过大英帝国还是很注重面子的,英军的军纪也是非常严明的,所以他们不允许犹太人明目张胆地报仇,但你可以晚上偷偷地做,我就睁一只眼闭一只眼,当作没看见。所以,犹太旅就制定出名单,把曾经迫害过犹太人的德国纳粹的名字都写上去,一到了晚上,犹太旅就派出好多暗杀小分队,其实那根本都算不上是暗杀了,他们通常就是直接敲门,德国战俘一开门就被一梭子子弹打死。后来英国一看,犹太旅做得好像有点过分了,天天都有好多德国战俘被杀,再杀下去就不好收场了,最后英国就把犹太旅调出了德国,派到意大利去了。

尽管犹太旅做了一些零星的杀害战俘的事,但总的看来,英国对待战俘还是称得上仅次于中国的第二好。

## 2. 莱茵河畔的百万亡灵

说完了对待战俘最好的中国和英国,接下来要谈排名第三的,其实排到第三,也就称不上"好"了,勉强能称得上"不坏"吧。

排名第三的我觉得应该有两个,一个是法国,另一个是美国。

其实法国人对德国战俘是充满了仇恨的,因为大量的法军战俘被关在德国做苦力,甚至德国还跟法国的伪政府——维希政府提出过一个政策,说我们德国还有好多的法国贵族军官,让他们做苦力不太好,不如你们用法国的劳工来换法国的贵族军官吧。维希政府竟然真的组织了一堆劳工,每十个法国劳工换一个法国贵族军官战俘。通过这件事可以充分看出，英法这种根深蒂固的贵族和等级思想的弊端。普通的战俘看到这种情况，心理当然不平衡了，打仗的时候我们在前面冲锋陷阵当炮灰，被俘了我们还得当苦工，军官大老爷们居然能被劳工换回去。劳工是什么人？那不就是没参军的普通老百姓吗？底层人民的抵触情绪很大，法国和德国之间的仇恨也很大。

德军战俘落到法国手里，下场可想而知，但问题是，法国根本就没俘虏过几个德国战俘。刚才已经定义过了，在两军交战过程中被俘的，才能算是战俘，而法国几乎就没跟德国打过，也就是德国整个国家投降了以后，法国去抓了一些人，要么就是美国军队在前面打仗，抓到了一些德国俘虏，顺手就塞给法国了。不管法国是想报仇，还是想虐待战俘，都没几个战俘可以给他们去发挥。所以，法国能排到第三位，纯粹就是因为"无为"，没什么可说的。

美国对日本战俘还算不错，无非就是占领军该有的态度——展现一下自己有多么强大，再表示一下自己在种族上的优越感。但美国对德国战俘，那真是连"不坏"都谈不上了，有多少德军战俘死在美军战俘营里，至今都是世界战争史上的悬案，著名的"莱茵大营"，就是美国对德军战俘罪行的一个鲜活的缩影。

莱茵大营又名"莱茵草地营"，这名字听起来颇为优雅，很容易让人联想到在风景如画的莱茵河畔的广阔草滩上度假和野营，但实际上"莱茵大营"是指在莱茵河西岸地区的平坦空地上，用铁丝网分隔开来的一系列巨大的露天战俘营，大约有350公里之长，这在中国古代的评书小说里，已经堪比"连营700里"的"夷陵之战"了。对于战俘营里关押的人数，目前颇多争议，就我自己了解的资料，当时战俘营里面差不多关押了上百万德国战俘，主要以被俘的德国军队为主，也有一些非军队的纳粹公务人员，还有大量在苏德前线投降的德军。

在苏德前线投降的这部分德军很有意思，其实那也称不上苏德前线了，就是在德国中部的易北河。当时，美苏两国军队在易北河一会师，不光易北河前线的德军，还有布拉格前线、布达佩斯前线，几乎所有德军都掉头往西猛跑，因为德军觉得，只要他们跑到美军、英军或加拿大军队的领地再投降，就算捡回了一条命，千万不能落到苏军手里，否则那就是死路一条。为什么德军这么怕苏联军队呢？因为德国人在苏联犯下了累累的罪行，他们对待苏联战俘的血腥和残暴，简直罄竹难书。

而且，东线的德军还听说，美国的军队很文明，美军吃得也好，再加上德国人从来没打到过美国本土，日耳曼人没有迫害过美国人民，顶多就在美国外海用潜水艇击沉了几艘美国船只，相比之下，德国和美国之间的仇恨，还没有日本严重。

这件事也挺离奇的，"二战"到了后期，日本已经打得弹尽粮绝了，但还是要打美国的，实在没办法，日本人就想出一个令人百思不得其解的办法——做大气球，把全日本的鱼胶、布匹、绸子全都集中起来，制作成几万个巨大的气球，绑上燃烧弹，顺着西风带飘过太平洋，朝着美国的方向飞，可这些气球没有任何高科技，也没有制导，就在上面绑了一个钟，每隔三天就自动扔一个沙袋到海里，因为气球会漏气，不往海里扔沙袋的话，气球就掉落了。结果到了最后，这好几万个大气球，只有一个真正在美国爆炸的，它落到了美国的一座森林里。倒霉的是那天刚好有一名美国中学老师，带着几个学生在森林里上课，这燃烧弹就把这些人炸死了，至今那座森林里还有一座纪念碑，用来纪念"二战"期间在美国本土牺牲的六个美国人民。

总而言之，德军拼命地往西跑，终于成功向美军投降了。然而，美军根本没有他们想象的那么仁慈，他们的命运也并没有比落到苏联人手里更幸运。在莱茵大营里，沿着河岸，用铁丝网圈出一块块的地方，上百万的德国战俘，像牲畜一样被划分成堆，每一万个人挤在一个铁丝网里，共用一个露天的茅坑。整整上百万人，初期是日夜暴露在露天下，甚至到了后期，也只有6%的人领到了帐篷，至于衣物和被褥等物品，更是完全没有。

那是1945年的夏天，潮湿的河畔，肆虐的蚊虫，没有房屋，没有被褥，上百万人就那样露天囚禁在一起，而且其中还有不少在战场上受伤的伤员，传染病迅速在莱茵大营里爆发和蔓延。美国没有派出任何医疗队，甚至连药品也不提供。美国人对这些战俘，完全秉持着"自产自销"的态度，你们有上百万德国人，里面肯定有不少医生，所以有人生病了你们完全可以自己解决。

其实，美国当时的总统艾森豪威尔就是一名德裔移民，他的名字就是德国名，但美国这个民族的凝聚力实在是太强大了，从来没有美国人会特意跟别人介绍自己是哪国移民，他们自我介绍的时候永远说，我是美国人。所以身为德裔移民的艾森豪威尔亲口说，对于德国这种不断发起世界大战的民族，要让它再也无法发起第三次战争，我们不能对它有任何姑息，必须狠狠地惩罚它。

于是，艾森豪威尔下了一道违反国际法的军令，对于莱茵大营里关押的这上百万人，不许叫他们POW［prisoner of war（战俘）］，而是发明了一个新词，叫"解除武装的敌人"（disarmed enemy forces），"解除武装"是个定语，表示你依然是我的敌人，只是被我解除了武装，而"战俘"并不是敌人。美国人拒绝承认这上百万人是战俘，因为如果把他们当作战俘，就得遵照《日内瓦公约》，给他们和美军一样的待遇。美军是全世界待遇最好的军队，美国军人的平均工资是英军的三倍。所以美军驻扎在英国的时候，夜里执行宵禁，不许点灯，英国妓女接待客人的时候先听口音，听到美国口音，就划着一根火柴，照照自己的脸给对方看，如果听到英国口音，妓女就不划火柴，因为她们不想接待工资低的英国军人。

这道军令一下，美军的战士们就太高兴了，既然这上百万人都是敌人，那就不用那么麻烦了，不提供医疗，不提供帐篷，不提供被子，不提供褥子，一万个人圈成一圈，共用一个露天茅坑。甚至后来德军战俘申请，想让美军提供一点工具，他们想在地上挖点地洞用来睡觉，美军也拒绝了。没办法，德军战俘只能用捡来的空罐头瓶，或是干脆徒手，在地上挖了许多倾斜的地洞，深度从一米五到两米不等，晚上躺在里面睡觉，但是一下雨，人就淹在地洞里了。

睡觉的问题勉强解决了，上百万人怎么吃饭呢？美军发明了一个不可思议的吃饭方法，这个发明放到今天，年轻人可能会当成笑话来看：每天到了开饭的时候，美军士兵面对面站成两排，每个人手里托着点食物，有的是巧克力，有的是奶酪，有的是饼干，所有的德军战俘拥挤在一起，全速奔跑着从两排美军中间的通道中穿过，不许跑慢了，否则就会挨揍，一边狂奔，一边随手抓美军手里的食物，抓到什么就吃什么，抓不到就饿着，大家想想，营地里有上百万人啊，跑在前面的人一下子就把食物都抓走了，瘦弱一点的、落在后面的人，肯定什么都抓不到。每顿饭都这么吃，而且没有蔬菜，也没有水果，每天就是巧克力、奶酪和饼干。后来有些侥幸活下来的战俘写了回忆录，里面提到大家几个月都吃不到蔬菜，一个个全都严重便秘，不能排便，只能相互抠，惨不忍睹。

生活在附近的平民，看到德国战俘们凄惨的生活状况，难免会产生恻隐之心，但他们只能看着，如果他们想要偷偷给战俘塞递食物，美军就会开枪。给战俘偷递物品是严格禁止的。

有些人可能会觉得，纳粹德国是无比罪恶和丑陋的，希特勒是要钉在人类的耻辱柱上的，但是这上百万的德军战俘中，绝大多数并没有屠杀过犹太人，也没有做过什么大不了的罪行，他们只是出于保家卫国的理想而加入了军队，但他们却要被迫遭受这样的屈辱和折磨。

最后，莱茵大营撤销的时候，美军把整片营地的所在地都夷平了，所以究竟有多少人死在地洞里，至今都无法统计出翔实的数据，但还是有一些资料可以作为参考。根据很多幸存的德军战俘的回忆，以及他们对被关在自己身边的人的观察，还是能大致推测出整个战俘营里死亡了多少人；还有生活在大营附近的平民，他们都能亲眼目睹有多少具尸体从营地里被拉出来。根据这些侧面的资料和回忆，每一个铁丝网里，死亡率是1%~1.5%，也就是说，每一万名德军战俘中，要有100多人死去。

按照这样的方法推算，至少有50万~70万的德军战俘死在莱茵大营，这个数据美国当然不会承认。一直到今天，美国人都坚持说，我们对德军战俘很好，他们生病死去是没有办法的事情，但我们绝对没有杀过德军战俘。美国确实没有直接杀过战俘，战俘们都是死于恶劣的生存环境。

关于莱茵大营的死亡人数，还能从另外两个角度来估算。德国在战前是有户籍，而且对于人口数字，精确地统计到个位数的，在战场上战死的士兵，也都是有记录在案的，只要将战前的士兵人口数减去战场上牺牲的人数，剩下的基本上就是在战俘营里失踪的人数了，我曾看到一份报道说德国现在给出了一个数据，战后德国一共有130万人不知去向。苏联解体之后，俄国披露出许多机密档案，其中一份档案显示，在西伯利亚的苦力营里发现了30万德军战俘的名单，这30万人都死在了苦力营，苏联对德军战俘的残酷程度，也是令人发指的，因为德国对苏联也是很残酷的。

那还有100万人，去哪儿了呢？很多西方历史学家都推测，起码有50万人是死在了莱茵大营。

后来，莱茵大营解体后，幸存的大量战俘被转给了法国等国家，美国压根就不想再管这事了，这上百万人里谁是纳粹，谁是战犯，你们其他国家慢慢审查吧。之后，美国把长达350公里的战俘营地全部推平了。现在关于莱茵大营的死亡人数，各种说法和推测层出不穷，依我看来要想查清真相也不难，只要到莱茵河两岸随便找几个点进行挖掘，如果有一个地方能挖出5000具尸体，另一个地方又挖出上千具尸体，那么就基本能统计出整个350公里的死亡率了。

可惜从那以后，德国政府没有批准过任何挖掘申请。很多历史学家、老兵和失踪战俘的家属都想去莱茵河两岸挖掘，甚至还成立了基金会，想要自己集资出钱进行挖掘，但全都被德国政府拒绝了，就是不许挖掘这块地方。

在这一点上，德国政府和日本政府截然不同，这事如果发生在日本，日本人恨不得把所有埋在地下的尸体都挖出来公开展览，跟全世界人民说，你们看，占领军残害我们。而德国的态度只有两个字——认罪。

对待战争，德国人的反省态度是日本人不能比的，他们禁止任何人挖掘莱茵大营，因为德国不想再挑起事端，不想再翻出民族间的仇恨。其实大家心里都很清楚，莱茵大营的地下埋着上百万的战俘冤魂，但大家心照不宣谁也不提。德国人保持缄默，美国人当然也不会说，在德国人的心里，我们挑起了战争，给整个世界带来了不可估量的损失，我们战败了，我们愿意接受惩罚，我们的国土被占领，战俘被残害，那都是我们活该，我们都认了。

我本人和一个德国战俘还有点亲戚关系，我妹妹嫁给了一个身高一米九六的德国人，我这位妹夫的爸爸就曾经是一名德国战俘。"二战"时期，我妹夫的爸爸本来是一名生物学博士，后来德国被打到竭泽而渔的地步，到了1944年的时候，德国军队已经快要征不到兵了，当时不管你是硕士还是博士，只要是个男的，一律都得上前线，报效国家。所以，我妹夫的爸爸就以生物学博士的身份加入了军队，而且被征到了精锐部队——黑衣近卫军。

军事迷和战争迷们应该对"SS"并不陌生，"SS"是希特勒的私人部队，又叫党卫军，是"二战"中迫害犹太人、残杀东欧战俘的主力军队。党卫军跟德国国防军是分开对待的，对各国来说，"SS"打头的师都叫党卫军师，里面的士兵必须都得身高一米八以上，金头发，五官端正，英姿飒爽，是精挑细选的最好的士兵。我妹夫身高一米九六，他的爸爸至少也一米八几，当时就被编进了党卫军。

结果我妹夫的爸爸上前线打了一仗，就被美军俘虏了，一关就是四年，算是被关得比较长的，国防军大概也就关个一年半载的就放出去了，只有党卫军被关的时间长，因为要调查你很多东西。我妹夫的爸爸是1949年被放出来的，他跟我说过很多在战俘营里经历的悲惨遭遇，那都是不容抹去的真实历史，幸运的是他活了下来。

以上就是排行榜上和法国并列第三的美国。

## 3. 反人类与非人类

除了中国、英国、法国和美国，剩下的三个主要参战国家对待战俘的态度，那就连"不坏"都谈不上了，德国跟苏联对待战俘的态度，可以用"反人类"三个字来形容，而日本，那就只能用"非人类"来描述了，简直凶狠残暴得一塌糊涂。

苏联军队一共被德国军队俘虏了570多万人，这个数字是相当惊人的。其中第一年就被俘虏了200多万人，后来被俘的人数逐渐变少，等到后来苏军进攻，德国后退，被俘的人数就越来越少了。战争就是如此，守方永远是被俘最多的，因为你赢了，我往后退的时候，伤兵带不走，被困的人我也来不及解救，只能丢下当俘虏。当时德军和苏军发生了一次又一次的战役，基辅战役被俘了60多万苏军，斯摩棱斯克战役被俘几十万苏军，明斯克战役被俘几十万苏军，维亚济马战役被俘几十万苏军。

战争初期，德军那种装甲洪流的闪击战，那种大钳形的攻势实在是太恐怖了，被俘的苏军多如牛毛。值得一提的是，连斯大林的儿子都被俘了，被关在德国战俘营里，一开始还没人知道他的身份，后来有叛徒把他出卖了，德国人对斯大林的儿子还算不错，把他跟几个英国的军官关在一起了，后来这位太子爷居然冲向了战俘营的电网，被电死了，听说是精神出了某种问题。当时德国跟斯大林交涉过，可以和斯大林做交易，把他儿子换回去，但斯大林拒绝交换，他说他儿子就和千千万万被俘的苏联士兵一样，没什么特别的。

斯大林其实是一个根本就没什么亲情的人，大家在各种传记和历史文献中都能查到，这位苏联的伟大领导人，对他的儿女们，都是一点感情也没有的。所以，斯大林的儿子就这样半自杀式地惨烈死在德国战俘营，而其他苏联战俘下场也好不到哪儿去，绝大多数人都被迫做劳工。

相比之下，美国人对德军战俘的待遇也就没那么糟糕了，美国人也就是不管你住，不管你医疗，但也没让你劳动和干活啊。美军战俘营里的战俘，也就是每天被关在露天的铁丝网里，虽然要飞跑着抓饭吃，但至少也还能吃上饭。德国就太惨无人道了，他们只给战俘提供能维系最低生存限度的饮食，之后就是没完没了的超强度苦役，我曾看到有资料记载差不多有300万苏联战俘，就是在德国苦役营里活活累死、饿死的。

还有很少数的反共的苏联战俘，被组成了苏联伪军，或者叫俄罗斯解放军，跟着德国军队一起去攻打他们的祖国苏联了，人数不多，只有几万人。这些叛国者最后如果被苏联军队俘虏了，那下场就是最惨烈的，要么就做苦役活活累死，要是命大能活到战后，那面临的就是层层的政治审查。

德国军队对苏联犯下了无数的罪行，屠杀苏联人民，强奸苏联女人，虐待和残害战俘，所以苏联对德军战俘肯定也是以牙还牙，毫不留情。当苏联军队开始反攻的时候，战场看到德军，绝对是不留活口，不管你是不是要投降，我根本就不接受。当德军大规模投降后，差不多有200多万德军被苏联俘虏了，苏联对待这些德军战俘的态度是，我们没空喂你吃喝，全部运到西伯利亚、乌拉尔的酷寒之地去做苦工。苏联有几乎1/3的男人都在"二战"中死去了，这么大的一个国家，劳动力严重匮乏，一下子多了好几百万战俘、战犯，不让他们来干活，让谁去干活？

和德军战俘一起做苦工的，还有大量的意大利战俘，有来自奥地利的，也有来自南斯拉夫的。苏军对意大利战俘的态度就比较好一点。我看过好多意大利战俘写的回忆录，特别有意思。大家都知道，黑手党就是发源自意大利的黑社会组织，你别看意大利人打仗总是打不赢，但打架绝对是很厉害的。其实我总结出了一个小规律——凡是打架厉害的民族，打仗都不行，反之也是一样。

比如日本人，平时都是客客气气的，跟谁说话都点头哈腰的，永远都不跟人打架，在日本街头跟人打架斗殴的都是朝鲜人，日本的很多黑社会其实都是朝鲜人组织的，朝鲜人就特别能打架，而且打起来狠极了。德国人在街上也从来不打架的，意大利人就经常在街上又打又骂，西西里的黑手党，打起架来可怕极了。可一旦打起仗来，日本人德国人立刻变得特别厉害，朝鲜人和意大利反而不行了。

由此可见，打架和打仗是完全不同的两回事，那种平时沉默而坚韧的民族，打起仗来可怕极了，而平时咋咋呼呼的民族，打起仗来几乎都不顶用。

苏联的战俘营里就发生了这样的事，一群非常会打仗的德军战俘，和一群非常会打架的意大利战俘被关在了一起，德军战俘是先被俘的，基本上都睡在上铺，下铺睡着意大利战俘。这帮意大利战俘，就天天跟德军战俘打架，意大利战俘打架厉害，德军战俘天天挨揍。苏联看守者当然觉得德国人活该挨打，他们不仅不管，还在一旁看热闹叫好。

后来打到德军战俘再也忍不住了，开始罢工绝食，德国是个很有原则的民族，他们对自己的罪行不逃避，被俘了之后做苦力受惩罚也没什么怨言，享受不到《日内瓦公约》的待遇也认了，但你不能让意大利人天天打我们。德国战俘一罢工，苏联看守就不能坐视不管了，但他们也不惩罚意大利战俘，只是把意大利战俘和德国战俘分开关押了，意大利战俘还挺高兴，载歌载舞地表示庆祝。

苏联战俘营的管理者是一名苏联上校，但这名上校是个残疾人，战争中，苏联损失惨重，人口锐减，所以只能派一个不能上前线的残疾军官来管理战俘营，这名上校每天都戴着一枚勋章，所以战俘们都管他叫勋章先生。

俄国的所有历法都比西方晚13天，因为俄国信奉的是东正教的俄历，和天主教的历法不一样，"十月革命"实际上是发生在公历11月7日的，俄历是10月，所以俄国每年都会在公历11月举办"十月革命阅兵"，所以俄国过圣诞节在1月7日，跟意大利人不是同一天。

在战俘营里，意大利战俘想要过圣诞节，就去跟勋章先生申请。第一次，勋章先生拒绝了他们，说，你们战俘还要过圣诞节？疯了吧，不许过，老老实实做苦力干活！

意大利战俘不甘心，回去商量了半天，又去找勋章先生，说，圣诞节那天，您给我们意大利战俘多发三倍的口粮，再给我们放三天假，我们保证做出一顿您从来都没吃过的无比好吃的意大利大餐，招待您一起享用，而且这假期和口粮我们都不白要，我们全体意大利战俘整个一月都会每天少吃，还每天额外加班两小时。

勋章先生一听，自己能享用到美味的意大利大餐，粮食也不用多给，活也不耽误，就答应了。于是意大利战俘就开开心心地过了三天圣诞节，做了美味的意大利大餐，和战俘营的管理者们一起享用，还载歌载舞，给勋章先生唱了好多俄国歌曲，大家过得其乐融融。

当然了，这样的好待遇德军战俘就绝对享受不到了，德军战俘在苏联是最惨的，但日本战俘在苏联是最倒霉的。

其实日本跟苏联压根就没打几天。苏联是1945年8月8日才向日本宣战的，8月15日日本就举国投降了，所以实际上苏联出兵中国东北，将日军的伪满洲国当成敌对国，一共就打了六天。天皇"玉音"播送宣布日本投降，有些地方的日军没接到投降命令，可能局域性地多打了几天。所以苏联就跟中了头彩似的，美国打了那么多年才俘虏了七万日军，苏联打了六天就把整个中国东北境内的号称90万，实际只有六七十万的关东军全部俘虏了，再加上伪满洲国的大量日本官员，一共100多万日本人，全都运到苏联去了。

当时在中国东北和朝鲜半岛的日本军人，以及"九一八"之后来开垦的开垦团，一共有160多万人，除了被苏联掳走的100多万，剩下的60多万日本人就拼命往朝鲜跑，因为三八线以南是美军受降，三八线以北是苏军受降。日本人心里知道，渡海回日本是绝对不可能的了，因为整个海洋全部都是美国海军和潜艇，连一条渔船都插翅难逃，日本在战争中跟美国之间的血债太深了，所以他们千方百计地想要越过三八线，去跟苏联投降。

于是，苏联就坐拥渔翁之利一般，俘虏了100多万的日本关东军、朝鲜军、大量的公务员，一律掳到西伯利亚，到冰天雪地里给只打了六天仗的苏联当苦工去了。这些日本苦工跟德国和意大利的苦工一样，最少做两年苦役，多的做到四年，更倒霉的一直干到1953年斯大林去世。斯大林之死也是一个历史悬案，他是病死的还是被人暗中害死的，至今说不清楚。总之，直到他去世，最后一批战俘才被遣返归国。

我看了不少在苏联做苦役的日本战俘的回忆录，他们的处境其实没有德军战俘那么惨，因为日本对苏联实在没犯过什么罪行，顶多就是小小地挑衅了两下，一次是张鼓峰，一次是诺门坎。熟悉世界战争史的人都知道，这两次日本被苏联打得屁滚尿流，全军覆没。苏联和日本之间唯一的一点世仇，应该就是日俄战争。当时还没有苏联，是俄国。这场战争说起来也很有意思，如果没有日俄战争，日本把沙俄打残了，把数十万沙俄精锐部队都打死了，苏联的共产党革命其实没那么容易成功。从某种意义上来看，日本反倒帮了苏联革命。

共产主义当然是很崇高的，革命当然是很重要的，但在俄国人心里，他们究竟恨不恨杀死了十万俄国人的日本人呢？我不妨举一个具体的例子来感受一下。

据说，苏联占领中国东北以后，派出了华西列夫斯基元帅，率领苏军众将领来到奉天的日俄战争奉天战役纪念碑，向在日俄战争中牺牲在中国东北的俄国官兵献花圈致敬。大家知道，斯大林很喜欢动不动就封元帅，苏联有好多元帅，但其中威望最高的、全军最敬仰的、最当之无愧的两名元帅，就是朱可夫和华西列夫斯基，朱可夫就不用说了，华西列夫斯基是整个远东军的总司令，指挥了整个远东战役。

斯大林派出这么高级别的人物，率领苏联红军的一众将领，去向沙俄时代的士兵致敬，这个举动非常引人深思，日俄战争中战死的这些白俄，如果现在还活着，回到苏联，那不就是跟红军天天打仗的白俄吗？他们彼此之间简直是不共戴天的仇恨。可他们现在死了，那就不是白俄了，而是为了俄国而牺牲的烈士，要派出最高级别的将领前去缅怀和纪念他们。除了奉天之外，苏联致敬使团还去了旅顺港，为战死的俄国海军献花圈，因为旅顺港是日俄战争打响第一枪的地方。由此可以看出，苏联对日本还是有一点点仇恨的，也可以说，在苏联人心目中民族主义还是高于了共产主义的。

另外在十月革命之后，还发生了十四国干涉苏联的事，当时日本也出兵到了西伯利亚，不过北洋政府也出兵了，美军也出兵了，英军也出兵了，只是日本在那儿待的时间长了一点。等到 1922 年苏联革命彻底胜利后，日军也就撤回去了，没有赖在西伯利亚非要跟你打，其实这也不算什么仇恨了，就是一点点小问题。总而言之，苏军对日本战俘的态度还可以，远远没有对德军战俘那么残暴，日本战俘到了西伯利亚，也就是干活，日本人也很坚韧，当然也累死了不少，但比德国人幸运多了。

德军战俘在苦力营的死亡率是惊人的。斯大林格勒战役被俘的德军战俘，一共有九万多，最后真正回到德国的只有五千人，其他人都死在西伯利亚和乌拉尔地区了。德军战俘的死亡率差不多就是这样，具体的数据没法统计，苏联不公开这些数据，只是根据初步的估算，死了百分之五六十。

不仅死亡率奇高，德军战俘返回祖国的时间，也要比英美战俘晚得多，德军战俘最少都做了四年苦工，做了七八年的也不在少数。但不管怎么说，苏联对待战俘的态度，还是要排在德国和日本前面的，因为苏联只是对德军战俘很残暴，但对其他国家的战俘还算可以。

接下来说说德国——对待战俘的态度排名倒数第二的国家。

"二战"结束后对战犯进行审判的时候，大多数德国军官是因为对战俘犯下的罪行而被判处绞刑的。比如美军在军事法庭上审判了阿登森林战役中的战犯，这些战犯曾经枪毙过美军战俘，最后都被处以了枪毙或绞刑。

最后是日本，以非人类的方式虐待战俘的国家。日军对战俘之残忍、暴虐、恶毒，简直是罄竹难书，是人类历史上的奇耻大辱。

就在上个星期（以作者录制视频节目的时间为基准），我刚刚在日本的一所大学里找到一份资料，那份资料公开之后，美国完全震怒了。因为日本人曾经拿美军战俘做器官割除后的存活实验，他们把一个美军战俘的肝脏割掉了，然后观察他在没有肝脏的情况下能存活多久，又把另一个美军的肺脏割掉了，看他能活多久。这些惨无人道的活体实验都被记录成了翔实的资料，保存在大学里。日本人居然毫不避讳地把这些资料都公布了，甚至还找到了这些美军战俘的后代,这些后代当然都是出奇地愤怒,义愤填膺地谴责日军惨绝人寰的暴行。

连美军战俘都遭受了这样的待遇,其他国家就更是不用说了。澳大利亚军队的"战俘死亡行军"、美军在菲律宾的"巴丹死亡行军"在美国都快成一个成语了,死亡行军的时候,凡是掉队的美军战俘,当场就被日军用刺刀挑死,凡是胆敢反抗日军的美军战俘,最残忍的酷刑是当场把包皮割下来缝到嘴上,就因为美军战俘对日军骂骂咧咧了。英军和澳大利亚的战俘遭遇也差不多。日军对中国战俘的暴行我已经无法用语言来描述了。日本人对中国人民犯下的血债,是永远都无法偿还的,我相信很多人都看过各种各样的侵华日军罪行展,完全就不是人类能做出的事,是彻底非人类的暴行。

### 4. 感性与理性的民族

战俘营和苦力营的故事,三天三夜也讲不完。然而逝者已矣,生者还要努力地活下去,那些侥幸活下来的战俘,他们的悲惨命运并没有因为回到祖国而结束,接下来要写的是这些战俘回到自己的国家之后的故事。

即便是衣锦还乡的美军、英军和苏军,也有很多阴影下的故事,不过那都是大胜利下的小阴影,可以忽略不计,比如打完仗回到家发现老婆跟人跑了,女朋友跟别人睡觉了,这点小阴影是无法避免的,而且不管怎么戴绿帽子,你都是战争英雄,受到人民的拥戴和歌颂。

我们这个主题要讨论的不是英雄,而是阴影,我们要谈的是那些在战俘营和苦力营经历了身心摧残的德军战俘、日军战俘、法军战俘以及意大利战俘等，他们该用怎样的面目去回家，去与自己的亲人团聚。当然了，亲情是永远不会改变的，你的爸爸妈妈、妻子儿女，他们可能是不会歧视你的，但周围的人怎么看你？尤其是周围的人的故土还处于被占领的情况下，这种时候，你该怎么面对外界的质疑和仇视？

人们肯定会说，都是因为你们这些战俘无能，打了败仗，不然我们的国家怎么可能被占领？我们怎么会给别人当奴隶？各种指责的声音，不绝于耳。所以那些遭受了摧残的战俘，从下火车踏上故土的那一刻，就要承受更大的屈辱和嫌弃。

有些战俘甚至不愿意回家，千方百计地拖延自己被遣返的日期，就是害怕面对家乡的人，还有些战俘下了火车，完全认不出自己的家乡，尤其是日军战俘，他们的家几乎被摧毁得面目全非。因为"二战"期间最大的两个杀伤性武器，全都用在了日本的国土上，一个叫燃烧弹，一个叫原子弹，日本的房屋都是木制结构，这两种武器一投下来，一座城市顷刻间化为乌有。

有一名日军战俘在回忆录中写到，他站在焦黑的废墟中，熟悉的一切都没有了，他欲哭无泪，就在这时，听到有人叫他的名字，扭头一看，竟然是他的老父亲。他爸爸抱着他大哭，对他说，自从听到天皇宣布投降的广播之后，他每天都要去火车站等儿子，足足等了三个月，一直等到最后一班火车，终于等到了他。他爸爸把他带回家，一家人感动又伤心，妈妈、兄弟姐妹全都哭得稀里哗啦。然而，面对着朝思暮想的家人，这名战俘的心情却并不是喜悦，而是充满了愕然。

接下来，这个战俘在书中写到了自己对于战争的反思，他写到，从小到大，他接受的教育就是要为了天皇而死。之前，他接到投降诏书的时候，原本是要当场自杀的，但就当他举起刀要剖腹的时候，一个做清洁的老太太把刀子夺下来了，老太太对他大喊着说，你不能死，你家里还有父母和亲人，他们不会嫌弃你，他们所有的希望就是你能平安地回去，就这样，他带着苟且和屈辱的心情，回到了自己的祖国。

　　回家后，家人给予了他巨大的温暖和力量，他后来给《朝日新闻》投了一篇文章，说他以前觉得没有为了天皇而死的自己是国家的罪人，但其实他不是，那些丢下亲人和一切，高呼着"天皇万岁"剖腹而亡的人才是罪人，活下来，承受该承受的一切，修复被毁坏的一切，这才是真正的勇者。看完这名日军战俘的反思，我很受感动。

　　但反省归反省，整个社会对这些战俘的歧视是无法被扭转的。日本战后甚至专门产生了一个充满贬义的词，叫"没死的神风队员"，这个词用来形容什么人呢？就是那种在大街上白吃白喝、欺男霸女的无赖，那些人统统在脑门上绑着布条，恨不得让全世界都知道自己曾经是无上光荣的神风队员。

　　大家一定对"神风队员"不陌生，那是日本精心培育出来的自杀性质的敢死队，他们活着的意义就是在飞机上绑着炸药，去跟敌人同归于尽。结果战争结束了，日本战败了，他们没能跟任何人同归于尽，国家也不再需要他们了，这些人彻底找不到自己活着的意义了，他们就游手好闲，到处惹是生非，不仅白吃白喝，还经常光天化日地耍流氓。最夸张的是，他们竟然还要去殴打那些陪美军睡觉的日本女人。包括很多日本作家，也写了很多酸溜溜的小说和文章，去讽刺和抨击那些跟美国军人睡觉的日本女人。

　　日本女人被打、被骂得实在受不了了，干脆就说，我们就公开陪美军睡觉了，你们能把我们怎么样？长时间以来，日本女人习惯了在男人面前卑躬屈膝，当牛做马，因为日本男人奉行武士道精神、大男子主义，整个国家都是男人们的，结果现在战争失败了，日本女人第一次发现，日本男人没他们自诩的那么强大，他们也没有樱花般光荣和高洁的精神，他们在外面打不过敌人，回到自己的国家还欺男霸女,酗酒闹事，还有脸殴打我们！

我们又是为什么要陪美军睡觉，还不是因为你们这些没用的日本男人打了败仗？我们的国家被炸了，吃穿都没有了，我们不陪美军睡觉，换点吃穿，还能去指望谁？

战时，日本的物资供应比德国要惨得多，德国的供应最紧缺的时候，也比日本强得多。因为德国占领的国家都很富裕，比如法国每年都给德国提供大量的粮食、牛肉等，匈牙利、保加利亚、罗马尼亚有丰富的石油，这些被占领国家给德国提供大量的物资和军备，战争到了后期，德国虽然已经吃不上肉了，但还不至于饿肚子。战争时期，我的外公和外婆，包括我的母亲，他们都身在德国，虽然有那么几年的确是吃不上肉，但面包还是能吃到的。

而日本打到最后，几乎是到了山穷水尽的地步。首先从地理位置上来说，日本是一个孤立无援的岛屿国家，就算它占领了中国东北广袤的土地，东北产出来的粮食，也根本没有办法运到日本本土，整个海上航运都被美国封锁了，运送物资的船只一出海就立即被击沉。"二战"后期，日本自己制造了一艘七万吨的大航空母舰，取名叫"信浓"号，比美国所有的航母都大，可这艘航母根本就没能到战场，第一次下水试航就被美军击沉了。美军强大的海上舰队把整座日本群岛都封锁了，日本和海外的占领地完全是隔绝的，中国东北的粮食没法运到日本，东南亚的橡胶和石油也运不过去。

日本国内的人民，生活得惨极了，心中对战争充满了愤恨，天皇说要发动玉碎冲锋，日本人民就全都挖地洞当战壕、磨竹子当武器，全体国民准备玉碎，因为他们也就剩下最后这点同归于尽的劲头了，结果天皇突然又说，大日本帝国全国投降了。这回，日本人最后的一点斗志也没了，整个民族的精神都垮了。为什么战后会有那么多悲惨的故事？最重要的原因就是人们的信仰没有了。打仗的时候，不管打得多苦多残酷，至少全国人民都是团结在一起的，大家共赴国难，保卫祖国，因为如果祖国没了，我们就统统沦为亡国奴了，战争虽然残酷，但全国人民的士气是高昂的。然而战争一结束，所有高尚的东西一下子就烟消云散了，大家突然就不知道自己为什么要受那么多的苦了。人们没有了共同的奋斗目标，每个人都想到要为了自己而活了。这个时候，战争中所累积起来的怨气就都爆发出来了，人都变成了动物，变成了野兽。不光日本如此，德国也是一样，男人都在战场上打仗，消耗了几乎所有的物资和粮食，留在家里的女人、老人和孩子怎么生活？他们没有别的要求，战争能否胜利，和他们没有直接的联系，他们最关心的事情是，我们要活着，所以我们得吃饭，女人们没别的办法，只能去跟占领军睡觉。

为了活着和吃饭，是日本女人陪美国军人睡觉的最大原因，除此之外还有一些比较现实的原因，日本作家甚至自己亲笔写下了这样的文字：

千百年来，日本女人看到的都是身材矮小、满脸戾气、酗酒暴躁的日本男人，从来没见过像美军这样，穿着笔挺军装、胳膊比日本男人的腿还粗的健壮美国牛仔……

美国大兵都穿着卡其布的裤子，包裹出饱满而结实的臀部线条，日本男人哪儿有这种雄性魅力？大家在抗日剧里都看过日本人穿的军服，帽子两边戴着两片布帘的那种，丑极了，跟高大健硕、制服笔挺的美国军人简直没法比。不光是外形，美国人还有日本人所不具有的幽默感，一天到晚都喜欢开玩笑，把日本女人逗得笑个不停，就算语言不通也没关系，听美国军人说话都比跟日本男人聊天要舒服，日本男人太严肃了，甭管是聊公事还是聊私事，全都一副视死如归、苦大仇深的嘴脸。所以，即使刨除了吃饭和生存的原因，日本女人也是喜欢美国男人的，而且美国是独占日本，日本女人也没有其他选择。

日本投降后，本来是各国共管日本：中国也派出了一个师，准备去占领日本，但后来国内爆发内战，就没去成；苏联本来想去占领北海道，可后来美国说,三八线以北的朝鲜和库页岛等都归你苏联了,日本你就别来了,而且苏联当时也确实是没那么多军队了,所以苏联也没去;英国最后也没派兵去日本,因为英军的贡献太小了。

大量的日本女人靠着跟美国军人睡觉,来维系自身和全家老小的生存。但她们每次去美军的营地,都会被日本男人打,被日本军人打。后来美军就全程护送这些日本女人,再后来这些日本女人干脆就住在了营地旁边,直接跟美军住在一起,看你们日本男人还敢不敢来打我们。不仅如此,这些日本女人还跟日本男人对骂,她们的台词基本上是这样的,你们天天吹嘘日本的军队有多强大,士兵有多英勇,要打赢全世界,现在怎么投降了呢?你们说战败就战败了,有没有想过我们该怎么活下去,有没有想过我们该怎么吃饭?

通过日本女人的态度,能充分看出日本战俘返回国内后的处境,连女人都瞧不起他们。

另外,美国在德国和日本都采取了高压政策,因为美国当时是非常激进的,和身为老牌帝国主义国家的英国很不一样,英国人是很奉行实用主义的,既然战争结束了,咱们就好好搞建设吧,没必要把战败国搞得太惨。但美国人没有英国人那么老谋深算,他们是第一次打这么残酷的战争,也第一次见到德国纳粹残害犹太人,第一次见到日军虐杀各国战俘,美国人就觉得,对于德国和日本这样的民族,就应该狠狠地严惩它们。

美国甚至提出过肢解德国的方案,干脆就不想让德国这个国家继续存在了。不过德国当时是被英苏美法四国占领,分成了苏占区、美占区、英占区和法占区,所以美国的这个激进的方案最终没有通过。但德国被美军占领的所有区域里,全都执行了最高压的统治策略。美国人还发明了一个极为荒谬而可笑的政策,叫作"强迫你民主"——用最不民主的方式来让你民主。

所有跟日本国民精神有关的东西，美国一律禁止。日本歌曲严禁播放，全日本都得唱美国歌，甚至连富士山的形象都不能出现。因为美国人觉得富士山就是日本精神的象征，日本人只要一看到富士山，那种民族精神就会爆发，搞不好就要反抗和剖腹。美军就冲进日本的每一家澡堂子，把墙壁上画刻的富士山形象全部刮掉，要是刮不掉，就直接把整个澡堂子都拆了，简直夸张到草木皆兵的地步。

德国歌剧也被禁止了，歌剧院里只能演意大利歌剧，因为德国歌剧代表了德国的精神，德国有好多伟大的音乐家，他们的作品全都被禁播。美国军人的文化水平普遍不高，他们也分不清具体哪部歌剧是德国的，哪部是奥地利的，反正只要和德国沾上一点边的，都不许播。但后来，美军中的一些"德国通"站出来了，这些美军比较了解德国的文化，也能说流利的德语，他们觉得不能把德国的歌剧一棒子都打死，德国也有反纳粹的戏剧家啊，于是，在被占领的德国，终于上演了一出德国戏剧家写的戏剧，也就是伟大的德国戏剧大师布莱希特的作品。

熟悉戏剧的人都知道，世界表演流派可分为两大流派，一个叫斯坦尼斯拉夫斯基流派，另一个就叫布莱希特流派，当然，中国人还有第三大流派，叫梅兰芳流派。布莱希特虽然是德国人，但他是坚决反纳粹的，而且还被纳粹迫害过。当布莱希特的作品在占领区上演的时候，万人空巷，德国人全都穿上了自己最好的衣服，去看德国人自己的戏剧，这出戏里有一句十分有意思的台词，内容是"先跟我们谈粮食，再跟我们谈主义"，全体观众为了这句台词而站起来热烈鼓掌。因为美国人天天跟德国人说"要民主，要自由，要反纳粹主义"，德国人连饭都吃不上了，快要饿死了，哪儿还有什么心情搞这个主义，那个主义，所以这句台词立即得到了德国人民的热烈响应。

在美国这种最不民主的民主推行方式下，德国和日本人民被洗脑得确实挺严重。但事实上，美国人对待战败国还不算太差，起码比起"一战"后的英国和法国要强多了，"二战"后美国至少调了几百万吨的粮食用于救济日本。其实美国人恨日本人超过了恨德国人，本来不想给日本人粮食，但麦克阿瑟坚持要救济日本，否则日本国内就乱套了，他就管不住了，这也是日本人民热爱麦克阿瑟的重要原因之一。马歇尔计划则救济了整个欧洲，美国出钱、出粮食、出力，包括重建德国等，称得上仁至义尽。所以不论是德国还是日本，最终都真的向民主化转变了。

文化方面也采取严格的戒严政策。美国军人突击检查德国和日本的所有学校，每到一所学校，美军就把全体教师都集合起来，只要发现里面有从战场上回来的退役军人或战俘，这所学校立即关闭、整顿、反省，直到把这些日本军人全都开除，学校才能重新开张。大家想想，那些从战场上回来的日本军人，他们本身已经受到日本人的歧视了，大部分人根本找不到工作，只能去做一些最低贱的工作，有文化的军官们也只能屈尊去穷乡僻壤的小学里教书，但美国人连这样的机会都剥夺了。

美国人认为，不管你是普通军人，还是军官，或者是战俘，都没有关系，但是你们不能从事教书育人这种传播思想的工作，万一你把法西斯思想教授给孩子怎么办？所以这些有文化的军官，找不到体面的工作，公务员就更没有机会去当，只能去做最低贱、最底层的苦力，可是哪儿有那么多苦活累活可干？大部分从战场上被遣返回国的战俘，生活上是完全无法得到保障的，精神上的摧残也从来没间断，美军和国内随时随地都要对他们进行抽查，动辄还要写报告，就像对待刑满释放的犯人一样，定期考察你的行为和思想是否有再犯的迹象。

当然了，对于德国纳粹和日本侵略者来说，他们现在受到的一切都是罪有应得，因为你发动了战争，你残害了无数的生命，你让整个世界历史倒退了几十年。但就那些普通的日本人民来说，他们其实是值得同情的，毕竟发动战争的不是他们，犯下累累罪行的也不是他们。很多日本战俘自己都说，美军对我们的女人做的事，远远没有我们对中国女人做的事残忍，这或许就是报应吧。

对于在中国和东南亚各国犯下的罪行，有相当一部分日本军人是承认的。

日本女人的下场也比德国女人惨。美军最后从德国撤离的时候，有两万多德国女人跟着美军一起回了美国，她们是光明正大地嫁给了美国军人的。一来，美国大多数军人都没结婚；二来，美国人觉得，德国女人跟美国女人没什么区别，德国后裔是美国的第二大种族，美军统帅艾森豪威尔就是德国后裔，潘兴将军也是德国后裔，美国士兵和德国女人结婚没有任何问题。

嫁给美国士兵的德国女人太高兴了，因为她们在德国都快要饿死了，或者可以说，整个欧洲都被战争打垮了，没有食物吃，没有衣服穿，而她们竟然能通过婚姻移民到全世界最美好的美国去。有一部极负盛名的奥斯卡获奖电影《廊桥遗梦》，故事就发生在美国士兵"二战"回国后。女主人是一个意大利姑娘，嫁给了美国士兵，跟丈夫到美国之前，她心中一定是憧憬着美好的美国梦的，觉得美国的一切都比欧洲好。结果嫁到美国后才发现，丈夫就是一个美国的农民，她每天都过着极其无聊的农妇的生活。以至于后来出现了一个摄影师，热情而奔放的意大利姑娘马上春心大动，疯狂地跟对方陷入爱河。

欧洲女人愿意嫁给美国士兵，其实美国士兵也乐意娶欧洲女人。一来美国大多数人本身就来自欧洲；二来这些穿着卡其布军装和大皮靴、看起来高大壮硕的美国士兵，一旦回到美国脱下军装，他们就是普普通通的农民、牧民和铁匠，甚至有些人连一份正式的工作都找不到，以他们的条件，娶不到美国的女大学生，更娶不到美国的大美女，但是他们在欧洲前线的时候，穿着最好的军装，每天有两包骆驼香烟的配备，简直就是欧洲难民眼中的大富翁。

大家都知道，战后欧洲的经济全面倒退，德国和意大利的货币完全崩溃，东欧根本都谈不上货币了，因为苏军进攻东欧的时候，每打到一个国家，先印一百亿这个国家的钱，每名苏联红军的兜里都揣着一堆钱，打到罗马尼亚就揣着一堆罗马尼亚的钱，打到匈牙利就揣着一堆匈牙利的钱，苏联压根懒得抢这些仆从国，直接印你们的钱。美国和英国在西欧还算克制，但也少量地印过德国的马克，空投到游击队手中，但那主要是为了破坏战时德国的金融。等到美国和英国的正牌军队进入西欧之后，自己就带了充足的军饷，根本都不屑印德国的钱，因为德国的钱已经没用了。今天卖一马克的东西，第二天就能卖到一亿马克了，最后拿担子像挑大白菜一样挑满马克，都买不到东西了。

经济崩溃了怎么办？柴米油盐的日子总还要过，最后就用美军的骆驼香烟当作硬通货。20根骆驼香烟可以换一顿饭吃，1万根就能搬走一架钢琴，100包就能直接换一个漂亮的欧洲姑娘，500包烟就能得到一幅欧洲名画。所以美军在欧洲畅行无阻，尤其是那些不抽烟的美军，简直就是大富翁，大批的德国姑娘就为了几百根香烟，嫁给了美国士兵，最后去了美国。其实这些姑娘提高了美国民众的素质，大家别看欧洲被打得很惨，但欧洲民众的素质那还是比美国民众高很多的。

日本姑娘跟德国姑娘的差别就大了，在美国人眼里，日本人算是次等人了，他们不会明媒正娶地和日本女人结婚，只有凤毛麟角的日本姑娘有幸被娶回了美国。

有一部非常有名的电影叫《人证》，就发生在这样的历史背景下，电影讲的是一个被带回美国长大的美日混血孩子，成年后回到日本寻找亲生母亲的故事。当然了，电影里这种被带回美国的孩子是极少的，也算是非常幸运的了。当年美军从日本撤离后，因为美国军人不娶日本女人，日本女人又无法独立养活孩子，所以日本产生了大量的孤儿。这些孤儿有的是白人，有的是黑人，各种各样的肤色和发色，都被扔到了孤儿院里寄养，一个孤儿院里的孤儿都姓同一个姓，比如东京的孤儿院里的孩子都姓"长草"。

日本和德国同样被美军占领，但这两个国家对占领军的态度是截然不同的。日本人特别服美国人，只要是美国人说的话，日本人都觉得是对的。可能日本自身在军国主义的传统下，过得太苦了，对于日本人来说，与其说是被美军占领，倒不如说是解放了。左派和右派的文章也可以发表了，就连美国推行高压政策，审查日本的报纸，涂掉富士山的符号，日本人也都没什么怨言。后来因为朝鲜战争，麦克阿瑟被杜鲁门撤职、离开日本的官邸时，20万日本老百姓冒着雨，从麦克阿瑟的官邸排队到机场，全体高呼着"感谢大元帅"。

可能连麦克阿瑟自己都没想到，他身为一个占领军的总司令，会得到日本人民这样的感激和拥戴。日本人恨不得把麦克阿瑟当上帝。有一本回忆录里写，那时候日本的老师给小学生布置作业，要每个人都写出自己最崇拜的人，有的小学生写了天皇，写完之后觉得不太对，赶紧把天皇涂了，改成麦克阿瑟。全班的作业收上去之后，皆大欢喜，每个小学生都写自己最崇拜的人是五星上将大元帅——麦克阿瑟。

德国就比较不服美国。由此可以看出这两个民族的性格，战争一结束，日本立刻就服了，可实际上日本到了今天都没真正服气，日本至今不承认慰安妇，对于侵华战争中的种种罪行也不愿认罪和道歉，每年都去参拜靖国神社里的战犯，想到日本对中国人民犯下的累累血债，我心里真的非常不高兴。而德国和日本的情况正好相反，战争刚结束时，德国强烈不服气，占领军要求所有的德国人到电影院里，去看纳粹集中营大屠杀的纪录片，希望所有的德国人都了解纳粹德国的恶行，看看他们是怎么灭绝人性地对待犹太人的，可大多数德国民众看完之后都完全不信，他们认为，我们德国是多么文明的民族，我们有康德，有黑格尔，还有马克思，这种惨无人道的事肯定不是我们德国人干的，一定是你们嫁祸于我们。

英美占领军拿着刺刀守在电影院门口，德国人也不怕，他们还举行游行，抗议占领军的栽赃和嫁祸。有美国记者采访一个十岁的小孩，说，你们德国明明战败了，为什么不服？小孩不假思索地回答，美国人只不过是仗着枪和犹太人多，我们就是不服。在德国人的脑子里，犹太人就是世界上最坏的人，杀犹太人根本就是在杀害虫，纳粹不过是发明了一些机器来消灭害虫，连十岁的德国小孩都不接受战败的事实。

但慢慢地，在各种如山的铁证和人证面前，德国人不得不相信了。那个年代还没有电视机，纽伦堡审判是通过广播发送的，德国人亲耳听到纳粹军队承认，那些暴行都是他们做的，还有德国军官的忏悔。当然也有坚决不肯忏悔的德国军官，比如戈林之流，但大量的德国将军都进行了深刻的忏悔。屠城是德国人干的，把华沙夷为平地是德国人干的，把布达佩斯夷为平地是德国人干的，杀了600万犹太人是德国人干的，杀了几百万波兰人、苏联人也是德国人干的……总之，经历了一轮又一轮的审判之后，德国人终于明白了日耳曼民族犯下的罪行。

从那个时候开始，德国就再也没有不服了，他们发起真心的道歉、忏悔、赔偿，等等。到今天，德国也没有否认过自己的罪行，更没有叫嚣着向其他国家挑衅。对于战后失去的大片领土，包括东普鲁士首府，也就是康德的故乡柯尼斯堡，现在是苏联的加里宁格勒，德国没有一句怨言。对于死在莱茵大营里的德国战俘，德国人也完全接受。而日本至今还在北方四岛、钓鱼岛、独岛等地挑衅和叫嚣。

战后德国失去的土地是日本的一百倍，整个东半部，包括普鲁士民族的发源地都失去了，这些土地后来给了丹麦，又被荷兰占领，法国也占领了萨尔，德国人一句话都没有。德国是一个极富理性的民族，而日本是一个无比感性的民族，虽然它们都发动了战争，却是截然不同的两种民族属性。

## 5. 我真的是内奸吗？

德国战俘的下场都是非常凄惨的，其中最惨的应该是南丹麦的德军战俘。

丹麦和德国之间是有着复杂的历史渊源的。大家如果看过世界历史地图，就会发现，这两个国家的版图非常有意思，一会儿丹麦变大了，德国变小了，一会儿德国又变大了，丹麦变小了。比如1864年普丹战争后，普鲁士从丹麦抢走了石勒苏益格和荷尔斯泰因两个公国。荷尔斯泰因公国全部人口为德国人，石勒苏益格的南半部是德国人，北半部是丹麦人。一战德国战败后，石勒苏益格地区举行公投，北半部回归丹麦。

"二战"时，德国出兵"保护"丹麦，并从石勒苏益格北部地区征了六七万的兵，这些兵有一大半都战死在东线战场上了，剩下的两三万人死里逃生从战俘营出来，回到故乡，发现这里又变成丹麦的领土了，而且丹麦政府说，所有在德军服过役的士兵，一律以叛国罪论处。这比在德国去参军回来还惨。这些人离开的时候，故乡是德国，他们是为德国参军的，等回来的时候，故乡变成丹麦了，他们莫名其妙就沦为叛国者了。

叛国者要接受怎样的惩罚？先是坐牢，然后是层层审查，即便侥幸能活着出来，也会被剥夺公民权和所有的选举权，养老金和医疗保障也统统没有，丹麦是一个福利待遇特别高的国家，但没有公民权的人什么都享受不到，一直到了40多年后的1989年，这些人都死得差不多了，丹麦政府才恢复了他们的公民权。大家不要忘了，最终，丹麦是"二战"的战胜国，可在战胜国里也有这么多活在阴影下的人，这才是"胜利的阴影"真正要谈的内容。

法国战俘的阴影就更大了，除了少部分用劳工换回来的军官之外，剩余的200多万战俘最后被放回来的时候，法国各地掀起了一轮又一轮的侮辱战俘事件，侮辱的对象不仅仅是这些九死一生的战俘，还包括跟德国人合作过的人，以及跟德国人睡过觉的女人。

意大利也发生了同样的事。大家应该都看过托纳多雷大导演的《西西里的美丽传说》，莫妮卡·贝鲁奇饰演的女主角就曾经陪德国人睡过觉，她老公就是战俘，还在战争中被打断了一条胳膊，当她跟老公一起走在街上的时候，电影里除了那个小男孩对她表示同情之外，所有人都对他们怒目而视，因为在其他人眼中，战俘就是垃圾，陪德国人睡过觉的女人都不知羞耻，要被吐唾沫、泼粪、剃光头发、拉起来游街等。

当时，在西欧、东欧和南欧，都掀起了大规模的报复行动，人们对战俘和这些女人似乎恨之入骨，但究其深层原因，其实是因为人们心中埋藏已久的负罪感——战争期间，我没有参加过游击队，也没有流亡，我一直像寄生虫一样窝在这里，所以我心中充满了愧疚感，甚至是罪恶感，怎么洗刷掉心中的负罪感呢？那就是要寻找到发泄的目标，殴打那些战俘，羞辱那些陪敌人睡觉的女人。

法国人心中的罪恶感最重，他们不但打跟德国人睡觉的女人，后来甚至连跟美国人睡觉的女人也打。这听起来简直可笑，这可不是战败的德国和日本，而是身为战胜国的法国。美军解放了法国，法国人也曾经把鲜花和掌声送给美军，结果这还没过几天，法国人就受不了美军老跟法国女人

· 201 ·

睡觉了，但他们又不敢动美军，就把那些法国女人抓起来，涂油漆、泼粪、剪头发、扒衣服游街……

在当时德国和荷兰的边境上，设置了无数的关卡，就是为了审查从德国回来的荷兰战俘和劳工，要查他们是主动的还是被动的，如果是主动的，那就立即以叛国罪论处。荷兰应该算是一个很自由民主的国家了，在对待战俘的态度上也如此草木皆兵。这就导致出现了大量非常非常冤枉的荷兰年轻人，荷兰被德国占领期间，德国人要求所有的荷兰大学生和高中生填表格，要么加入纳粹，要么就去德国做苦工。当然了，德国人没有迫害过荷兰人，因为他们觉得荷兰人跟日耳曼人是同一个种族，所以荷兰学生有权利自愿做出选择。大批的荷兰学生都是爱国的，他们坚决不肯加入纳粹，于是都被送去做苦工，结果等他们千辛万苦地回到祖国，却要接受层层严苛的审查，一个不小心就被扣上了叛国罪的帽子。

我看过一本荷兰人写他父亲的回忆录。当年，他父亲是一名荷兰大学生，班上所有的同学都坚决不愿意加入纳粹，也就是说，他们都选择了"自愿去德国当劳工"。他爸爸在德国当了四年劳工，九死一生，经常正在干着活呢，美军就来轰炸了，英军就来轰炸了。每次轰炸的时候，荷兰学生们就手牵着手，高唱荷兰的国歌，就算大家都知道自己随时会被炸死，但这毕竟是盟军的轰炸，大家就站在不断爆炸的烟火之中，兴奋地看着盟军轰炸德国。

终于，战争结束了，德国战败了，所有侥幸活下来的荷兰学生，激动地收拾起行李，返回朝思暮想的祖国，可刚一跨入边境，所有人就都被扣住了，要先回答一个非常重要的问题——你去德国是自愿的还是被迫的？他们当然不是自愿的，但当初他们都填了德国的表格，表明了自己是自愿去德国当劳工的。这些荷兰学生的下场惨极了，不断被报复，被羞辱。

在法国，还牵扯到一个特殊的问题，那就是这个人到底是法奸，还是就是个公务员而已。这个问题我到现在都还没太想明白，所以想在这本书里深入跟读者探讨一下。如果合法政府没有投降，流亡了，而你投降了，那你肯定是法奸。比如，所谓的法统政府——中华民国的正统政府是没有投降的，而是到了重庆去坚持抵抗，而汪精卫投降了，那他肯定就是汉奸，应该受到惩罚。可是，如果合法政府投降了，你跟着政府一起投降，你算不算法奸？

欧洲和亚洲都有非常复杂的情况。以前我一直不明白君主立宪到底有什么好处，除了老百姓花钱养活你们王室，让你们从名义上代表国家，还有什么别的作用？首相和议会也都是人民选举的。结果在战争期间，这个制度竟然体现出意义了。在战后，如何评断一个国家是投降了，还是流亡了，剩下的人是坚持抵抗了，还是叛国了？在审判的时候，凡是君主立宪国家，这种问题都特别简单明了：比如荷兰的王室政府，国家的象征——女王流亡到伦敦去了，它肯定是没有投降的，所以你只要没有跟着王室一起流亡，没在荷兰当游击队，没藏起来，而是继续在荷兰做你的市长，做你的局长，那你就是毫无疑问的荷奸；还有挪威的国王也流亡了，这就代表着国家没有投降，所以人民就不能投降，否则就是挪奸，战后就要接受惩罚。

这个时候，非君主立宪国家就比较麻烦了。比如法国政府投降没有？法国的合法民选政府投降了，希特勒为了羞辱法国人，签署投降书的地点就选在贡比涅森林，在"一战"后德国签署投降书的同一节火车车厢里。那么，我作为法国的一个市长或局长，我怎么能叫法奸呢？法国有流亡政府吗？一开始是没有的，后来有一个名叫戴高乐的少将，突然自己跑到伦敦电台上宣布，法国没有投降，他成立了自由法国政府，将带领法国继续战斗。

戴高乐成立的"自由法国"是合法政府吗？当然不是。法国的合法政府是"一战"大英雄贝当元帅领衔的政府，它不仅投降了，还跟德国划分好了势力范围，法国北部是德国占领区，法国南部依然归法国，法国的政府也从巴黎搬到了维希，称为维希政府。从法统上来说，维希政府才是法国人民选出来的合法政府，它的投降是有法律效力的。当时所有的法属殖民地，北非、印度支那、越南等，都遵守维希政府的法令，比如越南的法国殖民政府，就关闭了中越之间的通道，因为维希政府现在跟德国是一伙的了，身为殖民地，你就不能帮中国了，要帮日本。

大家想想，在法国，是大英雄贝当元帅有影响力，还是区区少将戴高乐有影响力？当然是贝当元帅。所以戴高乐的"自由法国"从来没有被承认过，但还是有很多人投奔了戴高乐，比如很多空军飞行员，但最后"自由法国"的军队只有几个师而已。到1942年盟军在北非登陆，攻打维希法国政府，北非的法军奉维希政府的号令，阻止英美盟军登陆，双方发生了海战、炮战、登陆战等，最后当然是盟军胜利了。

法国解放了，功劳和过失该怎么清算？大家都说，我们就是遵从了民选合法政府的命令，向德国投降了，这怎么能算是叛国呢？但是没有用，因为德国战败了，你就得被定为法奸。你说你听从了合法政府，继续当你的巴黎市长，这个理由戴高乐不接受，你为什么不去投靠戴高乐的"自由法国"？你为什么不去加入共产党的游击队抵抗德国？你选择投降，你就是法奸，我就要杀你。

其实不光是戴高乐不讲理，战争到了最后审判的阶段，很多时候都是没有理可讲的，包括纽伦堡审判、东京审判，大量的法学家坐在一起，现场重新立法。因为按照现有的法统，大量的战犯根本没法审判，比如法国和日本，大家都叫嚣，我只是听从了合法政府的命令，我只是听从了天皇的命令，你为什么要审判我？没有理由，就是要审判你，所以当场发明了两个罪名，反人类罪和战争罪。其实在国际大审判前，很多英美的法学家都提出，最好不要审判，直接都枪毙，因为这是战时，枪毙没有任何问题，但如果为了寻求一个合适的法条而拖延审判时间，对方也能趁机脱罪，这些细节太冗长了，这里就不多写了。

总而言之，没有国王的法国，在战后审判的时候，产生了很大的矛盾和争议。维希政府和"自由法国"到底谁是法国的合法政府？按理说应该是前者，但审判的时候认可了后者。大量听从维希政府命令的人被判处了死刑，甚至贝当元帅本人也被判了死刑。大家知道，"一战"时贝当元帅在凡尔登指挥战役，挽救了整个法国，是法国人民心中最大的英雄，如今要判他死刑，法国人民内心接受不了，所以后来把死刑改成了流放，贝当最后就跟拿破仑一样，被流放到一个小岛上，不过他当时年纪已经很大了，很快就死在了岛上。

贝当逃过了死罪，但维希政府的总理和部长都被枪毙了，这些人临死前都高呼着"法国万岁"。仔细想想，他们犯什么罪了？败仗是军人打的，也不是他们打的，维希政府主要是贝当元帅在主持，他们只是协助维持，而且毕竟也守住了法国一半的土地。当然了，维希政府后来做了一些可耻的事。

盟军在北非登陆以后，大量的法属殖民地就跟了"自由法国"政府，德国觉得维希政府没有用了，所以1943年以后，德国进入了法国南部，将法国全境都占领了。法国舰队可是比德国舰队强大多了，就算维希政府投降了，舰队也没有投降，而是停在法国南部最大的军港——土伦港。结果1943年德军占领了法国南部，强大的法国海军再也无法忍受了，坚决不肯向德国缴械，愤慨地全部自沉了，只有一两艘正在地中海航行的军舰，投奔了英国海军。

以上是维希政府的复杂情况。再看戴高乐的"自由法国"政府，他这边问题也很多。最困扰戴高乐的就是，他本身就是一个少将，地位是不够的，所以他的政府的合法性也不够，而且他还面临着一个非常敏感的问题——

在抵抗德国的战斗中，戴高乐和他的"自由法国"政府究竟起了多大的作用？当时抵抗德国的法国地下游击队，基本都是共产党领导的，而戴高乐是个极右的反共分子，他就相当于公子重耳，被秦军护驾回了晋国。共产党当然不拥护戴高乐了，这么多年的苦战，都是我们共产党在组织法国游击队，现在战争胜利了，你要以合法政府的身份自居，还要统治整个法国？那可不行。

所以战后清算的时候，戴高乐始终坚持不懈地声称，每一名法国人民都是抵抗德军的，只是采取的方式不一样，有的人是加入了游击队，有的人选择了流亡，等等。总之，戴高乐希望团结整个法国，但他本人在军事上没什么建树，根本控制不住国内的混乱局面。当时法国全境都展开了疯狂的报复行动，不仅法国，整个欧洲都是如此，意大利、荷兰、丹麦，到处都在报复内奸，歌颂英雄。大家想想，荷兰有什么抗德英雄？我们中国的抗日战争中，有一个叫王二小的小英雄，把日军引到地雷阵里同归于尽，可歌可泣，荷兰歌颂的英雄就太可笑了，德国人跟荷兰人问路，荷兰人指错路了，于是这个人就成了抗德英雄。

然而到了最后，法国共产党却被苏联出卖了。法国、意大利、希腊等国的游击队都是共产党领导的，1945年战争胜利后，希腊爆发了内战，意大利和法国政府与共产党之间的矛盾也日益尖锐，欧洲各国都面临着内乱的危机。但在举行雅尔塔会议的时候，丘吉尔跟斯大林划分了势力范围，英国出卖了在伦敦的波兰流亡政府，同意波兰的一部分归苏联所有，斯大林也出卖了法国和意大利的共产党，不再支持他们。于是，法共在斯大林的压力下，不得不向戴高乐缴械了，否则以戴高乐的力量，根本不是武装强大的共产党游击队的对手。希腊的内乱，则是英美联军用枪炮，把希腊流亡政府和国王弄回来了，镇压了共产党的起义。

写到这里，我想再跟各位读者分享一个西方人的有趣观点——哲学家和作家对待战争的态度，也可以说是大知识分子和小知识分子的区别。

首先是哲学家，大家都知道，他们思考问题的角度特别高，永远是俯视全人类的视角，所以哲学家最讨厌民族主义。当德国占领军入侵的时候，哲学家都没有逃跑，他们还是按照以前的方式生活。比如萨特写的《占领下的巴黎》，就是以俯视人类的角度切入的，他在书中幽默地写道：你看德国人来了，他们也会听歌剧，听到激动的时候也会鼓掌，而且德国人也很有绅士风度，会给女性开门，在地铁里也知道给人让座，而且德国人长得也很漂亮……于是，有一天，当一位英俊的德国军官给法国女士开门的时候，女士情不自禁地对军官笑了一下，回过头立马感觉到不对劲，她竟然对敌人微笑，心中不禁充满了负罪感，回家赶紧听英国的BBC电台，培养一下民族仇恨。对于萨特和大多数哲学家来说，战争是一件无所谓的事，甚至好多哲学家还支持纳粹，比如海德格尔，因为他们是站在上帝的视角在俯瞰人类的。

作家和哲学家截然不同，德国占领军一进入法国，法国的作家们纷纷放下笔杆，拿起枪杆，参加游击队，上了战场。包括得过诺贝尔奖的加缪，他不但参加了游击队，还当上了一支队伍的领导者；还有大女作家玛格丽特·杜拉斯，中国读者一定太熟悉她写的《情人》了，后来拍成了一部非常棒的电影，是我们的金马影帝梁家辉演的，还有《印度之歌》，以及我最喜欢的《长别离》。杜拉斯是一名女性，她竟然也参加了游击队，这说明作家的思想都是比较偏激的，相对虚无缥缈的"全人类观"，作家更倾向于相对狭窄的"民族主义"，大多数作家都充满了热血，义愤填膺地弃笔从戎，比如匈牙利的著名诗人裴多菲，直接战死在匈牙利独立战争中。

通过作家和哲学家的对比，可以充分看出，像作家、律师、大学教授等，这些小知识分子，他们通常痛恨强权，痛恨专制，警惕权力，经常充满了愤怒，经常对当权者表达不满和抗议；而像哲学家这种大知识分子，比如萨特、海德格尔、福柯等，他们只警惕民众。大知识分子觉得民众才是最危险的，不论是强权者还是独裁者，那都是人类，不是外星人，任何一个政府存在的目的都不是反人类，不是迫害民众。

所以，"二战"期间的法国，作家都去参加游击队，英勇抵抗侵略者了，哲学家们就留在巴黎，每天悠闲地喝着咖啡，饶有兴趣地俯视着人类。

以上就是"胜利的阴影下"的法国。

## 6. 团结与被遗忘

英国是"二战"的战胜国，英军衣锦还乡，然而不久之后，英国也出了一件大事。

这件大事的开端本来是非常美好的，战后，英国军人凯旋，和美国军人一样，英国人回到英国，脱下了军装，也重新变回了农民、牧民、铁匠等，不管他们在战场上多么威风荣耀，战争一结束，他们依然还得过普通人民的生活。但战争产生了一个好处，那就是让人们变得更加平等了。

战前，英国的贵族永远都是贵族，比如祖上世世代代都是贵族的丘吉尔。你要想当将军，必须你们家祖祖辈辈都是将军，底层的普通士兵永远当不上将军。这种情况在英国是最明显的，英军的军官中，我估计只有1%不是贵族，士兵当军官就像中500万元的彩票一样，概率非常小。底层人民不仅没有上升渠道，更没有物质实力做后盾。英国的军队传承了一个特别可笑的贵族传统——你必须自己出钱准备上战场的装备，比如你现在是一名上尉军官，那你就得自己做一身上尉军官的衣服，马匹和武器等也得自己配。所以如果你是一名无比英勇的平民士兵，就算给了你一个军衔，你都不敢接受，因为你家里没有钱买那么多东西。当然这个制度后来被废除了，但这种风气在英军中还是存在的。

战争给了大家一个平等的机会，不论你是贵族还是平民，国难当头，我们都要共赴国难，千千万万的英国军人上了前线，和敌人浴血奋战，千千万万的英国老百姓在海岸上观望着德国的轰炸机，举着探照灯，点着热气球，架着高射炮，在后方抵御德国的轰炸。而在战场上，大家都穿上了一样的英国军装，大家都一样冲锋陷阵。这种时候，所有人都觉得大家是平等的了。胜利后阅兵的时候，所有人也都走在一个方阵里，甭管你以前是贵族大老爷，还是光着膀子打铁的铁匠，都一样接受人民的欢呼。

于是，英国人民终于有了当家做主的意识，他们觉得自己和贵族是平等的了，这就直接导致了一个令全世界人民都没想到的后果——战争五月刚胜利，七月丘吉尔就被迫下台了，工党上台了，工党的领袖是一个所有人都没听说过的人，叫艾德礼。

等到波茨坦会议的时候，斯大林都傻眼了，因为当年开雅尔塔会议的时候，参加的都是世界级的大腕和大师，比如丘吉尔、罗斯福等，但现在英国来了个艾德礼，美国来了个杜鲁门，这些人斯大林连听都没听说过。

杜鲁门于1945年成为美国第33任总统，他本身是密苏里州的农场主，说白了就是一个农民，既不懂外语，也不了解世界，只是因为罗斯福病逝了，身为副总统的他就当上了总统。杜鲁门当总统期间闹出了无数的笑话，比如他读人名只会用英文读，会见犹太领袖哈伊姆·魏茨曼的时候，他管 Chaim 叫"柴姆"，把对方都听糊涂了。在犹太和阿拉伯人的名字里，Chaim 的发音为"哈伊姆"，这是典型的犹太人名字，只要受过点教育的人都知道这个常识，但杜鲁门不知道。

丘吉尔的下台太令人吃惊了，因为那正是他的威望最高的时候。1945

年5月8日德国投降，成千上万的伦敦市民围住首相府，高唱胜利歌曲，比着"V"的手势。当时，丘吉尔站在首相府的阳台上，冲着伦敦市民比着这个手势，高呼："胜利属于人民！"然后伦敦人民齐声朝丘吉尔喊："胜利属于你！"可见丘吉尔多么受英国人拥戴，结果两个月后，丘吉尔居然被人民选下台了。全世界人民大跌眼镜，英美记者跑到前线去采访英国官兵，发现百万英军没有一人投票给丘吉尔，或者应该说，没有一个人投票给保守党。

欧洲大陆的主要国家，包括英国在内，选举都不是选人，而是选党。这和美国不一样，美国是选人，不选党。因为美国的建国先贤们非常反感"党"这个东西，在美国，"党"是用来辅助个人进行选举的，所以美国人民投票选的是奥巴马，是希拉里，而不是民主党和共和党。选举议员也一样，选的是议员本人，而不是他所在的党。但以英国为首的欧洲代议制只选党，如果党派的议席过半，党魁就当首相，如果没有过半，但还是第一名，那就再加上几个小党一起，反正必须有超过半数的议席，日本也是同样的选举制度。

在这样的选举制度下，丘吉尔个人的威望也起不到什么作用了，因为大家并不是选丘吉尔，而是要选保守党和工党。大家不妨看一下这两个党的名字，顾名思义，保守党当然代表的是大英帝国的贵族和等级制度等，而工党则是代表了工人的党，是能给人民带来平等的党。前线的士兵都投了工党。因为士兵觉得，战争结束了，我们回到英国，脱了军装，我们恢复成了农民、工人的身份，当我摘棉花的时候，当我操作机器的时候，我不想再受你们那些当权者的压迫和剥削了，我们要有平等的医疗机会，要有平等的受教育机会。最后，工党以超过保守党一倍的议席上台，党魁艾德礼成为英国首相，这样的大胜在英国历史上都是极其少见的。

丘吉尔自嘲地说，他理解英国人民，其实英国人民最想选的是一个有丘吉尔的工党。整个战争期间，大英帝国领导英国人民抵抗了那么长时间，尤其是在最危急的时刻，整个欧洲大陆都投降或流亡了，美国也还没有参战，苏联不仅没有参战，还跟德国是同盟，通过《苏德互不侵犯条约》一起瓜分过波兰，在那种情况下，全世界只有丘吉尔领导的英国在顽强地抵抗着纳粹德国。丘吉尔曾发表过一段可以永载英国史册的伟大演讲："用我们的血，用我们的汗水，用我们的泪水、辛劳，在沙滩上抵抗敌人，在山岛上抵抗敌人，在乡村抵抗敌人，在城市抵抗敌人。我们要战斗，我们是光荣的英国……"

这样一位带领着大英帝国战胜了法西斯的丘吉尔，就这样黯然下台了，整个胜利的果实，就这样被工党下山摘桃子一般摘走了。美国记者用了一种特别耐人寻味的方式来记录丘吉尔的下台：不感恩戴德，这就是一个强大民族的性格。只有弱小的民族才感恩戴德，弱小的民族才皇恩浩荡；强大民族的逻辑是，你丘吉尔领导英国抵抗纳粹，那是你应该做的，因为你是英国人民选出来的首相，现在战争结束了，我们要平等和自由，要没有等级制度的崭新的英国，我们决不让历史重演，所以你就应该退出历史舞台了。

每一个人、每一个民族、每一个国家，都在喊同一句口号，就是"不要让历史重演"，但这句口号的含义是不一样的。在欧洲，它指的是绝对不能让德国和日本再发动战争了，欧洲一定要团结，再也不能分裂成两大阵营，古往今来，欧洲只要分裂成两大阵营，就一定会爆发大战争。之后，欧洲人民高唱《国际歌》，坚持欧洲要实现英特纳雄耐尔，也就是International，法语念英特纳雄耐尔，也就是团结国际联盟的意思。

但在战后的英国军人的心里，所谓的"不让历史重演"，其实就是他们不想在回到英国之后，再做一个低三下四的底层平民了。他们觉得，战争给了我们平等的机会，给了我们改造自己命运的机会，战败国将被改造成民主的现代国家，战胜国也一样，因为我们千百万人共赴国难，对于国家的未来，每个人都有权利参与。

后来，欧洲走了一条中间道路，既不是共产党宣言时代、巴黎公社时代的残酷贵族和资产阶级道路，也不是后来的极左道路，而是走了一条由社会党国际引领的道路，既汲取了左派的社会福利、国有等东西，又汲取了资本主义的很多优秀的东西，就是马克思预见到一定会战斗到底的那些东西，总之，是将这两种本来水火不容的东西结合到了一起。如今欧洲执政的基本都是社会党，英国的工党，其实就是社会党，在社会党联盟的引领下，欧洲没有国与国的边界，统一了车牌，统一了货币，有欧洲议会等，英特纳雄耐尔真的在欧洲实现了。

战争在客观上诞生了一些有利的副产品，比如重新勾画了世界地图，让人们有了平等的机会，让殖民地更快地独立了（因为殖民地看到昔日对我们不可一世的帝国主义大老爷们，竟然被小日本打得一塌糊涂，人们心中对帝国主义的敬畏彻底没有了），让欧洲实现了团结，等等。但我从来不倡导战争，因为战争带来的伤害和毁灭是无法估量的，比如七千万人的生命失去了，无数的人流离失所，巨大的经济损失，这也是"胜利的阴影"这个主题要讲述的主要内容。所以，不管这些副产品多么美好，还是不要发生战争。

以上是"胜利的阴影下"的英国，接下来该轮到朝鲜半岛了，我个人觉得，朝鲜半岛真的是一个非常可怜的地方。

战后的欧洲，为了一点点土地，大家都在拼命地争夺，荷兰、德国、比利时和丹麦为了一平方公里的土地争得不可开交，为了半个村子归谁所有而绞尽脑汁；中国爆发了内战，国共相互争夺，苏联要争夺中国东北；东南亚在跟欧洲的殖民者争；只有朝鲜半岛风平浪静，静得有点伤感。

这世界上很少有一块土地像朝鲜半岛这么悲哀，所有的国家都不想要它。苏联连在罗马尼亚都要占一块地，波兰也要占一大半，占了德国的东普鲁士，占了芬兰的卡累利阿地峡，惦记着中国的旅顺和大连，可连贪婪至此的苏联，也不想要朝鲜半岛。

当时，日军不光是从中国撤军，也要从占领了几十年的朝鲜半岛撤军。从甲午战争之后，朝鲜半岛就被日本占领了；1910年之后，朝鲜半岛就彻底沦为日本的殖民地，朝鲜半岛的人民都要学日语，也不许再穿朝鲜的民族服装；到了1945年的时候，天皇发表了投降宣言。当然，天皇说的那种日语不是很容易理解，他用的是一种非常典雅而复杂的日语，我估计连文化水平不高的日本人都不一定听得懂，就有点像中国的文言文吧。但不管怎么说，8月15日这一天，全体日本人民和中国人民，包括朝鲜半岛的人民，都听到了日本天皇发表的投降宣言，听不懂也没关系，肯定有能听懂的给你做翻译。

总之，朝鲜人民激动极了，他们兴奋地冲上街头，从汉城到平壤，所有的人几十年来第一次重新穿回了朝鲜的民族服装。人们高兴的时候总要唱歌，解放的时候当然要唱自己民族的歌曲，但当时的朝鲜半岛人民，基本上都已经不会唱朝鲜歌曲了，他们被日本占领了半个世纪，严禁唱朝鲜歌曲，只能唱日语歌曲，现在能想起来的朝鲜民族歌曲，也就剩下了《阿里郎》这种极其具有代表性的。总之，唱了两首之后，就没歌可唱了。这可怎么办呢？那就唱全世界人民都会唱的《友谊地久天长》吧。躲在军营里准备投降和撤退的日军，突然听到满大街的朝鲜人都在唱《友谊地久天长》，居然还挺感动，他们还以为朝鲜人民在跟他们告别呢。

接下来，朝鲜人民派出最有威望和地位的人，比如乡绅等，每天都到火车站去等，还做了很多的苏联旗子，去迎接前来解放他们的苏联占领军，日军也在那儿等，等着向苏联投降，一天天过去了，苏联军队就是不来。

苏联当然不会去朝鲜半岛，因为苏军正在中国东北的伪满洲国忙得不亦乐乎。在1945年的时候，伪满洲国的工业规模排在亚洲第一名，比日本本土还要高，长春这座城市建设得比东京还要棒，因为长春是完全按照现代化的格局打造的，所有的房屋都有抽水马桶。

长春原本就是一座小小的火车站，但九一八之后，日本真的把东北的殖民地当成了自己的国家，大兴土木搞建设。日本的那些建筑师，在日本狭小的本土上根本无法发挥自己的天赋，到了长春，看到这么广袤的平原和土地，内心的小魔鬼简直都被释放出来了。就像现在无法在西方盖大房子的那些人，都跑到北京三环路上大盖特盖一样，盖了好多奇形怪状的房子。总之，当时日本按照霍华德的"田园城市"理念，设计和打造了一个崭新的长春城，大家现在去长春，还能看到那些大石头造的房子，超宽的街道等，而且建筑水平和质量也都是非常精湛和精良的。

日本投降后，苏联接手了中国东北，就像饥饿的人扑向面包一样，搬日本人留下的东西，扒日本人修建的铁路，拆日本人的工厂，把百万的日本战俘运到苏联去做苦力。那么富裕而辽阔的东北，苏联足足忙活了三个月，压根就把朝鲜半岛的事忘了，其他国家也没想起来要去给朝鲜半岛的人发个通知。

雅尔塔会议明确地划分了战后的世界格局，规定了这块地方归苏联势力范围，那块地方归英国和美国。我记得在一本德国战俘写的回忆录里看过，当时在战俘营里，大家都在相互询问，哪块地方是美占区，哪块地方是苏占区，哪块地方是法占区，我回到祖国之后实际上是归哪个国家管理。也就是说，连战俘都知道最新的政策和新闻，只有朝鲜半岛完全处于与世隔绝的状态。雅尔塔会议上，各国的领袖分来分去，也完全没想起朝鲜半岛来。最后是美苏两军的高级将领在一起开会的时候，才随便地说了一句，三八线以南归美军，三八线以北归苏军，但美军也就是去准备接受一下日本的投降，没有要占领的意思。

于是美军和苏军终于来到了朝鲜半岛，苏军在北边，也就是如今的朝鲜，美军在南边，也就是现在的韩国，但美苏两国都没想占领朝鲜半岛，因为觉得这地方什么都没有，没有占领的价值。苏联办完受降等事宜马上就离开了，随后美军也离开了。所以朝鲜半岛的人民太悲哀了。其实朝鲜是有大韩民国流亡政府的，就在上海的租界里，还刺杀过日本的大将，发动过各种各样的反抗行动，流亡政府的领袖名叫金九，后来租界被占领了，大韩民国流亡政府又转移到陪都重庆，但就连中国也根本没想起还有这么一个政府，美国和苏联就更不知道了。

所以美国和苏联觉得朝鲜半岛很麻烦，我们俩都不想管它，但也不能就那么把它扔在那儿啊，让谁来管一下呢？于是最可笑的事情就发生了，美国的五角大楼给国务院打电话说，我们的军队已经在南朝鲜受降完毕了，日军也都遣送回日本了，我们的军队占领日本就可以了，朝鲜半岛不归我们管，你赶紧派人把这地方接手了。国务院也不知道该让谁去接手南朝鲜。这时，居然是一名负责签证的级别特别低的女签证官，主动跟国务院说，她认识一个韩国人，这个人取得了普林斯顿大学的博士学位，是个在美国生活了很多年的知识分子，对美国文化很了解，很适合派回南朝鲜去推行美国的民主和自由，这个人名叫李承晚。国务院想了想，其实也没什么可想的，因为完全没有第二个人选，于是，李承晚就在这样的机缘巧合下，变成了南朝鲜的总统。那个在海外流亡了多年、坚持团结海外的朝鲜人一起战斗、还接受海外朝鲜人纳税的大韩民国流亡政府，就这么完全被遗忘和抛弃了。

苏联在北朝鲜也一样犯难，在国内到处寻觅朝鲜人，终于在黑龙江口附近的伯力的一个苏联训练营里，找到了一个名叫金日成的朝鲜人，于是北朝鲜就归金日成同志了。这位金日成同志的大半辈子都是在中国的吉林度过的，生在平壤，长在吉林，操着一口流利的东北话，当然也会朝鲜话，就相当于生活在中国的朝鲜族,甚至还参加了抗日战争,当过东北抗联的营长,后来跟着失败的抗联退到了苏联,在伯力的训练营里接受训练。没想到天降祥瑞,突然有一天,苏联人问他,你是朝鲜人吗?金日成说,我是啊。苏联人就说,那好吧,北朝鲜归你管了。就这样,苏联给金日成包装了一番,将他打造成白头山的英雄,能够用手枪击落敌人的飞机等。

总而言之,对于朝鲜半岛,美苏两国都采取了极为不负责任的态度,随随便便就选了两个人,反正这也是临时的,接下来你们可以自己选举,可以享受自由了。结果美苏都没想到,李承晚和金日成的野心都挺大,都不满足仅仅管理二分之一的朝鲜半岛,都想把另一半也统一了,一来二去,两边竟然打起来了,爆发了朝鲜战争,还险些酿成第三次世界大战。

更悲哀的是,直到朝鲜战争爆发,全世界人民才第一次意识到,原来这个地方还有这么一个半岛,里面还有两个政府。关于朝鲜战争,这里就不多谈了。

这就是谁都不想要的朝鲜半岛的悲怆故事。

## 7. 何处是故乡

关于"胜利的阴影下",我主要分成了三大类人来写,第一类要回家的人,已经介绍得差不多了,接下来开始介绍第二类人——要被驱逐出家园的人。

其实第二类人和第一类人有很多重叠,很多被驱逐的人中,其实就包括要回家的人。比如伪满洲国的100多万日本侨民,其中也有大量来中国殖民的开拓团,也可以叫他们拓殖团,反正就是原本生活在日本的最贫困的日本人。就像中国最贫苦的人下南洋一样,日本最穷苦的人除了下南洋,还有去巴西的，还有相当一部分来了中国东北，东北其实比南洋还要艰苦。日本政府当然是鼓励国民去拓殖的，毕竟日军好不容易才打下这片土地，但有钱的日本人肯定不愿意来这么艰苦的地方，所以来的肯定都是被生活所迫的穷人，前前后后一共有100多万日本人跑到中国的东北，最后被遣返了。

大家想想，从1905年日俄战争中日本胜利以后，就开始有大量的日本人移民到中国东北，甚至移民到库页岛等地。到了1945年，这些人都已经在海外生活了四十来年了。如果一个人来的时候是30岁，带着一个8岁的儿子，或者直接就是到了海外之后才成家生了孩子，那40年时间也都繁衍到第三代人了。

著名的交响乐指挥大师小泽征尔就是在沈阳出生的，是日本海外殖民的第二代，像他一样在东北和库页岛出生的第二代、第三代日本人不计其数，这些人的家到底是哪里？日本本土上根本就没有他们的家了，他们只能说，我爷爷曾经是日本哪个县的人。那中国东北或俄国的库页岛是他们的家吗？中国人和俄国人不答应，因为他们是殖民者。所以这些人是被送回日本老家，还是被轰回日本老家，其实是说不清楚的。但是没有人在意这些人的想法，日本战败了，所有的日本侨民，不论是第一代、第二代，还是第三代，都得马上被遣返回日本，至于你在日本有没有家，该怎么重新讨生活，那就是你们自己的问题了。

当然，发动战争的日军是罪恶的，日本帝国主义受到惩罚是应该的，战俘被抓去西伯利亚做苦工是罪有应得，但除了被苏联抓走的约100万的关东军、朝鲜军和伪满洲国的日本公务员之外，留下来的约150万日本人，实际上绝大多数都是老弱妇孺了，其中有70%是女性，20%是儿童，还有5%是老人，余者是青壮年男人，因为绝大多数日本男性都被征到关东军里去了。而1945年时的关东军，也不是昔日日本最精锐的那支部队，最精锐的那支关东军了。由于南洋战事不绝，美军向太平洋上各个岛屿发起进攻，精锐的关东军都被调遣到南洋去了，尤其是菲律宾、硫黄岛、太平洋前线，最后留在东北的关东军几乎只剩下空架子，为了防范苏联，不得不在东北的日本侨民中强制性征兵。

最后苏联打败了关东军，还觉得很得意，我们也替苏联鼓吹，说苏联红军歼灭了日本最精锐的关东军。其实那支关东军就是由刚刚服役不到一年的日本侨民组成的，基本上就是乌合之众，全都被苏联运到西伯利亚做苦工去了。剩下的100多万老弱妇孺，没有人管他们。有一些很邪恶的关东军就跟这些妇孺说，日本政府和盟国政府都没法处置你们，你们唯一的出路就是跟我们一起自杀。于是，在关东军的许多筑垒地域里，许多妇孺跟着关东军一起拉响手榴弹、点燃弹药库自杀了。因为大家觉得，落到苏联红军手里也是死路一条，左右都是死，那就自杀吧，免得被苏联人侮辱。

剩下的大量没自杀的日本侨民，就开始逃亡，一边逃亡一边打听，现在究竟是什么情况？有没有最新的政策？大家想想，在那种混乱的情况下，怎么可能得到真正准确的消息？全是谣言。比如黑龙江就有消息说，所有日本侨民都集中到一个火车站去，日本政府会派火车来把我们接走，结果大家全都疯了似的往那座火车站跑，行李也不要了，一路上还要躲避东北的土匪，以及憎恶日本人的中国百姓，费了千辛万苦终于来到了火车站，等了半天也没有火车来，根本就是一条假消息，于是大家只能继续逃亡。

日本投降后就没有政府了，国内外一片混乱，所有日本人都在等待被审判。美军到了日本，首先考虑的是要不要抓天皇，以东条英机为首的那些战犯在什么地方。日本本土也被美军的原子弹和燃烧弹炸得一塌糊涂，有900多万日本国民无家可归，已经快要饿死了。美军光想着解决这900万人的吃饭问题就很头疼了，还有各种各样的人道主义灾难，各种各样的军国主义罪犯，怎么解决问题，抓住战犯，改造日本？美军忙得焦头烂额，根本没功夫去想流亡在海外的日本侨民的事。除了中国东北和库页岛之外，日本在中国关内还有200多万人，菲律宾和东南亚还有很多，加起来差不多共有650万日侨，这些人没有政府保护，也没有占领军处置，处境可想而知，他们只能自己保护自己，相互抱团取暖。

分散在东北各地的日本侨民，都往几个大城市集中，东北的日侨主要集中在农村。这些侨民虽然是高高在上的殖民者，但他们来中国前都是日本最底层的人民，到了这里虽然抢到了土地和森林，但他们毕竟不是地主，田地还是要自己开垦和耕耘，如今都拼命往城市里聚集。其中伪满洲国的首都新京，也就是现在的长春，聚集了大量的日本侨民，他们苟且地集中在几个区，完全不敢跟中国人发生冲突。有部分日侨干脆就全家自杀了，有些日本女人的丈夫被关东军抓走了，在西伯利亚生死不明，她们为了活下去，有一个家来保护她，当场嫁给了东北的农民，以此避免被遣返，避免过上颠沛流离的日子。根据不完全的数据统计，至少有11万日本妇女嫁给了中国农民。这就是后来遗留的所谓日本遗孤和遗属的问题。后来中日建交以后，这些遗孤和遗属都被陆续地找到，他们的后代也渐渐地回到了日本。实际上这些人已经从骨子里都是中国人了，他们的孩子连日语都不会说，满嘴都是东北话。如果大家现在去日本的北海道玩，会遇到很多这样的日本人。

严歌苓写过一部非常优秀的小说，叫《小姨多鹤》，后来还拍成了电视剧，由孙俪饰演女主角多鹤，这位多鹤就是那11万嫁给东北男人的日本女人之一，而且她嫁的这个东北男人还是有大房老婆的，但是这位大房因为被日本人追得跳了崖，失去了生育能力，所以多鹤就去给人家当二房。为了感恩，她还生了三个孩子，但是这三个孩子都不能管她叫妈妈，而是认大房当母亲，只能管多鹤叫小姨，是一个十分悲惨的故事。

除了自杀和嫁人的，剩下的日侨继续无家可归、颠沛流离。幸运的是，中国政府是世界上最仁慈、最以德报怨的政府,中国政府没有忘记这些日侨,积极地想办法遣送这些人。再加上东北是苏联的势力范围,大连和旅顺也归了苏联,所以苏联也希望赶紧把这些人轰走。当时在东北的中国政府有两个,一个是国统区的中国政府,也就是南京政府,另一个是共产党占领的松花江以北的北满根据地。所以,东北的100多万日侨分成以下三个部分:一是在苏占区,也就是关东州、大连和旅顺等地,有大约27万人;二是在国统区里,这里是最多的,大概有90万人,就在长春、沈阳这些地方;三是在共产党控制的根据地里,还有30多万人。

为了这100多万的日本侨民,国共双方、美国和苏联,还专门开了好几次会议。这件事也很有意思,战后美国和苏联相互看不顺眼,国共也即将爆发内战,可这四方居然为安排日侨的事,坐下来讨论了好几次,最终签订了一个政策,将日侨的遣返问题做了如下划分:

苏占区的日侨由苏联负责,这约27万日侨的运气是最好的,因为坐船从大连回日本,路程最近。国统区的约90万日侨全部集中到葫芦岛,其实东北有大连、旅顺、营口等更好的港口,为什么非要选葫芦岛呢?因为大连和旅顺都被苏联占了,苏联红军一直控制着营口港,就是为了防止国军通过营口大规模登陆,强占共产党的地盘。苏联是共产党的老大哥,他们占了东北的地盘,就希望更多地移交给东北民主联军来管理,万一国军运完了日本侨民,再直接把国民党的军队运上来怎么办?所以一看,离日本还算近的港口只剩葫芦岛了。共产党根据地里的30多万日侨怎么遣送呢?正处于内战中的国共双方达成了一条停战通道,由共产党的军队护送,把这些日侨送到国统区,交给国军,然后再送到葫芦岛去。

之前提过,在关内,南京国民政府为了遣送百万日侨,消耗了大量的人力、物力和财力,这么多人每天的口粮就是一笔惊人的支出,关外的遣返工作也是一样,国军、共产党的根据地、苏联和美国,一共调集了一亿多斤粮食来救济这些日侨。这在物资严重匮乏的内战期间，已经算是做到仁至义尽了。所以说中国对外真是一个以德报怨的民族。

除了以上被分别遣返的百万关外日侨外，还有一小拨日侨，被苏美国共通过四方协议，以很人性化的方式送走了。这些日侨滞留在当时的安东，也就是现在的鸭绿江边的丹东地区，最后让他们通过朝鲜就近回日本了。我和我的同事偶然间发现了一本日语小书，书名叫《满洲安宁饭店》，这本书特别有意思，讲的就是群集在安东地区的日侨发生的故事。

书里讲的其实不是故事，而是真实发生的事，这是日本人做了大量的调查之后写出来的。目前这本书还没有中文译本，我有点不希望有人引进这本书，因为书里讲的故事太精彩了，我已经派人去联系这位日本作家了，希望能买下电影改编权，这本书要是拍成电影，那就是中国版的《卡萨布兰卡》。

日本战败后，所有的日侨都在盲目地乱逃，往哪儿跑的都有，大约有七万人，一门心思地往朝鲜的方向跑，虽然朝鲜人也恨日本人，但日本毕竟统治了朝鲜那么长时间，总归能有点感情。但是，苏联红军也怕日本人逃跑，所以就从三个方向进攻东北，北边的黑龙江一支，朝鲜边境一支，外蒙古那边还有一支，所以，这七万人除了拼命逃亡，还得跟苏联红军赛跑，生怕被抓到。结果，大家终于逃到了安东，差一步就要跨过鸭绿江了，苏联红军追上来了，直接把这七万多日侨截在安东了。

这些日侨当场几乎就要跳鸭绿江了，因为苏联红军来到中国东北后，其奸淫劫掠的恶行震惊了世界。伪满洲国实在是太有钱了，到1945年，东北工业规模居亚洲第一。苏联红军到了东北，就跟恶狼进了羊窝一样，拆工厂和挖铁路就算了，还到处强奸妇女，不管是日本妇女，还是满洲妇女，全都不放过。满洲妇女其实就是中国妇女，但是苏联人认为，伪满洲国是日本的占领地，我们跟它们宣过战的，中国是苏联的盟国，但伪满洲国是苏联的敌对国，伪满洲国的一切都是战利品，包括妇女。所以当时的东北大地上，所有的日侨妇女几乎全剃了光头，还用锅底灰涂脸，甚至东北的妇女也都得这样，把自己搞得特别难看，生怕被苏联人看上，但这样也没用，苏联红军打了一路的仗，都已经如狼似虎了，甭管你是秃头还是难看，是个女的就行。

就在逃到安东的七万多日侨走投无路，准备跳江的时候，一个名叫大町的日本妇女站出来了，我姑且就叫她英雄妇女吧。这位大町曾经当过日本艺伎，她对日侨中的妇女们说，我们不要跳江自杀，组织一个"安东女子神风队"吧！"神风队"大家都知道，那是日本最有名的敢死队，那么这个"女子神风队"是干吗的呢？就是为了保住七万多名同胞的生命，把自己献给苏联红军。于是，一些日本妇女自愿站出来，组织了一个歌舞团。这个歌舞团就在安东饭店演出，所谓的演出，其实就是给苏联红军当慰安妇。

当然，苏联红军其实自己先提出来过，组织17~25岁的妇女，成立护理团，接待苏联红军。挺身而出也好，顺水推舟也好，总之，大町率领了大批年轻的日本妇女，成为苏军的慰安妇。当然了，日俄战争以后，从1905年开始，就有很多日本妇女来中国的东北卖淫，安东和南洋地区都有这样的日本妓女。有一部叫《望乡》的著名电影，讲的就是日本人下南洋当性工作者的故事。反正在日本，大家号召女人去海外做这个。但大町组织的这支"女子神风队"中，大多数的妇女都是没有从事过性工作的，大家都是怀着日本人常有的那种"玉碎"情感，为了祖国，为了同胞，我就玉碎了。

于是，安宁饭店就成了一个非常重要的地方，苏联人、日本人、共产党和国民党，三国四方都在这里你来我往，发生了很多有趣的故事。

首先是苏联人。苏联人有一个特点，他们走到哪里都带着一种叫"红军票"的东西，这东西说白了就是一张废纸，没有任何硬通币做背景，但凡是被苏联红军占领的地方，这种"红军票"就是钱。苏军到了中国东北，直接用这种自己印的"红军票"到处买东西，其实跟抢劫没什么区别。

在安宁饭店里，大町率领的日本妇女，每天陪着苏联红军的时候，就趁机打听，现在又有什么新政策了没有？苏联红军打算枪毙哪些日本人？一得到确切的情报，她们马上就去通知日侨，让他们在被苏联人枪毙之前赶紧逃跑。除此之外，日本人也在安宁饭店积极地跟国军的间谍做交涉，因为日本人已经听说，国军开始在葫芦岛遣送日本侨民了。这种交涉得在暗中进行，不能被苏联红军发现。为了得到国军的帮助，日本人主动提供了很多重要的情报，比如关东军走的时候，在什么地方埋了多少大炮，炮弹藏在什么地方，国军得到了这些武器，就能抵抗八路军了。这么重要的安宁饭店，共产党当然也派了大量的特工来这里暗访，一来跟苏联红军联络，二来摸清当地的情况，想办法破获日本人跟国军之间暗中交换的情报。

最后，日本人的美梦落空了，没等国军赶来帮助他们，八路军先到了，苏联红军把安东地区移交给了八路军，也就是后来的东北民主联军。既然八路军先来了，国军就放弃这里了。大町率领的日本歌舞团为了生存，又开始将目标锁定在八路军身上，主动邀请八路军到安宁饭店来喝酒、看表演。然而，八路军军纪严明，当时我们共产党的军队里没有任何贪腐现象，是一支无比清廉而有战斗力的人民军队。八路军不仅不接受大町和日本美女的邀请，还把这些跟国民党勾结过的日本女人都抓了起来，最后大町和歌舞团的主要领导者，全都被枪毙在河滩上。

大町虽然死了，她的事迹却被死里逃生的日本侨民们带回了日本，到处宣扬。如今在大町故乡的县里，还有一块她的纪念碑，纪念这位挺身而出、保护了七万同胞生命的"女子神风队员"。总而言之，就在这个小小的美女歌舞团里，三国四方明争暗斗，各种利益错综复杂，最终融合成了一个香艳、悲怆而精彩绝伦的故事。

安宁饭店的故事告一段落，回到葫芦岛。在整个葫芦岛遣返过程中，日侨的死亡率是极低的。中国还专门在锦西设立了医院，用于收治重病的日本人，全力救治日本的伤兵和病人，然后让他们迅速而有效地撤离，这样的人道主义救援，在当时的整个世界都是绝无仅有的。但人道归人道，规矩还是必须要讲的，中国明文规定，所有日本侨民的配备都是30公斤行李，随身带1000块钱，从上海，到青岛，到葫芦岛，一直北到库页岛，都是一样的标准。这样的标准对于垦殖团和开拓团的穷人是无所谓的，逃难的路上本来就一无所有的，把所有家当都盘算一遍，估计也就这么点东西。

但中国军队还是一丝不苟地执行规定，在上海海关、青岛海关、葫芦岛码头，乃至台北，在每一个遣返点都严查所有日侨的随身物品。我们当然是以德报怨的泱泱大国，你侵略我们，抢掠我们，现在战败了，我们还供你吃喝，给你治病，送你回家，但你不能带走中国的一根草，不能带走中国的一块石头，每一个人离开中国的时候，都被检查得非常仔细，不论男女，都得脱下衣服和裤子，木屐也得脱下来，看看鞋底里有没有藏东西，每一个日侨上船前都恨不得把衣服脱光了检查。关于中国军队核查日本侨民的过程，留下了大量的珍贵历史照片。虽然检查的过程稍微有点屈辱，但能回到日本，他们也算很幸运了，毕竟还有无数的日本人被掳到西伯利亚做苦工。

葫芦岛的遣返几个月内就完成了，美军出动了大量舰船，国民党政府也派出了很多船只。当最后一艘装载着3000多人的船只离港前，大家欢呼着请国民党当时的遣返处长讲几句话。这名被临时委任的遣返处长本身是个中将，他满怀深情地对日本侨民说了这样的一段话：日本人在中国犯下了累累的罪行，杀害了不计其数的中国人民，这些事情想必你们都是清楚的，但我们中国却以德报怨，今天送你们回日本，我希望当你们再次回到中国的时候，带来的是友谊，而不是刺刀和战争。3000多日侨有半数痛哭着跪地谢罪，当然也有半数撇着嘴，完全没有任何悔改之心。其实当时这一船日本人的态度，跟如今的日本一模一样，今天日本也有很多人对中国是心怀愧疚的，包括对所有日本曾经侵略过的国家，都认为自己是有罪的，但也有那种对自己的罪行完全不认的，认为这就是一个弱肉强食的世界，弱小的民族活该被打。

这些日侨离开中国的时候，或许心里还是挺感动、挺幸福的，或许也带着对中国的愧疚或不屑，然而回到日本以后，这些情愫立即就烟消云散了，摆在他们眼前的大事，就是自己的生存问题。因为日本本土上还有900多万无家可归的难民，这些人回去之后没有立锥之地，很多人都已经离开日本几十年了，甚至有些人就是在中国出生和长大的，他们虽然还是日本人，但对日本却是无比陌生的，有些年长的人对祖国还是有印象的，可回到故乡一看，家园都被美军炸为焦土和平地了。最可悲的是连日本政府都不欢迎这些侨民回来，包括中国的整个遣返，日本都是极力阻挠的，因为日本政府投降后，立即就制定了政策，首先就希望在伪满洲国的日侨从此落地生根，永远别再回来了，日本本土都已经饿殍遍野了，根本没有能力养活海外的几百万人了。所以这些人被遣送回国后，得不到任何安置和照顾，生活得非常悲惨。

## 8. 两面派与沉默派

葫芦岛的遣返虽然完成了，但整个东北的日侨遣返工作还是一个十分漫长的工作，这个过程中还发生了几件特别有趣的事。

第一件事发生在国共辽沈战役打到最激烈的时候，我军已经包围了沈阳，但沈阳还剩下6000多名没有遣返完毕的日侨，于是，国民党在自己还有大批的部队没有撤离沈阳、甚至好多中将和少将都没能逃出去的情况下，居然动用了50架运输机，把被我军包围在沈阳的最后6000多名日侨空运到港口，送回了日本。所以我觉得国民党真的挺搞笑的，它对国际观瞻这件事特别重视，过度地在意外国人怎么评价我们。

即便是国民党连自己的死活都不管了，也要把日本侨民的遣返工作完成，日侨的遣返工作还是没完没了，因为日侨实在是太多了，一直到中国都已经解放了，陈毅元帅担任副总理兼外交部长，他还在主持着日侨的遣返工作。于是又发生了第二件有趣的事——扯国旗事件。这件事现在中国和日本都刻意避而不谈。事情是这样，1958年，中日友好协会长崎支部所主办的"中国邮票暨剪纸展会"，中国要去，肯定就要升五星红旗。台湾方面的代表就愤怒抗议了，凭什么升起了五星红旗？这情况其实到今天都没有改善，如今我们到国际上参加各种活动，只要现场升起了青天白日旗，我们的代表团就立刻退场，然后交由外交部表示抗议。

台湾方面一抗议，日本政府也挺为难，但它又不想得罪中华人民共和国，那怎么办呢？最后，日本想出了一个非常缺德的办法，一名隶属右翼团体的28岁日本男性制图工去会展上把五星红旗给扯了。对此，陈毅表示了愤怒的抗议，我们中国还在辛苦地遣送日侨，你们不领情就算了，居然还把我们的国旗给扯了。

当然，日本把那位扯国旗的制图工抓起来了，但最后只是象征性地罚款500日元，合1.5美元，而且定的罪名也令人啼笑皆非，叫作"无故扯下一个展板"。日本坚决不承认五星红旗是一面国旗，因为扯国旗的话就是很严重的外交事件了，或者说就不是事件了，而是罪行了。所以日本一口咬定日本浪人就是扯了一块邮票展上的展板，至于展板上的图案是什么，那不重要。

当时，日本的首相是岸信介，也就是现在的日本首相安倍的外公。这位岸信介本身就是一名战犯，曾经在伪满洲国担任专门负责压迫劳工的次长。回到日本后，他依然从事类似的勾当，把大量的中国劳工运到日本去当矿工、苦力，对于中国人民，尤其是东北人民来说，岸信介就是一个双手沾满鲜血的十恶不赦的罪人。后来美军占领日本后，曾把岸信介抓起来了，还判了刑，但没关几天又给放出来了，因为当时日本闹饥荒，工业和农业百废待兴，美国人摆不平日本的重重问题，必须找一个深切了解日本的人，找来找去，就岸信介最合适。岸信介从监狱里出来之后，果然把日本管理得特别好，最后直接被选为日本首相。

岸信介跟他的外孙安倍一样，都是极右的，对待中国的态度非常强硬。因为"长崎国旗事件"，陈毅跟岸信介抗议，岸信介的态度居然是，这邮票展是在我日本举办的，我们愿意挂什么旗就挂什么旗，你抗议就等于是干涉日本内政。岸信介的挑衅令陈毅愤而决定暂停日侨的遣返。没想到，岸信介也毫不退让，立即发表了一个声明：从今天开始，所有在中国领土上尚未遣返的日本侨民，全部被视为死于战争的人口，你们不仅不用回来了，而且我们现在就开始给你们留在日本的家属发抚恤金！本来中国是想通过暂停遣返日侨的方式威胁一下日本，没想到正中了日本的下怀，它本来就不想让流落在海外的日侨回去给它添乱。于是，遣返日侨的工作在1958年暂停了，一停就是十几年，一直到20世纪70年代，中日关系正常化了，才把那些留在中国东北的日本遗孤全部遣送回去。

从日据时代开始，中国台湾也有大量的日侨，而且中国台湾跟中国大陆的情况还不太一样，日本人在中国台湾犯下的恶行要远远少于在中国大陆，因为日本人认为台湾就是他们自己的土地，所以台湾人民始终没有经历过战乱，就被和平解放了。日本人被遣送离开台湾的时候，大量的财产不能带走，就都送给了他们的台湾朋友，很多台湾人就在那时候一夜暴富，他们对日本人是没有仇恨的。

日本刚刚战败后，生活在台湾的日本人不认为自己要被遣返，因为他们从 1895 年签订《马关条约》之后就来到了台湾，世世代代都在这里繁衍生息，很多人在台湾都已经四世同堂了，甚至这些日本人还做了一个调查，看看有谁愿意留在台湾，谁愿意回日本，调查结果是有 18 万余人志愿回日本，14 万余人愿意留在台湾，可见日本人对台湾的感情是很深的。当然这 30 多万人中不包括驻台湾的日军，日本军人是没有权利自由选择的，日本战败了，军人肯定要全部遣返回日本。电影《海角七号》讲的就是日本人跟台湾人之间的爱情。因为国军登陆台湾后，要将全部日本人都遣返，一个都不能留，日本人写了一封情书给自己的台湾情人，两人也没能见最后一面。日本人就被集体送上船走了，走的时候，配备也和中国的遣返标准一样，每个人随身携带 30 斤行李和 1000 块钱。就这样，日本人和台湾人的爱情被活生生隔断了 60 年。

当然了，台湾也有很多本地人跟日本人结婚的，因为大家在一起生活的时间实在太久了。对于这些通婚的人，最后台湾的政策是这么解决的：如果妻子是台湾人，丈夫是日本人，那么丈夫就必须被遣返回日本，妻子则可以自由选择国籍和自己的去留；如果是日本女人嫁给台湾的男人，那日本女人就可以留下来，但这些留下来的日本女人，在很长时间内也是受到歧视的。前几年我还看到一则特别有趣的台湾新闻，说在一所小学的毕业典礼上，一群十几岁的小学生跟一名 83 岁的老奶奶一起从国小毕业了。这位 83 岁的老奶奶就是嫁给台湾人的日本女人，选择了留在台湾，但是饱受歧视，导致出了一些心理问题，不愿意见人，在山里躲了很多年。一直到晚年的时候，才被她的儿女从山里接了出来，因为她不会说台湾话，所以就去上了台湾的小学，从最基本的语言开始学起。这是一个有点感人又很令人伤感的新闻。战争的残酷性不仅在于战争本身，更在于战后遗留下来的长时间的历史问题，以及千千万万无辜的人民为此而付出的代价。

总体来说，在台湾的日本侨民算是很幸运的，但北边库页岛那儿的日侨就比较惨了。

说起库页岛这个地方，很多人可能觉得比较陌生，只有极为爱国的那种热血青年，才会经常高呼这样的口号："还我贝加尔湖，还我外兴安岭，还我乌苏里江，还我库页岛！"我们的历史教科书里也是这么写的，通过《瑷珲条约》《北京条约》《天津条约》等不平等条约，沙俄帝国割走了我们大片的土地，其中就包括库页岛，教科书还会着重强调"库页岛自古以来就是我们中国的""琉球自古以来也是我们中国的"，等等。

早在中国东北遣返日侨的时候，就曾发生过一些和琉球有关的问题，解决的方式也是很值得回味的。日本的拓殖团顾名思义，里面肯定都是日本人，但实际上这些人中还包括一些朝鲜人、琉球人和台湾人，因为琉球早在1879年就归日本了，朝鲜和台湾略晚，1895年就被日本占领，所以这些人就跟着日本人一起，去了中国东北拓殖，等到遣返的时候，问题来了，这些人该不该送回日本呢？台湾人倒还好说，因为按照我们的想法，台湾人就是中国人，他们愿意去哪儿就去哪儿。

琉球人呢？当时琉球已经被美国占领了，是脱离了日本的统治的，而且罗斯福在开罗会议上跟蒋介石说了两次，把琉球还给你们中国吧。结果蒋介石想来想去，最后决定不要了，具体原因这里不详细介绍，总之"二战"后琉球归了美国。那么到了最后，中国东北的琉球人就和日本人一起遣返了，可见当时的中国政府默认了琉球人就是日本人，否则也不会做出这个政策。一直到1972年，美国才把琉球完全还给了日本。但中国人对朝鲜还是比较有感情的，日本拓殖团里的大量朝鲜人，最后被中国政府默许留在了中国东北，并组成了我们今天56个民族之一的朝鲜族。当然了，朝鲜族不都是"二战"之后留下来的拓殖团侨民，更早以前在吉林的延边地区就有朝鲜居民了，只是数量比较少。

如果当时中国政府像苏联一样把朝鲜侨民全部驱逐，那我们现在就只有55个民族了。更进一步说，如果中国政府再稍微放松一点，把日本人也留在东北，或者说至少留下一部分日本侨民，比如已经移民40多年的日本家庭和第三代日本移民，那中国现在就又多了一个大和民族，变成57个民族了。比如我们的56个民族里有一个俄罗斯族，我们和俄罗斯之间有长长的边境线，有时候一不小心就有一两个村子建到对方的国境线里了，既然来了，那你就变成我们的一个少数民族吧，就算族里根本就没几个人，我们也愿意承认它。而日本，我们不愿意把它当成自己的民族。其实至今中国东北还有几万留下来的日本人，比如嫁给中国农民的日本妇女，但我们从心理上和情感上，都不愿意接受这些日本人成为我们自己的一个民族。

关于库页岛，苏联和中国之间也产生了和琉球一样的问题。"二战"结束后，苏联说库页岛是我们的。因为库页岛上的部落每年春天到黑龙江口，在给中国进贡两条狐狸皮的时候，也同时向俄国进贡两条狐狸皮，也就是说，库页岛和琉球同样身为弱小的民族，不约而同地都选择了同时向两个大国进贡。而且，因为俄国离库页岛更近一点，所以俄国官员去过库页岛，这要比清朝官员强一点。最后在《北京条约》里，俄国坚持要把库页岛写进去，从此以后，库页岛从法律意义上完全属于俄国，其实库页岛上压根也没有一个中国人。

日俄战争之后，南库页岛被割给了日本，于是大量的日本移民来到库页岛。十月革命之后，日本还出兵到西伯利亚，把北库页岛也占领了。苏联强大了之后，又把日本人逼得撤回去了。但不管怎么说，南库页岛上除了数量稀少的当地土著居民外，全部都生活着日本人。到"二战"结束后，这些人已经在库页岛南部生活了40多年，差不多繁衍到第三代人了，人口达到40多万。

日本战败后，苏联要求把苏联领土上的日本人全部驱逐回日本，其中就包括南库页岛上的40多万人。这些人太倒霉了，他们离开祖国那么多年，已经完全变成了库页岛上的渔民和农夫，而且他们常年经营寒带地区的作物，对日本的气候都不能适应了。但苏联人不跟你讲道理，直接把西伯利亚大量的少数民族迁移到库页岛上。其实这些少数民族本身也是被苏联驱逐着的，比如鞑靼人，从克里米亚被驱逐到西伯利亚，如今又被弄到库页岛上。这些人到了库页岛上没有地方住，只能跟日本人挤在一起。好在拓殖团里的日本人也都是穷苦人，大家就在屋子里挂上一面帘子，帘子左边住鞑靼人，帘子右边住日本人，双方的小孩子都在一起玩，大人也慢慢熟悉了，后来就渐渐把帘子拉开，还能一起做饭。

就这样，日本人和鞑靼人一起过了一年后，苏联下达了"全体日侨驱逐回日本"的命令，每个人也是一样只能带30公斤行李、1000块钱，带不走的东西就全都留给和你们一起住的苏联人，其实就是鞑靼人。所以，这40多万人怀着极为凄楚的心情，拖家带口地上了船，回到他们早已陌生的祖国。而他们苦苦经营了40多年的房屋、土地、渔船，全都拱手交给了别人。更可悲的是祖国根本不欢迎他们，也没有土地和粮食养活他们。

当日侨们凄凄惨惨地被遣返的时候，还有一些人正在激动而兴奋地盼望着回家，那就是被日本人掳走的中国劳工。战时，日本从中国多地抓走了4万多劳工去日本做苦工，这些中国劳工在日本过的是猪狗不如的生活，相关的故事不胜枚举。而且日本至今都不肯承认这件事，相关的诉讼依然在旷日持久地进行着。

我看过一个现在还在世的中国劳工的采访，非常令人心酸。他八岁就跟着父亲一起被日本人抓起来了，父子二人跟着大量的中国劳工一起，从青岛上船被转运到日本做苦工。大家想想，战争到了后期的时候，日本本土都已经穷困潦倒至极了，对待中国劳工的态度就更恶劣了，大量的劳工被活活累死、饿死，惨不忍睹。他父亲临死前把年少的他托付给一个工友，让这名工友当他的干爹，希望有一天他能跟着干爹一起回到祖国。但不久之后，这个干爹也死了……等到终于迎来了战争结束的喜讯，要被遣返回中国的时候，这个孩子已经认了13个干爹，每一个干爹都没能等到胜利的那一天。

日本在战争中犯下了滔天的罪行，海外的日侨无法避免要跟着承担战败的惩罚，但东南亚的日侨就要比中国东北和库页岛的日侨幸福多了。我不妨举一个例子，今天的日本，一直在试图篡改历史，抹杀自己在战争中犯下的非人类暴行，每当日本修改教科书否定慰安妇等的时候，韩国人恨不得能冲上去厮打日本人。中国是文明上国，从来不厮打，但也通过各种文明的方式表达不满和抗议。但同样被日本侵略过、占领过、殖民过的东南亚和南亚国家，却很少有愤怒和抗议的呼声。菲律宾、越南、印尼、柬埔寨，他们对于日本人欲盖弥彰的丑陋嘴脸，从来都选择保持沉默，没有一次跳出来跟韩国和中国一起谴责日本人。

为什么东南亚和南亚国家对日本的反感情绪没有那么强烈？包括为什么日本战败后从东南亚、南亚撤离的时候，军队和日侨受到的待遇也要比其他国家好得多？究其根本原因，中国和韩国自古以来就是独立的国家，从来没有被西方真正殖民过。西方殖民者顶多也就是在上海和汉口划了块租界，而且那从客观上还促进了我们的发展。第一次来殖民我们、来侵略我们的就是日本人，所以中韩两国对日本的仇恨是刻骨铭心、深入发肤的。

而东南亚和南亚各国，在日本出兵占领它们之前，几乎没有独立的国家。其实当时整个亚洲都没有几个独立的国家。从地图上看过去，从西亚开始就全都是英法殖民地，到了东南亚和南亚，都是英、法、荷兰和美国的殖民地。菲律宾是美国的殖民地，印尼是荷兰的殖民地，印度支那的越南、柬埔寨和老挝是法国殖民地，缅甸、印度、巴基斯坦和孟加拉都是英国的殖民地。所以日本出兵的时候，东南亚和南亚各国都纷纷表示欢迎，把日军当成来解放自己的人。

不过日本占领了东南亚和南亚后,多多少少也干了一些坏事,有少数国家开始有一些小小的不满情绪,但在大多数国家,日本非但没有做坏事,还把白人殖民者打跑了。后来日本战败了要从东南亚和南亚撤退的时候,还把自己的武器和弹药都留给了当地的游击队,特别慷慨激昂地说,天皇要求我们投降,我们要走了,但我们把武器交给你们,由你们来继续完成我们未竟的事业——抵抗西方帝国主义,解放亚洲人民。最后,这些日军竟然真的徒手上船回日本了,一副"就算我们不在了,我们也希望你们从此不再被白人殖民"的救世主气息。

之前提到过,"二战"后,全世界的每一个人都在对自己、对别人说一句话——绝不让历史重演。欧洲人说绝不让德国再有发动战争的能力,绝不让欧洲分裂成两个集团,英特纳雄耐尔一定要实现。英国人说绝不让贵族再骑到我们头上,我们把丘吉尔选下去,让工党上台。亚洲各国人民也说,绝不让历史重演,今天战争结束了,日本人走了,但我们绝不让那些白人再回来骑到我们头上。

东南亚各国都对日本怀着极为复杂的感情,后来领导东南亚各国获得独立和自由的各位国父,基本上都是战争时期由日本培养起来的,也是日本人教导了他们,不要畏惧西方帝国主义国家。最著名的昂山素季的父亲,号称"缅甸独立之父"的昂山将军,就曾在缅甸的日本扶植的伪政府里当国防部长。昂山将军一直跟日本人合作,并在1939年创立了缅共,目标是打跑英帝国主义者。统治了印尼很多年的苏哈托,也是从日本军校里培训出来的,等到日本撤军了之后,苏哈托跟着苏加诺将军一起,坚持抗击荷兰殖民者。还有马来西亚的著名总理马哈蒂尔的父亲,也是日据时代被日本人培养出来的,后来率领马来亚人民奋勇抵抗英军。还有中国人不太喜欢的阿基诺的父亲老阿基诺,也是日本人扶植起来的……

当然了，日本人在东南亚和南亚也做了很多坏事，但这些坏事主要是针对华侨。在日本人的观念里，中国是头号敌对国。他们在东南亚各国屠杀了大量的华侨。当然，包括印尼在内的一些东南亚国家，本身的排华倾向就很严重。除此之外，日本还征集了很多东南亚劳工，去修泰缅铁路等大工程，最后有十几万人死在工地上。有一部著名的奥斯卡获奖电影《桂河大桥》，就是讲的这段历史：当时，日本从东南亚各国，以及英军的战俘里，挑出了一些壮劳力，去修泰缅铁路上的一座重要大桥——桂河大桥。英国人的个性是，我做任何事都要尽善尽美地做好，可现在让英国人替日本人当苦力造桥，英国人心里就不愿意了，就在心中思量着要不要炸掉这座桥等，是一部很有意思的电影。

总之，虽然日本人做了一些坏事，累死了十几万东南亚劳工，但东南亚和南亚各国始终觉得，如果没有日本，它们从白人殖民统治下独立和自由至少将延后20年，而且日本战后也给了东南亚大量的赔偿。所以今天日本不断篡改历史，掩盖自己的罪行，中国和韩国愤慨激昂地表示谴责和抗议，东南亚和南亚各国却都选择沉默。

以上是日本在整个亚洲的遗民遣返状况，这里面有"回家"的第一类人，还有不知道是"回家"还是"被驱逐出家园"的第二类人。"二战"期间，日本几乎将全亚洲的国家都蹂躏了一遍，但有一个非常小的地方，它没有去占领，这个地方就是澳门。这件事很有意思，因为连香港都被日本占领了，大家肯定都看过张爱玲的著名小说《倾城之恋》，日本人在香港犯下了很多罪行，在整个大东亚，唯独澳门是一个死角。这是为什么呢？最重要的原因是日本有200多万的海外移民在巴西，所以日本对巴西有点投鼠忌器，万一巴西把日侨都轰回日本本土，日本可招架不住，所以日本刚把矛头指向澳门，巴西就严厉地警告了日本。巴西对澳门有着很微妙的感情，世界上说葡萄牙语的地方不多，除了葡萄牙和几个非洲国家之外，巴西就是最大的葡语地，除此之外就是澳门，因为葡萄牙曾侵占澳门，巴西曾经是葡萄牙的殖民地，就因为和巴西的这点"亲戚关系"，日本放过了澳门。

总之，根据日本的户籍统计数据，在战后全世界大规模的遣返之下，日本最终依然还有约 40 万人没有回去，这些人应该都零散地遗留在中国的东北以及亚洲各地。当然，这对于日本来说没什么，因为日本本来就是一个人多地少的地方，又是火山和地震频发之国，它鼓励人民去海外移民，最好移出去永远都别回来，日本一直是这种国策。

# 9. 种族灭绝式的复仇

"二战"后的亚洲，有大量离开家园、被驱逐出家园和无家可归的人，欧洲的情况要比亚洲悲惨得多。

亚洲的国境线和领土战后并没有巨大的变化，顶多就是库页岛以及日本在太平洋上的一些小岛的归属有了一些调整，是局部的。而欧洲的版图在战后发生了巨大的变迁：

从"二战"一开始，苏联和德国就共同瓜分了波兰，从波兰正中间的布格河一分为二，东边的波兰归了苏联，西边归了德国。波兰强大的时候就曾经侵略过俄国，俄国后来又灭了波兰三次，"一战"期间，波兰又特别坚韧地复了国。总之，波兰和俄国有着世世代代的仇恨。于是苏联占领了波兰东部之后，就把波兰人全都驱逐到西边去了。德国战败后，各大国又在波兰的西边补了一块，把德国的西里西亚补给了波兰，那可是德国的发源地之一，里面有大量的德国文化。现在有人经常看不懂德国的历史，说那些历史上著名的城市，比如歌德的故乡、康德的故乡，如今怎么都找不到了？其实这些地方都还在，只是都改成苏联的名字了。

这边波兰的领土得到了补充，那边德国的领土就小了一大块，而且波兰人又把原有的德国人轰了出去，因为他们不允许波兰的土地上有一半德国人。把德国人轰走了之后，波兰人又把波兰东部的波兰人移民过来，住进德国人的房子里。

这样，德国失去了重要的西里西亚发源地，又有数百万人被轰出了家园。东普鲁士的柯尼斯堡又割给了苏联，也就是现在苏联的加里宁格勒，柯尼斯堡就是康德的故乡，所以现在很多人都说康德的故乡在俄国，还说李白的故乡也在俄国，就是现在的哈萨克斯坦或吉尔吉斯斯坦那一带。总之，苏联人也把柯尼斯堡的德国人轰了出去。这样前前后后加起来，大概有800万德国人流离失所。

德国也没有地方安置这些人，因为德国一共也没剩下多少地方了，还都被打得稀巴烂，更可怜的是，这800万人是千百年来就生活在自己的土地上，东普鲁士地区是德意志民族最重要的发源地。日本人在库页岛生活了四五十年都把那里当故乡了，更别提这些祖祖辈辈都没有离开过家园的人了，就这么被活生生从故土上给驱逐出来了。

不光这800万德国人无家可归，在捷克苏台德地区的德意志人，也全部遭到了驱逐。大家都知道，"二战"的导火索就是在《慕尼黑协定》的时候，德国想要捷克的苏台德地区，英法妥协了。捷克在被德国占领的时候，苏台德地区的德意志人，成为德国人的帮凶，捷克后来拍过很多这个时期的电影，比如捷克人和苏台德地区的德意志人谈恋爱，然后战争来了，这恋爱就没法继续谈下去了，因为一方当了游击队，另一方成了德国人的帮凶，情人反目成仇。所以"二战"一结束，捷克斯洛伐克立即毫不犹豫地把境内所有的德国人全部驱逐。还有所有在苏联势力范围下的东欧共产党国家，全都一个不留地驱逐了德国人。

苏联对于将整个民族从一片土地上驱离出去这件事，真是太有经验了。早在斯大林时期，苏联就做过大量迁徙整个民族的事。因为斯大林是极其专制的，只要他一声令下，不管你这个民族在自己的土地上生活了几百年还是上千年，全部都得驱逐出去。比如克里米亚地区的所有鞑靼人，全部被驱逐到乌拉尔山以东去了，克里米亚彻底成为俄国人和乌克兰人占领的地方；还有亚美尼亚人、车臣人等。要知道，鞑靼人自从一二二几年就已经生活在克里米亚了，结果全都被轰回了他们700年前就离开的中亚蒙古地区。

在苏联的指挥下，东欧各国开始大规模驱逐德国人。匈牙利的德国人全都被轰回了德国本土，一路上颠沛流离，不仅随身什么都不能带，女人还有可能被苏联红军玷污，但这些德国人还算幸运，因为他们至少还是回到了德国，回到西德运气就更好了，东德也是东方社会主义国家里最繁荣发达的；罗马尼亚的十七八万德国人就没那么好运了，这些德国人属于罗马尼亚的少数民族，和犯下罪行的纳粹德国人根本是两回事，但苏联不管，苏联也不大规模地迁徙他们了，直接全都装车运到苏联去当苦工；保加利亚的德国人，也是全部被驱逐。

还有两个国家互换民族的，那就是希腊跟土耳其。当然了，它们早在"一战"以后就开始互换了，因为它们原本都是奥斯曼土耳其帝国的，"一战"得到了独立之后，希腊说，在我的土地上，所有的穆斯林都给我回土耳其去；土耳其也说，在我的土地上的希腊人，都给我滚回希腊去。

西欧各国也驱逐德意志人，连荷兰都把生活在本土的德意志人，全都驱逐回了德国。甚至这事把英国人气炸了，因为当时德国被四大国占领，占领军政府不仅要管理德国，还要负担从整个欧洲被驱逐回来的1000多万德意志难民，让他们不要饿死，至少不要出现大规模的人道灾难。各大占领区里全都是一团糟，根本安置不了那么多难民，英国人就说，苏联人驱逐德国人也就算了，你荷兰一共才几万德国人，你跟着添什么乱啊？于是，英国也把英占区里的荷兰人驱逐去了。

战后的欧洲，就是一场无法想象的民族大迁徙。这期间，那一代的德国作家和导演，创作出了大量伟大的文学和电影作品，都是写那1000多万颠沛流离的德国人的故事，大家可以自己去看。

从亚洲到欧洲，铺天盖地的报纸和媒体上，都是庆祝战争胜利的喜讯。但如果我们能穿越时光的河流，回到"二战"结束后的年代，你在欧洲和亚洲的大地上，看到的将全是这些颠沛流离、无家可归的普通人民，他们不是纳粹，更不是战犯，甚至也在战争中饱受摧残，却不能品尝到分毫胜利的果实。

接下来终于轮到最倒霉的第三类人——无家可归的人了。

首先，纳粹分子肯定是没有地方去的，你逃到天涯海角也要把你抓起来。我说的"无家可归"的人，绝不是指这些战犯和罪人，因为他们罪有应得，不值得同情。我所要写的"无家可归"的人，主要是指以下这些悲怆的民族：

在奥地利东南部的英占区里，有一个州，里面聚集了上百万无处可去的人。这都是些什么人呢？

其中一部分叫白俄哥萨克。白俄大家都知道，是俄国十月革命期间就被打出来的人，当时在东北的哈尔滨街头，就有很多白俄的将军以修鞋为生；还有白俄公主走投无路去当妓女的故事。最后哈尔滨被苏联红军占领的时候，白俄只能继续逃亡，即便过了几十年，依然有大量的白俄在欧洲各地流窜、逃亡。还有整个民族都流亡出来的白俄，那就是哥萨克族，单说哥萨克，人们可能有点陌生，但提到哥萨克骑兵，大家肯定就耳熟能详了。所谓的哥萨克骑兵，就是所有俄国军队中最能打的一支，在拿破仑战争中表现得无比神勇，哥萨克本身就是一个马背上的民族。其实准确地说，哥萨克也不算是一个真正的民族，他们的长相也没有什么明确的特征，有点像犹太人，就是泛泛地指那么一类人，是一个骁勇彪悍的游牧民族。

这些哥萨克人因为反对十月革命，反对列宁的党，最后被打出了俄国，在外流亡。到了"二战"，纳粹德国打进俄国的时候，哥萨克人犯了一个致命的错误，他们跟着德军一起打回自己的祖国去了。当然了，你也可以说身为俄国人，他们是想回到自己在顿河上的家园。这个理由倒情有可原，可这个做法就错得太离谱了。而且他们跟着纳粹德国一起，在苏联也犯下了一些罪行。最后德国失败了，他们又跟着德军逃出了俄国，苟且地躲在奥地利，完全没地方可去。

在《雅尔塔协定》里，丘吉尔和斯大林有一个协议，按照"各民族回各民族"的规则，所有属于我的人民，都要给我遣返回来。欧洲当时正是民族主义高涨的时期，每个民族都要自己的生存，要自己的祖国，要回自己的家园。最后英军占领了奥地利，按照这个协议，英国就得把那些白俄哥萨克遣送回苏联。这些白俄哥萨克可是跟纳粹德国一起打回自己的祖国的，全世界的人都知道斯大林会怎么处置他们，丘吉尔当然也知道，但是丘吉尔不想也不能得罪斯大林。其实苏联红军已经占领了奥地利的一部分，最后双方达成协议，匈牙利归苏联，奥地利永久中立，苏联红军才从奥地利撤出来，丘吉尔可舍不得将维也纳变成共产党的土地，就像他为了不让希腊变成共产党的土地，把保加利亚的利益都出卖了一样。

所以，丘吉尔决定把奥地利的白俄哥萨克都遣返回苏联。这些哥萨克当然是宁死不走的，他们自己很清楚，回苏联就是死路一条。英国人来抓哥萨克，哥萨克人就全族围成一个大圈，男人在最外面拿着刀抵抗，妇孺和老人在内圈，最里面是宗教的祈祷仪式，全族一起抵抗，全族一起祈祷，最后全族一起自杀，宁可死在奥地利，也不愿意回苏联。最后没办法了，英国人就开始哄骗他们，说：我们不送你们回苏联，我们送你们去意大利。结果哥萨克人居然信了，就这么上了火车，结果火车开起来之后才发现，没去意大利，而是直接开到苏联去了。

另一部分群集在奥地利的，是数十万的克罗地亚人，克罗地亚是一个有几百万人口的国家，这个国家的人足球踢得特别好。克罗地亚属于斯拉夫民族的一支，但克罗地亚人是斯拉夫民族里长得最像日耳曼人的，个子也很高，我有时候在欧洲和美国遇到克罗地亚人，他们的个子都特别高，足球队里的队员也都很高，所以克罗地亚人觉得自己其实是日耳曼人的一支，是上等民族，而斯拉夫民族是劣等民族。

当德国进入巴尔干半岛，入侵南斯拉夫的时候，克罗地亚人成了纳粹的帮凶，他们大量地加入军队，跟着纳粹一起镇压铁托领导的南斯拉夫游击队，双方结下了血海深仇。当时有一名意大利记者，去采访克罗地亚的纳粹头头，这个人刚好是负责管理南斯拉夫的，他的办公室里有一个大筐，意大利记者还以为里面装得满满的是没剥壳的生蚝呢，结果对方冷笑一声，说这不是生蚝，是南斯拉夫铁托游击队员的眼珠子，意大利也是轴心国法西斯，但那记者也被克罗地亚纳粹的残暴震惊了。总之，克罗地亚对整个南斯拉夫民族犯下了滔天罪行。但克罗地亚独立了，是一个国家了，你说它叛国吗？它从来都不承认自己是斯拉夫人，是"一战"后帝国主义硬逼着它加入南斯拉夫的。

南斯拉夫最后不是由苏联红军解放的。苏军解放了罗马尼亚、匈牙利和波兰，但南斯拉夫是由铁托的南斯拉夫人民解放军自己解放的，所以后来铁托发起了不结盟运动，拒绝听从苏联的。铁托可不管你克罗地亚人叛没叛国，你们帮着纳粹蹂躏南斯拉夫，我就要血债血偿。所以大批的克罗地亚人逃到奥地利，和白俄哥萨克的命运一样，英军也是半哄骗、半威胁地把克罗地亚人全都送上了回南斯拉夫的火车。

塞维利亚人多么痛恨克罗地亚人。整个南斯拉夫解放军守着铁路沿线，把所有克罗地亚人都抓了下来，用各种各样残酷的方式虐杀这些克罗地亚人，杀到最后实在杀不动了，就把这些克罗地亚人全都弄到奥地利跟克罗地亚之间的斯洛文尼亚。那个地方全都是喀斯特地貌，有无数深不可测的大岩洞。克罗地亚人就被一家子一家子地全都推到岩洞里，有的当场就摔死了，摔不死的也爬不出来了，最后都饿死了。一共杀了二三十万人，这个数字非常惊人，因为今天克罗地亚全国也才四百多万人口。

一直到20世纪90年代，南斯拉夫内战时期依然发生了种族灭绝的惨案，海牙国际法庭审判南斯拉夫的这些总统，说他们犯了种族灭绝罪。很多人不明白人类历史发展到这么文明的阶段，为什么还会有这种事发生。其实就是因为南斯拉夫这几个民族之间，是世世代代累积下来的血海深仇，克罗地亚人、塞维利亚人、穆斯林和东正教徒等。

还有罗马尼亚地区的特兰西瓦尼亚地区，喜欢看吸血鬼电影的人应该很熟悉这里，因为这里是吸血鬼聚居的地方，电影里的吸血鬼说的都是特兰西瓦尼亚口音的话。这里有很多的德意志人。特兰西瓦尼亚地区一部分在匈牙利，一部分在罗马尼亚。战争期间，德意志人对这两个国家的人犯下了很多罪行。最后大家清算的时候，罗马尼亚人就把特兰西瓦尼亚的德国人都交给了苏联人，去做苦工。

之前提到西欧人报复跟德国人睡觉的女人，东欧这边更夸张，直接就是种族灭绝性的血腥屠杀。

# 10. 犹太人复国

所有"胜利阴影下"的人里，我把最最悲怆的一支放到了最后，那就是犹太人。

仅在"二战"期间，从西边的布痕瓦尔德，到东边的奥斯维辛，就有300万犹太人被屠杀在纳粹的集中营里，虽然有少数的犹太集中营英勇起义了，但大多数都被集体屠杀了，最后幸存下来的，还有被辛德勒藏起来的，以及被个别荷兰人和好心人藏起来的犹太人，只有不足百万。这些人回到家乡后，也是饱受歧视，因为他们的存在是欧洲的耻辱。

如今的欧洲号称自己是世界文明的普及者，世界文明的领头人，但事实上，他们对犹太人做了最多不公平的事情。在纳粹时代，如果没有欧洲各国出卖，犹太人是不可能被纳粹德国一网打尽，惨遭屠杀的。因为犹太人其实没有特别标准的外貌特征，虽然有个别的犹太人做出了一些伟大的成绩而众人皆知，比如爱因斯坦那种鹰钩鼻，以及卷卷的头发，但大多数的犹太人只是有着共同的宗教信仰，如果没有人出卖，他们走在人群里是不会被认出来的。战时，每一座欧洲城市里的人，都大量地出卖犹太人，把他们划到犹太区里，给他们身上贴上大卫星标，将他们出卖给纳粹。

欧洲人心里对犹太人本来就是有愧疚之情的，结果这些犹太人竟然没有被赶尽杀绝，还活着回来了。在很多犹太人的回忆录和文字记录中，当他们活着回到自己家时，发现家已经被欧洲人霸占了，而且一户人家里住着七八家人，看到犹太人回来了，这些人也不想搬走。不像"文革"时期我们家的房子被人霸占了，等"文革"结束后，我们就能把这些人都轰走了，因为有政策支持我们这样做。

但犹太人的情况不一样，如果没有战争，犹太人都处于欧洲各大城市的上流社会，他们中有商人，有学者，有教授，都是有钱的人。欧洲人看到这些有钱人居然活着回来了，还要把自己从住得好好的房子里轰出去，当然是特别不愿意的，而且充满了那种"你怎么没被毒气熏死""没被纳粹折磨死"的诅咒情绪。比如生活在荷兰的犹太人，当他们死里逃生重新回到荷兰后，得到的都是荷兰人无比冷漠而歧视的态度。首先，荷兰人因为自己把犹太人出卖给纳粹，本来就心虚，所以他们不许犹太人诉说自己的苦难，更拒绝听犹太人提起他们在集中营里的事。甚至还有荷兰人特别可笑地说，我们荷兰人也很苦啊，战争期间我的自行车都丢了，而且我们的土地也被轰炸过。

大多数心中有愧的人，他们最讨厌的就是看到比自己更苦难的人。在犹太人被纳粹抓走之后，欧洲人瓜分了犹太人的房屋、财产，现在犹太人回来了，欧洲人出于内心的愧疚，打心眼里不愿意重新接受他们，也不愿意把房屋和财产还给他们。瑞士人是做得最过分的，"二战"中瑞士很幸运，没有被打过一枪一炮，但瑞士银行里有大量犹太人的存款，以及纳粹抢来的钱，纳粹的钱肯定是取不回去了，但犹太人活着回来了，这就很讨厌了，还得把他们的钱还给他们，煮熟的鸭子飞了。所以从波兰到荷兰，从法国到丹麦，没有一个欧洲国家欢迎犹太人的归来。

荷兰还发生过更夸张的事。一个犹太人坐在公交车上，一个欧洲白人大妈看了他半天，生气地质问道，你为什么不给我让座？你们这个民族就应该给我们这个民族让座，你知不知道？其实犹太人在欧洲一直是受到歧视的，欧洲人对犹太人虽然没有像纳粹那么极端，但始终是把犹太人视为低等民族的，比如在公共汽车上，犹太人就必须给白人让座。但是这个犹太人十分彬彬有礼地回应这位白人大妈说：夫人，我特别想让座给您，但是我刚从集中营回来，我的身体完全垮了，根本站不起来。没想到那位白人大妈还不依不饶，气愤地说，我们这里不欢迎你们，你们这样低等的人为什么要大量来我们这里。所以不论是战前还是战后，不论是愧疚还是与生俱来的歧视，犹太人在欧洲始终饱受欺凌。

但是，犹太人是一个非常伟大的民族，他们在欧洲没有诉苦，也没有反抗，因为他们知道，诉苦也没有用，根本没人给他们机会和场合诉苦。犹太人战后只坚定地做了一件事，那就是掘金。他们想要一个自己的祖国——所谓的犹太复国主义,战前一直没能形成气候,战后终于形成了空前的规模。最重要的原因就是犹太人没有地方去,欧洲不欢迎他们,英国人也不想让他们回巴勒斯坦,因为巴勒斯坦是英国的殖民地,英国人觉得穆斯林是很容易统治的,但犹太人太聪明了,你们回来了我们不好管理。所以战后,全世界都呼吁英国,让这些苦难的犹太人回到他们的祖国巴勒斯坦去,英国居然只给了一年一万名的名额,而且还严守所有海岸线,防止偷渡事件的发生。

当时的犹太复国组织到处去募捐,生活在巴勒斯坦的犹太人要比欧洲的犹太人有钱,虽然他们也被英国镇压和奴役,但至少没有被纳粹的毒气屠杀。犹太复国组织募捐到了钱,就去接在欧洲的瘦骨嶙峋的犹太人回巴勒斯坦,结果在海岸线上发生了好几次惨案,最严重的是土耳其沉船大惨案。一艘载着两三千名犹太人的船,都已经到了巴勒斯坦的海法港,也就是如今以色列的海法港,英国却坚决不让船只上岸,说这不符合每年一万的配额,而且犹太人回巴勒斯坦要经过英国审批才行,英国强迫这艘船返航。最后,这艘在战争中被打伤过好几次、核定只能载几百人、实际上载了两三千犹太人的大船,在回程的路上,沉没在土耳其海峡,全船的犹太人无一生还,造成了令全世界震惊的大惨案。

全世界一致谴责英国。英国人就开始耍无赖了,说我们英国现在连养活自己都困难。英国战后一直到1948年都没恢复过来,还使用配给制呢,既然你们美国人富强又有道德,号称是自由世界的先锋,那就让这些犹太人去美国呗。于是美国人也害怕了,100多万快要饿死的犹太人美国人也招架不了。

英美在犹太人的去留问题上,发生了巨大的争议,双方你推我诿,最后在联合国成立的时候进行表决,到底要不要给犹太人一个国家。因为如果巴勒斯坦是英国的殖民地,英国就有权给犹太人设置配额,但如果在巴勒斯坦建立一个名叫以色列的独立国家,英国的权力就没有了。当时,全世界的犹太人空前团结,大批的巴勒斯坦犹太人到欧洲去四处游说,让犹太人不要到处申冤,不要让全世界人民讨厌我们,而是要让别人同情我们,别人越同情我们,就会越支持我们建国。所以,战后的犹太人都无比隐忍,在欧洲饱受歧视和欺凌,他们从不申冤、不申诉、不诉苦。犹太人非常聪明,而且都受过良好的教育,为了能拥有一个属于自己的国家,他们空前团结在一起。

据我所知,所有的历史记录里,犹太人只做过一起报复欧洲人和德国人的事件,而且还没报复成,只能叫报复未遂。事情发生在波兰,有两个犹太人,专门到巴勒斯坦犹太地区的一所大学里,去找顶尖的化学家。大家可以仔细回想,全世界顶尖的化学家,几乎都是犹太人。这些人找这些化学家要做什么呢?要去德国汉堡的河里下毒,去慕尼黑的井里下毒,要毒死600万德国人,给犹太人报仇。当然,那些巴勒斯坦的化学家都不同意,因为他们的理想是复国,不是报仇,别说毒死600万德国人,只要毒死一万个德国人,世界上就再也不会有人支持建立犹太国了,犹太人会被当成恐怖组织。

这两个犹太人不放弃,继续到处游说,最后还真的配了几十罐毒药,用来毒死十万人是绰绰有余了。于是两个人背着这十几罐毒药在巴勒斯坦上船了,可当时全欧洲都在排犹,每一个港口都要进行严格的检查。船开到法国马赛港的时候,宪兵船和警察船突然都开过来,包围了这艘船。其实就是要做一次例行检查,结果这二位做贼心虚,还以为被人告密了,手忙脚乱地就把十几罐毒药全都扔进地中海里了,幸好那些毒药都还没拆封,不然地中海的海洋生物就要遭殃了。

总体说来,犹太人没有做任何复仇行动,甚至没有做任何申冤和诉苦的事,在欧洲的犹太人坚韧无比,终于成功得到了全世界的同情。因为英国人不希望犹太人在自己的殖民地上建立独立的国家,所以巴勒斯坦的犹太人成立了很多自己的组织,坚持跟英国战斗。英国人特别有意思,由于德军是从北非的西边打过来,每当德军打到埃及,离巴勒斯坦比较近了,英国人就开始紧张了,就赶紧给犹太人发枪,号召他们一起抵御德军。巴勒斯坦境内的犹太人特别善战,他们拿到枪了也很高兴,真的上前线去帮英国人打德国人。等打倒了隆美尔,犹太人就把这些枪都储存起来,留着以后复国的时候用。所以,只要犹太人打德国人打倒了隆美尔,英国就开始镇压犹太复国主义者,把枪支和弹药都收缴回来,收完没多久德军又来了,英国人没办法,又得把枪再次发给犹太人。

到了1944年,北非的德军投降了,英国人开始大规模地从巴勒斯坦境内的犹太人手里收缴枪支和弹药,因为英国特别害怕他们搞犹太复国主义,结果这些犹太人拒不缴械,居然跟英国打起了游击战。英国人气得抓到犹太复国主义者就执行鞭刑,犹太人也不遑多让,你抓一个犹太人,我就抓两个英国人。当时英国人抓住了两个犹太游击队员,刚把其中一个弄到广场上公开执行鞭刑完毕,犹太复国主义游击队也抓住了两个英国军官,也不一个个抽了,两个军官一起挨了一顿鞭子,英国人本来还想抽第二个游击队员,结果也没敢抽。到了最后,英国人开始处死游击队员,犹太人也如法炮制,你处死一个犹太游击队员,我就处死你两个英国军官,我就跟你拼了。反正你英国主力部队都在欧洲跟德国耗着,你在巴勒斯坦境内没多少人,而且我们犹太人也被屠杀得差不多了,如果不能建立自己的国家,我们基本上就要灭族了,现在唯一的路就是拼个鱼死网破。

所以说,这世界上没有任何一个民族的自由和独立,是别人能赏赐给你的,都是自己拼死奋斗而来的。后来,联合国在美国的旧金山(即圣弗兰西斯科)成立了,犹太人的努力终于有了回报。因为美国的犹太人力量太强大了,美国的大财团、几乎所有的媒体,包括好莱坞,都是犹太人的,现在联合国在美国成立，犹太人的发言权立刻变大了。

当然，联合国建立之初，做了很多特别值得讽刺的事情。比如什么样的国家可以加入联合国，大家争论不休，最后苏联人说，要"热爱和平"的国家才能加入联合国，比如我们苏联就是最热爱和平的国家。大家都傻眼了，像苏联这种一路横扫，将所有土地、人民都夺为己有的国家，居然也能自称是热爱和平的。最后，联合国宪章采纳了苏联的提议，只要是热爱和平的国家，就可以加入联合国。

再有，《联合国人权宣言》的起草者，居然是一名南非的白人将军。他在起草宣言的时候，根本就没把南非的黑人当人看，也不觉得他们是受到《联合国人权宣言》保护的人，在他心中，联合国是属于白人的，就是盎格鲁－撒克逊人。其实最开始丘吉尔只是提议，把我大英帝国的领土继续扩张，自然就成了联合国。虽然现在美国接替英国成了全世界的老大，但美国人也是说英语的，所谓的联合国，其实还是由盎格鲁－撒克逊民族领导的，其他民族都只能被统治。幸亏美国还保持了一点气节，没有排斥其他民族加入联合国。

另外，建立联合国的目的，是让世界上再也不出现大国欺负和侵略小国的事情，所有的国家都平等。可是，在联合国里，还是规定了"五大国有一票否决权"，以及"五大国永远有联合国安理会的常任理事席位"，这两个规定完全违背了每一个国家都平等的初衷。联合国安理会一共只有15个席位，其他一百多个国家好几年才能轮到一次安理会的席位，但五大国永远有席位。

最可笑的是，即使已经有了这么大的特权，身为五大国之二的美国和苏联还是产生了矛盾。联合国建立之初，苏联说，我有16个加盟共和国，比如阿塞拜疆、格鲁吉亚、乌克兰、白俄罗斯等，所以我要16个席位；美国立刻说，我还有48个州呢，所以，如果苏联要16个席位，美国就要48

个席位。这两个超级大国，根本无视其他小国的存在。最后苏联算了算，觉得不合适，48 比 16 多太多了，咱们还是别这么算了，我要三个席位就可以了，一个叫苏联，一个叫乌克兰，一个叫白俄罗斯。

但这件事苏联其实是给自己埋下了一颗分裂的定时炸弹，最后苏联解体的时候，乌克兰和白俄罗斯都不用特意加入联合国，因为它们俩本来就是联合国会员国。

而且美国后来还闹出一个笑话。苏联和美国都有一个地方叫 Georgia，苏联的 Georgia 按照俄国西里尔语的发音，叫作格鲁吉亚，美国的就是佐治亚州，虽然发音不同，但拼写是一模一样的。美国国内没有文化、不了解世界的人太多了，当苏联出兵格鲁吉亚的时候，居然有好多美国人在网上大骂佐治亚州的人，说你们怎么这么没用，怎么能向共产党投降呢？他们把苏联的格鲁吉亚当成了美国的佐治亚州。

美国接受了苏联在联合国占三个席位的要求，但美国人也有条件，既然你苏联要占三个会员国的席位，那联合国得建立在美国。以上就是联合国建立之初的一些值得一提的事情，但总的来说，联合国的成立，还是使人类向前迈进了一大步。

联合国刚一建立，美国就开始联合各国准备投票，决定要不要给犹太人一个国家。这时，犹太人中出现了一位民族英雄，也就是后来以色列的其中一任总理——梅厄夫人，也是唯一的一位女总理。梅厄夫人是美国北部密尔沃基的美籍犹太人，英文说得特别好，但她很早就去巴勒斯坦参加了复国组织和游击队，坚定地热爱自己的民族。当时犹太财团刚好在芝加哥开会，她去进行了演讲，希望在联合国开会之前，鼓动所有的犹太财团，有钱的出钱，有力的出力，支持犹太复国。

但事实上，美国的犹太大财团，对于犹太复国这件事没有太大的热情。虽然他们都是犹太人，爱自己的民族，愿意为自己的民族出一份力量，但他们更是商人，一想到一旦复国就要跟周围的阿拉伯国家打起来，那将花掉不计其数的钱，他们就有点畏惧。身为犹太人中的有钱人，难道他们要一直为这个无底洞埋单吗？所以在一开始，这些犹太大财团对犹太复国的态度是迟疑的。

梅厄夫人去演讲之前，在场外就有好多人劝她说，你千万不要跟那些大财团说犹太人有多苦、多惨，因为你一旦说这个，犹太大老板就会觉得这事太费钱了，他们就不愿意干了。梅厄夫人说你们放心，我来芝加哥不是为了诉苦的。于是，她上台发表了犹太立国史上最激动人心的演讲之一，这场演讲没有诉一点苦，都是在说犹太这个伟大的民族，两千年来如何颠沛流离，却生生不息，犹太人始终捍卫自己的信仰，捍卫自己的民族，如何一次又一次在英国的镇压下，如何一次又一次在英国的刑场上，在德国的毒气室里，高唱着《希望》。《希望》就是后来以色列的国歌，梅厄夫人的演讲只传达了一个信息，那就是我们犹太人失去了祖国2000年，但我们始终是一个有希望的民族，我们希望在自己的土地上做自由的人民。

这段演讲非常感人，我看的时候也不禁热泪盈眶。梅厄夫人说得很对，包括我们在内，世界上没有任何一个民族的人，不希望在自己的土地上做自由的人民，没有人愿意流亡到其他国家去。这场演讲感动了在座所有的犹太大佬。根据当时的预算，犹太复国需要从捷克和罗马尼亚等国进口2000多万美元的武器，那个年代的2000万美元可比现在值钱多了，2000万已经够犹太人装备几个旅，打败周围的阿拉伯人，并且建立自己的国家了。梅厄夫人演讲结束后，这些原本心怀顾虑的犹太大佬全部慷慨解囊，当场捐出5000万美元，相当于现在的50亿美元。

而且，这些犹太人中的财团大佬，不仅出了钱，还开始积极地出力。根据联合国宪章，要建立一个新的国家，必须有2/3的会员国投票同意才行。众所周知，联合国现有的会员国中有很多阿拉伯国家，它们不仅抗议犹太人建国，叙利亚总统还举牌子抗议法国拿着美国租借法案的武器，在叙利亚街头屠杀叙利亚人民。这件事法国确实做得很不厚道，打仗的时候，法国投降最快，等到自己的战俘回国后，它又拿着美国的武器，出兵去它的殖民地叙利亚屠杀人民，还出兵去印度支那，包括在越南屠杀那些争取独立和自由的人民。英国维护殖民地也就算了，至少它在战争中还英勇拼搏过，法国人你为战争的胜利做过什么贡献？因为阿拉伯国家的抗议，英军从巴勒斯坦出兵到叙利亚，把法军逼退了。英国之所以这么做，就是为了让刚刚成立的联合国有一个喜庆的气氛，因为大家对拥有大量石油的阿拉伯国家还是有所忌惮的。所以，阿拉伯国家团结了很多力量，坚持反对犹太复国。

于是，在联合国投票以前，所有的犹太财团分工合作，每一个犹太财团负责盯着一个国家。举个例子，美国最大的轮胎公司——FIRESTONE（费尔斯通）它就是犹太人创办的，专门负责盯着非洲利比里亚的代表，只要你不投票支持犹太建国，我就立刻关闭在你国家所有的工厂和橡胶林，也从你的国家撤资。就这样，联合国在纽约进行投票之前，全城凝固，那真的是体现出一个民族强大的凝聚力的时刻，整个巴勒斯坦当时一共才只有约60万的犹太人，但在美国纽约有100万犹太人，再加上这些人的亲戚、朋友，都放下手里的工作，交通中断，商店关门，所有人都打开电台，等着聆听投票结果。

最后的投票结果是，除了弃权的英国等国，剩下的票数中支持犹太复国的，刚好超过2/3。电台广播公布的一瞬间，整个纽约沸腾了，街头所有的汽车全都长鸣笛，所有工厂和几乎全部是犹太人的华尔街钟声长鸣，所有人都含着热泪，庆祝颠沛流离了2000年的犹太民族，终于有了自己的国家。

不过当时大家还不知道即将建立的国家叫什么名字，也不知道新国家的旗帜是什么样子，只能不断地敲钟、鸣笛来抒发内心的情感。不久之后，犹太国在以色列成立,成立的典礼上,那些多年来为犹太复国而奋斗的人,都聚集在一起,最后发表了一个演讲。因为犹太人信上帝的人很多,在《圣经·旧约》里就写到了名为以色列的国家,所以大家认为新国家的名字继续叫"以色列",是天经地义的事。以色列已经中断了2000多年,就相当于中国的晋国和秦国,都已经灭亡了2000多年,如果现在有人想在中国建立一个名为晋国和秦国的国家,人们一定都以为他疯了。但以色列不一样,它是记载在《圣经》里的,是以"上帝之名",所以犹太国的名字就叫以色列,它的国旗就是大卫星。

当时,全世界都在关注以色列建国的事。国旗定为大卫星的消息通过广播发往纽约后,纽约人民连夜赶制出了无数面国旗,用来庆祝以色列建国。纽约人民上街一看,一夜之间,曼哈顿的大部分高楼大厦上,挂满了以色列的国旗,因为曼哈顿的大部分楼都归犹太财团所有。这就是悲惨的犹太人和他们最终建立以色列的故事。犹太人是"二战"中受到伤害最重的民族,也是命运最为悲惨的民族,但值得欣慰的是,他们通过自己的不懈努力,最终建立了自己的国家,给"二战"的胜利画上了一个句号。

## 11. 阴影后的反思

"胜利的阴影下"的三类人基本上告一段落,除了那些颠沛流离的人和民族之外,还有一部分无法回到自己的国家的人没有提到,那就是许多流亡政府和所谓的国王。

之前提到过荷兰,国王流亡了,政府流亡了,留下的人若是跟德国人合作，那就是荷奸。还有波兰，合法政府流亡了，国内也没有人投降过，在苏联占领波兰之前，在伦敦的波兰流亡政府，曾经领导了华沙大起义，抵抗德国纳粹。当时，苏军已经抵达了华沙维斯瓦河对面，但苏联人认为，流亡政府是资产阶级的政府，不是我们共产党支持的波兰共产党政府，所以苏联红军就停在了维斯瓦河对面，眼睁睁看着纳粹德军屠杀了20多万的波兰人民和游击队员。最后起义失败了，华沙也被纳粹德军夷为平地。今天大家如果去波兰的华沙，那里的一切都是战后重建的。

直到华沙被夷为平地，苏联红军才过河说，我们带了一个波兰的共产主义政府，以后将由共产党来统治波兰。各国通过雅尔塔会议做好了肮脏交易，波兰被白纸黑字地划分给苏联。但波兰原本的合法政府还在英国伦敦流亡，英国人也不能驱逐它，所以这个流亡政府以及20多万波兰自由军，都变成了无处可去的人，他们不能回自己的祖国，因为那里已经变成了共产党的政府，他们回去肯定会被抓起来，要进行各种审查和清算，没办法，这些人就加入了英联邦军队。

波兰战败的时候，没有一个人投降，不光是波兰政府流亡到伦敦，波兰大批的海军、空军，也历经千辛万苦地逃到英国。波兰人都是非常爱国的，比如有一艘波兰的潜艇，从波兰出发，潜航经过德国，以及被德国占领的丹麦和挪威，经历了相当漫长的潜航，就算弹尽粮绝也坚决不投降，一直坚持着来到了伦敦，加入了波兰自由军。空军的数量就更多了，还有空降师，诺曼底登陆的时候，最开始空降下来的就是美军的第82空降师、第101空降师，英国的第6空降师，和波兰的空降旅。波兰有大批的精锐海军和空军，都跟着流亡政府来到了英国，统称为波兰自由军，他们后来参加了英联邦军队，继续进行反法西斯战斗，也为了自己的祖国而战斗。

后来还发生了一件和我们国家有关的事。大家都知道，伟大领袖毛主席的儿子毛岸英，就是因为敌方空军扔了燃烧弹，才牺牲在朝鲜战场上的，但是大家可能不知道这燃烧弹究竟是谁扔的。我找到了当天空军机场的出勤表，负责轰炸的三名南非空军飞行员，排名第一的就是波兰人，因为他的名字叫什么什么斯基，是典型的波兰名字。这名飞行员应该就是"二战"以后，由于回不了祖国而加入了英联邦空军的波兰自由军空军，最后被派到南非服役。

总之，波兰的这个流亡政府在英国一直坚持了50多年，而且还不停地选举总统。但他们确实是合法政府，因为他们手里拿着1935年波兰宪法的原件，还有波兰的国玺，所以不管波兰国内的政局如何，流亡政府始终在海外坚持着，一直坚持到东欧解体。到了1990年，波兰团结工会的领袖瓦文萨成为波兰第一任民选总统，在海外流亡了50年的流亡政府，才最终承认了瓦文萨，最后一任流亡政府的总统，终于飞回了祖国，在华沙把1935年波兰宪法的原件和国玺，正式交给了瓦文萨总统，流亡政府也最终完成了自己的使命。

以上是波兰的例子，其实东欧各国的流亡政府，包括捷克等，命运都差不多。当然还有被驱逐出去无处可去的国王们，荷兰政府和国王都流亡了，挪威的国王带着政府也流亡了，只有比利时比较奇怪。比利时是民选政府流亡到伦敦去了，但国王投降了，不过比利时是君主立宪制国家，国王不能代表全体人民，所以战后清算的时候，跟着流亡政府的人都是英雄，国王被流放了，但是国王的儿子继位了，也就是现在的比利时国王阿尔贝二世的哥哥。

保加利亚的沙皇被流放到埃及的开罗。保加利亚的国王也叫沙皇，沙皇其实是恺撒的意思，俄国人觉得自己继承了恺撒的血统，因为俄国娶过东罗马帝国的公主，所以俄国的皇帝叫沙皇。后来俄国的沙皇被推翻了，保加利亚又把沙皇这个头衔捡起来了，因为保加利亚的国王说，东罗马帝国的土地，除了君士坦丁堡之外，那不就是我们保加利亚现在的地方吗？

保加利亚是离东罗马最近的一个非穆斯林国家，信仰东正教。保加利亚的沙皇十几岁就开始流亡，等到五十多岁的时候，保加利亚的共产党政府倒台，进行了第一次民选，这位沙皇回国参加选举，居然当上了保加利亚的第一任民选总理。

战后保加利亚的沙皇被流放西班牙，被弗朗哥请去了。弗朗哥是一个被遗忘的人，"二战"从头到尾他都没参加。丘吉尔被选下台之后，弗朗哥很是无法接受，还想要跟英国断交，因为他曾经镇压过社会主义，现在社会主义执政了。东欧剧变和共产党政府倒台之后，罗马尼亚变成一个民选的共和国，新的民选政府最后决定，把当年从国王手里剥夺的宫殿，都还给国王，但国王的头衔已经取消了。罗马尼亚有大量十分辉煌的宫殿，后来变成了共产主义世界里最奢侈的总书记——齐奥塞斯库夫妇的私家宫殿，宫殿里镶金带银，两夫妻过着穷奢极欲的生活，最后被枪毙了。

"胜利的阴影下"这个主题令我非常感慨，因为在大的历史下，其实有很多人们不容易看到的阴影，我希望能让更多的人来了解这些沉痛的故事。但在这个沉重的话题进入尾声的时候，我想额外补充几个相对比较正面的故事，让大家不要一直沉浸在悲痛和阴影中，不论曾经发生过多少曲折，人类的未来都是充满曙光的，是有希望的。

先讲两个伪满洲国的小故事。

伪满洲国有一个所谓的大汉奸，但这个汉奸在中国不太有名，在以色列很有名，为什么呢？就像辛德勒在德国不著名，但在以色列大家都纪念他，因为他救了几千名犹太人。除了辛德勒，以色列也纪念一个中国人，名叫王替夫。曾经有少数几个国家是承认伪满洲国的，并跟它有外交关系，主要都是日本的盟国和仆从国，比如德国。所以伪满洲国在德国是有大使馆的，驻德国大使馆的书记官就是王替夫，这个人颇具有一些语言天赋，精通德语、日语和俄语，他本身是个东北人，在他心中，伪满洲国的成立就意味着东北的独立，从这个角度来看，他其实是一个汉奸，但他也是一个很有同情心的人。

王替夫可能是唯一一个跟希特勒一同进过餐的中国人，连大使馆的大使都没有过这种"殊荣"。在和希特勒的接触中，王替夫慢慢了解到德国要灭绝犹太人的计划，他不禁动了恻隐之心，于是就利用自己负责发签证的机会，给大量的犹太人发了伪满洲国的签证，让他们通过伪满洲国逃难出去。大家都知道当时的中国上海的租界里，有一个犹太区，那里面的大量犹太人，就是通过王替夫在德国发出的这些签证，先到了伪满洲国，然后再上船到了上海的租界。那会儿太平洋战争还没爆发，日本人还没占领租界，不过就算日本人去了，对犹太人也没做过什么。

就这样，王替夫通过发签证的方式，一共拯救了一万多名犹太人。后来德国人发现了这件事，王替夫受到了严厉的斥责，并被调职回伪满，他居然一直到上了火车还在发签证，甚至火车都开始启动了，他还在坚持签证，一边签一边顺着车窗往下扔，车窗外是无数犹太人，在眼巴巴地等待着他扔出的签证，因为那就是这些犹太人的救命稻草。当然了，王替夫回到伪满洲国后，整个后半生都过得比较惨，战争失败后更是被定为汉奸，幸运的是没有被枪毙，还一直活到了90多岁。后来以色列还派人来中国的哈尔滨找到他，中国人这才知道我们也有一个"辛德勒"。王替夫的一生具有多种相互矛盾的身份，他是一个汉奸，还有纳粹的身份背景，但是他也是救了一万多名犹太人生命的救星。当我们从历史的角度来评断一个人的时候，不能简简单单地看他头上的标签，还要看他究竟都做了什么事。

还有一件小事，发生在吉林的一个叫辽源的地方。很多人可能没有听说过这个地方，但是"二战"到了末期的时候，美国特别重视这个地方，因为日本在横扫东南亚的时候，在菲律宾、印尼和新加坡等地，逮捕了大批的盟国将领，有二十六七人，这些人先被关押在台湾，后来又辗转运到伪满。由于日本一直觉得到了最后大决战的时候，日本本土和满洲将是他们最后的战场，所以把这些人关在伪满，到时候还能充当人质。

后来我们看历史书的时候，通常都是说，日本把被抓的盟军将领关押在奉天看守所，其实并不是，而是奉天看守所在吉林辽源的一个分所。美国后来得到情报，就酝酿着要解救这些将领。到了8月10日，日本通过瑞士大使馆，表示要按照《波茨坦公告》的协定投降的时候，美军就冒险派飞机来到了吉林上空，在辽源空投特种兵，准备赶在日本投降的同时，随时解救这些将领，因为美国担心日本会在投降之前暗杀这些人。由此可见，这些将领的身份是非常重要的。

这些被日本抓捕的将领具体都是些什么人呢？有菲律宾美军的总司令——温赖特将军，新加坡英军总司令——帕西瓦尔将军，这两位都是中将，是被俘的将领中军衔最高的。1945年9月2日，日本在"密苏里"号上签署了投降书，如果大家去看当时的历史照片，麦克阿瑟大帅背后站着两个人，这两个人不是跟随他南征北战的将领，而是这两位被日本关押了好几年的中将，而且温赖特将军已经瘦得有点像集中营里的犹太人了。麦克阿瑟对这两位是心怀愧疚的，当时他用了五支派克笔签署投降书，这五支笔中的两支，后来就分别送给了这两位中将，还有一支送给了麦克阿瑟的妻子，一支送给了他的母校——西点军校，一支送给了美国国会图书馆。

可见，在美国人心里，只有签署了投降书，那才算是真正的投降，打仗过程中投降了不算投降。如果是在东方的民族里，比如韩国、日本和中国，投降的人回国之后都要严格审查、判刑，恨不能枪毙。但在西方的战争伦理中，温赖特将军和帕西瓦尔将军都还是英雄，不但给予他们崇高的荣誉，而且日本投降时签字使用的两支笔还送给了他们。只可惜，温赖特将军一直很郁闷，将自己在菲律宾投降的行为视作人生之耻，回到美国后不久就郁郁而终。

被日军逮捕的盟军将领，除了这两位级别较高的中将之外，还有一位英军在马来西亚的司令——史密斯少将。这位少将比温赖特将军郁郁而终得还早。为什么呢？因为他被日本小兵打了两记耳光，这些英国军官都是贵族出身，从小养尊处优，如今打了败仗，被当成战俘对待，居然在日本的战俘营里还被一个无名的日本小兵拳打脚踢，扇了耳光，所以他特别郁闷，没等被解救出来就郁闷而死。

还有另外一个重要人物，大家本来都以为他死了，但他却没有死，他是香港总督杨慕琦。杨慕琦听起来是个中文名字，但其实这是一个英国人，因为当了香港总督，所以才有中文名字。在辽源解救盟军将领的时候，把杨慕琦也救出来了，还有荷兰在东印度，也就是印度尼西亚的总督和总司令。这些重要的人物都被关在吉林的辽源，在战争的最关键时刻，没等日本人动手，美国的特种兵把他们都救了出来。当然，也要依赖东北广大老百姓的协助。

以上是发生在伪满洲国的两件有意思的小事，还有另外一件跟中国有关的小事，也很有意思，这件事叫作"太平洋战场上的最后一场海战"。8月15日，日本投降的消息一公布，举国欢庆。当时谁离上海最近？肯定是中美合作所的特工离上海最近。中美合作所是戴笠的军统和美国的情报部门共同建立的。在广大中国人民脑海中，中美合作所是最坏的，因为国共内战的时候中美合作所确实做了很多坏事。但在抗日战争期间，中美合作所还是正面抗日的。所以一听说日本投降了，中美合作所的特工马上征集了三艘帆船，打头的一艘率先扬帆冲向了上海。

这艘打头的帆船上，为首的是几名美国的少尉，还有一些中美合作所的中国特工。船刚驶达上海长江口的崇明岛，突然迎面遇见一艘日本大帆船，美国人一看是日本船，就下令升起星条旗，准备开始海战。因为海战是有荣誉感的，必须要升起旗帜，让你知道我是美国海军，然后才能开战。

结果这艘日本大帆船还没接到天皇的投降命令，船上有一个小炮，中美这艘帆船上没有炮，只有一挺重机枪、两挺轻机枪，还有两个火箭筒，每个火箭筒上有五发火箭弹，再加上一堆小手枪之类的。

两边就这么开战了，日本先开炮，双方都打得很壮烈，中美这艘帆船的桅杆被打折了。在波澜壮阔的太平洋上，各种航空母舰和战列舰轮番登场过了，然而最后一场海战，居然是在两艘帆船之间进行的，整场海战特别像三百年前的帆船海战，日本打了两炮之后，中美开始拿火箭弹打，然后是重机枪扫射和轻机枪扫射。最后日本帆船上战死了40多个日本人，重伤30多个，仅剩下4个日本人没有受伤，投降举起了白旗，一名日本大尉军官献出了指挥刀，美国上尉接过了指挥刀，接受了日本帆船的投降，然后直奔上海。这就是太平洋战场上的最后一场海战——帆船海战。

最后一个小故事更有意思，大家一定都看过《肖申克的救赎》这部伟大的电影，我要讲的这个故事中的越狱故事，简直就跟电影中一模一样，我甚至都怀疑电影的导演是受到这个真实故事的启发。故事发生在美国的亚利桑那州，当时有40多万德国战俘被关在美国本土，美国人对他们进行民主教育，培养他们回到德国去当火种。亚利桑那州的首府菲尼克斯（又名凤凰城）旁边几十里的地方，就有一座战俘营，里面关押的都是德国潜艇上的官兵、艇长和艇员等。

这些人被关在战俘营里，闲着没事，就开始策划越狱，具体的方法就跟《肖申克的救赎》里演的一模一样，比如挖地道，但是他们比《肖申克的救赎》里计算得还准，因为他们是潜艇上的官兵，本身的素质特别高。他们最后挖了一条59米长的地道。这么长的地道，挖出来的土怎么处理呢？《肖申克的救赎》里，肖申克是每天放风的时候，走到小操场上，从裤腿里挖出撒土，这帮德国潜艇的官兵比肖申克还聪明，他们跟美国人申请，要建造一座排球场，因为他们在战俘营里闲着没事。这座战俘营跟莱茵大营不一样，这里的待遇还挺好的，美国人答应了让他们自己建造排球场。于是，这帮人每天就借着修排球场的机会，把地道里挖出来的土全都填到排球场上了，最后排球场建好了，地道也挖完了。

12月24日，要吃圣诞大餐，美军的看守们还喝了点酒，管理放松了，这帮德国战俘就顺着地道越狱了，一共跑出去十几个人，有四位艇长，还有十几个艇员。跑出去之后，这帮人实际上也没地方去，因为这是美国，跟他们的故乡德国隔着十万八千里。这帮人因为建排球场，每个人每天能赚到八九美分的工资，全都存起来，一个人身上也就几块钱，根本不够回德国。有一部分人决定去墨西哥，另一部分人不想去，因为他们又不会说西班牙语，于是剩下的人就去了菲尼克斯，当时菲尼克斯是大城市，这些人到了城里就喝喝酒、吃吃饭、看看电影，享受一天是一天。

接下来就发生了最搞笑的事情。有一个越狱成功的战俘，在菲尼克斯过了几天好日子，觉得还不够刺激，于是他就每天跑回德军战俘工作的工地上，跟其他战俘说，反正我们都越狱了，战俘营里点名的时候也不点我们，不如我换你们也出去玩一会儿吧。于是，这个人每天到战俘营里换一个战俘出去，顺着地道到菲尼克斯愉快地度过一个晚上。这么轮着换了好长时间，美国人也没发现，因为德国人长得也都差不多。直到有一天，一个眼尖的美国看守把这个被通缉的德国战俘逃犯给认出来了，他不是逃出去了吗，怎么又回来了？然后仔细一查，发现还少了一个人，于是美国人就去菲尼克斯城抓人，最后把所有在菲尼克城里混日子的越狱战俘全都抓回来了。

好玩的几件小事就讲到这里，最后我要给"胜利的阴影下"这个主题做个总结陈词。

"二战"的发起者德国和日本，都是受过很好教育的民族。德国当时是全世界受教育水平最高的民族，德国的诺贝尔奖获得者数量是全球第一，哥廷根学派占世界数学界的主导地位；日本的受教育水平虽然不能跟德国比，但也是亚洲最高的，我们国家就有不胜枚举的精英，都是去日本留学受教育的，因为日本有全亚洲最好的教育能力，比如亚洲最好的早稻田大学、东京大学等。然而，受过这么好的教育的民族，怎么会干出这么残忍的事情呢？在侵略亚洲的过程中，日本人干出了最凶残的非人的事情，制造出了令人发指的大屠杀，德国人在纳粹集中营里犯下了滔天的罪行，这些事情似乎引出了一个非常值得深思的问题，那就是受教育程度较高，似乎不能让人类避免凶残和丑恶。

所以，受教育只是人类文明的一个方面，受到什么样的教育才是最重要的。如果你受的是狂热的民族主义教育，你受的教育越高，那你造成的恶果也就越大。其实美国的南北战争也是一样的道理，美国南方的教育水平显然要比北方高，美国北方人基本都是些目不识丁的工人，而南方战场上全都是全美国受到最好教育的人，有能写诗的，有能用标准的英式英文说话的贵族们，可是南方却坚决要保留奴隶制。受到最好教育的恶人，反而要求最落后的制度，而且美国南方人直到现在也看不起北方人，这都说明民族主义教育害死人。

民族主义的教育有两个方面，一个叫"本民族世界最强"，本民族有辉煌的历史、灿烂的文化；第二个叫"本民族最委屈"，本来我们是这么好的民族，这么精英的民族，如果不是他们来欺负我们，我们怎么会变成这样？日本人说，我们大和民族是这么好的民族，居然生活在一个不是火山、地震就是海啸的地方，凭什么中国人要占着那么好的大陆？应该由我们这样优秀的民族去使用更好的土地，所以才导致了战争中的各种悲剧，以及战后不计其数的流离失所。所以，不光要让人民受教育，而且一定要摒弃民族主义教育。

以上就是"胜利的阴影下"这个主题的全部内容。

# 回答网友提问

## 问题一：齐奥塞斯库夫妇为什么招人恨？

有一位名叫"小爱不知道"的网友问了我一个很深奥的问题，齐奥塞斯库夫妇为什么那么招人恨？

我不从政治立场的角度来回答这个问题，我跟大家讲一点具体发生的事件，让大家自己去判断。

冷战年代有一个特点，就是特别容易出现英雄。人民只要一获得自由和幸福，安居乐业，既没有敌人也没有什么大事可干的时候，通常就不会有英雄出现，只有当外面大兵压境，面临着强敌的威胁的时候，才会有英雄人物的诞生。希特勒就是在这样的情况下出现的，"一战"之后，外面强敌环绕，人民迫切地需要一个英雄来改善这样的境况，所以捧出了希特勒。所以在冷战期间，东西方都出现了很多的英雄，西方出现了撒切尔夫人和里根这些大的英雄人物，西方人民通常不爱去捧这种政治家英雄，他们爱捧的是白手起家的企业家英雄，比如硅谷英豪。但在那个年代，人民对英雄的渴望是迫切的，当时，毛主席像章不光在中国境内风靡，全世界的左派青年都佩戴着毛主席像章；古巴的切·格瓦拉和卡斯特罗，至今仍是全世界摇滚乐迷身上不变的 logo（标志）。

那是一个英雄辈出的年代。罗马尼亚也出了一位英雄，那就是齐奥塞斯库，但这位齐奥塞斯库跟其他国家的英雄，尤其是东方国家的英雄不太一样。为什么呢？中国的英雄毛泽东，缔造了中国共产党和军队，打下了全中国；朝鲜的金日成，说他打败了日本鬼子，整个朝鲜都是金日成缔造的；还有堪称"南斯拉夫的太阳"的铁托，他率领游击队打败了德国侵略者；还有阿尔巴尼亚的伟大领袖——霍查。毛泽东、金日成、铁托和霍查，他们都是一个国家的缔造者，是拥有开国功勋的大英雄。但是其他的东欧国家都没有出现这种大英雄。比如东德、波兰、匈牙利、捷克等。因为他们都是被苏联解放的，而不是有一位英雄率领着军队英勇奋战地建立了国家。

罗马尼亚也是被苏联解放的，它本来是跟随着德国的，长时间是轴心国的石油提供者，罗马尼亚提供的石油至少支撑了德国一年半的战争所需，而且罗马尼亚还宣了战，派了兵去斯大林格勒的前线打仗。有一部电影叫《橡树十万火急》，讲的是罗马尼亚共产党发动武装起义、展开解放祖国的斗争。但实际上罗马尼亚起义的时候，苏联军队都已经大兵压境了，起义并没有起到多大的作用，罗马尼亚其实是一个战败国。所以罗马尼亚的第一代领导人，很像东德、波兰、匈牙利和捷克的第一代领导人，都只是苏联的傀儡而已，甚至大家有可能都不知道罗马尼亚的第一代党和国家的领导人是谁，是一个叫作乔治乌-德治的人，听起来就像是动画片里的人物的名字，反正不是很有名。罗马尼亚的著名英雄人物是齐奥塞斯库。

在当时的那个年代，要成为英雄，要成名，只有两种方式：第一种，成为开国的大英雄，"二战"之前，全世界只有几十个国家，但"二战"结束后，全世界变成了190多个国家，很多新诞生的国家的第一代领导者，就成了开国的大英雄；第二种，特立独行的人，你要做出别人都没做过的事情。齐奥塞斯库就属于第二种人，因为他没能成为罗马尼亚的开国大英雄，他是第二任领导人，而且他做了一件无比了不起的事情。

1965年，乔治乌-德治死了，齐奥塞斯库当选为罗马尼亚的总书记。他一上台就做了一件石破天惊的大事，他不听苏联的指挥，当然也不是完全不听，而是不全听了。当时，整个东欧人民的心中，对苏联都有一种抵触情绪，比如1956年发生在波兰的波兹南事件就是波兰逐渐摆脱苏联的政治控制的里程碑事件之一，《生命中不能承受之轻》讲的是捷克，还有1953年东德工人示威、1956年匈牙利事件。总之，东欧人民都对苏联老大哥不太满意。在这个情况下，齐奥塞斯库站出来，表明自己要带领罗马尼亚争取自由和独立，要和南斯拉夫一起研制战斗机，要在东西方中间比画两下，所以齐奥塞斯库一下子就被捧为英雄。

齐奥塞斯库这一公开举起自由和民族自尊的旗帜，中国很高兴，因为在1965年的时候，中国和苏联正闹得不可开交，1969年两国甚至都在珍宝岛开战了，现在终于有一个国家也跟中国一样，不听苏联的话了，敌人的敌人就是我们的朋友，所以齐奥塞斯库成为中国人民的老朋友。我小的时候，每次打开报纸，上面的新闻标题一会儿是"齐奥塞斯库同志访问中国"，一会儿是"金日成同志访问中国"，一会儿是"胡志明同志访问中国"，反正报纸上来来去去永远就是这几个人。其他人的名字都还挺好记的，只有这位齐奥塞斯库的名字有点长，我老记不住，我跟我妈说，这个人的名字怎么这么难记啊？我妈还教了我一个记忆"齐奥塞斯库"这个名字的办法——一个人骑马，嗷的一声，比赛撕裤子，连起来就是"齐奥塞斯库"。

我还觉得挺纳闷，为什么罗马尼亚的人都爱撕裤子？因为罗马尼亚男人的名字都叫什么什么斯库，就像苏联男人都叫什么什么斯基一样，比如罗马尼亚有一位伟大的音乐家，叫奇普里安·波隆贝斯库，除非是热爱音乐的人，否则肯定背不下来这么绕口的名字。

上台以后，齐奥塞斯库当了五六年的英雄，紧接着就开始走下坡路了，因为人一旦当上了英雄，就很容易膨胀，这似乎是古今中外的一种定律。齐奥塞斯库执政初期，对内大力发展国民经济，增强综合国力，创造出了罗马尼亚经济上的"黄金时代"，对外坚持民族独立，被罗马尼亚人民捧为大英雄，几乎成了天皇巨星般的人物。所以，齐奥塞斯库也没能超脱定律，开始被胜利冲昏头脑了，倒霉的是他的老婆，也就是罗马尼亚的第一夫人，也跟着他一起胡闹，这两个人实在是有点过分了，他们把罗马尼亚所有的宫殿、国宝都变成了自己的私人财产。

罗马尼亚的历史比较复杂，一会儿属于拜占庭，一会儿又属于奥斯曼土耳其，总而言之，境内有各种各样的宫殿、城堡和各种风格的皇宫。大家看过著名的吸血鬼电影《惊情四百年》，里面提到的特兰西瓦尼亚，就是吸血鬼的大本营，所有的吸血鬼都是从罗马尼亚的特兰西瓦尼亚的城堡里冒出来的。罗马尼亚是欧洲的皇宫数量最多最密集的地方，而且这些星罗棋布的皇宫、宫殿和城堡内，还藏有不计其数的国宝、名画等。而齐奥塞斯库夫妇把这些城堡全都变成了他们俩的行宫，所有的国宝和字画也全都占为己有，夫妻俩和他们的孩子全都过着穷奢极欲的生活，还自己感觉特别得意。不过到了最后，把齐奥塞斯库夫妇送入坟墓的，并不是罗马尼亚人民，而是伟大的金日成同志。

1971年的时候，齐奥塞斯库同志访问了一次平壤，和朝鲜的伟大开国领袖金日成同志一起检阅了平壤，齐奥塞斯库当场就被金日成同志的排场震惊了。整个平壤都建成了无比宽阔的格局，极为宽阔的大街，极为宽阔的大广场，极为恢宏的大型建筑。齐奥塞斯库完全看傻了，心说，原来金日成同志才是真正的伟大领袖，才是真正的红太阳啊。看看平壤恢宏大气的一切，再想想罗马尼亚那些古老又阴暗的城堡，齐奥塞斯库心里觉得不平衡了，他觉得论伟大的程度，自己应该不输给金日成啊，凭什么金日成就能盖出那么恢宏磅礴的建筑？不行，伟大的齐奥塞斯库也得盖。

不论是古代还是现代，不论是东方还是西方，领导者一旦觉得自己伟大，就必然要劳民伤财地兴建伟大的建筑，从埃及时代的法老盖出金字塔之后，一直到罗马共和国时代，其实并没有再盖过什么伟大的建筑。现在大家在罗马能看到的那些伟大的建筑，都是罗马帝国时代的皇帝建造的；如今柏林的这些伟大的建筑，主要是在威廉二世时期盖起来的，后来希特勒也说要改造柏林，于是就在柏林盖出了各种各样宏大的建筑，比如总理府等；还有斯大林同志，也盖出了很多伟大的建筑。

其实从很早的时候，希特勒跟斯大林就陷入了一种竞争中，双方本来没有拔枪相见，但两边就在比赛似的盖建筑，希特勒这边盖一座总理府，斯大林就盖"七姐妹"（建造在莫斯科的一系列建筑群）。如果大家现在去莫斯科旅游，一定要去看看全世界最大的一座大学大楼，在莫斯科大学。但如果大家没有空去莫斯科大学，也可以去我们伟大的首都北京，去看看清华大学的主楼，那就是仿造莫斯科大学建造的。不过清华大学的主楼没有莫斯科大学的大，因为人家是苏联老大哥，我们得比它小一点。如果大家有空参观完整座清华大学，就会发现，校园里的建筑，一会儿像美国，一会儿像苏联，因为清华大学的西边完全是照着美国的伊利诺伊大学厄巴纳-香槟分校的校园建造的，东边则是完全仿照莫斯科大学建造的。说来惭愧，我们中国人为什么就不能照着自己的风格修建一所大学呢？包括我们在 20 世纪 50 年代修建的著名的"北京十大建筑"中的军事博物馆也是苏联风格。

在漫长的 4000 多年人类历史里，埃及金字塔始终保持着"最伟大的建筑"的纪录，但"二战"后这些伟大的领袖一上台，金字塔的纪录瞬间被淹没了，大家纷纷盖出不计其数的伟大建筑，建筑史上的纪录不断被打破。比如世界上最大的凯旋门，不再是巴黎的凯旋门，而是平壤的凯旋门，当然，世界上最大的烂尾楼可能也是位于平壤的柳京饭店。

齐奥塞斯库同志当仁不让，也开始破土动工，建出大量的伟大建筑，其中最伟大的一座叫作共和国宫，一共耗费了 100 多万吨的大理石，3500 吨的水晶。众所周知，罗马尼亚只不过是一个弹丸小国，在东欧经互会里，罗马尼亚属于穷国，经济互助委员会里的东德、波兰和捷克等国，都比罗马尼亚发达。就是在这么穷的一个国家里，齐奥塞斯库同志大兴土木，劳民伤财，就为了满足他不断膨胀的虚荣心。老百姓被搞得民不聊生，怨声载道。原本，齐奥塞斯库夫妇穷奢极欲，把所有王宫和国宝都占为己有，老百姓也没什么意见，毕竟那皇宫本来也不是老百姓能进去的地方，而且也不影响老百姓吃饭，但现在为了修建伟大的建筑，齐奥塞斯库在全国竭尽所能地征集人力、物力和财力，民怨开始沸腾了。

网友问齐奥塞斯库夫妇为什么招人恨，就是因为从修建这些伟大的建筑开始，罗马尼亚被搞得民不聊生。恰好这时候发生了东欧剧变，罗马尼亚第一个爆发了革命，直接把齐奥塞斯库夫妇俩都枪毙了。那时候已经有电视直播了，大家都在看电视上的转播。在罗马尼亚的首都布加勒斯特，齐奥赛斯特夫妇有很多的内卫部队，即便夫妇俩已经失去了民众支持，他们的内卫部队还是忠于他们的，当人民群众把宫殿围起来的时候，内卫还从阳台上朝群众开枪，直到齐奥塞斯库夫妇被枪毙了，这些内卫才散了。

当然了，对国家头号领导人执行枪决，还是要走一个正规的法律程序的，这个我就不细讲了，反正所谓的法律程序，其实也不怎么合法。因为齐奥塞斯库夫妇失去了民心，人民都恨他们，人民都想要他们死。这夫妇俩被抓捕之前还曾经藏在农民的家里，结果农民都不用暗地里出卖他们，而是直接站出来把他们俩举报了，说齐奥塞斯库夫妇在我们家藏着呢，然后就赶紧抓起来，随便审问一下走个程序，很快就拉出去直接枪毙了。

枪毙齐奥塞斯库夫妇的过程也很仓促。在这之前，谁也没看过枪毙这么重要的人物的过程，所以当时准备了摄影机，准备把枪毙齐奥赛斯库夫妇的过程拍下来。这样，那些忠于他们的内卫队和特务才会彻底缴械投降。没想到审判的过程非常迅速，审判完毕就直接把夫妇俩拉出去了，没等摄影记者扛起机器跟出去，这边枪声已经响起了。原来，是齐奥塞斯库的老婆突然质问押送她的一个士兵，你怎么能对我们开枪呢？我就像是你们的母亲一样对待你们！那小兵又不是文绉绉的知识分子，当场掷地有声地回答，就是你们害了我的祖国母亲！说完，没等行刑官跑来下令，也没等摄影记者架好机器，后面还有一堆军官在那儿慢腾腾地溜达着，这个押送的小兵直接就把枪举起来开枪了。这个小兵家里可能受过齐奥塞斯库夫妇的迫害，所以十分痛恨这对穷奢极欲的夫妇，这个小兵一带头开枪，旁边的小兵也像听到了命令似的举起枪，旁边两个监刑的军官一看，小兵都开枪了，我们俩也不能落后。于是，在没有任何命令和任何拍摄的情况下，四个人一阵乱枪把齐奥塞斯库夫妇打死了。由此可见这夫妇俩有多招人恨。摄影记者心急火燎地赶过来的时候，齐奥塞斯库夫妇已经死了，没办法，只好拍了几张尸体的照片。

## 问题二：塔利班的事情怎么解决？阿富汗的未来走势如何？

有一个名叫"不死小鬼"的网友问了两个问题：塔利班的事情到底怎么解决？阿富汗未来的走势如何？

我可以从两个方面来回答这个问题：

第一个方面是有关阿富汗这个国家，它是全世界最难缠、最顽强的一个国家，这个国家太厉害了，就像打不死的小强一样。早在它还不是一个国家的时候，就已经很厉害了，后来成为一个国家之后，就更不得了了，而且它从来没有被任何国家真正征服过。前去征服阿富汗的，都是当时世界上最强大的国家，而且这些国家在试图征服阿富汗的时候，也是整个国家的最强盛时期，但这些国家就算能征服全世界，却唯独征服不了阿富汗。

大英帝国最强盛的时候，仅派出千八百人就迫使东方最强大的大清帝国签城下之盟。有些历史资料中记载，大清帝国一共打死了几十名大英帝国的征服者，但事实上我估计咱们连几十名英国人都没打死。总之，大英帝国打败大清帝国几乎不费吹灰之力，但它无论如何也征服不了阿富汗，大英帝国打阿富汗所投入的精力，比打我们时多多了，但是怎么也打不下来。最后大英帝国自己说，谁也不要再去试图征服阿富汗了。

冷战期间，苏联在最高峰的时候，军事实力实际上已经超过了整个北约，是整个世界上最强大的国家。我不敢说大英帝国的崩溃跟入侵阿富汗有关，但苏联最后的解体肯定跟入侵阿富汗有关。从1979年开始，苏联开始入侵阿富汗，然后就深陷在阿富汗的泥潭中，整个苏联军队的士气低落，民穷财尽，打到毛干鸟净，一连打了十年，到了最后，首都莫斯科的人民已经连面包都吃不上了，还是没能把阿富汗打下来。

阿富汗的游击队太厉害了，苏联的军队对他们狂轰滥炸，他们就深藏进山谷里。后来苏联用MI-24武装直升运输机运输武器和士兵，恨不得在一架直升机里装上一个班的步兵，源源不断地派兵到阿富汗。结果阿富汗的游击队也想出一个办法，反正苏联人是从天上来，我阿富汗的游击队躲在山谷里深藏着不出来，你要是降落在山谷里，我就跑到山顶上，从上面往下打你，我在高你在低，地形我也比你熟，我就算朝你扔砖头你都受不了。最重要的是阿富汗的游击队不仅有砖头，还有美国提供的很多毒刺导弹，还有本·拉登提供的钱。总而言之，苏联倾尽一国之力，足足打了十年，也没能把阿富汗打下来。

2001年发生了"9·11"事件，美国人义愤填膺。美国去打阿富汗，跟美国去打下巴拿马和格林纳达是截然不同的，那是为了维护国家的利益而去的，而且美国在阿富汗可谓杀红了眼，因为除了国家利益之外，民间也是群情激奋，美国上下都充满了仇恨，恨不得要将阿富汗夷为平地。美国人在阿富汗的战场上的投入是不计代价的，为了轰炸一顶50美元的帐篷，美国人用上了几百万美元一枚的战斧导弹，几乎是宁可错杀一千，不可放过一个。

然而，美国在阿富汗战场上投入巨大的人力、物力和财力，折腾来折腾去，还是打不下来，没办法，干脆扶植了一个代理政权，选上来的总统名叫卡尔扎伊。说实在的，我觉得这位卡尔扎伊根本就是一个美国人，因为他的英语说得不比阿富汗语差。总之，美国完全征服不了阿富汗，也拿塔利班一点办法没有。塔利班的行事风格是，你讨厌什么我就干什么，比如把巴米扬大佛全都给炸了，现在ISIS（伊斯兰国）在全世界从事的恐怖活动，更是令人震惊，两河流域可是世界人类文明的发源地之一，ISIS统统不管，一个接着一个地炸，谁都拿它没办法。

总之，阿富汗是全世界最顽强的"小强"，世界上有史以来最强大的三个军事大国都曾经试图要去征服它，但谁也没能成功。所以，千万不要轻易打阿富汗的主意。

第二个方面是穆斯林的问题。有关穆斯林的问题，是不能割裂开来，单独在阿富汗解决的，这是从世界历史上无数次的经验和教训中得出的结论。当然了，大部分穆斯林都是没有问题的，大部分的穆斯林都是爱好和平的，大部分穆斯林都是忠于理想的，只有极少数的塔利班恐怖分子和ISIS是恐怖的。

整个穆斯林的问题，一定要在全球找到一个解决的方案，因为这个问题现在在全世界蔓延得越来越严重了。土耳其本来是穆斯林国家里面最不政教合一、最倾向于西方、最自由的一个，甚至土耳其把自己的文字都改成了西方字母。在土耳其，如果出现政教合一，军队立刻会发动政变，因为军队、知识分子和大多数人民，都不能容许某一个宗教在土耳其成为国教。别看土耳其的国旗上有星星和月亮，但那不代表穆斯林，而是从原来的奥斯曼传下来的。可就连土耳其这么民主自由且西方化的国家，都快要被宗教极端主义攻破了。有关土耳其的问题太敏感了，这里我也不多说了。埃及本来也很开明，后来也被搞得没办法了，只好由军队发动政变，把民选政府弄下去，因为那民选政府就是由极端的宗教组织兄弟会上台执政。

埃及和土耳其正好在以色列的一南一北，这两个国家都不能允许极端的宗教主义者执政，所以美国也不允许，以色列也不允许。可是再不允许也没办法，极端的宗教主义就是会不断地蔓延。在如今这一轮的宗教极端主义蔓延的浪潮中,如果国际社会找不到一个公平的、能让以色列也接受的解决办法,不但阿富汗的问题解决不了,ISIS的问题也解决不了,我认为土耳其和埃及这些国家也会越来越原教旨主义化,因为埃及不能永远靠军人执政。面对着这样严峻的问题,我觉得当今的世界已经到了需要出现大师的时候了。今天在各个国家的这一批领袖中,奥巴马肯定称不上大师,甚至我都不想评价他;英国的首相也不行,几乎没有什么存在感。

世界需要大师,尤其是西方世界更需要大师,因为穆斯林跟我们东方没什么矛盾,中国人民跟穆斯林很友好,我们的民族政策很平等,穆斯林主要是冲着犹太人去的,谁支持犹太人,穆斯林极端分子就与谁为敌。所以说欧洲也好,美国也好,这些领袖中间要尽快出现一两个大师,想出一个解决全球穆斯林的问题的方案,而且这个方案还得让以色列也接受。

包括以色列自己,也亟须出现大师。因为以色列现在也有一个很大的问题,它也向右转了,而且还越来越激进,这事可太要命了,穆斯林激进也就算了,犹太人也激进起来了,两边针尖对麦芒,那是肯定要两败俱伤的。

我在美国看过一所大学礼堂里的公开聚会,与会者分别是学校里的穆斯林学生和犹太学生,台上是穆斯林学者和犹太学者,学者们通过对话的方式,畅谈穆斯林和犹太人之间应该和解,应该和平,说得天花乱坠,希望能说动台下的年轻学生们。美国有很多的年轻穆斯林和犹太人,他们就是在美国出生和长大,年轻的穆斯林学生可能连中东都没去过,年轻的犹太人也没去过以色列,按理说,他们从小接受的都是美国式的教育,思想应该是比较开明的,没有那么极端。但到了最后投票的时候,却让我大跌眼镜,整座礼堂应该有千八百人,只有三个人举手表示愿意接受和解,剩下的人都坚持不和解,要跟对方战斗到底。

有很多年轻的穆斯林姑娘甚至都站起来了，义愤填膺，恨不得要跟犹太人拼命。其实穆斯林和犹太人的小伙子戴着的小帽子还是挺像的，刚到西方的人，得在那里生活一段时间之后，才能分清两种帽子的区别。尽管帽子很像，但即便是在美国这么自由的土地上，在大学这么开明的地方，两个民族的人还彼此怀有这样彻骨的仇恨，可见这个问题真的是很难解决的。

说句心里话，我对当今这一整代的西方领导人，都不抱什么希望，基本上都是一些平庸之辈，估计要等到下一代，才能诞生出大师级的领袖。而且，以色列和穆斯林中也要出现大师级的领导者，就像当年的贝京和萨达特，以及以色列的伟大政治家们，正是因为有了他们，才有了《戴维营协议》，埃及和以色列才有了和解，要不然中东战争还得继续打下去。总之，希望大师们赶紧出现吧。

## 问题三：如何看待贾玲就恶搞花木兰事件的道歉？

这个问题是一个名叫"吃的"的网友问的。这位网友，你是怎么取到这么好的名字的呢？难道以前就没有人把"吃的"这么好的两个字给注册了吗？早知道我就去注册了。你问的问题是：前一阵子，因为《道士下山》这部电影，道教协会让陈凯歌导演道歉；因为表演了恶搞花木兰的节目，花木兰协会要求贾玲道歉，而且贾玲还真的道歉了，对此您怎么看？

这个问题，在我看来就是一个平衡的问题。在创作自由、言论自由和尊重所有族群和尊重所有文化之间，应该如何寻找一个平衡点。

现在《道士下山》已经演完了，我可以跟大家说一下幕后的事情。其实道教协会并没有公开让陈凯歌导演道歉，因为在电影上映之前，道教协会已经审过这部片子了，并且已经做出了修改要求，为此，陈凯歌导演还特意去了美国做修改，他对于宗教是非常重视和尊重的。

在我们的电影体系里，只要是跟宗教有关的题材，电影局是不能自己直接审的，必须要请宗教局来，宗教局则一定要请相关的宗教协会来审理。不光是宗教问题，民族问题也是一样，只要涉及民族的元素，一定要请民委会一起来审；只要是军队有关的题材，国防部就会派人来审；跟外交有关的题材，外交部会派人来审。如果你的电影里有人说了"这个红头阿三"这几个字，外交部的人就会说，你这电影违反了我国的外交政策，怎么能管印度友人叫"红头阿三"呢？赶紧剪了。接到这样的修改要求，电影从业人员完全没有办法，必须老老实实服从，让改哪儿就乖乖改哪儿。

类似的事情我自己也经历过很多次，到了审核阶段，军队派来的审核人员就专门看电影里的背景，他不看电影的主人公，也不管剧情是什么，他只看出现在电影里的军人，比如街上走过去一个军人，没有系风纪扣，那这一整个镜头就都得剪掉，因为光荣的人民解放军走在街上怎么能不系风纪扣呢？敞着怀也不行，都得剪掉。民委会派来的审核人员听见电影里有人管回民叫"回回"，这也绝对不行，必须剪掉。总而言之，我们做电影的人自己本身已经是非常自律的了，电影拍出来之后还要接受层层的审核，电影局、文化部……各种部门派来的审核人员，在电影在院线上映之前，基本上能剪掉的都已经剪掉了，如果这样还是有人不满意的话，还让导演去道歉，那我就真的接受不了，也不能理解了。为了拍成一部电影，陈凯歌导演面临着各种各样的问题，首先他在艺人方面的问题上就费了好大的劲，因为宗教的问题又去美国做修改，花了很多的钱。当然了，道教协会并没有公开让陈凯歌导演道歉，实际上只是道教协会里面的某位领导，自己站出来说，陈凯歌导演应该道歉，所以这件事，基本上算是一场乌龙。

我再给大家举一个美国的例子。美国是最不能侮辱别人的国家，在美国，你不能骂黑人，不能骂女人，谁也不敢骂，所以在美国电影里，反派的角色永远都是由白人演员来演，因为你让其他种族的人当坏人，整个种族都不同意。所以在美国的电影里，正面人物的上级永远都是一个黑人，这个黑人一出场，你就知道他肯定是一个大好人；另外，正面人物身边肯定有一个非常忠勇的华人配角，这个华人配角也绝对不能是坏人。在美国电影里，任何种族的人都可以骂白人，但白人不能骂其他种族的人，这可不是怕其他种族的人起诉，而是电影本身想多卖点票房，大家明白我的意思吗？我当然可以让黑人演坏人，我当然可以让妇女演坏人，我也可以让穆斯林演坏人，问题是当你这电影上线了，开始卖票了之后，这一部分观众万一因为生气而不买票了，那损失的就是真金白银了。所以美国电影的立场是靠市场来调节的，美国的电影从业人员拥有比我们更大的自由，但他想要多赚钱的话，就必须放弃相当一部分的自由。

总之，票房永远是最重要的，第二重要的就是法治，就是诉讼。美国跟中国一样，也有比我们的道教协会强大得多的宗教团体，不光是宗教，美国南部本身就非常保守，同性恋也不允许，堕胎也不允许，电视里出现裸体镜头也要摇铃。好莱坞的所谓创作自由，也经历了很艰难的一段奋斗历程。一开始的时候，好莱坞拍完的电影，每到一个县去放映，在放映前也要审核一遍。审核工作是由该县的牧师或神父等神职人员来完成的，通过摇铃的方式，把认为观众不宜观看的镜头尤其是接吻镜头严格地剪掉，电影才可以放映。

著名的电影《天堂电影院》讲的就是这样的故事。当年小镇上那个神父摇铃剪下来的所有接吻镜头，都被小孩藏起来了，多年以后，这个小孩成为大导演，当年小镇上的电影放映员去世了，大导演回到了故乡的小镇，他的妈妈还给他留着那一盒他小时候珍藏的电影胶片，里面都是被剪下来的接吻镜头。这部电影最感人的地方在最后，每次我看到这部电影的最后部分，都会忍不住看哭。电影的最后就是被剪掉的所有的接吻镜头，其实这是这部电影的导演托纳多雷在向前辈的所有伟大导演致敬，所以想出了这么一段巧妙的情节，在这些画面中，你能看到克拉克·盖博跟玛丽莲·梦露在接吻，葛丽泰·嘉宝和约翰·巴里摩尔在接吻，加里·格兰特和罗莎琳德·拉塞尔在接吻……所有的接吻镜头都是真实的，都是从当时的电影中剪下来的，太感人了。

对于这种不合理的剪接，好莱坞的电影人进行了坚持不懈的对抗，美国那些保守的州对电影的剪接，比我们现在让道教协会来参与审核要夸张多了，只要神父觉得镜头有碍观瞻，随手摇一摇铃就把镜头剪了。好莱坞的做法是，我不发牢骚，我也不用你给我道歉，我们美国是法治国家，我就通过法律途径跟你斗，只要你剪我的电影，我就到法院去诉讼，诉你剥夺我的言论自由，诉你剥夺我的创作自由，就是不停地一层一层往上诉讼，一直诉到最高法院。反正好莱坞的电影公司有的是钱，华纳、派拉蒙、MOMA（米高梅），这些大电影公司不惜金钱、时间和人力地跟这些保守的州诉讼到底。

一座小镇的教堂能有多少钱？一个小镇的牧师能有多少钱？这些摇铃剪电影的人根本没有和这些大公司较量的物质资本。总之，一时间，全美国兴起了成千上万个诉讼案件，这些教堂和牧师根本就赔不起。闹到这种程度，其实电影公司也有点吃不消了，所以最后的任务都落到政府头上了，电影公司和摇铃的人都眼巴巴地等着政府出面来解决问题。最后联邦政府被逼得没办法，只好说，我们美国是法治国家，一切都得按法制来，但我们联邦政府没有被授权管理这件事，更没有权力成立一个委员会，来解决电影里要不要接吻这种事情，你们双方最好能自己心平气和地解决问题。

于是，好莱坞和保守州的代表终于都同意坐下来，好好提一个方案来解决这个问题。最后被采纳的是好莱坞提出的方案——首先，不能剥夺电影人的创作自由，在这样的前提下，电影人将进行自律，对拍出来的电影进行分级。同样一个接吻的镜头，13岁以下的孩子不能看，但小镇上生了五个孩子的妇女为什么不能看别人接吻？于是，电影分级制度诞生了，把拍好的电影按照内容划分为若干级，每一级别的电影被规定好允许买票的观众群。这个提议得到了美国人民的同意，保守州也接受了。从此以后，好莱坞拍出的电影，都严格执行分级制，电影人已经自律，接下来就是观众自律了，按照分级的规定，如果这部电影不适合让17岁以下的人看，17岁以下的人就别买票进来看就可以了。

美国的电影院真的规规矩矩地执行分级制，虽然分级制不是政府的法律，但电影院自己也怕被人起诉，所以各个环节的人都非常自律。法治国家就是有这个优势，你总有一个被诉的主体：如果这部电影没有分级，你可以起诉好莱坞；如果好莱坞分了级，电影院让不符合观看要求的观众进去看了，那你可以起诉电影院；如果各个保守的州和镇再对电影进行剪切，好莱坞的电影人也当仁不让地要起诉他们。所以，法治国家让人们都变得更加自律，最后逐渐形成了人人都习惯性遵守的行业规范，这是非常重要的。不论是美国的法院，还是美国的法律，几乎无一例外地都是捍卫创作自由的，如果你说一个人在作品中说错了话，侮辱了谁，你是肯定打不赢这场官司的，甚至你觉得对方抄袭，也不一定能赢，除非对方抄到了特别令人发指的地步。

关于言论自由和创作自由，美国最著名的案例就是"3K 党歧视黑人事件"。大家应该知道，3K 党不光对黑人搞种族歧视，他们甚至还真的去杀过黑人，可以说，黑人和 3K 党人是有着深仇大恨的。有一次，3K 党拍了一段宣扬种族歧视的录像，要求在电视台播放，遭到了电视台的拒绝，3K 党就起诉了电视台。这起官司闹得非常大，一直起诉到了联邦最高法院。最令人感到匪夷所思的是，帮助 3K 党打官司的美国民权联盟，居然就是由黑人组织的，帮助 3K 党打官司的律师就是一个黑人，黑人律师在法庭上慷慨陈词道，我们黑人的权利当然是要捍卫的，但全部美国人民的言论自由也是必须要捍卫的。如果 3K 党人杀了黑人，黑人肯定跟他们拼到底，法院也肯定不能宽恕犯罪，但现在 3K 党没有杀黑人，他们只是想在电视上宣扬一下自己的思想和主义，表达一下自己的种族歧视言论，电视台不能妨碍 3K 党人的言论自由。

最后法院判决电视台必须播出 3K 党人的录像，电视台坚持不播，因为电视台是私人财产，如果播放了这种带有严重种族歧视的言论，万一遭到黑人的报复怎么办？联邦最高法院的大法官的判词写得非常好，他的第一个判词是"只有允许说错话的自由，才是真正的言论自由"。假设说有一个人，我们都知道他是个浑蛋，他说的话肯定是偏激的，是不对的，难道因此就要剥夺他说话的权利吗？只允许人们说正确的话，这叫言论自由吗？如果一定要人们只说对的话，不说错的话，那么，对和错的标准究竟又该由谁来判定呢？所以，即便是错误的话，我们也应该允许别人自由地去表达。第二个判词是"美国是个肥皂箱国家"，这个判词的意思是，美国人特别喜欢演讲，只要在地上丢一个肥皂箱，有人站上去开始演讲，大家肯定都会驻足下来去听。身为商人，你做其他的生意无所谓，但只要你开办媒体，你就等于站到了肥皂箱上，你公司的股票是你的私人财产，这没问题，但媒体是属于公众的，是要为所有公众服务的，你必须服从公众的要求，满足公众对言论自由的需求，为公众发声。

总之，最高法院的判决不容质疑，因为它承担着对公众普法的责任，所以它必须做出这样的判决，最后电视台被迫播出了3K党人的种族歧视言论。播完之后，并没有黑人来炸电视台，也没有黑人持枪来暗杀电视台的老板，因为对于这种极度偏激的言论，公众根本就不相信，也根本懒得去听3K党人的胡言乱语。谁不知道3K党是怎么回事？难道3K党在电视上随便唆使了几句，就真的有人会去大街上杀黑人？所以这次最高法院的判例，是具有非常重大的普法意义的。通过这次判决，联邦最高法院非常确切地向民众传达了言论自由的概念，什么叫言论自由。允许人们说错话才叫言论自由。

谈完了"言论自由"，我再谈一谈什么叫"创作自由"，以及版权的问题。全世界最著名的现代艺术博物馆，美国的MOMA当代艺术馆里，有一件非常著名的展品，展品是一个自行车的轮子，立在一个自行车的前叉子上，这就是MOMA的镇馆之宝，大师杜尚的自行车轮子。这个车轮子，一直是被当作国宝一样，在全世界巡展，我在意大利的博物馆看过这个车轮子，在罗马的博物馆也看过这个车轮子。其实这个自行车的轮子，并不是杜尚做出来的，而是人家自行车工厂做的，杜尚只是把自行车给拆了，然后把前叉子和一个车轮子放倒，它就变成了一件价值连城的艺术品，居然还独自成了一个门派，叫作"不干涉"派。这个"不干涉"太有意思了，您哪怕把圆的车轮子拧成三角形，也算是一种创作吧，但"不干涉"派的理念就是，对车轮子不做任何改动。

所以当代艺术这种东西，它的解读其实比艺术本身更有价值。杜尚的理念就是，我就把这个车轮子摆在那里，我不去干涉它，让其他人去解读它的意义，你随便怎么解读都可以，我也不干涉。但如果你去起诉杜尚，说这辆自行车不是你杜尚设计的，不是你杜尚生产的，从图纸到版权都不是你杜尚的，你怎么就能说这个车轮子是你的作品呢？而且还当成国宝一样？你肯定诉不赢，因为法院会告诉你，虽然这辆自行车的专利权是属于自行车工厂的，但在专利上的自行车，是有两个轮子的，还得有车把和车座，但现在它只有一个轮子，所以它不是专利上的那件产品，而是专属于杜尚大师的艺术作品。这就叫作对艺术创作的保护。

杜尚的这个车轮子还不是最神奇的例子，近期刚出了一个案例，比这个自行车轮子更神奇。在德国，有一位女士把自己的照片发到了社交网站上，过了几天，她发现自己的照片出现在一个作品中，这个作品的创作者，在社交网站上选取了各种各样的人的自拍，有各种表情，拼合成了一个作品，而且这个作品还卖了好几十万美元，具体是多少钱我记不清了，可能不止几十万美元。总之，这位女士就不同意了，告到了法院，说这张自拍上是我的脸，我有肖像权，怎么能不经过我的许可就把我的脸放到你的艺术作品里呢？而且你还拿这个作品卖了那么多的钱？结果她也没告赢。不仅欧洲的法官是这样，全世界的法官都是如此，坚决捍卫艺术创作的自由。

法官的判词是这么说的，你的脸是属于你的，你的照片也是属于你的，但是你想过要把那么多的脸拼在一起组合成一个作品吗？但是那位艺术家想到了，而且做到了，他让各种各样的人的自拍有了新的意义。如何判断一个东西是一个作品？最重要的是要看有没有赋予它创意，法官认为，这么多张各不相同的、喜怒哀乐的脸，创作者将原本孤立的自拍照和表情赋予了新的生命，所以它就是一个作品，这个作品的所有权是归艺术家的，他有权利用这个作品去卖钱。所以这位德国的女士比自行车厂还惨，因为人家把她的脸卖了，她还告不赢，因为这是西方世界对"创作自由"的最基本的捍卫。

当然所谓的"创作自由",也不是绝对的,比如好莱坞的电影里,就绝对不能出现未经授权的影像,当然这就属于另外一个话题了。

## 问题四:聊一聊关于"特赦"的话题

一位名叫"齐浩凯"的网友问了一个问题:有关这次大阅兵,同时还配套了一个特赦,我们这一代人都已经没听说过特赦的事了,能不能对此聊两句?

大赦,中国自古以来就有这个传统。在封建王朝时代,不论是盛世、登基、立太子,总之,只要发生了各种各样的好事、大喜事,皇帝就很可能会大赦天下,比如贞观之治时,觉得天下太平,就大赦了一次。如此看来,其实大赦就是统治者有自信的表现,他觉得,我们这个社会是稳定的,我们正在昂扬向上,所以对于犯罪者,可以减免刑罚,以体现我们的宽容、大气等。

新中国成立后,也曾经有过多次特赦,比如特赦过几次日本的战犯,还特赦过七次内战中的犯人和刑事犯人。在这里着重提一下新中国特赦日本战犯的事,大概是从 1956 年开始,特赦了几次。新中国成立前已经把那些最大的战犯审判过了,南京大审判又审判了一大部分,而且该处决的都处决完毕,等到我们 1949 年新中国成立的时候,该杀的、该审的、该判的都已经解决得差不多了。那我们特赦的日本战犯是从哪儿来的呢?是因为我们跟苏联很友好,苏联曾经打入了中国东北,把几十万的日本关东军都俘虏了,运到西伯利亚去做苦工了,于是中苏建交后,苏联老大哥非常热情地把这些关东军交给了我们一部分，让我们自己来甄别一下里面有没有战犯。其实直到现在，我也不知道，苏联是怎么从这几十万人里，甄别出哪些人有战犯的嫌疑的，总之，苏联交给了我们900多人。这些人中的大部分都是普通的小兵，新中国甄别了很长时间，也没调查出他们做了什么坏事，所以从1956年开始，就分批给这些人特赦，该遣返回日本的就遣返回日本。因为当时还有一个很特殊的政治环境，那就是日本到底要跟谁建交？是跟台湾方面，还是跟中华人民共和国。所以，我们把这900多关东军的战犯遣返回日本，也是要展示一下我们的宽宏大量，战争的赔款我们都不要了，还关着这么多底层的普通小兵干吗呢？除了苏联送回来的这900多日本"战犯"，阎锡山手下也留了一批被我军俘虏的日军，后来他们就替阎锡山打仗，也都被分批遣返回了日本。

这些日本小兵回到日本后的下场都不太好，因为日本人觉得他们是被共产党洗了脑的人，他们回到日本后，身后天天有警察跟着，工作也找不到，受了很多的苦，比"胜利的阴影下"那上百万直接被遣送回日本的人更惨，也许他们还不如那些被留在西伯利亚做苦工的日军呢。这些人中的极少数人，组成了一个组织，一直为了中日的友好而奔走呼号，但大多数的人，都不愿意回忆在中国的经历，恨不得跑到深山老林里隐姓埋名过一辈子。日本警察跟了这些人一段时间，后来也就懒得跟了。总之，这些在中国抚顺的战犯管理所待过的日军，回到日本后基本都失去了联系。

然后是在我们的内战中，我军俘虏了大量的国民党高级将领和中级军官，这些人是什么时候得到特赦的呢？是在大约新中国建国十年的时候，也就是1959年。台湾反攻大陆的希望也非常渺茫了，这些人被放出去也不可能再给国民党当内应了。于是，就在1959年国庆大阅兵的时候，新中国的十大建筑落成献礼，还有大批的电影献礼，比如《红色娘子军》等，就在这样的时刻，进行了一次特赦，不仅特赦了国民党的高级军官，还特赦了一批刑事罪犯，当然刑事犯里不包括重刑犯，比如杀人、放火、强奸这种超过五年的犯人是不能特赦的，特赦的都是短期刑犯，这些人回归社会是没有危害的。总之，一共特赦了30多人的战犯，其中不仅有杜聿明、宋希濂，还包括伪满洲国的皇帝溥仪。

第一批特赦的都是在监狱里表现得比较好的。当然也有个别表现不太好的，比如杜聿明，他被捕的时候就准备自杀的，在监狱里用大板砖拍自己，因为他觉得自己是蒋系的，也是黄埔系中最中坚的核心将领，一定要有点骨气。杜聿明他们这些国民党的高级军官，被特赦之后放出来的待遇都不错，基本后来都当上了全国政协委员，到全国政协文史资料室去写《文史资料选辑》。他们写的东西，我小时候就看过，我家里有大量的不能对外公开的出版物，都是这些人写的，当然也有他们写的回忆录，杜聿明写的回忆辽沈战役、回忆淮海战役等。

1959年特赦了第一批，之后又分别于1960年、1961年、1963年、1964年、1966年和1975年特赦了六批，共七批。这些被特赦的都是高级降领，和在监狱中表现得比较好的人，包括王耀武，伪蒙疆自治政府的头子德王，以及伪蒙疆自治政府的副总司令李守信，还有伪满洲国的高级官员。剩下的都是一些死硬派，就是连个悔过书都不肯写的，只能继续关着。但被特赦后放出来的这些人，待遇都是非常不错的，基本上高级将领都能当上全国政协委员，其他的回到各个省去当政协委员，闲着没事写写回忆录，参观参观祖国的大好建设，做一点统战工作。但是除了1959年那一次特赦了一些刑事犯之外，后面的这些次特赦的都是俘虏的国民党、伪满洲国、伪蒙的高级将领和官员，其实就是政治犯。

最后一次特赦是1975年，毛主席那时候已经病得很厉害了，要召开第四届人大之前，毛主席突然想起来似乎很多年没有特赦过了，于是他问身边的人，当年内战时候我们俘虏的国民党的人，现在还有没放出去的吗？

一下子隔了这么多年，大家一时都有点想不起来了，当时的公安部长华国锋马上去查了一下，然后向毛主席汇报说，还有一些死硬派，坚决不肯写悔过书的，或者是坚持拒绝开口说话的，有200多人。毛主席当时已经躺在病榻上不能起来了，还是亲自做了一个长篇的批示，让把这200多人一个不留地全都放掉，也不要非逼着人家改造了。因为新中国都已经建国这么多年了，到现在还不肯悔过的人，那就一辈子都不会悔过的，不悔过就不悔过吧，不改造就不改造吧，就不要勉强人家了，把他们放出去，让他们愿意干吗就干吗去吧。愿意去台湾的，我们就出路费让他们去台湾，愿意回老家的，我们也出路费，把他们送回老家，甚至如果他们愿意去美国、去欧洲，都可以，都让他们去吧。

最后一批被特赦出来的人里，还是有一些国民党的高级将领的，其中最高级的将领是黄维，国民党十二兵团的司令，也是黄埔系中黄埔第一期毕业生以及淮海战役的重要指挥官。他就属于死硬派，被关了几十年，坚持不开口说话，不管问他什么，他都不回应。但他在狱中也没闲着，他天天都在研制永动机，他自己当然很清楚，永动机是他这辈子都研制不出来的东西，他只是拿这个东西来消磨时间。结果到了最后，我们对他说，你别研究了，也不用写悔过书了，我们放你出去了。还有毛主席的表弟，黄埔第四期的学生，跟林彪还是同学的文强，文强从黄埔军校毕业以后，不但带兵打过仗，而且也和共产党一起抗过日，但是他后来成了军统的高级大特务，被捕后也坚持不肯写悔过书。还有很多军统的特工人员，到了1975年，都得到了特赦。

特赦了之后，这些人的归宿也很有意思。我们给了这些人充分的自由，让他们自由决定自己的去留。其中有十几个人决定要去台湾，我们当时也并不富裕，但说到做到，给了这十几个人每个人价值2000元港币的外汇，把他们送到香港，住在两家酒店里，让国民党去香港接收他们。结果这时候刚好赶上蒋介石去世，台湾那边都忙着办蒋介石的葬礼，根本没人有空去香港理这十几个人，而这十几个人的签证只有一个星期的时间，他们没办法，只好不停地续签证，居然连续在香港住了100多天，才终于等到了台湾传来的消息——你们不许来台湾。台湾为什么拒绝接收这十几个人呢？因为台湾觉得这些人都是被共产党洗了脑的，他们到台湾来不是统战的，就是来当间谍的。

要知道，这十几个人，都是有母亲、妻子和孩子在台湾的，而且他们都已经在香港跟台湾的亲人打了电话了，甚至有一些家属已经迫不及待地赶去了香港跟他们提前团聚了，一家人就期待着早日回到台湾，结果台湾当局坚决不允许这些人去台湾。这件事引来了国际媒体的极大关注，大批的国际媒体都集中到香港，国际媒体的态度也很客观，都认为共产党的做法是很宽宏大量的，而国民党很小心眼，怎么看这次事件都是共产党赢了。你看，共产党给这些人出路费，不停地续签证，还负担他们在香港的衣食住行，国民党没有理由不接受共产党的这份好意。但国民党就是不为所动，这十几个人中的一个，最后在香港愤而上吊自杀了，造成了很恶劣的国际影响。在越来越激烈的国际谴责声中，台湾当局扛不住压力，最后派出了大量的特工人员，前来对这十几个人进行甄别。

甄别来，甄别去，国民党还是觉得不放心，最终还是没有接收这些人回台湾。最后没办法，这十几个人中的大特工周养浩决定放弃去台湾，改去了美国，因为他在美国也有亲戚，共产党也言出必行地把他送去了美国。还有几个人决定留在香港，另外还有三个人选择了回大陆，我们也热烈欢迎了他们三个，回来之后也让他们到各省当上了政协委员。

以上就是我们的最后一次特赦，距离如今已经相隔了40年。为什么我们长达40年来都没有再特赦过呢？不是我们不够自信，也不是我们不够宽宏大量，而是因为和平年代，我们已经没有那么多的政治犯了，战争罪犯也早就没有了，我们这40年来只有刑事犯，所以就一直等到了今天，才又有了一次特赦，这次特赦其实是盛世的一个重要标志。

西方也一直有特赦的传统，而且都明文规定写在法律里。在美国，总统跟州长都有特赦权，包括死刑犯在内的犯人，都有得到特赦的机会。美国是一个很独特的国家，包括中国在内的其他国家，对刑事罪犯进行特赦的时候，都只选择那些犯罪情节比较轻的犯人，五年以上刑期的重刑犯人，肯定不能特赦，比如李天一这种造成恶劣社会影响的犯人，肯定是得不到特赦的，因为他的刑期不仅长，而且服刑也还没过半，但美国居然连死刑犯都可以特赦。美国历史上最著名的一次特赦，就是福特当上总统之后，特赦了两个重要的犯人，一个是特赦了尼克松总统，因为尼克松是"水门事件"后被迫下台的，副总统福特是在没有经过竞选的情况下直接上台的，所以他继任了总统之后的第一件事，就是先特赦了尼克松，如果福特不这么做，尼克松就要被追究法律责任。紧接着福特又特赦了全美国人民都没想到的人，那就是100多年前美国南北战争时期的南军总司令罗伯特·李将军。

罗伯特·李将军其实早就可以被特赦，甚至连北军总司令格兰特也非常尊重罗伯特·李，因为格兰特本身就是罗伯特·李将军的学生。罗伯特·李曾经是西点军校的校长，在全美国人民的心目中都有着崇高的地位，如今罗伯特·李将军的雕像还放在美国国会的大厦里，跟乔治·华盛顿的雕塑一起，都是弗吉尼亚州的骄傲。而且投降之后，罗伯特·李还带头写了效忠信。当时美国政府规定，前南方邦联官员只有以书面形式重新向美国政府效忠后，才能恢复其美国公民权，从而可以担任美国政府的公职。当时很多的南军将领是坚决不肯写效忠信的。美国国会的意思是，先大赦南军的所有中下级士兵，因为大家都是美国人，但是南军的几名最高级指挥官，要让他们写了效忠信之后再特赦，罗伯特·李就说，我带头率先写，因为这是为了国家的团结，为了美国能够继续往前走。罗伯特·李写完效忠信之后，就交给了北军的总司令格兰特，格兰特又交给了国务卿西沃德，但这位国务卿把这份效忠信错误地放到了已处理完毕、等待归档的文件堆里，之后过了100多年，美国国务院整理旧文件时才被发现。

所以，美国国会一直没有收到罗伯特·李的效忠信，罗伯特·李的后半生就一直没有恢复美国的公民权。这事就这么拖了100多年，一直到福特当上总统。1976年庆祝美国建国两百周年的时候，福特想，既然我把前总统尼克松都特赦了，不如把早已作古的罗伯特·李将军也特赦了吧，这就是美国历史上最著名的特赦故事。

## 问题五：好莱坞电影也和中国电影一样，需要大量的配音员吗？

网友"木子孤星"问了一个问题，美国的好莱坞有配音员吗？首先我得纠正一个观念，那就是美国电影和好莱坞电影还是有区别的，美国有很多低成本的电影，粗制滥造，乱七八糟，但好莱坞电影不等于美国电影，因为好莱坞的导演，来自全世界，有英国导演，有墨西哥导演，有俄国导演，可以说，好莱坞电影实际上是世界电影。

那么，好莱坞电影里需不需要配音员呢？应该这么说，在技术不够成熟的情况下，当然是有的。在最初的时候，技术很落后，摄影机本身就会发出嗡嗡的噪声，还有胶片的声音，现场的杂音，各种乱七八糟的声音，几十万瓦的灯一打下来，那发电机的声音也是非常惊人的，所以现场收音是不可能的，大部分的时候，得是后期自己配音。甚至在现如今科技已经如此先进的情况下，好莱坞的很多电影为了确保质量，还是会让演员在后期自己重新配一遍音。当然有一些戏是没法后期配音的，比如演员在拍摄现场的情绪非常激动的时候，后期配音是很难重现的。

但是对于一些专业素质比较高的演员来说，多难的戏他们都能配，拿动画片来举例，动画片里的人物上天入海，没有一个演员能表演这些，但他们还是能弄出恰如其分的声音来。然而对于真人拍摄的戏，目前基本采用的是同期声，后期再适当地补一些配音。最重要的是，许多的电影节和电影奖也有明确的规定，如果不是同期声的电影，或电影中的同期声不能达到一定的比例，那是不能参奖的。这种规定就是为了防止那种电视剧式的粗制滥造的电影鱼目混珠，演员拍戏的时候胡说八道一通，后期再随便配配音，这样的电影是有失艺术水准的。

在需要后期配音的情况下，美国电影人为了艺术，也基本上都是让演员自己给自己配音的，当然也有些个例：比如这位大明星实在是太红了，太忙了，没有时间来配音，不得不找个配音演员来配一配。还有些大明星实在是有口音问题，其中就包括我在的加州的前州长阿诺德·施瓦辛格同志，他说不了美国口音，他说出来的英文是德国口音，但这也没有办法，因为他毕竟是个动作明星，你要求他说一口流利的美语也是有点过分，当然施瓦辛格的大部分电影还是采用的他自己的口音，但也有一部分电影采用了配音。还有一些外国演员，英文说得实在是不好，也采取了配音的方式，比如大家都知道的中国电影《卧虎藏龙》。大家如果看过英文版的《卧虎藏龙》，一定会觉得很奇怪，因为里面英文说得最好的演员是章子怡，周润发和杨紫琼的英文发音都不是特别流利，那是因为周润发和杨紫琼的英文都是他们自己给自己配的，而章子怡的英文是由好莱坞的配音演员配的。所以，大家觉得周润发的英文说得很一般，杨紫琼曾经演过《007》，英文比周润发要流利很多，但还是带有一点马来西亚的口音。

总之在好莱坞，能不配音就尽量不配音，能让演员自己配音就尽量让演员自己配，像我们中国香港的那些演员，因为不会说普通话而完全采用配音的情况，在好莱坞是基本不存在的，除了上面提到的那几个极其个别的大明星之外。因为好莱坞演员有一个基本的素养，那就是会说各种口音的英文，他们演古装戏的时候，就说英国口音，演现代戏的时候，就说美国口音，他们不光会英国口音，还能说很多种英国的地方方言。有一部很有名的电影叫《偷拐抢骗》，这是一部非常逗的电影，但我觉得这电影最有趣的地方就是布拉德·皮特的口音，真能活活把人乐死。电影的导演是麦当娜的前夫盖·里奇，他还导过《两杆大烟枪》《大侦探福尔摩斯》等有名的电影，因为这位导演实在是太有名了，所以好多美国演员都想演他的戏，《偷拐抢骗》里除了布拉德·皮特之外，还有好几个美国的大明星，他们的口音都特别奇怪，我看的时候笑得不行，尤其是布拉德·皮特，他一张嘴说话，你还没听清他说的是什么内容，就已经很想笑了，因为他说的是一种伦敦的底层人民的俚语，口音特别奇怪。一开始我都没听懂，还以为是威尔士的口音，后来仔细听了半天，才听出是伦敦的小痞子的口音，这种口音是相当难模仿的。由此可以看出好莱坞演员对工作的敬业态度。

还有《阿甘正传》里，汤姆·汉克斯和罗宾·怀特说的亚拉巴马口音，更是说得惟妙惟肖。但这些还不算是最神奇的，因为这些演员毕竟都还是美国人，他们生活中是能接触到美国的南方人的，所以耳濡目染地用美国南方口音说台词，也不算太难。就像咱们生活中经常会接触到河南人、陕西人，偶尔自己也能说两句，尤其是东北人，你都不用亲自接触，电视里天天都在播放东北人的小品，人人看完了都能学说两句。最神奇的是英文原版的电影《飘》，女主角费雯·丽是一个地地道道的英国人，但是她来到美国演戏，不仅能说一口地地道道的美国英语，而且说的还是美国南方的佐治亚口音。

当然了，好莱坞也有不争气的演员。全世界各行各业都有能人，也都有不行的人，但在好莱坞，竞争实在是太激烈了，你要是不行，很快就被淘汰掉，有大把有能力的人能取代你。总之，能够在好莱坞脱颖而出、通过竞争而上岗的这些演员，他们都是出类拔萃的，不论是美国各州的口音，还是英国口音、新西兰口音、澳大利亚口音，还是加拿大口音，他们中很多人都能说，而且说得惟妙惟肖。在好莱坞，从来都是不缺人才的，全世界最优秀的人都想要挤进好莱坞，所以最终能站上金字塔顶端的肯定都是最优秀的人才，除了口音方面的才能，其他方面也都不差，尤其是胖瘦的问题，为了一部戏，为了艺术，人家愿意付出的努力和代价，是中国娱乐圈现在的这些所谓的小鲜肉所无法比拟的。比如现在有一部戏，让男主角演一个年纪比较大的人，为了这个角色，需要他增肥十斤，我们的这些小鲜肉肯定不愿意，你打死他他都不会同意牺牲自己的形象。别说他不愿意，他的粉丝也不干，因为粉丝就喜欢他最好看的样子，粉丝掏钱也是为了看他的颜值，而不是看一个肥胖的中年大叔。

好莱坞的顶级演员，都有着一股为了艺术牺牲的精神。拿汤姆·汉克斯来举例，他在电影《费城故事》里演了一个艾滋病人，为了诠释这个角色，他需要把自己变成一副极其瘦弱的形象。如果是在这部电影开机前，让他有充足的时间，通过节食等方式，让自己变瘦，那还能容易一点，但汤姆·汉克斯要演的这个艾滋病人，在电影的前半段是没有得病的。电影的一开始，他是一个正常人，而且还是一个律师，然后演着演着，他就得了艾滋病，变成了一个骷髅般的人。所以，汤姆·汉克斯是一边演一边瘦身，一部戏拍完了，就把一个好端端的演员，完全变成了一个艾滋病人的样子，这是再好的化妆术都达不到的效果。

前一阵子，我在微博上看到好多人拿莱昂纳多跟我比，说"小李子"当年演《泰坦尼克号》的时候多帅，多瘦，现在变成"高晓松"了。我觉得大家都冤枉"小李子"了，他和我可不一样。我变成现在这样，纯粹是吃出来的，但人家"小李子"是为了拍大导演马丁·斯科塞斯的一部新戏，才强制自己增肥的，导演让他为了角色把自己胖成那样，他就乖乖把自己弄成那样。现在颁奖季要开始了，大家马上就能看到这部戏了。

好莱坞演员的敬业，不光体现在他们愿意为了戏而牺牲，也不光因为好莱坞人才济济，竞争激烈，还体现在他们的演员的接戏量都很少。他们的演员，平均一年半才接一部戏，也就是说，他们用一年半的时间，就去钻研一个角色，为了这个角色去学习口音，为了这个角色去增肥和减肥。如果用同样的态度去演戏，其实中国演员也能把每一个角色都诠释得淋漓尽致，但中国很少有这样的机会，能让一个大演员沉淀下来，心甘情愿地去钻研一个角色，除非是李安这样的大导演，否则梁朝伟不会在《色·戒》中说出一口标准的上海话。如今中国的大演员，都必须同时演至少三部戏，才能体现出他是大腕。当年四大天王最火的时候，他们一个人同时演四五部戏，都是非常正常的，这样一来，他就没法单纯地为了一个角色而去让自己突然变胖，突然变瘦，因为他还得同时兼顾着其他角色。

所以，我们的演员没有好莱坞演员那样的敬业态度，并不仅仅是演员自身的问题，还有整个大环境的问题，当然还有工会的原因，这个我就不多提了。总之，好莱坞的演员之所以能把每个角色都诠释到灵魂，最重要的原因就是两个，一个是好莱坞人才多，另一个是演员接戏少，人家对每一部戏都认真对待，拍戏的时候，人家也不用去唱歌，不用去商演和走穴。

这也正是我们华语娱乐圈的弱点。首先，我们华语区的优秀人才确实是少，尤其是最开始的时候还是以港台为中心，所以每一个明星要想大红大紫，都必须是三栖，恨不得四栖，又得能唱歌，又得长得好看，不能太胖，还得会演戏。当年香港的娱乐产业最发达的时候，基本上只要能张开嘴的，不是哑巴的明星，一年都得出好几张唱片，然后只要能睁开眼睛的，都能去演戏。所以，香港就在没有音乐学院也没有电影学院的情况下，训练出了那么多既能唱歌又能演戏的人。这的确为香港娱乐圈培训出了大量的艺人，但也产生了很大的副作用，因为这样选拔出来的人，虽然什么都会一点，但其实哪方面都不是特别强。

所以当华语娱乐的重心开始向中国大陆转移的时候，香港的这些不会说普通话的艺人都不能适应，他们拍出来的电影，要想走入大陆市场，就必须找配音演员，比较大的香港明星都能单独找一个配音演员，就规定以后他在中国大陆的电影中的普通话配音，都由这个人来负责。我有时候不由得会想，这样一来，这个配音演员不是很容易就讹上这个明星了吗？万一有一天这个御用的配音演员不愿意给这个明星配了，万一周星驰换了声音，观众岂不是会接受不了？幸好这样的事情没有发生过，而且到了今天，这种情况也在不断地变好。所以我们的戏的规模越来越大了，香港艺人也越来越多地拥向内地。我看到很多香港演员都已经能够说普通话了，而且说得特别棒，比如任达华，他都已经能说北京话了。可见我们的艺人也是很有敬业精神的。

台湾演员的口音问题比香港演员还要更严重一点，因为台湾的"国语"跟我们的普通话之间，差了一个音。按理说台湾"国语"比粤语更接近普通话，但大家千万别小看了这一个音，要纠正这种既定的语言习惯，有时候比从头开始学一门新的语言还要难。我们普通话的音调里，除了一二三四声之外，还有一个轻声，但台湾国语里没有这个轻声，所以我们很容易就能听出一个人是台湾口音。当然，台湾演员也在非常努力地纠正口音，我就见过几个纠正得非常好的台湾演员，但也只是那么几个而已，大多数的台湾演员还是无法克服这个障碍，不过改不了也没多大关系，完全不影响他们在大陆同时演好几部戏，因为可以后期配音。当然了，好莱坞的英国演员能说出美国佐治亚州的口音，台湾演员只要勤于练习，肯定也能说出标准的普通话。但我们的娱乐大环境和好莱坞不同，早些年的时候，港台演员的地位太高了，人家能赏脸来大陆表演一下，我们就已经感激不尽了，哪儿还敢让人家改口音？人家就算在我们的电影里演一个配角，那都是大爷级的配角。

刘晓庆亲口给我讲过一件事，当年香港的著名大导演李翰祥来中国内地，拍《火烧圆明园》和《垂帘听政》两部大戏，刘晓庆身为女一号，在拍戏时的待遇完全跟香港演员不能比。首先是片酬，具体数字是多少我就不提了，总之还没有人家香港演员的一个零头多。其实，片酬少也就算了，还不负责她的住宿，剧组里没有她住的地方，她每天拍完戏还得走特别特别远的路，乘坐公共汽车回家睡觉。最后，因为刘晓庆是女一号，戏份太多了，每天这样在路上奔波实在是吃不消，所以她只能在剧组蹭了一间房，但房间里没有她的床，她只能睡地上，睡在床上的是在戏里给刘晓庆演丫鬟的女配角，就因为这位女配角是香港演员，她就能睡在床上，身为中国内地演员的女一号刘晓庆却要睡在地上。到了开饭的时候，所有的港台演员单独吃一种盒饭，所有的大陆演员蹲在路边吃另一种盒饭，这就是当时的娱乐环境，在那样的情况下，没有人敢要求港台演员改口音。

当然陈凯歌这样的大腕级导演是除外的，陈凯歌导演拍《霸王别姬》的时候，曾经要求过张国荣改口音，张国荣也很配合，做了很多的努力，而且他也确实很有天赋，最后把普通话说得非常好。但像《霸王别姬》这样有大量京剧桥段和唱腔的电影，光会说普通话是不够的，你还得演京剧，还得用京剧的唱腔念对白。大家知道，京剧的舞台艺术可不是一朝一夕就能练就的，要从小就开始练习童子功，我从来没见过从 30 岁开始学京剧，学了几个月就能上台表演得有板有眼的人。所以即便张国荣很努力，还是没有办法，最后《霸王别姬》里张国荣的角色，其实是由杨立新来配的音。杨立新本人也是著名的演员，还有很多优秀的配音员，最后成了著名的演员。《霸王别姬》这整部戏里，都没有给杨立新署名，因为张国荣这样重要的角色，如果他的重要台词是靠配音完成的话，这部电影就很难去戛纳得奖了，杨立新当了无名英雄。

还有一位和杨立新一样，先当配音演员，后来成了著名大影帝的演员，那就是张涵予。张涵予在出来当演员之前，已经配了好多年的音了，称得上是配音界的大腕，所以他出来演戏后，也演得非常好。说实在的，只要不是长成我这样的人，基本上，能把台词说好了那演戏也已经练出了七成的功力，因为台词是电影演员最重要的一部分，另外三成要靠演员的其他能力和电影本身的衬托。但如果是演戏剧和舞台剧，那台词几乎就要占到演员的九成功力了，因为戏剧的舞台上不是很容易看清楚演员的脸，没有什么特写的镜头，能让观众产生直观感受的，基本上就是台词。所以在戏剧学院里，修台词是最最重要的一门课。戏剧学院里还流传出一个笑话：一个老师说，小张，你的台词有很大的进步。结果学生说，谢谢您，台词老师。

包括我自己导演的那部《大武生》，演员的确都已经很努力地去演了，也很积极地去练习台词了，但没有办法，因为那部戏里要演的是武生、花旦和刀马旦，平时把话说得再好，放到那个戏里都没有用，戏剧的唱腔和感觉，没有十年八年的工夫真学不来。所以最后大家在电影院里看到的《大武生》，吴尊在戏里打得如何如何帅，但他的声音其实都是我的好哥们——大家都很熟悉的黄磊配的音，而且黄磊真的很够义气，基本上没要什么钱；

还有演警察局长的刘谦，是我的另一个好哥们徐峥配的音，徐峥也没跟我要什么钱。刘谦在戏里演一个上海租界里工部局的警察局长，根据角色需求，他就算是说普通话，也得是一口上海味的普通话，我想来想去，刘谦虽然魔术变得很厉害，但他毕竟不是一个专业演员，我让人家为了拍戏而改口音，实在不太合适，于是我想到了本身就是上海人的徐峥同志。还有《大武生》的女主角大S，其实大S在台湾是学过京剧的，而且大家都知道，她的普通话说得还不错，但还是达不到这部电影的要求，所以也是请人来给她配的音。

没办法，民国时代的京剧戏对对白的要求太高了，其他类型的戏就没办法了，只能硬着头皮来了，很多戏里，明明演的是一个北京的小痞子，但演员一开口说话却是台湾口音，诸如此类的问题太多了。总之，我希望随着我们的电影产业不断壮大，随着我们的戏的成本越来越高，也随着各地的融合越来越密切，所有的演员都能拿出更多的敬业精神，向好莱坞的演员学习。英文对白我们的演员能不能说好，这个我不发表意见，但至少咱们的中文对白，起码能做到大家都能说一口流利的普通话。虽然目前还不能达到这样的高度，但至少我觉得现在的整体趋势是好的，大家可以看到越来越多的港台演员，能够说出越来越标准的普通话了。但以上这些好的趋势，基本还局限在电影业，我们国内的电视剧比电影还是要差一点的。

其实在美国，电视剧跟电影的制作流程已经差不了太多了，因为美国不论是电视剧还是电影，片酬都很高，在这么高的片酬下，不论是用胶片拍，还是用磁带拍，其制作规模，两者都已经非常接近了。比如像《纸牌屋》这种级别的电视剧，它跟拍电影一点区别都没有，只是电视剧拍的时间要更长一点。但在中国，电视剧的制作规格跟电影差得就太远了，而且我们的电影局还出台过一个特别有意思的规定，要求每天拍十二个半的镜头，这规定太死板了，但当年我们的电影厂也都是国营的，所以就严格按照这个规定，每天只拍十二个半镜头，最多拍二十个镜头，也就是两场戏的长度吧。

大家知道，电影的台词也远远没有电视剧密集，毕竟电影是大屏幕的艺术，不可能一直让两个人像说相声似的在那儿讲台词，所以电影的台词要比电视剧少得多。而电视剧主要就是说话，因为电视屏幕小，不可能用大量的镜头去抒情，或是拍摄大量的特技镜头，打斗戏也没有电影那么多。这样综合下来，拍摄一部电视剧，一天至少得拍上好几十场戏才行，而且这些戏基本上都有大量的台词，我们的演员实在背不下来这么多的台词，当然这也和我们的演员的敬业态度有关。我本人监制过电视剧，所以也听说过行业里的一些不正之风，但这些事暂时也无法避免，因为我们的电视剧行业，还处在一种"能有个腕加入我们这部戏，我们就已经非常高兴了"这样的阶段，所以，人家大腕能来就不错了，你根本不好意思让人家再去背那么多的台词。

而且，好的电视剧经常需要一边拍一边改台词，比如我监制的一部四十多集的大戏《醋溜族》，剧本是根据朱德庸的漫画改编的，拍摄过程中始终有四五个编剧跟着剧组，一边拍摄一边改剧本。因为编剧太多了，这个编剧在这一集里把一个角色写死了，没想到下一个编剧又在下一集里让这个人活过来了，所以我一看剧本就傻眼了，赶紧在中间不停地调和。电视剧的很多情节，其实本身在台词上就没有做得很细，所以经常会出现演员已经演完了，但台词却改了的情况。幸好我们现在的配音技术很好，可以后期通过配音来调整台词，通过数字化的波形调节，只要最后能跟演员的口型对上就可以了。但这样一来，就把一部分演员惯坏了，我当然不是说所有的演员都这样，大部分演员还是很认真地去背自己的台词的，拍戏的时候也很努力地去诠释自己的角色。

但也有很多电视剧，本身就不是大电视台的戏，请来的演员也都是为了钱来的，这些演员可能同时拍着好几部戏，时间和精力都有限，没法背住那么多的台词。所以演员就直接跟导演说，您就说我这场台词一共有多少个字吧，然后我应该用什么情绪去说，导演就把字数告诉演员，再描述一下情绪，比如是激情戏还是苦情戏。于是，两个演员就完全不管台词是什么了，直接对着镜头，一边表演激情，一边数阿拉伯数字：1、2、3、4、5、6、7、7、6、5、4、3、2、1。要说这两个演员还真是很有职业素养，两个人对着数数还能不笑场，一场戏就这么拍完了，拍完了演员就走了，去赶拍其他的戏了，后期再让配音演员对着剧本，把他们说的"1、2、3、4、5、6、7"都换成"我是真的很爱你"，等等。还有的演员，不光自己的台词用数字代替，如果是给其他演员搭戏，只露一个后背的时候，人家就连"1、2、3、4、5、6、7"都不说了，就面无表情地看着对方，时不时地抖动两下肩膀，或者干脆就对着人家露正脸的演员笑，甚至还做鬼脸，影响对方的情绪，所以也发生过把露正脸的演员激怒了，两个人直接在片场打起来的闹剧。

中国的电视剧的制作规模和水平，还待提高，这不仅是演员的敬业态度的问题，也是一个机制的问题。因为中国的电视剧基本上都是日播两集，很多电视剧一拍就是80多集，制作周期是很紧张的。而美国的电视剧基本都是周播剧，一周播1集，单集比较长的电视剧，每一季不超过13集，单集比较短的，每一季在22集左右。也就是说，一部大制作的电视剧，一共就13集，还每周播一集，制作周期有三四个月，不论是制作还是演员的表演，都有充分的时间去精进。我们这种一天播两集，甚至以前广电总局没有规定的时候，还有一天播四五集的，电视剧一旦被电视台买进来了，大家就拼命地快速播，80多集的电视剧，不到一个月就播完了，完全是一个快餐文化，演员演得再好，观众也像吃快餐囫囵吞枣一样，完全没有时间去细细消化。

所以，要调整整个电视剧行业，不光要调整演员的敬业态度，因为这只是整个大链条中的一环，我们的生产环境、播出环境以及整个体制，都有很大的改善空间。只要把体制改善了，演员自然就能慢慢变得越来越敬业，越来越专业。其实世界上的所有事情都是这样的，要进步都是大家一起进步，导演也进步，演员也进步，编剧也进步，体制更要不断调整和改善。因为我本身也是影视行业的从业人员，所以我在说缺点的同时，也不得不肯定我们的进步，目前我们的影视行业状况，尤其是如今整个华语电影和电视剧的核心都集中到了北京之后，一切都比从前好太多了。

每次我们各地的导演开会的时候，永远都只有两位澳门导演，已经11年了，澳门始终只有这两位导演，但其他几个地方的势头是呈现此消彼长的趋势的。想当年，拍出了大量琼瑶作品的台湾电影电视人，是非常不得了的，香港也曾经是仅次于好莱坞的世界级大娱乐中心。刘晓庆跟我说过：你看当年香港大导演李翰祥，给我几千块钱就让我演两部电影，而且连睡觉的地方都不给我，就让我睡地上；现在是我们的电影公司出钱，把李翰祥雇来给我们当导演，给我们拍戏，他拿到我们的钱，要表现得非常感激，真是此一时彼一时。不管是影视行业，还是音乐行业，都已经从当年那种港台高高在上、极度歧视大陆从业人员的状态，变成现在大家基本平等的状态了。当然，大家平等就是最好的状态了，千万不要倒过来，变成我们高高在上，港台卑躬屈膝。因为在任何一个行业里，大家都要凭本事说话，不管你来自哪里，只要你有才华和能力，就应该受到尊重，也应该赚到更多的钱，就算是从好莱坞来的人，没有实力也别想来中国骗钱。

我看现如今有一个非常不好的趋势，那就是各地的从业人员维系着彼此平等的合作状态，每个人都拿自己的真才实学和手艺来说话，但是从好莱坞跑来了一堆虾兵蟹将，想来打破我们娱乐产业的和平，从中捞一笔，这是值得大家警惕的。好在现在我们有了一个过去没有的大优势，那就是互联网，在没有互联网的年代里，有人自称是从好莱坞来的，到我们这里来吹牛，说《教父》是他做的，没有人能验证他说的是真还是假。我的一位制片人就曾经骗过我，说《教父》是他做的，结果我赶上了好时代，我都不用打开电脑去查，我就用手机下载了一个叫 IMDb（互联网电影资料库）的 App（应用程序），这个 App 里面有全世界的戏的各种资料，你不用吹嘘自己曾经做过什么，你只要说你叫什么名字，输入 IMDb，结果就全都出来了，谁也别想再给自己头上戴虚假的帽子。好莱坞里边有各种各样的虾兵蟹将，他们在外面跟别人介绍自己的时候，都喜欢把自己吹嘘得天花乱坠，比如他实际上是片场的制片助理或是执行制片，他自我介绍的时候就非得说自己是制片人。所以现在的专业人员，每个人的手机里最好都先配一个 IMDb，一旦有从好莱坞来的人，不要被他骗了。

以上说的是电影和电视剧里的配音，还有一种影片，全程都需要配音演员，那就是动画片。但是好莱坞的配音和我们还不太一样，美国的配音演员的素质非常高，而且他们的流程是配音先行，就是先由配音演员照着剧本把台词都演说完毕，然后再按照声音去画动画。所以美国的动画片的导演，不是负责监视画画的导演，而是负责配音的导演，因为配音决定了整个电影的基调、速度、节奏和气氛，而这一切都是由配音导演来把控。配音导演和正常的影视导演又不同，他眼前什么都没有，没有图像，也没有背景，只有那么几个人物造型图，除此之外什么都没有，而整个电影的基调，就需要他在这几乎一无所有的情况下去奠定。

作为一部动画片，图画和声音到底应该先有什么？这是一个很重要的问题。画画的人根据什么东西来画？人物的口型、动作的节奏怎么来把握？当然不能靠动画师自己来凭空想象，因为画师毕竟不是表演大师，所以肯定要先有声音，然后再根据声音去配图像。配音导演最难的工作，就是指挥一堆大腕，让他们只根据一个简单的动画造型图，就去配出最恰如其分的声音。而这一点，在我们中国就很难做到了。我们是先由导演自己用嘴说一遍，然后凑合着画出草图，再找大腕来配音。配音的时候，万一这大腕说，他觉得这个地方画得不好，我不想按照剧本来说，那就得由画师再负责来改图。就这么改了说，说了再改，反反复复地耗费了大量的工序，到最后上色，光都打上了，剪接也完成了，还要最后统一再配一遍音。因为按照前面这些工序，不论怎么巧妙地剪接，也剪不出一个完整的版本，因为你配音的时候就是东配一句，西配一句，东改一句，西改一句，所以动画完全剪接完毕之后，再整体配一遍音，耗费了大量的人力、物力和时间。

  目前国产动画的整个工艺流程都需要改进，生产流程也需要改进，因为美国的动画片，如果放到其他国家去播放，即使换成其他语言，动画片里人物的嘴型也能跟着变，现在梦工厂和迪士尼都已经有了这种技术。早些年还是做不到这么先进的，以前的英文动画片，改成中文的时候，我们得尽量按照英文的口型来配音，所以我们看译制片的时候，总觉得那些配音员讲话有一种"配音腔"。那是因为英文的音节多，俄文的音节更多，换成中文的话根本不用说那么长时间，配音员为了把台词和演员的口型对上，只能拖着声音说。我记得当年大家看长春电影制片厂译制的俄语片的时候，耶夫娜同志一开口说话，观众就快要急死了。当然大家也可以去看梁赞诺夫的那些电影，那些配音演员的功力太高了。英语的语速没有俄语那么快，但是也是非常快的，而且英语里有好多的语气助词，放到中文里根本找不到与之对应的词，最终造成了"配音腔"。但现在有了更好的技术，

"配音腔"的问题能解决了。如今配音演员的声音进入了之后，画面中人物的口型也就跟着改变了。

如今，虽然我们国内的电影票房涨得厉害，但是我们的整个生产流程、创作流程和人才储备，都和好莱坞还有很大的差距，尤其是人才储备，如果没有人才，强行引进再好的生产流程和创作流程，也是运转不起来的，只要有了人才，什么流程都能带动起来。不过，我们如今也算很不错，想要赶上好莱坞，我们还有不太长的一段路要走。

### 问题六：大名校生干吗要进娱乐圈？

大家老在微博上问我一个问题，说高晓松你是大名校生，读书又多，家世又好，你干吗要进娱乐圈啊？每次看到这样的问题，说实在的我心里很不高兴。

一个现代的文明的国家，如果还是跟封建社会一样，看不起艺人，看不起音乐家，把艺人跟婊子并列，把音乐家当成伶工，那我觉得这个国家还没有真正的文明和进步。我在西方很少听见有人说，娱乐明星就是低人一等的，也没人说演员是臭戏子，甚至也很少有人觉得政治家和商人就比明星和艺人高级多少。商人就比明星或艺人干净吗？官员就比演员高级吗？娱乐圈的人怎么就低人一等了？

当然了，我已经这么大年纪了，不是很适合为了这种无聊的事情生气。但我希望大家就不要再去问那些比我年纪小的艺人了，比如大名校生李健，学习那么好、读了那么多书的李健，他干吗要混娱乐圈啊？我们有我们的理想，我们愿意用我们的琴去唱出我们的心声，我们希望用我们的笔去写出我们的情怀，我们用我们的摄影机拍下今天这个时代，这很难理解吗？虽然，不是每一个进娱乐圈的人都怀着同样的理想和情怀，但即使是怀有什么目的，那也并不丢人。商人怀着什么目的啊？商人难道是怀着救国救民的目的来做生意的吗？官员怀着什么目的啊？

总之，不论大家是怀着怎样的目的进入娱乐圈，从事我们这个行业的大多数人，都是怀有一颗赤子之心的，这就是我对大家的回答，也是我的心里话。

## 问题七：如果没有李自成和清兵，明朝能不能像西方一样过渡到君主立宪和现代文明社会？

大家问我一个问题：如果没有李自成，如果没有清兵，明朝能不能慢慢地像西方一样，过渡到君主立宪？过渡到一个现代文明的社会？

首先我要澄清，我回答这个问题的时候，不会带有对明朝的成见，因为我个人确实对明朝很有成见。但不论是我不喜欢的明朝，还是我最喜欢的宋朝，你让它们一直往下延续，我觉得都没有可能走向君主立宪。不论是所谓的君主立宪，还是其他制度，其实都是各种各样的包装而已，它们的真正核心其实都是一个问题，只要这个问题解决了，什么样的包装和外壳都是可以的，这个问题就是——不经过人民的同意，不可以征税。

这是西方所有国家的经验和教训，不管是美国变成合众国，还是英国变成君主立宪，还是俄国革命，都是一样。我记得俄国革命的时候，他们曾说过这样的宣言，虽然欧洲和我们一样都有一个君主，我们的是沙皇，他们的是法国皇帝、奥地利皇帝、德国皇帝、英国国王，但是我们跟他们最大的不同，也是我们比欧洲落后的一个最重要的原因，就是俄国居然还可以不经过人民同意，就向人民征税，所以俄国才发生了革命。

所以议会其实就是个摆设，我们不妨把所有的形式都放到一边。我们评价一个社会是不是迈入了文明社会，唯一的评判标准，就是它是否不经过人民同意就不可以征税，任何税都不可以征。美国为什么会爆发独立战争？不是因为美国人民突然有了想建立一个国家的愿望，美国人民的口号是"无代表权不纳税"，政府想要向我们美国人民征税，但是英国议会里没有美国代表，所以你现在就是不经过我同意就要征我的税，我就要跟你拼了。于是，美国爆发了革命和战争，最终独立成了一个国家。

回过头来，大家再看看中国，不论是明朝还是宋朝，能不能进化到有一天不经过人民同意就不能征税？

## 问题八：黄健翔和卡戴珊的官司打赢了吗？

因为在"美利坚"这个主题中，我提到了黄健翔和卡戴珊打官司的事，结果导致了所谓的"爱奇艺观光团"直接去了黄健翔的微博底下，去问他到底通过这场官司赚了多少钱，发了多大的财。

幸好我事先给黄健翔打了电话，跟他通了气，所以这不算是我曝光他的隐私。至于他到底挣了多少钱,我完全不知道。因为在美国,这样的诉讼通常都是十分漫长的。想要快点结束的话,除非是黄健翔要的钱少,人家直接就跟他庭前和解了,说你别告我了,你一告我,我这电视台的面子也不好看,这样的话差不多半年就能结束了。但是按照美国正常的应诉流程,如果一级级地打上去,打上两三年也是很正常的。

所以我觉得大家现在还问不到具体的答案,如果有了进一步的消息,我一定会及时跟大家汇报的。

## 问题九:希拉里如果上台,会对中国采取怎样的立场?

这个问题我想从两个方面来回答:

第一,民主党比共和党对中国的态度更恶劣。因为民主党是工会党,工会认为,美国的工厂都搬到中国去了,我们美国的工人都失业了。所以,民主党上台对中国来说,不是一件特别好的事情。

第二,女性执政通常比男性执政风格更凶悍。男性政治家通常是实用主义的想法比较多,而女性政治家则更偏向于理想主义的想法。就像女性对爱情的坚贞度比男性高一样,女性对理想和真理的捍卫,也要比男性强。大家看撒切尔夫人、默克尔,就是典型的例子,她们都比她们的男性前任要强硬得多,因为她们老觉得理想的底线不能突破,而男性政治家则可以先把理想放在一边,咱们先做交易,再谈理想。

二者综合来看,我觉得,希拉里上台之后,会对中国采取一个比较强硬的政治立场。当然了,中国越来越强大了,美国则在不断地走下坡路，所以不管由谁来担任美国总统，中国和美国之间的大趋势都是不会改变的。

## 问题十：是否赞成开放二胎政策？

我当然是坚决支持生二胎的。

不论是互联网行业，还是新经济行业，在所有的行业里，人都不是累赘，而是用户，是最重要的资源。

很多人从自然资源的角度来叫板，说人多了会给地球带来压力，因为人要吃饭，要消耗自然资源。我觉得这是一种极其落后和愚昧的想法。人类文明已经发展到了今天，自然资源在全球经济中所占的比例已经越来越小了，更不是人类前进的决定因素了，人类要发展，真正的资源就是人类本身。

人就是用户，用户就是资源，有用户就有生产力，有用户就能向前走，有用户就能刺激新科技的诞生，就能激发新的发明创造，只要有用户去购买，就有内需，就有新的粮食，新的能源，新的一切。这是第一点。

第二，当今的中国，人口数量下降得太厉害了。大家当年捐助的希望小学，正在大量地关闭，因为我们的出生率已经下降到了百分之一点二几了，还要算上自然死亡率，几乎快要呈现负增长的态势了。有专家研究表明，只有每两个人生 2.2 个人，才能维持一个国家的人口不减少。现在我们都不敢奢望人口能增加了，就算开放了二胎，人口也不会增加，因为一对夫妻要生 2.2 个孩子，才能维持人口的不减少。

中国目前的百分之一点二几的出生率会导致什么结果？每繁衍一代人，人口就减少一半。所以我们昔日的希望小学大批地关闭，因为根本没有那么多孩子要去上学。现在农村的孩子都集中到县城去上学，而以后，学龄的孩子会越来越少，学校会持续地大量关闭，反而老年大学会越来越多，希望小学最后都变成了没有希望的老年大学了。出生率的降低，对整个社会的影响是极大的，更不用说男女比例失衡的问题和城乡差距的问题了。

总之，大家要对人类有自信，人类没有问题，人类一直在应答自然的召唤，人类一直受造物主的恩宠。大家不需要去替人类操心，不用杞人忧天地去思考人多了怎么办，吃什么喝什么住哪里，我觉得人类要先有需求，才会有你所需求的一切。

我们前几年开放了单独二孩政策，如果夫妻一方是独生子女的话，就可以申请生二胎，结果符合条件的夫妻中，申请生二胎的比例不足 10%。所以，今天别说是开放生二胎，就算政府开放生十胎，规定中国人都可以随便生，也不会有多少人铆足劲去生的。中国的台湾和香港地区和新加坡这些地方和国家都没有计划生育政策，日本和韩国也没有，然而东亚当今已是世界生育率最低的地区。在没有计划生育的情况下，东亚民族的出生率都这么低，所以就算中国大陆完全放开生育政策，出生率也不会提高。我估计在不久的将来，凡是能多生孩子的母亲，都会被中国人当英雄一样供起来的，说不定还会出台奖励政策，只要生了第二个孩子，国家就帮你养，生了第三个，国家就反过来奖励你钱，就跟当年的苏联一样。

东亚的民族出了一些问题，不知道是因为我们对孩子付出的爱太多了，导致了孩子的恐惧和压力，不敢去要下一代，还是我们的儒家理论导致了逆反。反而是美国保持着二点几的出生率，再加上美国的移民增长很快，所以人口没有下降。

另外，中国的计划生育政策，在国际上的影响并不是很好。当然了，中国当年限制人口出生，是为了整个民族好。但对于个人来说，最基本的生育权利完全被剥夺了。最夸张的是，我们为了执行计划生育，曾经采取了很多丑陋而残酷的强制措施，比如强行堕胎，强行做绝育手术，这导致当时中国人想要到美国拿绿卡，有一个最简单的理由，叫作计划生育迫害，只要你说自己被结扎了，美国就给你发政治避难的绿卡，可见中国的计划生育政策，在国际上的观瞻有多差。

美国曾经发生过这样一起判例，一个中国妇女状告美国的移民局，说为什么别人能拿绿卡，她就不能拿。美国移民局的回答是，你没有被结扎，你是放了避孕环，只要摘了环，你还可以生育，所以你没有被迫害。但这个中国妇女不放弃，又跑到美国的最高法院去状告移民局，最后居然告赢了。美国最高法院说，强行给妇女放避孕环也算迫害。当然了，因为计划生育迫害而拿到美国绿卡的中国女性，数量并不是很多，但毕竟有这么一个有碍国际观瞻的事摆在这里。何必呢？泱泱大国，经济高速发展，越来越文明和富裕，何必老在国际上被人戳脊梁骨？

大国就应该有大国的姿态。生育权利是每一个人最基本的权利，让每一个人自己去决定自己的人生，让每一个生命自己去决定自己的缘分，我觉得这是一个国家向文明靠拢的最重要标志之一。